嫁接

长篇小说

刘玉琴 著

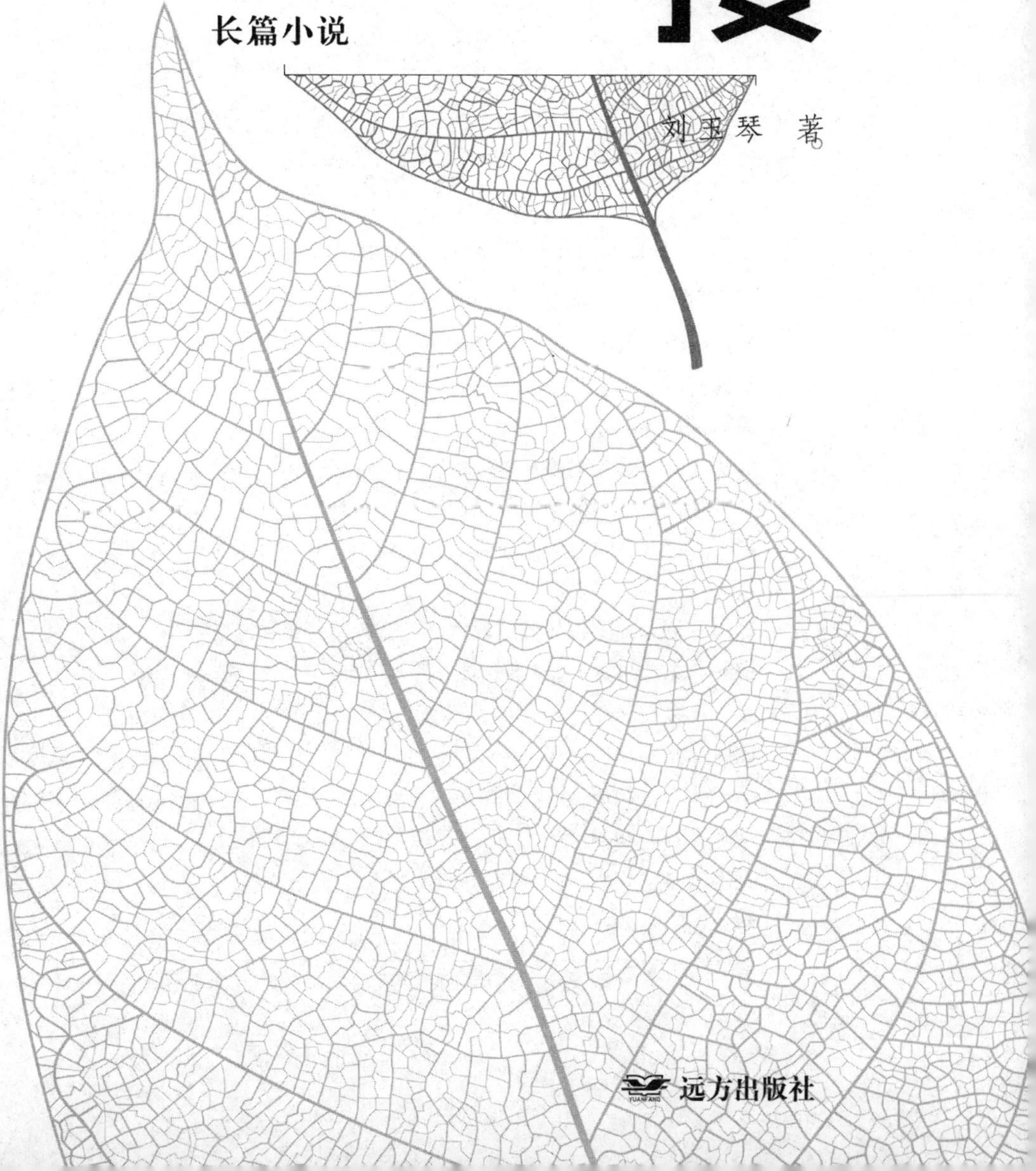

远方出版社

图书在版编目（CIP）数据

嫁接 / 刘玉琴著. -- 呼和浩特 : 远方出版社,
2018.12
ISBN 978-7-5555-1097-0

Ⅰ. ①嫁… Ⅱ. ①刘… Ⅲ. ①长篇小说－中国－当代
Ⅳ. ①I247.5

中国版本图书馆CIP数据核字(2018)第266546号

嫁接

JIAJIE

作　　者　刘玉琴
责任编辑　蔺　洁
责任校对　蔺　洁
装帧设计　王徐丽
出版发行　远方出版社
社　　址　呼和浩特市乌兰察布东路666号　邮编010010
电　　话　（0471）2236473总编室　2236460发行部
经　　销　新华书店
印　　刷　内蒙古爱信达教育印务有限责任公司
开　　本　170mm×240mm　1/16
字　　数　264千
印　　张　14
版　　次　2018年12月第1版
印　　次　2019年5月第1次印刷
标准书号　ISBN 978-7-5555-1097-0
定　　价　50.00元

目录

上部

下部

·上部·

引　子

注定要发生的事，必然会发生。

农学院园艺系副主任穆春，习惯每天早早起床，侍弄侍弄院子里的树木花草，既呼吸着新鲜的空气，又锻炼了身体，双倍的收获，他一向乐此不疲。喷壶里的水，喷成了一片烟云，真实而朦胧，他觉得这很有诗意，也很有寓意，正想招呼爱好写作的妻子龙晓一起谈谈感悟，突然，书房里的电话声急促地响了起来……

龙晓接了电话，冲着窗外喊道：“穆教授——你的电话。”对评上了正教授不久的穆春，妻子龙晓喜欢这样调侃他。

“哥……你快来吧，快来看看吧……”刚接通电话，梁山杏的腔调就变成了哭音，高音喇叭似的分贝，震得穆春的耳膜似要爆裂，他不得不把手机移开耳朵一尺左右的距离。

“狐狸精……就是你给整来的那个狐狸精，她跟穆秋摽上腿了，这叫怎么一档子事呀！我……没法活了，临死我也要拽上个垫背的，我要把这个小妖精活活地撕巴碎了，省得她再祸害人……”

“山杏,你别着急,也千万别瞎闹,你等着我这几个学生的论文答辩结束,我就去野树沟。多大的事啊，值得你发这么大的火，生这么大的气，枣珠儿是我的学生，她会听我的话的。”穆春对着自己的堂弟媳妇梁山杏又劝又哄。

“那你可快来呀，要是来晚了，小妖精他们睡到了一起，再怀上孕，等到肚子显了怀，打胎就没那么容易了，像当年的裘三妹，不留也得留。她抢走了穆秋，你的侄子、侄女就都没有爹啦……穆子帅是个残疾孩子，没了爹，要饭吃，都没人给打狗……呜呜呜……”电话里梁山杏已经在哭号了。

“有那么严重吗？你想得太多了吧？就凭你们的野树沟林木公司……”压制着梁山杏的歇斯底里，穆春这才陡然想起，穆子帅这个孩子是先天性癫痫病，是遗传的，是DNA的毛病。

《基因学》有个定义：生命诞生、发育、生长、病变、衰老乃至死亡的整个过程均由基因控制。基因有两个特点，一是能忠实地复制自己，以保持生物的基本特征；二是基因能够“突变”，突变绝大多数会导致疾病……如果不是改变基因，就这毛病，任是神仙也炮制不出一粒仙丹妙药。

第一章

1

这嘎达是山区，属于内蒙古高原。它像个楔子一样凿进东北和塞北的当间，除了草原就是丘陵，丘陵上也没有多少高山峻岭峭壁悬崖，就是一道道的梁和一条条的沟，连绵不绝，没个尽头。

野树沟是其中的一条长满了酸枣树和山杏树的最长最深的沟，通常，这么长这么深的沟总是能藏着些几辈子都说不完的故事。

野树沟生产队长林树德今儿个真高兴，大公鸡一仰脖子，他就从队部的炕头上爬起来，吹着口哨跑进牲口棚，拉着驾辕的那匹大黑马白头芯儿，招呼着饲养员和他一起套上野树沟生产队唯一的一辆大马车。他这么早早地出沟，是去公社接插队落户的知识青年。

野树沟这嘎达穷，穷得五十多户社员家家吃不饱肚子，穿不上裤子。穷根儿就是这嘎达缺水，除了沟就是梁，没有几块成条见方的耕地。开了犁撒了籽儿，就等着望天收，老天爷勤快点儿，多下点雨，社员们家的粮食就能扯条秫秸折子踅起了囤，老天爷若是偷懒，不打雷也不下雨，到了秋天，打下的粮食，除了交公粮，剩下的分到各家各户，连个蛇皮口袋都装不满，更不用说装满一家老小的肚皮了。

这种穷困从去年起有了改变。开天辟地，十七岁的青皮后生林树德当了生产队长，俗话说：嘴上无毛办事不牢。一个十七岁的毛头小子，能当得起一个生产队这么大的家业吗？

野树沟有两族大姓，一族姓梁，一族姓林。姓梁的人口比姓林的人口多，占百分之六十左右，林姓却占不到百分之四十，还有杂姓占着百分之十三呢！所以好多年来，多是姓梁的一族选个能压住茬儿的、岁数大的人当生产队长。哪个姓的人当生产队长，自然会对哪个姓的族人有个照应。野树沟生产队的土地面积由三道大梁和三条大沟组成，三道大梁的前坡后坡上是一坡坡的山杏林，三条大沟的沟沟沿沿上都是一簇一簇的酸枣树。

到了打杏核的时候，梁姓队长把活儿多派给梁姓的社员。到了打酸枣的时候，梁姓队长就派林姓和其他杂姓的社员去干。

打杏核的时候是夏季，被派去打杏核的社员头天晚上，就开始在裤子和褂子上大缝其兜，城里人也叫“口袋”。褂子的前胸后背都缝上兜，两层布，跟夹袄差不多了，穿上挡风。裤子上大腿膝盖处前后也缝上两层兜，除了兜的布料颜色质地不一致外，很像时下的电视记者服。电视记者服的口袋多，是为了装电池、插头、磁带、场记卡和采访本。社员们的“记者服”是为了装杏核。生产队的杏核用麻袋装着，大黑马白头芯儿驾着辕拉回去卖给供销社，收入归集体。社员们一层层兜里的杏核是自驾“11”号运回家去的，一趟趟地攒起来，卖给供销社的收入就能换回打灯油、买盐的钱。

打酸枣的社员不用缝兜，那玩意不值钱，供销社里也不收，要变现，得到六十里地外的哈达街批发给那些卖瓜子、卖酸梨、卖脆萝卜的小贩，三十斤五十斤的酸枣，还不够出山磨脚底板的鞋钱。

梁姓队长除了照应梁姓社员打杏核，还照应梁姓社员打场。有着两棵大榆树的土坎子上，有块平地，也叫“甸子”，能种点白菜、土豆、胡萝卜、甘蓝、雪里蕻和芥菜疙瘩给社员们当菜吃。翻了土豆、胡萝卜、芥菜疙瘩，砍了白菜和甘蓝、雪里蕻，用石头滚子把地轧平，就成了一处场院，场院边盖着一间马架子当看场屋。甭问就知道，看场的、打场的人，准都姓梁。交了公粮，就该按大小人口给社员分粮食了。哪年秋天，都是梁姓的社员先分，每人三百六十斤粗粮是实成的，而后林姓、杂姓分的三百六十斤粮食，就有一少半是打场没扬净的秕子。

闹也没有用，提意见也白搭，梁嘎达就是这嘎达的皇上，金口玉言，一个人说了算。场里头堆着的就是这堆粮食，再找也找不出另一堆来。谁生气，都是癞蛤蟆干鼓肚，气死都没有用。

不光打杏核和打场，生产队的会计、保管、饲养员都姓梁。林姓人和杂姓人，没有一个在生产队说了算的，手里没有一丁点儿权，受的欺负是大鼻子他爹——老鼻子啦！

去年夏天，在公社中学念初中的林树德回家来了，不是因为放暑假，是因为老爹林志勇要咽气。

老爹是村里的老土改干部，本来一直当着大队的干部，为社员办事也公平，但胸口曾挨过土匪的黑枪，一入冬就咳嗽得直不起腰，说不出一句完整的话，也吼不出一声镇人的腔。万般无奈，他交了大队主任的权，就一病不起了。

老爹临咽气前，瞪圆了眼，攒足了气，张大嘴喘息着，一双枯树枝子似的手，无力地抓住林树德的手，用尽所有的力气说出了临终之言：

“二……二子（林树德还有一个哥哥林树恩），你妈死得早，你哥哥又是个没囊没志，两脚踹不出一个屁来的软皮蛋，可着咱这野树沟姓林的，也就数……数你是个人物头啦！老……林……家，还有咱沟里杂姓的人挨老梁家的人欺负已经冒尖了，到顶了，不能再忍下去了，书，你就别念啦，回沟里来，把生产队队长的权给夺回来，夺回来！不光为了咱林姓一族，还有杂姓的人呢。你夺了权，也不必针尖儿对麦芒，反手欺负老梁家，那不是个正道，头上有天，脚下有地，中间有个良心，你就闹个公平，闹个家家有饭吃，人人有衣穿，沟里的娃子们能念个书，会打个算盘，就足了……行不？你点个头，爹我这口气，就能顺当地咽下去，你要是不点头……咳，咳，咳——我……我且……且得倒……倒这口气，遭罪啊，遭罪……呢……”

林树德从心眼儿不愿意点这个头。这穷山沟有啥恋头？他能在公社的中学念书，靠的完全是他的姑姑，姑姑也是个土改时期的妇女干部，嫁了个区小队队长，就是现在的公社书记龙啸。自打母亲一西行，到了极乐世界，老爹林志勇就把他送到了姑姑林亚男家。双井公社是个镇子，有小学，也有初中，他到双井镇就能念书。他念书也不是很着调，各科成绩没几门超过六十分的，山沟里出去的孩子野，仗着胳膊头硬，性子火暴，好出风头，好打架，老师也管不了他。还是老校长有办法，说这样的刺头，你就让他当头，当班干部——体育委员，管纪律。果不其然，班里的纪律立时就好了起来，谁调皮捣蛋，出幺蛾子，不听老师的话，下课准挨揍。林树德认为老师信得过他，他得对老师够意思。哥们嘛——要讲个义气。林树德不着调念书，但脑子里想事总是有些道道儿。他有个理想，那就是当兵。当兵多爽！红帽徽、红领章、扛大枪、吃军粮，再也不回死山沟了。可……眼下，他不点头老爹就一个劲儿地倒捯气，眼珠子往上翻着，哈——哈——地喘着，死也不能瞑目……嗨！谁让咱当的是人家的儿子呢？父命不可违。违了，就是个大不孝！

“爹，我不点头，我给你磕头吧！我应下了……”林树德跪在炕沿下，“咚，咚，咚”磕了三个响头，送老爹安心驾鹤西行。

林树德按照老爹的遗愿夺梁姓队长的权，是有捷径的，他的姑父就是公社的书记龙啸，龙啸书记一发话，生产队长的权柄就会轻而易举地易手。公社书记的话，对于一个生产队长，不是圣旨，胜似圣旨，山高皇帝远。双井镇离野树沟不远，就三十多里地，赶着马车走不到两个钟头就到了。但林树德不想这样做，那样轻而易举地夺权不仗义，不爷们，也不英雄，胜之不武，和梁姓人依权仗势欺负别姓人是“杏熬倭瓜——一个色”。

又到了打杏核的季节。林树德不等生产队长梁嘎达分派，就尾随着梁姓社员爬上了三道梁。没人帮他在褂子里和裤子上缝兜，他就索性多带了一条单裤。他劈下一根杏树叉，“啪啪”几砍刀就削掉了枝叶，一根硬木棍子在手，他用投篮的姿势跳跃着，照着结满一嘟噜一嘟噜黄里透红的山杏枝儿，一棍子一棍子地砸了下去。可怜的山杏们，立刻变成了雹灾，“噼里啪啦”砸满了一地。林树德用带叶子的树枝扎了把扫帚，“哗——哗——哗——”，把摔得皮开肉绽的山杏们扫到一堆，重新操起那根硬木棍子，对着山杏堆实施“一丈红”的酷刑。受刑不过的山杏们脱掉了皮肉，将一片光溜溜的“核”趴在了林树德的面前。林树德喘了口气，跑到一道叫杏花泉的小溪边，如牛饮般喝足了水，又撒了泡尿，紧紧裤带跑回了“刑场”。他把多带的那条单裤的两个裤腿用榆树皮绳一扎，扎成了两条分叉的口袋，一胡噜一把地把杏核装满单裤，然后让单裤骑在自己的脖子上，酷似半桩小子们的游戏“扛马战”。他晃了晃腰，梗梗脖子，挺惬意，底气挺足的，就唱着“日落西山红霞飞，战士打靶把营归，把营归……”顺着林间小道下山了。

生产队长梁嘎达不用去打杏核，他是野树沟生产队唯一一名脱产干部。他脱产“劳力”，但不脱产“劳心”，“劳心者治人，劳力者治于人”。他治人，负责监督社员们打杏核，不能让那些耍奸蹭滑者偷懒，白拿生产队的八分工。除了生产队的利益，他还有点小私心。他坐在下山的小道边的石头上，用废报纸卷着蛤蟆烟抽，蛤蟆烟又称“蛤蟆拱”，有劲儿，抽一口，拱你一个跟头，提神！他嘴上叼着烟，聚光的小眼睛盯着下山的小道紧瞅着，哪个人下山，兜里的杏核装得满不满，他都要做到心中有数，知己知彼百战不殆嘛。人们从供销社变现回来，给他买盒烟、打瓶子酒、称上一斤糖枣……言而总之，人心都是肉长的，得了香盈，心里不能没有他！

“mi so la mi so —— la so mi do re —— 愉快的歌声满天飞！”

林树德十八岁青春嘹亮的歌声，从杏林中的小道传了下来，灌得耳朵嗡嗡响的梁嘎达很是纳闷：每年打杏核到这个时辰还没有人下来啊，社员们得先济着生产队那辆大车上用荆芭踅起来的囤子，囤子里装满了杏核，才能往自己的兜里装，这叫先公后私！往常，这个时辰就是往囤子里倒最后一筐杏核的时候，再过一袋烟的工夫，才该着社员们挺胸瓦肚趟着带了脚镣子似的大象腿走下来的时节儿。是哪个小子竟这么有肥胆儿敢放开嗓子唱歌？做贼的，又不是登台唱戏，张扬着露个脸，让人看着傻迷。

胆肥的小子下山来了，脖子上骑着个看不见脑袋，看不见身子，只看见两条腿的“人”。这不是刚死的林志勇家的二小子林树德吗？放着好好的书不念，回沟里下庄稼地，没出息的货！等林树德快到了跟前儿，梁嘎达看清了，他脖子上骑着的那个“人”，就是一条扎了腿的破单裤，里面鼓鼓囊囊塞得像装满了螺丝疙瘩样的糖球。不可能是糖球，他又不是供销社里扛脚行的，当牛当马地驮货。裤筒里装的准是杏核，咱不是孙悟空，没进老君炉炼火眼金睛，看不穿妖魔鬼怪，但看个偷杏核的，还是隔着玻璃罩子看灯火——清楚着呢！

“林树德，谁派你上山打杏核的？”梁嘎达把夹在食指和中指之间的烟屁股在石头上摁灭，抻抻肩上披着的看不清原来是什么颜色的褂子，正正头上变成灰色的青条绒帽子，摆足了生产队长的派头，厉声问道。

“没人派，自个儿愿意来的。”扛着“马战”说话腰累，林树德往后一侧歪膀子，没头没身子光剩下两条腿的“人”，就出溜到了小道上。

“没人派，你就不能来，这是王法。”

“没人派，我也不要你的工分。哪家王法规定不让人上山？”林树德初生牛犊不怕虎，何况心里还揣着个阴谋诡计呢。

我是队长我怕谁？梁嘎达可不管自己的身挺儿比得过比不过十八岁的青皮小子林树德，大声吼道：“你上山偷生产队的杏核，就是犯了王法！”

“谁说我是偷杏核？我是下山交给生产队的。”

“交给生产队的？”梁嘎达疑惑，随即反应过来：“交给生产队的，都装在大车的围子里，有大黑马白头芯儿拉回营子，用得着你撅腰瓦腚地扛？”这嘎达管“村”叫营子，估计是自打尧舜禹、周秦汉、唐宋元明清以来，这地方就没断过打仗，一朝一朝，一代一代的兵将没少在这个地方安营扎寨，铁打的营盘，流水的兵，兵都如历史的烟云，像水一样地流走了，唯有个“营”字，给这嘎达的老百姓命名了居住点。人过留名，雁过留声，历史是有痕迹的。

“照你这么说，没装到车围子里，带在个人身上的杏核就是偷的喽？”林树德一对固执的眼睛，紧盯着梁嘎达的眼珠子不放松，与他不错眼珠地对峙着，是在角斗心劲，也是在角斗耐力。眼睛是心灵的窗口，心里有啥变化，眼睛里都得透出来。林树德是个单眼皮，可眼睛长得不小，黑眼珠被白眼球包着，很有神。从小，爷爷就说他的眼睛生得“毒”。

“这……这个……这个……这个……”梁嘎达垂下了眼光，他没有底气与林树德对峙，也从来没有过词穷的时候，这回也不知道是咋的了，承认是，怕把一会儿就要下山的梁姓社员们都绕进去；不承认是，又怕自己在小辈人面前失了威风，一匹老狼钻进了年轻猎人的圈套，怎么绕出去呢？我是队长我怕谁：“就是偷啦，咋的？就行姓梁的偷，就不行你姓林的偷，我的话就是野树沟的王法！”

霸权有时会把人变成地痞流氓，因为它不用时时处处讲道理。

“操你妈！”蹲下一个马步，林树德一个掏心拳打出去。他的拳头在中学里就是第一硬，该出手时就出手。

梁嘎达哪里料到一个小辈敢对他抡拳头，他一点打架的准备都没有。再说，他都脱产好几年了，养尊处优的结果就是身子骨越闲越软，嘴越吃越馋。“噔、噔、噔”，他后退了好几步，林树德拳头力道的绵延，让他怎么也站不稳身子了，“哎呀，妈呀——”一个跟头四仰八叉地倒地，他顺着沟沿就轱辘到沟底下去了。

还没等他爬上沟沿儿，两队人马几乎是同时来到现场。

一队是褂子兜、裤子兜都揣满杏核的梁姓男女社员。

一队是林树德的大哥林树恩领来的大队民兵营长铁命和一个基干民兵班。

…………

生产队长梁嘎达组织梁姓社员集体偷盗山杏核的案子，就这样凿实了。

刚爬上沟沿站起来的梁嘎达一看眼前的阵势，心里一急，又摔倒在地，鼻眼歪斜，口吐白沫，一句话也说不出来，浑身抽搐成一把自行车锁，就是没地方插钥匙。

“爹——爹——”一个长着一双杏核眼、柳叶眉、樱桃小口的姑娘呼喊着扑了上去，抱住梁嘎达一阵摇晃，“爹——爹——你是咋的啦，咋的啦？”

这姑娘叫梁山杏，和林树德当过初小的同桌。

成了偷杏核现行犯的一群梁姓人中，有个叫小枣核的老头。他阅历深，见多识广，营子里张家长李家短的事儿，都在他肚子里揣着一本账，“这是犯了癫痫啊，老梁家这一支儿，老辈子就有这个病根儿。”

接过了野树沟生产队队长这枚大印，林树德还真给野树沟办了几件大事。

一是领导班子，也就是会计、保管和饲养员实行族姓混搭，有林家的，也有梁家的，还有杂姓的，另外增加了一个领导，任命梁山杏为妇女队长，额外抬举了梁姓，也是对前任队长梁嘎达打一巴掌给一个甜枣吃，哄哄。做事别做绝，这是林树德老爸当干部的座右铭。林树德的心里还有个秘密，他怎么看都觉得梁山杏长得顺眼又养眼，他的脑子里时常放电影。生产队班子开会的时候，和她再坐一条板凳，成为同桌的你，抬头看一眼那对杏核眼，媚媚的，就像有个小巴掌在心里挠痒痒……

二是响应公社党委的号召，开展“农业学大寨”运动，在杏树坡上砍掉些山杏树，修起了一坡大寨式梯田，种了晚秋作物，黍子、荞麦和绿豆。

三是到老秋打场时，他又一次肥胆儿，搞了瞒产私分，对上就说，遭了秋霜，除了点夹秕谷子和绿豆，别的庄稼颗粒无收，野树沟生产队得吃返销粮。这下，全队的社员不分老少，一律四百斤颗粒饱满的粮食，还以秕糠的身份，每人再分一百五十斤实实在在的粮食。剩下的，全营子二百多口人饱饱地吃了一顿大黄米面撒的切糕和羊肉炖茄子，之后，全部交给保管员林树恩锁进生产队的库房里，充公，厚实着生产队的家底。

野树沟的社员们好几年没捞着吃饱饭了，吃饱饭的社员们没一个不对林树德伸大拇哥儿的，“中，中，这小子别看年纪不大，可他有道，有种，是块当队长的料。”

公信度提高了，林树德还在琢磨着一件事，那就是老爹临咽气时说的话：“沟里的娃儿们能有个书念，能打个算盘……”

野树沟没有学校。双井镇的公社有小学，也有初中，可那要翻过三道梁，趟过三条沟，走上三四个钟头才能到达。没钱交学费念不起书是一难，三十多里的山道走不起也是一难。沟里念过书的就两个人，一个是山杏，她念了初小就走不起了，被她妈留在身边纳鞋底。再一个就是他自己林树德了，虽然是念到了初中二年级，可压根就不是一块念书的料，那些个说文、解词、造句、背课文，平方、立方、圆周率、方程式，他听得脑瓜疼，考试也没有几科是及格的。多亏有他姑姑林亚男和姑父龙啸的面子罩着，老师、校长才没让他连续留级。再者说，他是队长啊，是社员们的领袖啊，领袖的责任是给社员们领道，领一条家家有饭吃、人人有衣穿、个个孩子都能有书念的光溜溜的社会主义康庄大道。这是政治纲领，是大事；教书是小事，是具体的事，自然不应该他亲力亲为。

就像想睡觉就有人递枕头，肚子饿就有一锅热腾腾的玉米面贴饼子端上了炕桌。当公社书记的姑父龙啸派人来，通知他到公社去领沈阳来插队的知青。知青，知识青年，有文化，是带着大城市的文化来咱们山沟里的，国家给补助粮，给安家费。这个香盈咱得占，咱得夺，夺来给咱娃儿们当老师，夺来给咱这个队长当秘书，当狗头军师。林树德越想越美，“啪——”大鞭子一甩，鞭鞘儿在野树沟的上空中打出了一个响花。

“大鞭子一甩啪啪的响哎，

哎嗨咿呀……

一辆大车下了岗……”

别看林树德的学习成绩不咋地，论口才，论赶车的技术，论唱歌的嗓门，可够得上野树沟的头牌。

2

穆春和穆秋是一对堂兄弟，同岁，十九。穆春是春天出生的，是哥；穆秋是秋天出生的，是弟。两个人是沈阳十一中的同班同学，穆春不偏科，德智体全面发展，当班长；穆秋不爱数理化，爱好文艺，当班里的文艺委员。

穆春、穆秋虽不是孪生，但从爷爷、奶奶那儿论，是一个血统，所以长得特别像，一般高的个儿，都是一点七八米。一样的长瓜脸，笑眯眼，高鼻梁，薄嘴唇，水灵灵地站在一起，很养眼。倒是穆秋的身材单薄了些，没有胸肌，浑身也没一块腱子肉，一条劳动布的蓝裤子穿在身上，像是度了裆。

“豆芽菜。”这是林树德在心里对穆秋身材的形象描绘。

虽然像豆芽菜，但林树德还是一眼就相中了这对堂兄弟，他一把一个抓住了穆春、穆秋的手，大声喊叫着：“我们野树沟就要他们俩啦！就要他们俩啦！”

主管公社知青工作的姑姑林亚男“啪”的一声，在侄子的肩膀上响亮地拍了一巴掌，“当了队长还这么蒺藜暴跳，没个稳重劲儿，像个没换毛的公鸡。记住了，当干部的，不能像普通老百姓那样重男轻女啊，光要男的，不要女的，违反党的知青政策。再给你配上两个女知青，一个叫裘三妹，一个是你的表妹龙晓，到野树沟插队的知青四个名额，齐了。龙晓肚子疼呢，今天就不去你们营子报道了，等病好了，我亲自送她去。”

林树德知道龙晓到野树沟插队，就是个落名落户口。姑姑就龙晓这么一个女儿，文文弱弱的，岁数比他小，可年级比他高，今年正好高中毕业，被姑姑安排在双井镇中学当代课教师。她是城镇户口，就得下乡插队，代课教师有了转正指标，她才能把户口重新迁回城镇，这样才符合知识青年的安置政策。姑姑是做知青安置工作的，自然深谙此道，姑姑说她肚子疼，是给其他知青们听的，这时候，表妹该是在镇中学给初一的学生上语文课呢。

龙晓不在，眼前站着的就是一个裘三妹。

林树德仔细一打量，顿时眼前发懵，脑筋混乱。这个女知青的形象太反常规啦，太颠覆传统记忆啦！女知青嘛——有文化的女子，淑女、才女。在林树德脑海里想象的底版上，应该是苗条文气，眼睛水盈盈的很妩媚，身材细软软的像柳条，皮肤白嫩嫩的极娇柔，小嘴红嘟嘟的似樱桃。

林树德脑海里的印象太单调了，想象力也不丰富，完全是没走出山沟里的小农意识。裘三妹与穆春、穆秋不是一个中学的，她就读的学校是沈阳五中。裘三妹是校田径队的队员，推铅球的，比赛成绩还破过沈阳市的中学生记录。要不是中断了高考，她一定是沈阳体育学院的高才生。体育是一项竞技运动，只有打破身体能量的极限，才能打破运动记录。这名实力运动员有着充满实力的身材，高且胖。因天天在室外做有氧运动，她的皮肤晒得很黑，作为女性的唯一优点就是眼睛大，眼珠黑，眉毛粗，目光炯炯的，特别有神。嘴很大，嘴唇也厚，但这算不上优点，可跟大眼睛、粗眉毛相匹配，是一个和谐的版本。

林树德在心里嘀咕：怎么这城里的姑娘裘三妹，还不如乡下的丫头梁山杏？五大三粗的身材不如山杏秀气，又厚又大的嘴也不如山杏的樱桃小口让人心里冒火，立马就生出想亲一口的感觉。她不但身材不好，脸蛋儿不招人喜欢，就是头发也不像别的女知青那样梳成两根小短辫，衬得脸庞秀丽。裘三妹留的像砂锅子盖儿一样的“五号头”，跟个野小子差不多。林树德满心想着接个漂亮的女知青，等到公社开三干会（生产队、生产大队、公社三级干部会）也好有吹的，有哨的，是个西施模样的，生产队长可当成个吴王夫差；是个杨玉环模样的，那可就升级了，由“王”变皇帝，唐明皇李隆基。

“队长——咱村在哪疙瘩呢？怎么走呢？到那儿能吃中午饭吗？”裘三妹耐不住性子等着林树德的遐想再继续下去，就大着嗓门喊了起来。胖人有个毛病，胃大，容易饿。吃了上顿就想下顿。这是一种生理现象。早饭是在公社食堂吃的，一人一个开花馒头，一碟子芥菜疙瘩咸菜，一碗小米粥。等各生产队来领人的空，她捡了几块石头当铅球推了出去，算是夏练三伏。用力带动食物消化，不知不觉，那一个馒头一碗粥和一碟咸菜，用不着冲刺，早就自己闲庭信步似的由胃里运动到大肠了。

“能啊，能。我哥夜来个后晌，就粉了大黄米，给你们撒切糕呢。”大黄米的学名叫“黍”，就是比小米粒大的黏米，有黏性，蒸豆包、撒切糕，是这疙瘩的老百姓过日子除了过年过节，招待亲朋好友的细粮。虽然心里对裘三妹这等大大咧咧不满意，可知青是有文化的人，林树德得承担起生产队长爱护人才的责任。

“能有切糕吃，那咱们就快走吧，还等啥呢？”山河好改，本性难移，裘三妹一句话就暴露了自己的急性子。

三个知青都往大车上装行李。林树德本想给女生搭把手，可他一看裘三妹就知道自己想错了。知青们的行李比较统一，一人一口箱子，一个用塑料布包着的行李卷装在一条麻袋里，再就是一个印着“广阔天地炼红心”的草绿挎包，估计是统一发的。裘三妹一猫腰，就把箱子和行李卷扛上了车，坐在箱子上等着林树德“开”马车了。

麻烦的是穆春和穆秋。穆春的箱子特别重，里面装了一箱子的书，书比什么物件都重，这是所有读书人的共识。穆秋的东西比别人多，除了箱子、行李卷、挎包，还有一把小提琴和一把二胡。穆春端详着箱子思考着是自己扛，还是找人抬，穆秋抱着小提琴，拎着二胡不松手，站在大车旁，像位看客。

“豆芽菜”不如娘们儿们能干活的公子哥的做派，让林树德的心里浮上些不愉快，他径自走到穆春的面前，一伸手，抬起了箱子的一头，“走着了——让让，让让，你这个妇女让让，重的箱子放下面，压不坏别人的。”

“谁是妇女？”裘三妹听着不顺耳，就反问了一句。在裘三妹的观念中，妇女是指“结了婚的女人”，她刚十七岁，被人叫了“妇女”，就有了受辱的感觉，“管没结婚的姑娘叫妇女？没文化。”

林树德认真劲儿上来了，他要维护生产队长的尊严，“谁没文化了？妇女，就是女人，咱乡下人就是这么叫的，妇女队长管妇女，大姑娘、小媳妇、大老娘们、小老太太，都叫妇女！结没结婚不关事儿，你到野树沟接受贫下中农再教育，我就把你编入妇女队，让妇女队队长梁山杏管你！看你还能不是个妇女？”

知识青年遭遇农村文化，裘三妹立马没电。

抬着一头箱子的穆春瞪了一眼裘三妹，嘴一努，示意她不要与林树德争辩，“三妹，挪个地方，总有新知识可学呢，行万里路，破万卷书嘛，到了野树沟，我箱子里的小说你随便看，我一分钱的租费都不要，地摊儿上租小人书看，还两分钱一本呢，给你便宜占，这总行了吧！”

穆春的箱子放在了大车的中间。

有了台阶下，裘三妹脸红脖子粗地跳下了车，嘴里嘟囔了一句：“谁稀得看你的破书，费脑筋。”闲着也是闲着，她猫下腰扛了一件，又猫下腰扛了一件，手捎手，就帮助穆秋把箱子和行李放在了车上。三个箱子、三个麻袋都装好了，一回头，裘三妹对悠闲地抱着小提琴拎着二胡站在一边的穆秋说：“穆秋，公子哥，大懒蛋，自己的箱子行李让人家搬，下次吃馒头，你得给我一个。”

“要是一顿饭两个馒头，我都给你，我喝粥还不行吗？你是饿死鬼托生的？就知道吃！”

“吃，是生命力旺盛的表现，不吃不喝了，就等着蹬腿咽气当地下工作者啦！”裘三妹自觉自己站在真理这一边。

“一个是泡了三天的绿豆——豆芽菜；一个是净坛使者——吃僧。”林树德在心里对穆秋的游手好闲和裘三妹的能干贪吃自编了一句歇后语，大鞭子胸前一抱，双腿一蹲，一个旱地拔葱坐在了车辕子上。“驾——”驾辕的白头芯儿一低头，大马车轻快地驶进了盘山道。

七月中旬的野树沟，正是累累的挂果期。酸枣树上的酸枣一串一串的，绿得发亮，诱得人直吞口水。沟边的野草莓，碧绿的叶子，红红的浆果，仿佛要滴下几滴甜酸的蜜水来。最好看的就是那一树树的山杏，青里泛白，黄里透红，毛茸茸的映着太阳光，个个有着一张乡村姑娘的笑脸。

白头芯儿撒着欢拉着大车已经翻过了两道梁，穿过眼前这道沟，翻过对面那道梁，就到野树沟了。

裘三妹的肚子早就“咕咕”地打起了小翻，她几次想叫停马车，去摘几颗山杏充饥，但看着黑着脸使劲甩着鞭子的林树德，又怕遭到他的抢白，落得无趣和没文化的名声，就没有吱声，伸直了脖子一个劲儿地咽口水。咽着咽着口水，裘三妹的肚子突然疼了起来，疼得圆圆的脸上都钻出了细细的汗珠，先是胀着疼，接着就是坠着疼，做伴的还有腰酸，她没觉着憋尿，就有一股热流像憋不住的尿一样顺着下身流淌下来……还好，这一流淌，小腹不胀了，也不疼了，怪舒服的……不好！怎么这屁股底下黏黏的，像是蘸上了一锅玉米面粥……啊呀，又有一股尿像冲出闸门的铁水一样倾泻而下……

“林队长，你停停车，我……我……我想上趟厕所。”

林树德记恨着裘三妹的一句“没文化”，这三个字扎进了他的心，刺痛了他的肝，“这山沟里哪有厕所，现盖也来不及呀！憋一会儿吧，转过这道梁就是咱的野树沟啦，厕所没有，可家家后院都有个茅楼。”

“林队长，停停吧，腿都坐麻了，活动活动筋骨吧。”穆春很理解人体内急的不可拖延感，再者，他是个男生，和裘三妹一起从沈阳来的，他有责任保护女生。

“是啊，广阔天地就是一个天然的大厕所，不用现盖。”穆秋的浪漫主义初露端倪。

“你们是说我们这嘎达像茅楼一样又臭又脏呗！”好像非要跟这些有文化的知青较劲，坐在车辕子上的林树德头也不回，“驾——”一声断喝，把鞭鞘直接抽到白头芯儿的耳朵上。

裘三妹受不了林树德的不可理喻了，她是练体育的，扶着箱子站了起来，一个定位跳远，飞身下车，就朝着山杏林里跑去。

“不好了！裘三妹受伤了，裘三妹受伤了……”还是穆秋的眼睛尖，就在一霎间，他就看见裘三妹灰涤卡的裤子上，从屁股后到两条裤腿，全都染红了血。

穆春也看见了裘三妹裤子上的血，他大喊着：“林队长，你必须停车！”

跑进了山杏林，裘三妹立刻把裤子脱下来，她看到的不是尿，而是血，已经把她的短裤和长裤浸透了……一下子，她懵了，“这是怎么了？我是不是要死了？这血流净了，不就死了吗？”这是她的初潮，她没准备，也没经验，看着汹涌的血还在往外流，她吓傻了，竟放声大哭，“啊——啊——我要死啦！我要死啦！”

跑过来的穆春、穆秋见此情景都把脸背了过去。

过了一会儿，裘三妹停止了哭号，从裤兜里掏出一把钥匙，扔给穆春，“去我箱子里拿条裤子来，我换上。”

穆春跳上大车，开了裘三妹箱子的锁，拿出了一条屁股上和膝盖上都打了补丁的裤子，让她换上。

裘三妹提着裤子，低头看着下身不断流出来的血水又犹豫了：裤衩里没个垫子垫上，不一会儿，补丁裤子也会如同涤卡裤子一样，被鲜血染透。咋办呢？裘三妹想到了裘二妹，二姐遭遇这种倒霉的事，都是用毛头纸搓软乎了，用胶皮做的月经带托着……可上哪儿买毛头纸和月经带呢？双井公社有供销社，可已经离开二十多里了，大车能返回去吗？就林树德那个犟脾气……

裘三妹不知所措，穆春和穆秋更是不知所措。

林树德等得不耐烦了，就冲着山杏林喊：“裘三妹，你出来，磨蹭什么呢？我问问你是咋回事，都晌午了，你不饿咋的？”

裘三妹嗫嚅地喊："林队长，你能不能把车赶回公社去，我跟着你去买点女人用的东西……"

"你早干啥来着？三十里山道来回跑一圈，你以为是闹着玩儿呢？早晨跑一趟三十里，现在快到营子里，是二十多里，再窝回去，又是二十多里，再回来，离了而去，就是一百多里，人饿了，还能忍，你坐在车上不出力，那牲口呢？它不吃草，不吃料，拉着一车箱子一车人，它还有劲儿吗？还跑得动吗？你们还真把白头芯儿当牲口啦？牲口也有脑袋，也有肚子，空着肚子跑，它也会发脾气，一尥蹶子，翻了车……我可担当不起呀！"

"这……这……"裘三妹没料到这么一个小小的请求，会导致这么严重的后果，吓得不知道说什么好，"血来得那么旺，上……上……不了车呀！"光羞怯也不中，裘三妹只得把难题交给生产队长。

"多大个事儿，不就是妇女来血份，要个骑马布子吗？把你的手巾拿出来，缝个口袋，装上太阳地儿晒烫了的沙土，垫上就行了，多大个事呀！野树沟的妇女们都是这么打对的，你就学着干吧。"林树德一番话两次用了"妇女"二字，他现买现卖地纠正了裘三妹说他的"没文化"，又一次掌握住了一个生产队长的话语权。

3

初冬的一场大雪覆盖了野树沟的沟沟梁梁，银白世界里，红旗招展，人声鼎沸。如果不是挥着镐头刨酸枣树，累得一身臭汗，这工夫，伫立在营子口往山上瞩目凝神，还真是一幅美丽动人的热火朝天的民俗画。

林树德就是这幅画的作者之一和画中人之一。

自从从双井镇接回了三位知青，林树德这个生产队长算是当出了滋味。在他的哥哥林树恩筹办的黄米切糕接风宴上，刚把三位知青介绍给了野树沟生产队领导班子成员，他就举起了酒碗，"我向大伙宣布一项决定，任命穆春同学担任野树沟生产队政治队长，增加队领导班子的文化水平。"一路上，他就打听好了，"穆春在学校是班长，班长管四五十个高中生，管咱野树沟五十多户社员，还不是'自个儿抓裤裆里的玩意儿——手拿把攥'。"从一打眼，他就看好了穆春，他的眼光之毒，经受了掰着手指头和脚趾头都算不过来的考验。

突然接到委任，话说得又这么不文明，穆春有些发懵，这样的器重不知是幸还是不幸，感觉就像闹着玩儿一样荒唐。他抻着林树德的胳膊悄声说："林队长，我还不是党员呢，怎么能当政治队长？"

"不是党员怎么了？我也不是呢，咱们一块儿入呗，我姑父龙啸是公社党委书记，咱入个党，他还能不帮忙？你先代理着，全队知识上的事，文化上、学习上的事，就你负责了。”

安排了他最看好的人，没过一个月，他没看好的裘三妹也被他看好了。

知识青年插队，每人都有三百元钱的安家费。三三见九，九百元人民币放在野树沟生产队的柜子里，是从没有过的一笔进项。这钱是用来给知青盖房的。林树德没有拿这笔钱单给三位知青盖房，他用这笔钱给生产队的社员兑现了工分。野树沟的山上有树，有石头。树砍了，当梁坨、当檩子、编荆芭；石头放炮崩出来，打地基、垒院墙。三名知青三间房子就够，可林树德带人垒出来七间房子的地基，他要给野树沟小学也盖出四间房子来，一个年级一间房，初小四年就盖四间。这七间房子就盖在他家院子的东墙外，知青点、学校和他家在一条街上，他林树德从地理位置上牢牢地占据着野树沟的中心。

房框子是土打墙，野树沟虽然是十年九旱，但土质有黏性，在石头根基上架上两块墙板，矗起杨木杆子，用绳子勒住两头，就成了一个木槽，填上一层土，撒上一层黍米穰秸，再用鸡蛋滚子砸实，如此反复，一天就能矗起一间房框子。鸡蛋滚子是石头凿成的，因鸡蛋形而得名，是起源于旧石器时代还是新石器时代，无人考证，但以此砸出来的土墙结实牢固，防暑保暖。鸡蛋滚子中间有能伸进双手的孔，两只手抓住，抡过头顶，喊着号子砸下去，就有一番展示雄风的雄壮舞蹈美，舞蹈来源于劳动，这是有据可查的。

裘三妹雄壮的舞蹈动作让林树德刮目相看。

“脱坯打墙活见阎王”是俗语，也是真理儿。这活累，干起来，是要青壮年爷们拼上死力的。因此，抡鸡蛋滚子砸夯的雄壮舞蹈，从来就让女人走开。在野树沟的建设史上，从没有一个妇女打破男人的这项垄断。三妹的铅球是破过纪录的，她也要破野树沟妇女不抡鸡蛋滚子砸夯的记录。

“没有地基我们打，
没有房屋我们搭。
艰苦奋斗创大业，
毛主席带领我们
从天安门出发——”

穆秋作词作曲的《青年点，我们的家》很是豪迈抒情，在双林县里的知青文艺会演中还得了一等奖，这是后话。当前的问题是裘三妹不甘心和保管员林树恩一起充当火头军，给打墙的社员们轧饸饹，贴大棒子面饼子。她觉得还是站在高墙上抡鸡蛋滚子砸夯好玩，有节奏感，也有舞蹈感，还能满足表演欲：头上是蓝天白云，脚下是抡圆了膀子，仰慕着她，把一锹锹土扬进墙板里的男人。能脱坯打墙的男人都不是孬货，哪个人的腿肚子上和胳膊上都有腱子肉。

三妹好久没推铅球了，她一个起跳，蹦上了墙板槽里，把个穆春一扒拉，“春哥，下去，扔土！”扔土也是力气活，但比抡石头滚子还是省些力气。

在来野树沟的那天，她的初潮来得汹涌，没有月经带，也没有毛头纸，以至于她不敢换上那条带补丁的单裤，走出山杏林。林树德出了主意，让她用毛巾缝了装上沙土当“骑马布子”。但在一旁的穆春制止了三妹。他打开自己的箱子，拿出了一条新毛巾，又把一件棉线针织的半旧秋衣，一条一条地撕开，一起交给了三妹。知识青年是有知识的，装沙土的“骑马布子”能做月经带，但那不卫生，坐下了妇女病，就是一辈子的痛苦，知识青年和农村妇女应该有区别。

穆春对女人的细心与关爱，教育了林树德，也启发了林树德。回来不久，林树德又一次赶着白头芯儿去了趟双井镇，找到供销社主任，要在野树沟办个供销分社。

供销社主任“嘿嘿”一笑，说：“树德，你真是异想天开，双井供销社就已经是分社的分社了，你还想分到哪儿？再说，供销社的人都是国家职工，野树沟的平头百姓，哪有资格干‘统购统销’？你们有这个政策水平吗？我知道你小子啥都敢干，但这违反党的政策的事——胆肥还有铐子等着哩。”

“我不管。我就是要办供销社，你给我想个辄，年底，我给你打两只野鸡，让你剁渣吃。”渣，是咸菜疙瘩和鸡肉一起剁成渣儿做成的野味，不论城里乡下，都是佐酒下饭的一道佳肴。

供销社主任拗不过林树德的软磨硬靠，偷着给野树沟开了一道政策口子——代销代购点，但货种不准超过十个。

把灯油、盐、铁锅、锄头、袜子、花布、螺丝疙瘩糖放在后面，林树德赊进的第一种货就是月经带和毛头纸，接着就是牙刷、牙膏。他看着三位知青每天早晨都刷牙，他们的牙都烤瓷似的倍儿亮，不像营子里的男女社员们都锈着一口大黄牙，怎么看，也不如知青们水灵。他把代销点安在了梁山杏的家里，一来，她家的房子宽敞，她又是个女的，卖妇女用品方便；二来，把这个挣钱的香盈给梁家，他是在给梁嘎达示好，也是给梁山杏传情，他心里注定要娶山杏当媳妇，到时候就是一家人了。这个小九九他算得来，叫“肥水不流外人田”。

赶着白头芯儿去杏花泉拉水的林树德一见裘三妹站在高高的板墙上抡鸡蛋滚子，立马就放开了嗓子，“裘三妹，好样的！谁说女子不如男——”他开嗓子唱上了。

得到生产队长的表扬，裘三妹的鸡蛋滚子抡得更高了，“报告林队长，中午饭，我要吃三碗饸饹——”

“能吃也能干。”林树德对裘三妹有了新的评价。这以前，他就知道裘三妹能吃，不但在接风宴上，一个人吃了两碗大黄米切糕（别人都是吃一碗），就是他家的饭，哥哥林树恩也没少给她吃。知青们插队的第一年，都吃国家的供应粮，一个月三十八斤，算是比城里中学生的标准多三斤。青年点还没建成，林树德就在生产队的队部，把一间装牲口料的仓库叫人拾掇出来，做了知青们的伙房。三名知青轮班做饭，自己动手，丰衣足食。一个月三十八斤的口粮够让三位知青足食。林树德又叫哥哥每月碾出三十八斤谷子补贴给青年点，一人十斤粗粮，这也是野树沟生产队最大的能力啦，他当队长不到两年，第一年全营子人填饱了肚子。这第二年的庄稼还没上场呢。

老爹死后，他和哥哥林树恩一起过，哥俩两条光棍，没有个女人主内，性情温顺的哥哥就承担起了做饭、洗衣、喂鸡、喂猪等全部家务。林树德一心要当好生产队长，完成老爹的三项遗愿，有哥哥主内，他一根肠子拴在了生产队。自从三个知青来到野树沟以后，他发现哥哥林树恩每天晚上的饭比以前做的多了，差样了。以往的晚饭都是吃粥——小米粥、高粱米粥、玉米碴儿粥，现在除了粥还有干粮——玉米面饼子、小米面煎饼、高粱面窝窝头。问哥哥为啥做了干粮，他说是明个儿早晨吃。到了第二天早晨，那玉米面饼子就会少了一个，小米面煎饼就会少了两张，高粱面窝窝头就会少了三个。

林树德耍了个心眼儿，吃完了粥，抹了嘴巴，跟林树恩说：“哥，你拾掇完碗喂猪吧，我去队部看报纸去了。”

“去吧，去吧，看多且都行，走时别忘了关上院门。”

知青来到野树沟，野树沟不能没知识，打了今年的山杏核，变现的钱拿出了十三块八毛八，订了《辽宁日报》和《内蒙古日报》，虽然两份报纸一个星期乡邮员才送一次，但让沈阳下来的知青和野树沟的文化人林树德、梁山杏有了报读。穆春当着政治队长，田间地头，他把报纸上的文章有选择地读给社员们听。不出营子就能知道天下的事，这老受社员们欢迎了，穆春在野树沟的威信一下子提了老高。穆春读完报，就把报纸订上生产队墙上自制的报夹子，以保证这份《辽宁日报》和《内蒙古日报》的公有性。

吃完晚饭读报纸，也是林树德与梁山杏的约会，两个人坐在生产队的炕上读报纸，一会儿对一下眼儿，一会儿对一下眼儿，心有灵犀一点通，抿嘴一笑，那个甜劲儿，从心眼儿里往外滋。

出了院门的林树德没有直接往队部走，他拐了一个弯儿，一片腿，越过自家的土墙头，猫腰藏在东山墙的树影里。

天已经完全黑下来，一勾月牙儿高高地升上了东山顶，挂在树影上，好像要专门陪着林树德看一场有滋有味的小戏。

先出场的是林树恩。

他把林树德关好的两扇院门开了一扇，好像怕风把门再关上，就踢了一块土坷垃倚住那扇门，倚好了，他放心地抖了抖手上的土，哼着皮影儿调，迈着轻快的步子回屋去了。

又一个主角出场了，还是个坤角。

月牙儿向西移动了一拿多点儿，随着一串急速的脚步声，野树沟最胖的人来到了林树德的家门口。她急速迈着的脚步突然变轻，蹑手蹑脚进了院，回身掩上门，飞跑着进了屋。

林树德从树影中闪身而出，蹲在风门子底下，顺着木棂框往屋里瞧。

哥哥没在地上放那张吃饭的小炕桌，掀开锅盖，端出来一个秫秸秆勒成的箅子，箅子里是蒸的热气腾腾的高粱面窝窝头。端出窝窝头，哥哥又从碗橱里拿出一个粗瓷大碗，拿掉担箅子的榆木锅插，抄起一个铁铲子，手脚麻利地盛出了满满一大碗麻豆腐，和窝窝头一起放在风匣板子上。野树沟的山坡坡和山洼洼的坡坡沿沿上，生长着一种像小树苗一样的植物——线麻，这种植物有社员们自己种的，也有陆生的，就是头年的籽落进土里，没人管，第二年就自个儿长出来了。线麻的杆儿放在水池子里沤上一阵子，捞出来，就能在细细的杆上扒下丝丝缕缕的麻线来。把麻线纺粗，就是捆绑物件用的麻绳；把线麻搓细，就是纳鞋底的麻绳。把线麻结的籽掳下来，用石磨碾碎，把晾干的苣卖菜和苋菜用开水焯透，加上盐放在铁锅里炖成黏稠状，就成了香得醉人的麻豆腐，线麻籽是榨油的油料哩。

香气从木棂框的方洞里钻出来，香得林树德的鼻子紧抽，他赶忙捂住鼻子，怕是一个喷嚏打出来，吓着裘三妹和林树恩。他暗恨哥哥重色轻弟，刚才他和哥哥吃晚饭，就是玉米碴粥就咸菜条，没有一点荤腥。就这么一袋烟的功夫，哥哥就变戏法似的炖了麻豆腐……裘三妹大概是吃顺了嘴儿，不客气也不做作，拿起窝窝头，几口就下去两个。她吃麻豆腐不是用筷子夹，而是端起碗来，往嘴里扒拉，一大碗麻豆腐眨眼间就光了底。

半天一句话没说，一直看着裘三妹吃完饭的林树恩说了一句话："让我吃你一口。"

"你说啥？"

"让我吃你一口。"林树恩又重复了一句。

"你说啥？"裘三妹没听懂。

"你吃了我家的饭，我就吃你一口。"林树恩说罢，一把搂住裘三妹的脖子，"啪"的一声，就在她的圆脸上亲了一口……

林树德不敢看下去了，他没想到老实巴交的哥哥会来这么一手。他的脸上火辣辣的烧，胸膛里怦怦地跳，一股电流麻酥酥地通过了全身，两条腿自然地就夹紧了……他赶紧站起来，用猫步走到东墙根儿，一窜身，过了墙头，大步流星地走向队部，受了哥哥的传染，他要找山杏读报……

月牙儿弯到了中天，林树德悻悻地推开了自家的院门。

山杏没吃林树德家的饭，任他怎么恳求，左躲右闪就是不肯让他“吃”，末了，还翻了脸，一个高儿蹦下炕，甩了一句话：“你再缠磨人，明个儿，不跟你一堆儿看报纸了。”说完，一甩头，丢下一眼怨怒的“秋菠菜”，跳兔似的冲进了野树沟寂静得只有几声狗叫的夜幕里。

划根火柴点着了煤油灯，林树德推了推鼾声细细的林树恩，“哥，哥——你从哪儿偷来的粮食喂那个胖子？”

林树恩还在梦酣中，翻了个身，咋么咋么嘴，喃喃地嘟囔着：“再吃一口，再吃一口，让我再吃一口……”

“吃什么？我问你呢，你从哪儿偷来的粮食喂那头猪！”

林树德的吼叫，惊醒了林树恩的一帘幽梦，他毛毛愣愣地坐起来，身上一个布丝儿都没挂，庄稼人节省，睡觉也不见外人，再穿衣服，那衣服也捞不着歇歇了。林树恩揉揉眼睛，摇了摇头，精神精神，不满地说：“你吼个啥呢？谁偷粮食啦？又没耽误你吃，没耽误你喝，哪个要你管？”

“没耽误我吃，没耽误我喝，队里分的粮食是有数的，够咱两个人吃就不错了，你贴饼子、捏窝头、摊煎饼的粮食哪里来？你仗着当着生产队的保管，就监守自盗……别看你是我亲哥，我也不能饶你，咱爹活着的时候，最恨梁嘎达占生产队的香盈，让林姓和杂姓的社员饿肚子。”

“谁监守自盗？你……你……别冤屈人！”林树恩遭了委屈，二十一岁的庄稼汉竟抹起了眼泪。

“你没偷生产队的粮食，那你说那些玉米面、高粱面还有线麻籽是哪儿来的？耗子窝里掘出来的，还是相好的倒贴的？”

“你才上耗子窝掘粮食呢！你才有相好的倒贴呢！那是我去年刨镐头地打下来的。”

“镐头地？”林树德冲着流泪的哥哥发出了疑问。

“是镐头地。你去年当了队长，管社员不那么狠啦，也不那么毒了，只要能吃饱肚子的事，你就睁一只眼，闭一只眼。大伙就各自找地方刨镐头地。杏花泉边下有几块几步远的小荒地，又靠着水，我当着保管不下地，有闲工夫，就一早一晚把它刨出来，种了玉米、高粱和土豆，地边下还撒上了线麻籽，防虫子哩，到秋后，收了千数斤粮食、三四百斤土豆和一口袋小麻籽。”

“那我咋不知道呢？”

“你咋不知道？你的心思都放在生产队的大事上，哪顾得上。刨镐头地都是社员们私下干的，怕割了资本主义的尾巴，都是偷偷的，哪个敢张扬？不信，你去咱家后窖看看。”

林树德的家有三面院墙，背面是立壁的黄土山，林家在山上掏了个窑洞，安上了门窗当仓房，这窑洞里冬暖夏凉，装粮食、储菜、放农具，还能住人，当年解放军拉练，没房子住，林老爹自家三口住进窑洞，把三间正房腾出来给解放军住，还被部队里的文化人写成歌儿唱呢。

弟弟信了哥哥，他不知道自家窑洞里都有些啥，但他知道生产队的仓库里有啥，他当的是生产队的家，自家就让哥哥当吧。但他就是看不上裘三妹的能吃，“咱家有粮你也不能光拿出来喂那胖娘们，秋季里学校就要建起来，有外沟的娃来上学，没带够午饭的给搭帮一把，落下个人缘，不强似把个女人喂成肥猪……”

“你懂啥哩，人家城里人来你的穷山沟，你让人吃不饱，那算啥哩，不厚道呢。再说，人家也不白吃，帮咱家干活，起猪圈粪、扫院子、拐小磨破玉米碴……啥力气活都能干，还能让咱吃上一口呢……”林树恩说到这儿，竟羞涩地红头涨脸的。

“哥，你可不能胡吃，做下个娃可咋整哩？”

“那可好着哩，我巴不得呢，咱野树沟的女子不傻、不蘖、不残、不挫的，都嫁到川儿上去了，那有水浇地，日子过得富裕，那是人家的奔头哩。沟外的女人哪个愿意嫁到这吃不饱穿不暖的穷山沟，哥二十一了，爹走了，自己不张罗，哪个肯操心呢？一双筷子，两根儿光棍，绝了后，爹在阴曹地府里也活着个没面皮。”

“是天堂，哪能是阴曹地府？”李树德纠正着哥哥的没文化，“裘三妹那么胖，缸瓮似的，你这么瘦，像根轴承，站在一起，不般配呢。”

“叱——”林树恩表达了对弟弟智商的蔑视和认识问题的偏狭，“瞎话，咋啦不般配？她胖，咱瘦，生个娃就不胖不瘦哩。不见那本地的老母猪，配上个巴克夏（进口种猪），就下一窝洋猪尜尜儿，又抗病，又长得快。”

三位知青最受重视的就属穆秋了。还没等晒干房框子，上梁坨、架檩子、铺荆芭，穆秋就接到双井公社妇联主任兼知青办主任林亚男的通知：参加公社文艺队。国庆节期间，双林县要搞“农业学大寨”文艺会演。同时被通知的，还有妇女队长梁山杏。

这个通知让林树德头疼。穆秋参加文艺队，他一点儿意见也没有，他会吹笛子会拉弦儿的，干体力活俩不顶一个，去就去吧，野树沟没什么损失。可梁山杏走了，女社员们谁管呢？他还能跟哪个继续夜夜读报纸呢？山杏身上的青杏的香味是那么好闻，清泠泠的，酸甜酸甜的，和她坐在一条板凳上或者一铺炕上，不论是有没有风吹进来，嗅到鼻子里的味儿都是香的。虽然还没有和哥哥一样把个人吃到口，但如果味儿都闻不到了，也够熬煞人的了。

林树德没有通知梁山杏，独自赶着白头芯儿把穆秋送到公社，就直奔姑姑的办公室。

“姑，我把穆秋给你送来了，但梁山杏不能来，她是妇女队长，帮我管着妇女的事哩，脱不开呢，你要个女的，裘三妹也行嘛，还有文化。”

“我的大侄子，你是傻了，是笨了，还是糊涂了？我要组织文艺队，到县里争红旗，争一等奖，不是组织体育队开运动会。就裘三妹那体型，在台上跳舞，就像砸夯，走起台步来，不是水上漂，而是滚皮球，你就别开玩笑了，马上把梁山杏送来，别耽误我排节目。”长期做农村工作的女干部，没有一个的工作作风不是风风火火干巴溜脆的。

“姑姑——求求你啦，野树沟离不开梁山杏，你相不中裘三妹，咱妹龙晓可是个女中音哩，她的户还落在野树沟……”

“你妹的嗓子比牛脖子还粗，听不惯。咱乡下人就爱听嗓子豁亮的，像郭兰英那样又高又亮又脆生的。你妹正教着课呢，县里进修学校要培训代课教师，可不敢耽误这个机会，你就别惦心着啦。”

“我们野树沟的人不行，就在别的生产队选个人呗，能唱歌跳舞的妇女还不多得是。”林树德还想软磨硬泡。

林亚男火了，“小德子，你别当歪嘴和尚。‘多得是’？你跟我找几个来，文艺人才是特殊人才，要是一划拉一筐，还叫特殊人才？谁说野树沟的人不行？梁山杏就行，我问你，是野树沟离不开梁山杏，还是你小德子离不开她，不就是长了双杏核眼吗？我的小祖宗，一共两个月的时间嘛，有什么舍不得的呢，摘了你的心还是摘了你的肝啦？到县里演出完了，我就完璧归赵，不差你一根头发丝，一根人毛毛……”

“……”林树德没话说了。

“臭德子，是我公社管你大队、小队，还是你小队、大队管我公社呢？是我姑姑管着你侄子，还是你侄子管着我姑姑呢？于公于私，你翻过蛋来了吗？翻过蛋来，我在公社食堂安排你两个馒头，一碗猪肉炖粉条，翻不过蛋来，你赶着你的白头芯儿，滚回你野树沟喝棒子面粥去。我还告诉你，你妹龙晓落户是落户，可没吃着你们野树沟的一斤粮、一口饭，你臭德子，管不着哩——”

有这等霸气的姑姑，林树德知道了女人的厉害。

裘三妹接替梁山杏做了野树沟的妇女队长。

在“三春不如一秋忙”的一个多月的时间里，野树沟的庄稼进了场院，知青点和小学校的七间石头根基土打墙的房子也上了盖。穆春漆了两块桦树板子，用黑漆的隶书写下了“野树沟知青点”和“野树沟小学”，分别挂在栅栏门的两边。很醒目，也很有文化味。

平整完了的院子很干净，就是看上去光秃秃的，没有生机。穆春说：“咱们在院子里栽些树，平上块操场，边沿上再开垦出几条子菜地，知青点有菜吃，学生们也有菜吃。”

林树德用鼻子“嘿嘿”一笑，“穆大队长，你痴人说梦呢吧？这里是山沟，不是平川，没有水，村里就一口辘轳井，还十八丈深，遇到春脖子旱，人畜都没得水吃，要到三里地以外的杏花泉挑水，种庄稼可以望天收，种菜，天不下雨，苗都长不出来。栽树好办，咱山上的山杏树、酸枣树多得是，捡壮实的挖几棵栽上就中了。”

“事在人为。”穆春抿嘴一笑，“栽树，咱们也不栽山杏，咱栽美国大扁杏，那东西结出的杏仁，又大又饱，烘烤熟了，可上国宴。咱也不栽酸枣树，咱栽大枣树，大枣养气补血，也能卖得上价钱，我琢磨这里的土壤能长酸枣树，就能长大枣树，它们都是一个科……”

“啥叫一个‘科’呀？”

“就是一个种类，一个基因……说得明白些，就是你们老林家从祖辈上，不论分出多少枝、多少杈，枝枝杈杈的都姓林。”

“哦……”林树德明白了，“就是说从根上就是一个种，一条血脉？”

“嗯。”穆春点了点头。

“那你说这水的问题咋解决？”

“打井。”

“打井？”

“打井。”

“十八丈深，不好打，咱怕眼前没那个气力。”

“让全营子人吃饱、穿暖，娃娃们有书念”，这是老爹林志勇的临终嘱咐，也是林树德执政的三项目标。现在看来，在不到两年的时间里，林树德就能完成任务，这速度已经是够快的了，在一个冬季再打一眼十八丈深的辘轳井，他觉得很有难度，生产队没有打井的钱，他也不想把自己累得弯腰驼背，长不成一个直直溜溜的身板。

“不是打辘轳井，是打机电井。”穆春一脸的认真，一脸的胸有成竹。“我父亲原来是省农牧水利厅的干部，最近被解放了，派到咱们县当‘农业学大寨’工作队队长。省里有援建项目，若是争取到，省里会免费给配套设备。”

“有这好事，天上掉馅饼啦？”林树德瞪大了眼珠子，欣喜若狂。

“事在人为。”穆春又说了一句。

穆春的冷静与理性让林树德产生了怀疑，“你说打机电井，可咱山沟沟里没电，都点着煤油灯呢。双井镇有电，可离这儿三十多里呢，坡坡沟沟的，得栽多少电线杆，拉多长的电线呢？你穆大队长，还是痴人说梦哩。”

“电线不通，可以用柴油发电机发电，培养一个电工，这活儿就齐了。”

林树德开始认识知识青年的有知识有文化了。

“肥水不流外人田”，电工这差事不能落到外人之手。林树德与大队民兵营长铁命是一条膀子晃出来的铁哥们。铁命是蒙古族，骑马打枪是马背民族的生存本事。他是草甸子生产队的人，凭着骑马打枪的本事当了大队的民兵营长。那年，全大队的基干民兵一起集训，胳膊头硬爱打仗又自来熟的林树德不到一天就与铁命“英雄相惜”，成了至交，一铺炕上打呼噜，都是一个声调，要不，他围剿梁嘎达的时候，铁命咋来得那么快。民兵营长不脱产，牧马人出身的铁命扶犁、点籽、种庄稼……都很吃力，英雄难有用武之地，如果当了电工掌握了新技术，顺着垄沟找豆包的庄稼人就得抬着脖子看，就得捧着、敬着。

林树德找到铁命一说，铁命高兴的要跟林树德摔跤。林树德没跟他摔，要他向大队书记请假，陪着穆春去找他的父亲——辽宁省驻双林县“农业学大寨”工作队队长穆樵夫。

儿子带着大队的民兵营长来找自己争取支农项目，要改变第二故乡的落后面貌，落实毛主席“农村是一块广阔的天地，知识青年在那里是可以大有作为的”最高指示，穆樵夫感到欣慰，儿子有志气，有作为，想要干事，他当然要支持，不过，为了避嫌“走后门”，他提出了“野树沟生产队，如果能在一个冬天，在荒山上造出千亩大寨田，他就无偿地给野树沟生产队配套两眼机电井，一眼在营子里的知青点和小学校，一眼在山上的千亩大寨田里”。一个生产队能在一个冬天修造出一千亩大寨田，是学大寨工作队的政绩，也是工作队手里抓出来的典型，当干部的，要懂政治。

4

野树沟最美丽的女子梁山杏像一片浮萍，漂悠悠地就卷进了爱情的漩涡里。她一天不见到穆秋，就灵魂出窍，“上穷碧落下黄泉”，不知道到哪儿去寻她的情哥哥。

与穆秋等三位知青一见面，她第一时间就把目光聚焦在穆秋的身上：多么挺拔顺溜的体型啊，笔管溜直的，多么文气的一张白脸啊，平乎乎的连个青春痘都没长哩，一双细眼饱含着忧郁，一看就是艺术家的气质。任野树沟的梁姓、林姓和杂姓的人翻遍祖宗八代，也找不出一个这样气质的男人。乡下人的眼神有着明亮、坚毅、狡猾、卑琐、智慧、痴呆、幽默、谦恭、耿介……可就是没有忧郁，这样的眼神，只有城里人才有，只有城里的文化人才有。梁山杏做梦都想嫁给一个眼神忧郁的人，就像戏文里的白面书生，这样的眼神让人心疼得牵肠挂肚碎碎着呢。

林树德去接知青们临走时做了安排，让林树恩负责给知青们做饭，山杏给知青们做菜。她找到羊倌乌力吉，牵回来了一头白山羊，让林树恩宰了，做了一盆羊血盘肠和一锅黄花菜炖羊肉。黄花菜是她早上到山上采的。七月，正是黄花盛开的季节，没开花的骨朵叫金针，开了花的才叫黄花，都属百合科。切糕撒出来了，羊血肠也出了锅，就剩下把黄花往肉锅里填了，可左等右等，就是看不见马车的影子，山杏就一趟一趟地往营子边的山道上瞭望。

山里人有句话："雹打一条线，大雨靠边站。"解决了裘三妹的月经带问题，林树德赶着白头芯儿和两匹驴骡子一溜烟地往野树沟跑，跑着跑着，眼看爬上这道梁，拐过一道山弯儿，就是直通野树沟的下坡道了。突然，远处的天上晴着天就响起了一阵闷响，林树德也没怎么在意，他还认为是哪个大队的基干民兵们在打防雹炮呢。反正他头顶上的天是响晴着，顶着太阳呢，要不是时时的山道边有一片片树荫遮着，怕是一车人要晒成肉干。

"驾——"林树德又打了一个响鞭儿，白头芯儿和两匹驴骡子也着急着回家，埋着头，蹬着蹄子往前颠。转过弯儿了，到下坡道了，林树德松下了一口气，该省点力气了……啊！白头芯儿突然"咴咴"地叫了起来，两条后腿使劲地往后戳着，它是想用自己的力气刹住车，可这是下坡路啊，车轮的惯性不是小的力气能够刹得住的……林树德一惊，抬头一看，吓出了一身冷汗，前面的山体上冲下了股洪水，随着洪水还有滚落的石头……林树德跳下车，奋力扳下了车闸，三个知青也随着跳下车，一起往后拖车，林树德大叫着："找石头，打车眼儿！"

穆春机灵，马上跑到路边，看见一段木桩，搬了来，挡在了右车轮前面，裘三妹用手抠起一块石头搁在了左车轮的前面……好险啊，要不是白头芯儿戳住腿，及时刹车，那山上滚落的石头可不长眼，它不认你是知识青年还是生产队长，哪怕一块脸盆大的石头滚落到车上，都会是人仰马翻，死了我林树德不怕，三个知青中死了一个，我咋见他们的爹娘啊！

磨盘大的、鸡蛋滚子大的、洋铁皮水桶大的、南瓜大的石头还在叽里咕噜地往下滚呢！

"我的宝贝儿，救命恩人……"林树德抱着白头芯儿的脖子亲了一口，滚下了眼泪。以后，每次出车，他都给白头芯儿的草料里加一块喷香的豆饼，到了大年夜，他还会端一碗饺子喂给白头芯儿，这都是后话。

白头芯儿打着响鼻，喘着粗气，"唠唠"的一戳后腿，在天就要黑了的时候，把从省城来插队的三个知青拉到了野树沟。

吃着林树恩撒的大黄米面切糕和梁山杏熬的羊肉炖黄花菜，喝着乌力吉老汉酿的马奶酒，穆秋应林树德的邀请，打开琴盒，给第一次见面、第一次看到小提琴的野树沟的父老乡亲演奏了一曲《梁祝》，裘三妹捏细了嗓子即兴伴唱：

“碧草青青花盛开，
彩蝶纷飞久徘徊，
千古传诵深深爱，
山伯永恋祝英台——”

听着缠绵悱恻细细如涓流的琴曲和抓着心挠痒痒的歌词，梁山杏的心醉了，醉得没有了魂灵；身子酥了，软绵绵的像没了骨头。她恨不得化成一股杏花水，融进这仙乐般的琴声里，融进这位如玉树临风一样优雅的拉琴人的身体里……

在上公社文艺队之前，她之所以每每去队部和林树德一起读报，一任他肆无忌惮地闻自己身体里的杏花香，一则，是自己不敢得罪他，女人们习惯依附权势，林树德是生产队队长，野树沟的事是他一个人说了算，他让自己当了妇女队长，就当了妇女队长，他让自己兼任代销点的售货员，自己就比普通社员多一份工资，而且是现钱，不是记账的工分。二则，来自于她的文化自觉，她只念了初小，会了个加减乘除，认得了上千个常用汉字，但比起省城里来的高中毕业生，不谈城乡差别，她还有着八年文化课的距离，读报，拿不到毕业证，但读报就是学习，学习就会进步，知识是人类进步的阶梯，迈上一步是一步，“五十步何必笑百步”的说辞一点儿道理都没有，五十步加五十步才等于一百步，一百步减五十步就等于五十步，这能土豆倭瓜一勺烩吗？还有一个最重要的原因，就是在知青点落成之前，男女三名知青被林树德分别安排在生产队的东厢房和西厢房。东厢房是饲料仓库兼男生宿舍，西厢房是粮食仓库兼女生宿舍。五间正房是生产队的会议室、值班室、队部、食堂、农具库。自从把一颗杏花似的芳心拴在了穆秋的身上之后，山杏每天吃完晚饭的第一件事，就是直奔男生宿舍，她有一块锈着杏花的小手绢，每天都会用肥皂水洗上一遍，再放在撒了胭脂豆子粉末的清水里浸泡一下，晾干了，包上些吃食给穆秋送去。她知道知青们的口粮不够吃，他们又不会像当地人那样：春天捋榆树钱拌上玉米面蒸布罗，夏天薅上篮子猪毛菜贴菜饼子，秋天青玉米下来烀上一锅……干稀搭配瓜菜代省着粮食吃。民以食为天，能吃出花样来，是人与动物的一个很大的区别。三个知青轮流做饭，他们是有米一锅，有柴一灶，没当过家，也不知道柴米贵，过日子一点也不会算计，糊弄熟了就往肚子里填。特别是那个裘三妹做饭，会常常把一锅贴饼子熬成一锅玉米面粥，她顾了锅上，顾不了锅下，灶里添不及柴，就应了一句歇后语：凉锅贴饼子——蔫遛了。这样下去可难行啊，这么重的农活，死热皇天的，穆秋那单薄的身子没有吃食填饱肚，怎么顶得住！

原生产队长梁嘎达的家里别的财富不敢说，粮食底儿还是有些的，瘦死的骆驼比马大，掌过权的和没掌过权的，就是不一样。梁山杏的娘很会做农家饭，调着样的粗粮细作，小米面掺大黄米面蒸成散状，甜丝丝的香；煮一锅芸豆擦成馅，发了黄米面烙年糕饼，如果不是糖精放多了，那是一个又甜又糯；用榆树皮面与高粱面掺到一起轧饸饹，滑溜、筋道、顺口，一扒拉就是一碗下肚；高粱米加芸豆捞的豆干饭，那叫一个香，顶饿……除了饸饹不好用手绢包，其他几样，梁山杏一律用手绢包了，给穆秋送过去。没啥可拿的时候，她就捞上一碗咸杏仁沥净了水包了去。咸杏仁是野树沟的特产，把山杏核砸了取仁，用开水焯了挤掉皮，放在凉水里泡着去了苦味，然后放上点盐淹着，啥时候吃，都是越嚼越香的干果。反正这么说吧，梁山杏每次去队部都不空手。

一铺炕住着，穆秋绝不会吃独食，每次都有穆春一份，尽管梁山杏不太情愿，但也不能做得太露骨，山里姑娘有着自己的处世哲学，宁落一群，不落一人，再者，穆春也不白吃她的，他有着一箱子的书，她看不懂《复活》《红楼梦》《巴黎圣母院》与《安娜·卡列尼娜》，但像《青春之歌》《林海雪原》《艳阳天》《喜鹊登枝》，凭借着穆春的《新华字典》查字，还是能够学着、蒙着、磕磕绊绊的越读越顺溜。

吃完了梁山杏用手绢包来的吃食，如果林树德还没来，山杏就会缠着穆秋拉小提琴或者二胡。吃人家的嘴软，拿人家的手短，再者，拉二胡、拉小提琴是穆秋的爱好，爱而好，就不能荒疏，有了天赋，勤奋是第一的。

穆秋的琴声往往会招来吃了饭的老少社员们，野树沟生产队队部院子里静谧的夜空下，或站或坐着几十号男男女女，抽旱烟的抽旱烟，纳鞋底的纳鞋底，哄孩子的哄孩子。

乌力吉老汉是个蒙古族人，孤身一人在山上草甸子放马，一匹烈性的儿马子带着套马杆飞跑，把他拽下马来，摔断了一条腿，他不能放马了。正好营子里梁姓人家出了个寡妇，还有着一儿一女两个孩子，家里没有劳动力，日子难过呀，就有人撮合着乌力吉到野树沟当了上门女婿，给生产队放羊。老天眷顾，也是乌力吉老汉有种，第二年这寡妇就生下了一个小闺女，起了个蒙古名叫托娅。

老来得女，营子里的人管托娅叫秋纽子、小垫窝。秋纽子指的是瓜果过了盛期，立秋以后结成的拉尾巴的小果实；小垫窝是猪、兔、鼠等多胎动物下生时，最后一个出娘胎的小崽儿。秋纽子和小垫窝因为气候和营养都被别个占了先机，所以，一般都是体弱多病，很难成活的。小托娅不同，许是蒙汉杂交血缘远的缘故吧，小托娅大大的眼睛，卷卷的头发，水润润油光光的皮肤，没有一丝衰败的感觉。乌力吉不管秋纽子、小垫窝之说如何顽固猖獗，他心里总是在淌着蜜，总是自己的骨血嘛，他爱得“顶在头上怕吓着，含在嘴里怕化了”，整天乐呵呵的。他人很随和，生活习惯也渐渐地随和了乡亲们。队部的露天蚊子多，他让七岁的小托娅回家抱来一捆艾蒿拧成的火绳，用烟袋锅里的火点燃，晚风一吹，袅袅旖旎的艾蒿烟，云一样的在人们的头上盘旋着，缥缈着，靠吸人血活着的蚊子们就像遭了瘟疫一样，或逃或死，一会儿就没了踪影。

小托娅不愿意走，她的眼里穆秋就是个谜，不论是吹的、拉的、弹拨的，一个玩意儿到了他的手上和嘴里，就能发出那么好的声音，那么美的声音，像一只小手在心里挠痒，轻轻的，柔柔的，让心里舒服的像躺在云朵里一般，像仙女在睡觉。要是这个大哥哥整天陪伴着自己当仙女多好啊，想着，想着，她就变成了仙女，在天空中飘，在大山里飘，在草原上飘，在她所见过的一切地方飘……她盯着穆秋，亦真亦幻地看，亦真亦幻地想，一步也不愿意离开穆秋，她怕一离开穆秋，自己就找不到飘的感觉了……可是不行，阿爸说了，不去拿火绳，蚊子就会叮咬大哥哥的手、大哥哥的脸、大哥哥的脖子，大哥哥一切裸露的肌肤。一想到臭蚊子要叮咬大哥哥，小托娅激灵一下，立刻从亦真亦幻的境界里跑了出来，回家去抱火绳了。她比一般七岁的孩子都有力气，她搬来一大盘火绳，来保护大哥哥。

穆秋坐直了身子，左手把弦，右手抖弓，《江河水》《北京有个金太阳》《扬鞭催马运粮忙》……或凄楚，或欢快，或澎湃，或滋润地流淌出动人心弦的旋律，不适时的还有人提议：

“拉上一段评戏……”

“拉上一段二人转……”

“拉上一段皮影……”

评戏、二人转、皮影，都是东北的戏剧品种，对于受着东北文化艺术氛围熏陶的穆秋，自然是没有多大的难度。他几乎做到了有求必应。营子里哪时过得上这样高雅的文化生活，哪时有这样的艺术乐趣？这里的乡亲们没有鼓掌的习惯，他们就会叫好，扯着嗓子喊：

“好，忒好了，忒好了！”

“小秋忒有才了！”

穆春、穆秋都姓穆，乡亲们为了便于分辨，不叫他们“小穆”，就叫他们的名：一个叫小春，一个叫小秋。

“德子这小子把知青招了来，算是给咱营子里办了件大好事。”

“可不是吗，有文化就是有才啊！”

每当听到乡亲们这样夸赞，梁山杏的心里就像灌了蜜，她抓着一把把的苞米花给几个没牙的老太太，一边往枯树枝一样的手掌心里放，一边自豪地说着：“是我让的呢，是我让小秋拉的呢，一会儿还拉小提琴呢，我打发小托娅去喊裘三妹了，她能跟着琴唱歌呢！”

“不用三妹，你的嗓音就挺供耳朵。”

于是，梁山杏就大大方方地跟着穆秋的琴声唱自己会唱的歌。

山杏和穆秋从公社文艺队演出回来，已是初冬了。东北的山里人有个习惯，叫作猫冬。顾名思义，就是收了秋，粮食进了囤，大白菜渍进酸菜缸，累了一春、一夏、一秋的庄稼人该歇歇了，冰天雪地的，要像老猫趴在热炕上晒太阳一样，蜷曲在热炕头上或者靠着墙根儿，蹲在向阳处，抽烟、拉话、吹牛，谈古论今，飞短流长，或者在谁家的炕头上放上个小炕桌，摸摸小牌，掷掷骰子，悠闲滋润地“猫”着。

这是往年野树沟人的习俗和营生，今年不行了，今年冬天的野树沟要办两件前无古人的大事：一是野树沟小学开学；二是要举全生产队之力，刨掉换不来钱的酸枣树，建造一千亩大寨田。

野树沟自己办了小学，自己出教师。林树德已经选了穆秋和裘三妹当教师。他亲自任校长，管行政；穆秋任教导主任，管教学和三四年级的语文、算术课和文艺。裘三妹管一二年级的语文、算术课，兼全校的体育课。野树沟办学校不是闹着玩儿，要正规化，完全按着教学大纲来，虽然学生们的年龄参差不齐，从八岁到十四岁的都读一年级，但也得预备着挑学习好的，年龄大的，下半年就让他们跳级开二年级的课。至于三、四年级的学生，就从双井镇小学往回挖。五十多个学生就得有两位代课教师的编制，这是他找了姑父龙啸从县教育局争取来的指标。

在荒山上建造一千亩大寨田，不是个小工程，是个大会战。全营子老老少少，能干动活的，都上山了，就留下林树恩和小托娅的妈给会战大军当火头军，做大锅饭。林树德恢复了梁山杏的妇女队长职务，又果断地任她为铁姑娘队长，队员们一天记十分工，铁姑娘队长记十二分，他不能亏了梁山杏。

到此，来野树沟插队的三名知青，林树德都给做了高出一般社员的安排，一个政治队长，两名代课教师。为此，他还受到了公社妇联主任兼知青办主任姑姑林亚男的表扬，说全公社的知青安置最好的就是野树沟生产队，说等腾出手来，在野树沟开一个全公社的知青安置现场会，让林树德做中心发言。

这样的安置让梁山杏不愿意了。她回队后，又当回了妇女队长，可她不愿意再吃回头草，也不愿意当什么铁姑娘队长。她喜欢穆秋，做梦都想自己有一双穆秋那样忧郁的眼睛。她要和穆秋在一起，就像在公社文艺队。昨个后晌，林树德在班子会上宣布了决定，当着穆秋、裘三妹的面，她不好说什么，就期待着晚上林树德来队部读报，好跟他提要求。但她左等右等，不知林树德窝在家里干啥呢，愣是打破了常规，没见个人影。今早儿一上山，她就觉得不能再等了，必须在开课前自己上位替下裘三妹当代课老师，否则，黄瓜菜凉了，也不能回锅啊！她一把拉住林树德，把他拖出了大会战的人堆。

“咋不让我当代课老师，我不是早跟你说过吗，我要当代课老师，你咋胳膊肘往外拧，不向着当营子人？”

“就你那初小的文化，你能赶上人家穆秋和裘三妹吗？人家可是高中毕业。”林树德不怕硬茬。

“我不跟穆秋比，我跟裘三妹比。她是搞体育的，文化课不比我强到哪儿去。我知道你的贼心眼子，你想把我拴在你的裤腰带上，天天绕着你转，瞎子垒墙——没门！”

说林树德有贼心眼子，气势汹汹的梁山杏也有贼心眼儿，她必须和穆秋在一起。在公社文艺队的两个多月里，除了不在一个屋里睡觉，排练、演出、吃饭，她跟穆秋形影不离，她有着最充分的借口——她们是一个营子的。

穆秋担任着作词、作曲、导演、演员的繁重任务。梁山杏没有那么多的任务，自动担任了穆秋的生活助理，洗衣服、刷鞋、打饭，这些活儿她都包了，要是食堂里吃个豆包、馒头、包子等细粮饭，她就把自己的一半留给穆秋当夜餐。别人排练完了就没事了，穆秋还要打夜作，写词、写曲子，编排第二天的排练计划，设计队形和舞蹈动作。梁山杏最幸福的时候，就是看着穆秋吃着自己那半份细粮饭，香甜在穆秋的口里，也香甜在山杏的心里。夜晚，她会做一个梦，梦见自己胸前戴着大红花，与穆秋牵手，做了城里人的媳妇。她已经离不开穆秋了。再说，代课老师是有条件转成正式教师的，转成了正式教师，她就能挣工资，就是铁饭碗，变了乡下人的身份，就更有资格当穆秋的媳妇啦。她坚决不要再当什么妇女队长、铁姑娘队长，她要改变自己乡下人的身份，她要一步步地成为城里人。她去过县城，那马路都铺着黑油漆，光溜溜的，街里走上一圈，鞋上、衣服上一点土星都不沾。

“拴在我的裤腰带上，你就是队长的媳妇，还冤了你了，屈了你了？由我管你一辈子，你就享清福吧，没人敢欺负你。”男子汉做事不瞒不藏，吐口吐沫落地都是个钉。

“我自己能干事，干啥要你管我？”梁山杏是梁嘎达的女儿，野树沟的高干子弟，她知道生产队长到底能有多大权力。

“别给你脸不要脸，我就不批准你去当老师，你连个温柔劲儿都没有，哪来的对娃儿们的耐心？没有耐心你能教好娃？看把你能的。”林树德是个遇硬更硬，遇软更软的人。

“你不让我当老师，我就去公社告你想‘吃我’的事，说你要流氓，叫你入不了党。”

这可是撒手锏，林树德和穆春都填了《入党志愿书》，要是有人告自己耍流氓，入党的事，就彻底没戏了。

林树德退却了，但他也有难处，因为他已经告诉裘三妹不用来参加改造大寨田的大会战，让她和穆秋一起到县里去购买初小的课本，课本买来后，野树沟小学就要正式开学了。

梁山杏看出了林树德的为难，就说：“等裘三妹回来，我自己跟她说。”

5

不年不节的，野树沟响起了“噼噼啪啪”的鞭炮声，全营子的乡亲们都来了，野树沟大山里的这么个皱褶，开天辟地地办起了学校，这就像画家画画一样，一幅浓墨重彩的山水画儿，在这里用了一下皴笔。娃儿们有书念啦！能识文断字，能打算盘，能写毛笔字，还能唱歌、跳舞、打篮球，这是比过大年还喜庆的节日哩，谁能不来看这个热闹！

龙啸和林亚男夫妻一起骑了马并辔来到了野树沟，除了祝贺野树沟小学开学，他还宣布了公社党委的一项决定：“抽调穆春为公社党委秘书。”

公社党委批准了穆春和林树德加入中国共产党。

龙啸看了穆春《入党志愿书》“事迹”一栏填着“为野树沟生产队争取到了两眼机电井的配套设备和补助资金……”马上意识到这个知青是一个非常难得的人才，待在野树沟，天地太窄了，把他调到公社，让他为全公社争取“农业学大寨”项目，“天高任鸟飞，海阔凭鱼跃”，他的作为就太大了。所以，在公社党委会研究审批党员的原有议程上，他又加了一个议程——抽调沈阳知青穆春为公社党委秘书。

“社员同志们，知青同志们，我们农村太需要有知识、有文化的青年了，野树沟在这方面做出了突出的贡献，等你们的千亩大寨田建造成功，公社就在你们野树沟开个现场会，把你们的经验在全公社推广推广。”龙啸人高马大，就是瘦弱些，讲话的声音挺高，就是底气弱了些。姑姑说过，他的胃口不太好，喝酒太多，一吃玉米面就喊着胃酸。

林树德这回可露了脸，也给姑姑林亚男和姑父龙啸长了脸。他人前人后地跑着、招呼着、吆喝着，狗皮帽子的两根带儿扇乎着，犹如芝麻官头上的纱帽翅儿。

梁山杏快乐并兴奋着，上完了一节语文课、一节算术课，把学生们交给了穆秋，马上跑到队部食堂跟林树恩忙活着捞红芸豆高粱米干饭，炖猪肉酸菜粉条。公社书记和妇联主任来了，她总得表现表现。何况，在此之前，野树沟大大小小的事有哪样离开过她的表现。老爹梁嘎达离开了野树沟的政治中心，她得补上这个“缺”，不能让营子里的人认为老梁家没人了。她高兴的是裘三妹太好说话了，当梁山杏把自己要替她当野树沟小学的老师一事，不太好意思地、怀着夺人之美的忐忑不安地揣了小兔子一样的心情跟她一说，裘三妹立马做了一个漂亮的掷铅球的姿势，说：“就这样吧，我正为整天圈在教室里当孩子头糟心呢，那活多栓身子啊，就囚在一个四方院里了。我愿意干体力活，像刨枣树根、修大寨田的活多爽啊！多豪迈啊！头顶蓝天，脚踏荒山，比哄孩子强多了。

青天一顶星星亮，

荒原一片灯火红，

……”

大嗓门的歌声厚实又豪迈，梁山杏仿佛也受到了感染。

6

裘三妹上了瘾。

知青点建成，她自己分到了一间宿舍，一铺能睡四个人的火炕就睡她一个人，很宽敞，也很舒服，更主要的是离着林树恩的家近。知青点三间房子挨着林树恩的家，小学校四间房子挨着知青点，都是一堵土墙之隔。现在是学大寨大会战，已是公社秘书的穆春还没到公社上任，他在野树沟的使命还没有完成，他昼夜赶班，和民兵营长兼野树沟生产队电工铁命一起，带着一队人马打着小学校内和大寨田上的两眼机电井。机电井出水之日，就是他离开野树沟之时。

裘三妹的铁姑娘队，在林树德的统一领导下，在山上修梯田。保管员林树恩把生产队的食堂搬到了知青点，连三个知青的饭一起做了。

老天特别眷顾年轻的生产队长，在他上任的第二年，十年九旱的塞上高原今年不旱了，望天收的野树沟收获了丰收。白头芯儿往返十多趟，交足了公粮，野树沟五十多户人家户户粮食分得足、分得全，加上林树德对社员们刨镐头地睁一只眼，闭一只眼，野树沟生产队缺粮的帽子彻底被抛到了沟底。巧妇难为无米之炊，有了米，笨媳妇也会捞干饭。林树恩的火头军干得舒心，中午给会战大军做饭，有托娅的娘梨花做帮手。晚上的饭就是给知青点的三个知青做，省事多了，因为做饭，锅灶连着炕，炕热屋子暖，男宿舍、女宿舍的屋子都暖烘烘的。他烧了开水，几个人一回来，就能洗脸、洗脚，然后吃饭了。每当这时，都是林树恩先走，过一会儿，穆秋也走了。学校里有一个声乐小组，几个嗓子好的学生都被穆秋发展成了组员，他正在申请双井公社中心校，给野树沟小学配一架脚踏风琴，有了键盘乐器，对学生们学点乐理和视唱练耳太有好处了。

穆春也走了，他要到队部去找铁命，给他传授物理知识，让他在自己走后，做个好电工。

穆秋、穆春一走，裘三妹也跟着出了知青点的院门，翻过墙头，就到了林树恩的家。她不进林家的三间正房，她进正房后面的窑洞。林树德不管家，他在家不在家都不会上窑洞里来。窑洞冬暖夏凉，林树恩生了火盆，小炕上铺了狗皮褥子，就成了他们两个人的洞房。吃饱了肚子不用再往肚子里填食了。他们迅速地抱到一起，你啃我咬一会儿就进入了高潮而不能自已，于是脱衣解裤……一个二十一岁，一个十八岁，正是青春勃发的年华，身子里的劲儿憋着，就等着这个时刻用呢。

此时的裘三妹像喝了蜜糖水一样，通身甜蜜，好像一天重活劳累的身子一下子就缓过劲来，累，没了，苦，没了，腾云驾雾的感觉欲死欲仙……原来男女之间的这个秘密弄穿了是这样的美好啊，比吃肉得奖状都美啊！有了这样的觉悟，裘三妹一有机会，就对林树恩眨眼睛，互相会意，趁着夜色潜进窑洞里，乐此不疲。

7

时间才过去了两年，一个青春的核能量团就这样烟消云散了吗？

在双井镇的小酒馆里，穆秋把自己喝得烂醉。他骑着野树沟一头骡子赶到双井镇，来送穆春上大学。

恢复了高考，穆春和在公社中学当代课教师的龙晓都考上了大学。穆春考上了东阳农学院园艺系；龙晓考上了辽宁大学中文系。龙晓一喜一悲，喜的是，凭自己的能力考上了自己喜欢的专业；悲的是，老爸龙啸患上了胃癌，住进了沈阳医学院附属医院。

裘三妹也走了，被抽调到了辽宁省体工大队，重操老本行——掷铅球。

上了瘾的裘三妹遇到了麻烦，她的肚子硬邦邦地鼓了起来，怎么摁着也不软乎。“红色运动”好几个月没来了，可她一直没怎么在意，初潮过后，她的“例假”是不按月的，有时一两个月来一次，有时三四个月来一次，不按月，也不按天，所以，她没找着规律。她倒是很爱吃酸的，秋天打下的酸枣她一个冬天吃了一面袋子，这也不算什么呢，因为知青点就她一位女生，男生谁也不爱吃酸枣，她又是个吃什么都行、吃什么都香的主，从不挑食，只要有吃的就行。到了春天，她脱掉了冬装，怎么看自己也不见苗条，本来就大的肚子更大了，就是这也没引起她的警觉，她照样寻找机会和林树恩“过瘾”。直到清明节那天晚上，她在窑洞里吃了林树恩给她留的煎饼卷鸡蛋，解了腰带，在狗皮褥子上舒舒服服地和林树恩翻来调去鸾凤颠倒地“过瘾”时，她的肚子里突然有东西动了一下。这一动，林树恩也感觉到了，他停止了动作，一动不动地趴在裘三妹的肚子上。

“笨种，你硌死我了，还不快滚下去。”裘三妹一把推开林树恩，坐了起来，她低头看着自己的肚子，一跳，一蹬，一撞，一顶，好像有个小人在练长拳……

再迟钝的女人也知道，这是怀孕了。

“林树恩，你个王八蛋，你害死我啦！咋整呢？我咋见人啊？咋活呀？”裘三妹敲打着林树恩瘦骨嶙峋的胸膛，哭喊着把一串问号抛给了眼前的这个肇事者。

“咋整？养呗。”林树恩一以贯之的冷静淡定。遇到啥事都不慌不忙，是他一贯的性情，与林树德正好相反，不知道这遗传基因到了他身上，咋就拐了个弯儿。他眨了眨细密的小眼睛，泛起了一分狡黠，嘴角微微抖动着扯出了三分坏笑。

“养？我一个知识青年，一个大姑娘，一个城里人，还没结婚呢，就给你养孩子？”像京剧的贯口，裘三妹排子枪似的把一串“不可能”射向了林树恩。

“有了，不养，你能咋地呢？”林树恩仍然是不急不恼。

“咋地？咋地？咋地……”裘三妹也不知道该咋地。

营子里有个人知道该咋地。他就是下台两年的生产队长梁嘎达。

一个生产队五十多户人家，都在一条沟里住着，谁家的院墙也没有四尺高，有点啥事街坊四邻能不知道？死山沟子里除了穆秋的二胡和小提琴，对了，还有公社中心校支援的一架脚踏风琴，就没有什么动静了，寂寞沉闷的生活里就盼着有个动静。

“生产队长家把个女知青弄大了肚子”的动静，一下子就把个野树沟震翻了，这是个最高级别的大动静，因为它发生在队长家，还是男女之间粉头花色的新闻，加上女方是知青，是妇女队长兼铁姑娘队长。

“这两年的香盈都被林树德占了，这两年的风头都被林树德出了。这等鸟气憋在肚子里两年了，都快憋出病来了，咱不憋了！”梁嘎达牵出牲口圈里的黑叫驴，跟梁山杏和她娘说了声“俺上供销社给你进些杂货”，一片腿，骑上驴背，半头晌的功夫，就到了双井公社党委书记的办公室里。

“龙书记，出大事了，野树沟出大事了！林树德把女知青裘三妹搞大了肚子，都出怀了，怕是有五六个月啦！那裘三妹又蹦又跳上树爬墙地要弄掉孩子，就是弄不掉，羞得要跳沟寻死，让林家哥俩死死地抱住，才没出人命。龙书记，你得管管呢！俺丫头山杏读那《辽宁日报》，说是强奸女知青是破坏知识青年上山下乡运动，要枪毙呢！”

龙啸工胃疼着呢，他用右手顶着胃部，豆大的汗珠滚落着，把张蜡黄的脸洗得更黄了。他叫人把妻子林亚男叫来。

“你马上去趟野树沟，查清裘三妹是咋回事，拿个意见，党委好研究研究。”

“不行哩——”抽着旱烟袋的梁嘎达喷出了一团烟雾，出面阻止道：“龙书记，都知道林树德是你家妻侄儿，姑姑去调查，难免官官相护，你派个别的人去吧，要不，俺要上县里知青办反映哩！”是啊，两年多的夺权之恨，三十里山路的颠簸劳累，中午还得花钱在双井镇吃顿饭，梁嘎达要的岂是这种结果？

“这个事必须压下去。”这是龙啸的第一想法，“破坏知识青年上山下乡”是个大罪过，野树沟生产队长林树德搪不起，他双井公社党委书记龙啸也搪不起。他把目光投向妻子，林亚男是个遇事果断、办事干练的女干部，如果不是自己当着党委书记，她早就应该被提拔到党委副书记或公社革委会主任的位置上了。

丈夫的眼神林亚男一接就明白，他们夫妻间在革命斗争中早就“心有灵犀一点通”，她当然知道眼下要稳住梁嘎达，要把这件事大事化小，小事化了。

她和蔼地对梁嘎达说：“老梁，还是你有党性和原则性，我应当回避。这件事的处理，你看这样行不行。让公社知青办副主任钱华和你们大队民兵营长铁命组成一个调查组，去野树沟调查。你是个老党员了，你协助他们，让他们住在你家。”

重新被重用，这也是梁嘎达此行的目的之一，他被林亚男的和蔼打动了，就说：“中。林主任说了，我看中。”

“山杏干得好吗？过些日子，县里进修校办学习班，我推荐推荐她，要不，就她那初小的水平，怕人家说她师资不过关哩。”

梁嘎达不懂什么是“狮子不过关”，但他立刻明白了，女儿能不能继续当野树沟小学的代课教师，归着林亚男管哩。

8

调查组进驻野树沟，就住在梁嘎达的家里。说是调查组，其实就钱华一个人。铁命兼着野树沟的电工，两眼机电井打出来了，现在正是浇地的时候，山下浇菜地，山上浇梯田，忙得掉了“纂”，哪有工夫搅进调查组？他和钱华在梁嘎达家见了个面，就说：“钱主任，山上忙着哩，浇不透水，这千亩大寨田不丰收，咱咋向人家省学大寨工作队穆队长交代？咋对得起人家的支援？穆春也不会饶过我。他把这么重要的工作交给我，干不好，也不够哥们意思。男女有别，这女人的事，还是你们女人解决吧。我怎么着都行，行吧？”他说完，一拱手，抱拳拜了三拜，一溜烟儿地跑了。

“女人的事女人解决。”钱华没带梁嘎达，她怕梁嘎达跟着，解决事情的思路会被搅乱，便独自一个人去知青点找裘三妹。

裘三妹没去出工，在知青点菜地浇园子。修好了一千亩大寨田，铁姑娘队就解散了。正好知青点里修了百十个畦子种菜，保管林树恩当了园头。他干活细致，打好了畦埂，用晒牲口料的筛子把打碎的土坷垃又筛了一遍，农家肥和饲养棚的骡马粪让他捣了个细碎，整整铺了二指厚。就这样精耕细作，一百多个菜畦子让他绣成了一块块花格布。早春畦的韭菜已经有一豁口高了，就是单细了些，再过几天，就是端午节，头刀韭菜割下来，足够全营子五十多户人家包鸡蛋韭菜馅饺子了。茄子秧、辣椒秧、黄瓜秧、豆角秧栽了个齐全，围着半人高的土打墙又种了一圈小倭瓜，到秋后，焖上一锅青玉米，再配上土豆熬倭瓜，那就是一顿新鲜粮食新鲜菜，管饱没够。

知青点的菜地知青们白吃菜，社员们吃菜要记账，秋后一起算。知青点真正的知青就剩下裘三妹和穆秋两个人，穆春到公社当秘书去了。铁命看着穆秋一个人住着孤独，把行李卷搬进男生宿舍，隔三岔五的浇地晚了，不回山上的甸子，就宿在知青点。他刚跑回来，告诉裘三妹在知青点等着来调查的钱华，还告诉三妹要实话实说，别害了林家兄弟。

裘三妹不服气，说：“哪是我在害林家兄弟，分明是林树恩害了我。我一个大姑娘家家的成了个大肚子，还怎么见人？”

铁命说：“母狗不掉腚，伢狗咋上弓？你不翻人家墙头，人家是拿枪逼着你了，还是拿绳子捆着你了？好好琢磨琢磨吧，别害了人，自己也没香盈。”

裘三妹越想越烦，在屋里待不住了，抄起把铁锹，就顺着小渠帮溜着，给一个个菜畦子开口子放水，再一个个堵上，怕淤了灌。

她不认识钱华，但看一个穿戴整齐的陌生女人朝自己打招呼，就断定了她就是铁命刚才说的钱华。

钱华开门见山，问她是不是怀孕了。她倒也不隐瞒，也隐瞒不住，那么个大肚子挺着，怎么看也不像是胖的。

裘三妹手拄着铁锹把，眼里含着泪，倒也不哭哭啼啼，就说：“钱主任，丢死人啦，不敢告诉家里，怕高血压的父母犯病。你就带我去卫生院打掉吧，我丢人丢在野树沟，不能丢到沈阳去。”

钱华说：“三妹呀，事情不是你想的那么简单，你先说说，这个孩子是怎么来的，是谁的？‘破坏知识青年上山下乡运动’这顶帽子，扣在谁的头上，都不是梗梗脖子就能顶得住的……”

“钱主任，别这样先吓唬，让她不敢招供。这种怎么来的？肯定是林树德欺男霸女呗。除了他，野树沟还有谁能张狂得没有王法，敢动知识青年这杆秤？”

钱华不让梁嘎达跟着，他偏要在屁股后面跟着。梁嘎达可不愿意自个退出组织，他要通过这件事，把林树德彻底扳倒。林树德被关进大牢里才好呢！野树沟生产队长的权力可比他当生产队长时大多了，有了知青点，有了学校，有了两眼机电井，有了千亩旱涝保收的大寨田，还有一个代销点，这香盈大了去了，这怎能是当初让梁姓人偷杏核卖了钱，打一棒子酒，称上一斤糖枣，捎回两双袜子那点香盈可比的。当生产队长可以脱产，光派活不干活，一冬天的修梯田，可把他累惨了。他的羊角风抽了好几回，有一回抽着抽着，就尿了裤子，沾了一屁股尿泥被人抬了回来。

“梁嘎达，谁让你来的？你怎么不服从领导安排呢？”钱华真生了气。他成了瘪肚子虱子了，叮住人的肉就不松口。

“你不让我来，我就不来了？调查组成员是龙啸书记亲口封的，你不能硌应我，闪着我。我得帮助你工作，你人生地不熟的，我怕他们把你糊弄喽。”

“你个老爷们家家的，瞎掺和啥？你能调查个啥？女人没看过？大肚子没看过？回家解你老婆的裤腰去……”钱华知道碰上了难缠的，半嗔半怒地撵着梁嘎达。只要梁嘎达不在跟前儿，她就有能力“大事化小，小事化了”。

梁嘎达掏出旱烟袋，从烟荷包里挖了一锅烟，划根火柴点着了，蹲在田埂上“吧嗒、吧嗒”地抽起来。这种持久的坚守，不用语言，而以实际行动。

争吵声引来了在远处栽甘蓝苗的林树恩，他已经知道了是梁嘎达把裘三妹怀孕的事捅到了公社，老实人也会憋着一肚子的气。他见梁嘎达像一条癞皮狗一样蹲在地上不动窝，伸手夺过三妹手中的铁锹，掘开了小渠的口子，一股湍急的渠水带着怒气，冲到了梁嘎达的脚下……

梁嘎达一个高儿蹦起来，没站稳，一屁股跌在了无羁绊的渠水里。

事儿到这个份上，裘三梅就是再傻也知道事情的关键在自己的嘴上呢。怎么说呢？说自己吃不饱饭才上了林树恩的圈套，说自己对那事上了瘾离不开林家窑洞那铺着狗皮褥子的炕……太丢人啦！太丢人啦！她曾想加大运动量把孩子弄掉，吃个哑巴亏算了！可她站在沟沿上往十几米的深沟跳了十来次，扛着鸡蛋滚子在大沟里跑，把林家压酸菜缸的石头当铅球推……都无济于事，那孩子像攀单杠一样，两只手牢牢地钩住了娘的身子，不到月份就是不肯下单杠。想不让人知道也是不可能的了，解散了铁姑娘队，可妇女队长没下课，妇女队长不出工，妇女们就没人领着干活，一出工，哪个开过怀的妇女看不出她肚皮上的蹊跷，这个走过来摸摸她的肚子说：“你又胖啦？”那个说：“你想吃酸的不？俺家还有半兜子陈年的酸枣，都是我挑大个摘的。”

她让林树恩赶着马车去公社卫生院做流产手术，林树恩跪在地上说：“三妹，你给我留下这条根，让我给你当牛做马我也愿意，你吃啥我给你做啥，你要啥我给你买啥……”

每当这时，裘三妹就哭了，说：“你当牛做马行，我要啥你买啥，你有钱吗？”本来她想今天早晨起来，自己徒步三十里山道，偷偷地到公社卫生院去做流产，可还没动身，就有铁命来通知她，公社钱副主任来找她谈话……

“这孩子是林树恩的，是我们俩愿意的。”裘三妹不能说出全部原因，但这两句话也就够用了。

“你胡说！”梁嘎达从泥水中站了起来，用烟袋锅子指着裘三妹咆哮起来。这不是他要的结果，他不要林树德脱了干系，“林树恩，给你个轱辘也压不出个屁来，你个蔫吧萝卜能有个啥种，敢栽在知识青年的肚皮里？你包庇林树德，想来个狸猫换太子……”他当然不会说李代桃僵、移花接木、张冠李戴、冒名顶替这些词，反正是顶替的意思，他上县里开“四干会”，听过一出戏，叫《狸猫换太子》，词说得对不对他不管，但他从骨子里瞧不起林树恩，他觉得林树恩有色心，没色胆。林家胆大妄为的是老二林树德。

“老丈人，我林树德有种，就想栽进你闺女的肚皮里。”铁命跑去找来林树德。尽管钱华一再叮嘱他不要告诉林树德，因为他是当事人必须回避，但铁命想，解决野树沟的事，一队之长不能缺席，绕开他，谁也治不了梁嘎达。

“你……你……你……你满嘴喷粪，谁……谁是你老丈人！你……你……缺了八辈子德了，你不叫林树德，你叫林缺德……”梁嘎达意识到了，他，刨楂子刨到了石头上——遇到了硬茬子。

“我把代销点安在你家，就是要把香盈让给你这个老丈人，天天看报纸，我都香你闺女一口，她脸上没胡子，不扎得慌；她身上没有烟袋油子味，不呛人；她的身上有股熟杏的甜酸味，好闻、好吃着呢！眼睛也比裘三妹大，忽闪忽闪的勾人着呢！小嘴儿樱桃似的，甜着、嫩着呢！老丈人，你想想，你闺女山杏不让我香着甜着，我能把裘三妹替下来，让山杏当代课老师？老丈人，不是姑爷子我笑话你，你怎么是属疯狗的呢，逮住人就是一撮毛，见人就咬，不认亲了呢？”

“你一口一个老丈人，谁是你老丈人？谁是你老丈人？谁愿意当你的老丈人！你想猪八戒背媳妇，我家不是高老庄！你是做梦娶媳妇——呼噜出一串轱辘屁。”

“我不做梦也想媳妇，哪个挺头树脑的爷们不想媳妇。老丈人，你也别撇清，你不想媳妇？你不想媳妇，哪有的山杏我媳妇？”林树德是十足十地占尽了梁嘎达的香盈，他不能再跟梁嘎达贫嘴了——梁嘎达再豪横，也不是他的对手。他“呵呵”嬉笑着，跑上前去，搀住一身水一身泥的梁嘎达，“老丈人，快回家吧，换换衣裳，看凉着屁股，起了番气（绞肠痧），没人给你剜屁股眼子。”

“给你剜屁股眼子？”梁嘎达拧着脖子反驳道。

林树德不管这些，一只胳膊架着梁嘎达往门外走，一只手掐着他的肋条骨，把脸贴着梁嘎达的耳朵骂道："梁嘎达，我操你闺女不够，我还操你姥姥，你想整我小德子，下辈子再托生托生，造化造化，你再敢遥哪儿泚尿，我敢把你的老卵子掐碎，你信不？"

梁嘎达是自己找灾，一身老骨头，哪个骨节都疼，他要再敢吱声，那几根肋条骨，怕是要被林树德掐断了。

林树德连掐带拽，把梁嘎达彻底送到了梁家的炕上。

当天夜里，梁嘎达听见鸡窝里炸了窝，大鸡、小鸡、公鸡、母鸡岔了声地叫成了一场惊恐大战。他连衣裳都没披，裸着膀子，在门后水缸空儿，抓起山杏她娘的擀面杖，光着两只瘦木干柴似的脚丫子就冲了出去。

月光下，梁嘎达看见一只黄鼠狼叼着他家最胖的一只老母鸡，正在往墙外连拉带拖的。看见他挥舞着擀面杖冲过来并没有害怕，还转过脸，冲他莞尔一笑，那个笑模样就像一只妩媚的狐狸。梁嘎达腿一软，头一旋，悠悠忽忽的就瘫倒在院子里，口吐白沫，浑身抽搐，胡言乱语，神志不清，任谁也叫不醒。这一昏迷就是半年多，有时三天五天也不吃饭，有时突然喊着要吃饭，一顿饭就能吃一瓦盆疙瘩汤，外带两张荷叶饼，还时常惊惊乍乍地自言自语或乱喊乱叫，至于说的是些什么，喊叫的是些什么，任谁也听不懂，整不明白，请来乡医院的大夫也看不好他的病，说是应该上北京的大医院的神经科，兴许能看。可光凭梁山杏，怎么有能力把昏迷不醒的梁嘎达整到北京去看神经科？再者，这嘎达有个不成文的乡俗，孩子长病，特别是男孩，是一定要治的，哪怕是东挪西借砸锅卖铁。但是遇到老人，特别是超过了六十岁的，多数人家，就是能吃点好的就给吃点好的，说要见哪个亲人，就找来见见，余下的，就听天由命了。

营子里的人都说："治啥治？梁嘎达是中邪了，被黄鼠狼迷住了。"

白头芯儿驾上了辕，"嗒嗒"地朝着山外走去，车上坐着裘三妹、钱华，赶车的是林树德。

裘三妹说清了原委，提了一个要求：去公社卫生院做流产。她说，只要消了灾，她就没了要求。

梁嘎达昏迷着呢，失去了原告，这事就好变通了。钱华不顾林树恩磕头跪地的哀求，同意了三妹的请求。怕落下林家的埋怨，就让林树德赶车，送三妹去公社卫生院做流产。你林家亲兄弟赶车送人去手术，你还能记恨谁？

有公社的领导在场，卫生院的大夫没废什么话，就给裘三妹仔仔细细地检查了一遍，说肚子里的娃有六个多月了，生长发育良好，很健壮。还说，这么大月份的娃不能够做流产了，只能是做引产，引产的结果：娃，是死了；大人的性命也80%保不住，因为大月份引产产妇会流血过多，倘若止不住，就会因大出血……

听了大夫的话，首先是钱华吓坏了，如果，裘三妹因引产而死，这事就大了，她没法向林亚男交代，林亚男也没法向公社党委交代，更主要的是会酿成轰动全县、全省，甚至全国的大事件。任是刀架在脖子上，她也不敢在手术单子上签字。

林树德也吓坏了，要是裘三妹死了，不但哥哥得疯了，怕是公安局一条锁链锁去，连命也要搭上……野树沟恐怕就得回到梁嘎达的手里了。

裘三妹也害怕，她倒不是害怕自己会死，怕的是自己一死，得了高血压的父母就会知道了，全省的知青也会知道了，备不住全国的知青都会知道了，那她的人就丢大了……备不住知识青年史上还会留下一章，那她可就遗臭万年了！

钱华把裘三妹和林树德都带到了林亚男的办公室。

林亚男咬住嘴唇皱着眉头，思索了足足有十三分钟，然后说："小德子，你哥哥把这个祸闯下来了，你爹死了，家是你当，就得你做主，我的意见是就让裘三妹和你哥哥结婚吧，办个结婚证，就是合法夫妻，两情相悦，自由恋爱，没人敢说是破坏知识青年上山下乡运动，还成了大力提倡的好事！公社可以把裘三妹树立成'与贫下中农结合的好青年'，树立成女知识青年的榜样，坏事变好事，坏事变喜事。"

"不，不，不，"裘三妹一口气说了三个"不"，"我不能和林树恩结婚，我不爱他，我也不愿意嫁给一个农民。"

对如此单纯的胖姑娘，林亚男嘴角扯出一蔑轻笑，说："要是那样，你就是勾引贫下中农的女流氓啊！野树沟的人谁不知道林树恩是个三脚也踢不出来一个屁的闷葫芦，老实巴交的，连个蚂蚁也不敢踩死。你不招惹他，他敢动你？本地有句特别不好听的俗语：母狗不掉腚，公狗咋上弓？"

"难听死了！难听死了！是……是……太流氓了！"裘三妹说不下去了，也不好意思说下去，眼泪一对一对地往下掉。她使劲擂了一拳肚子，又觉得不对劲，"啪啪"地扇了自己两个嘴巴。

林亚男让裘三妹在自己办公室的小炕上躺着休息，扯过一张纸写了个便条，让林树德和钱华去找民政助理，帮助林树恩和裘三妹办结婚证。

不一会儿，钱华就急急忙忙地跑了回来，"林主任，一查知青的档案底子，裘三妹还有两个月零九天才够十八周岁，不够年龄，民政助理不给办。"

林亚男哭笑不得，说："你们这些当干部的咋就这么死性呢？咋就不知道变通一下呢？在结婚证上写今天的日子，在登记簿上写三个月以后的日子，这事不就结了吗？"

知青点的房子是新盖的，把女生宿舍糊了一层《辽宁日报》和《内蒙古日报》，窗户上贴了大红的剪纸“喜”字，炕上换了一领新炕席，这就是裘三妹和林树恩的洞房了。

门口上还贴着穆秋创作的一副对联，

上联：关怀新农民野树沟里结硕果

下联：接受再教育广阔天地育新人

横批：城乡嫁接

林树恩倒插门。

林树德是以生产队队长的身份，杀了三只大绵羊，煮了手把肉，炖了羊肉茄子、羊杂汤煮甘蓝、麻籽白菜小豆腐、小鸡炖山蘑菇四盆大菜，邀请了全营子的成年人，又用上了野树沟小学文艺队首次演出，这婚礼在野树沟的历史上也算是“大办”。

裘三妹和林树恩的城乡嫁接一点都不牢固。

在林铁球（裘三妹和林树恩之子）不满周岁的时候，裘三妹接到了她原来的铅球教练的一封信，说省体工大队要扩招，以裘三妹以前的运动成绩和十九岁最容易出成绩的大好年华，她完全符合招工条件，户口也可以迁回沈阳市。来信还说，体工队招工不要结婚的，他觉得刚刚十九岁的裘三妹不会这么早就穿上嫁衣。

未穿上嫁衣的裘三妹已为人母，但她实在不像个妈妈，许是年轻的缘故吧，裘三妹生孩子一点不费劲，就像一个成熟的鸡蛋堵在产道口，憋红了脸一使劲，“咯咯哒——咯咯哒——”这孩子就生下来了，还挺胖、挺俊。挺大个的眼睛随妈，挺直的鼻梁随爸，就是皮肤有点黑，中和了妈与爸。因为又黑又壮实，林树恩就叫他“小铁球”，大名林铁球。

裘三妹好像不太上心这些，除了喂奶，换尿布、洗裤子、哄孩子这些活都是林树恩的。三妹胖，没多少奶，不到四个月就断奶了，全靠林树恩把小米磨细，蒸成蛋羹状，用手指头抹着，一口一口往小铁球的大嘴里填。这期间，裘三妹轻手利脚地回了趟沈阳，而且没把有了外孙这样的大事告诉父母。她像没事人似的跟过去练田径的教练和同学好一阵子团聚，实实在在地回了一趟“娘家”。

为了进省体工队，未穿嫁衣的裘三妹必须没结婚！本来嘛，这个婚不是她裘三妹要结的，结婚登记都是林亚男派人一手操办的，她既没有签字也没有按手印；铁球也不是她想要的，她只是玩，只是过瘾，温饱之后思淫逸，这都是古人留下的老话、实话。她把伪结婚证丢给林树恩，把小铁球也丢给林树恩，除了车票钱和随身的衣服，一件东西都没拿，不管林树恩怎么叫，也不管小铁球怎么号，净身跑向了体工大队。

有的人说：“裘三妹的心真大！农村的小媳妇，一个孩子，一个丈夫，就把心装满了，裘三妹还要去装个铅球。”

还有的人说：“她哪里是心大？明明是大肠口宽，把个心拉出去了！”

多数人说：“人家是城里的知识青年，心在城市里，根本就没把农村的事儿放在心上……”

人都是这样，太容易得到的，都不知道珍惜。

9

喝得烂醉的穆秋一会儿清醒，一会儿迷醉。

整个知青点就剩下他一个人了！他突然就感到了孤独、寂寞和可怜。一起来的三个知青，一个上了省体工大队，一个上了东阳农业大学，乡镇的还乡青年龙晓都考上辽宁大学中文系了，自己还在死山沟里当初级小学的孩子王，太没出息了！

穆秋也参加了高考，他是想考沈阳音乐学院弦乐系的，在沈阳歌舞团当乐队指挥的父亲穆乐夫也望儿成才，毕业后，子承父业，在歌舞团里坐上乐队的一把椅子，但文化课的考试必须达到三百分以上，他不知道那一百四十多分靠谁能为他来化缘。他是野树沟小学的副校长兼教导主任，同时兼着的还有五十多个学生的音乐课，没有时间复习不说，整天在初小的环境中陶冶，高中的课程，不管是数、理、化，还是文、史、哲，政治、自然、地理，全没有在考卷中给他挣来多少工分。

小酒馆外“稀里哗啦”地下起雨来，塞外八月末的雨水应该不是这么勤，可它就是淅淅沥沥地下起来了，还不小哩，像是天蓬元帅的尿水——泚得挺有劲。

他一早儿就来到了双井镇，送他的堂兄穆春回沈阳上大学。

穆春的行李还是那些，一个行李卷装在麻袋里，一口箱子装满了书籍。锈着“广阔天地炼红心”的草绿色的帆布挎包，被穆春洗的有些褪色，但那七个丝线绣的红字依然鲜艳。里面满满装的都是书。穆春把它交给穆秋，“穆秋，留给你，都是复习资料，熬点夜，下点功夫，明年再考，我在沈阳等你。”

穆秋接过挎包，背在身上。他也给穆春带来了礼物——大红枣。野树沟小学的房前屋后及操场的周围，都按照当年穆春的意见，种上了大红枣和大扁杏。大扁杏今年还没开花，大红枣却红灯笼似的挂满了枝头。本地有民谣：“桃三杏四梨五年，大枣当年就见钱。”

“带上吧，咱们自己种的，回去给大爷、大娘尝尝。”

“有意义。好。”

“走，请你喝酒，给你送行。”

在双井镇唯一的一家有着三间房铺面的叫向阳红的小饭馆里，穆秋要了蕨菜炒肉、凉拌黄花菜和松蘑炖小鸡，都是山珍。

“吃点吧，回到沈阳，就没有这么新鲜的山菜啦。”

“嗯。”穆春低着头，默默地吃着。他不敢放纵内心的喜悦，那样会加重堂弟的伤心、孤独和懊悔。

“哥，我是不是走错路啦？当初，我要是不当这个代课老师，不管这么多的事，和你一样干完活就捧书本，是不是今天就和你一起回家了？”

穆春不敢唱高调，也不敢说实话，说野树沟的孩子们需要你，没有你，五十多个孩子能有书念吗？更不用说学音乐啦。他更不能说下地干活太累，大太阳晒着，小北风刮着，皮肤晒黑，双手起茧……当代课老师，就逃避了这番苦楚劳累，风吹不着，雨淋不着的，也是当初身材像豆芽菜一样的穆秋愿意干的！可他也不能不说话，那样就更冷了堂弟的心。他想了想，只好说：“你干得挺好的。副校长、教导主任、代课教师，不是每个知青都能做上去的。你那么有才华，吹打弹拉唱，让多少人羡慕得眼红。每个人的人生价值会有不同的体现，就看你的追求了。你的挚爱，就是你追求的目标，目标不丢失，终究会达标。”

“还有，”停顿了一下，穆春又说：“人的精力是有限的，能舍才能得，像裘三妹，舍不得亲生儿子铁球，她能去体工大队吗？”

龙晓跑来找穆春，这个长相秀气的姑娘甜甜地冲着穆春一笑，两只细眼睛弯成了月牙，“穆春，该走啦，公社的吉普车送咱们，爸爸、妈妈和我们一起去沈阳。”

穆秋知道，龙晓的父亲得了严重的胃病，本地治不好，除了做钡餐，没有先进的检测手段。他送女儿去沈阳读大学，也是顺路去大城市的大医院确确诊，女儿考上了大学，他们没了后顾之忧，就该安心治病了。

送走了穆春和龙晓，穆秋见餐桌上还有小半瓶烧酒没喝完，就继续喝。喝着，喝着，这雨水不停的天，就渐渐黑了下来。

向阳红的老板是位五十多岁的老头，他来催穆秋，“爷们，中了，已过晌了，喝好了吧？俺该关门了，你挪挪地方吧！”

穆秋已经喝多了，趴在桌子上鼻涕一把泪一把地哭了起来，“都走啦！都走……啦，就剩下我啦，真没意思，真……没意思，真……没意思……”

“没意思，你就走啊！还赖在这儿干啥？”老板上来拖拉穆秋，喝醉了酒的人身子沉，他五十多岁的人啦，力气不够，拖拉不动。

就在这个时候，小酒馆的门“啪”的一声开了，浑身上下都湿透的梁山杏跑了进来。

穆秋天刚亮就骑着一头骡子来双井镇送穆春上大学，一二年级的课，语文、算术、音乐、体育、写字全是她一个人上的，到中午的时候，她结束了全部课程，放学生回家。

她的理由就是看云彩轰轰隆隆地往南走，农谚说：“云行南，雨潺潺。”农谚是老辈子人传下来的经验，因为灵验，所以才能一辈辈传下来。“下午有大雨。”为了本营子，特别是外营子的学生不被大雨浇着，她给所有的学生放假，没人会疑心她的动机。

但她的心里可不是这么想的，昨天一天，穆秋的精神反常，上课精力不集中，错得连小学生都纷纷举手提出了疑问。学生放学后，他自己提了小提琴，跑到大沟沿上拉贝多芬的《命运交响曲》，无奈、不平、激愤……让他疯狂，晚上的饭一口也没吃，大热天的蒙上被子躺着一声不响，怎么问话，他都不答应。裘三妹抽调到体工大队，他的反应还不激烈，裘三妹是有体育特长，与他没有多少可比性。但穆春考上了大学，他没考上，这对他的打击太大了。从心里说，山杏不希望他考上大学，一考上大学，他一定不会回来了。山杏自己是考不上大学的，那……她，嫁给谁去？给城里人当媳妇的梦上哪儿实现去？她不惜得罪林树德的两年功课岂不是白费啦。她就怕穆秋借着送穆春的机会一起回沈阳，那……一想到这儿，山杏的心里就打哆嗦。她连中午饭都没吃，揣上一块猪毛菜贴饼子，骑着她家的黑叫驴，就往双井镇赶。走到半道上就下起来雨，梁山杏就更着急了，她怕这是老天爷给她的暗示，告诉她永远见不到她心中的情郎哥了！公社大院空空荡荡的，看门的老头也不知穆秋的去向，只说，他上午看见他来送穆春，走了就再没回来……梁山杏几乎是绝望了，牵着黑叫驴在街上被雨淋着，汪着泪眼茫然失措地在如注的雨帘中搜寻……搜寻……还好，她看见了向阳红小饭馆里还亮着灯，黑暗中的灯光容易让人在绝望中看到希望。把黑叫驴拴在了木桩上，梁山杏像冲锋陷阵去攻破山头一样冲进了向阳红……

除了大车店，双井镇有两家小旅店，一家临街，一家拐进了一条短胡同。

在短胡同的小旅馆里，梁山杏开了一间房。她把吐得一塌糊涂的穆秋架到小炕上。下雨天，店家烧了火炕驱潮，屋里就氤氲着一层暖暖的湿气。扒掉沾满烂泥的臭鞋，脱掉一身湿透的衣裳，拉开一床被，山杏把昏头昏脑醉醺醺的穆秋塞进了被窝里。

她跳下炕，把自己的湿衣服和穆秋的湿衣服团在一起，扔进了一个塑料盆里，端到茶炉房里洗干净了，晾在铁丝绳上，这时，她才觉得肚子里咕咕叫起来。她用一碗开水泡了猪毛菜饼子，用手抓着就填进肚子里。一阵困意袭来，山杏才意识到，没有给自己开一间房，她到哪儿去睡呢？想着，想着……自己就红了脸，一个二十二岁的大姑娘，一个二十一岁的小伙子，没有结婚证，也不是直系亲属，睡在一铺炕上，若是被人知道了，传扬出去……

雨还是淅淅沥沥地下着，除了偶尔的一道闪电和一阵雷声，窗外一片漆黑，寂静得让人心颤。坐在小油灯下的山杏心里迥然泛起一股激潮，傻丫头，这不是天赐良机吗？做穆秋的新娘，是梁山杏梦寐以求的事，都二十二岁了，这个岁数，在山沟里，若不是一心恋着穆秋，早就该当孩子的娘了，乡下姑娘十六七岁就定亲，过了十八岁就是大姑娘，过了二十岁就是老姑娘了……穆秋的面色通红，一摸，烫手，发烧了！大雨暴淋没让山杏的身体有什么异常，却让穆秋感冒了，喝醉了酒，吐光了胃的身子，就是抵不住糟害啊！

“冷……冷……冷……”穆秋抽搐着，闭着眼睛一个劲儿地喊冷。

发烧的人，都会觉得冷，但多盖一床被子也不能让他的身体降温。山杏打来一盆凉水，投了一块毛巾敷在穆秋的头上，可穆秋还是浑身哆嗦。

环顾了一下小店的房间，山杏找不到让穆秋降温的家什……脑子里灵光一闪，山杏撩起衣襟，用手摸摸自己的身子，啊……哇凉哇凉的，在雨中奔波了一个下午，都浇透了。

一口气吹灭了油灯，把自己脱了个精光，梁山杏像条冷血的泥鳅一样“嗖”地钻进了穆秋的被窝……

第二章

1

“咯咯哒——啊嗷——咯咯哒——啊嗷——”一窝鸡叫得岔了声的惊恐，就像黑白无常抖着追命索在后面追赶着。梁山杏赶紧推推身边的穆秋，“穆秋，穆秋，睡死了，快起来，快起来，准是招老黄了，一窝鸡都叫老黄拖走了，哪还有你的鸡蛋吃——”

老黄，就是黄鼠狼。营子里的人家有的还给它立了牌位，供奉为黄仙，与长仙，也就是老百姓叫“长虫”的蛇，供在一起，说是这两种生灵有灵性，通天接地，能为过日子的人家祛病去灾。

穆秋懵懵懂懂地跳下炕，连鞋也没穿，抄起戳在水缸后面的擀面杖，就冲了出去。山杏忙点燃了一盏马灯，提溜着跟在他身后。

不是老黄，是一只狐狸，一个爪子一只摁住一公一母两只鸡，正在鸡窝门口往外拖。

那狐狸的毛是红颜色的，火炭似的颜色。山杏看见过黄狐狸，也看见过白狐狸，就是没见过这么娇艳的红狐狸。红狐狸的脸盘是白的，黄眼珠，黑嘴巴，挺俊。它瞅见举着擀面杖的穆秋和举着马灯的山杏，把一双眼角向上一扯，就眯成了两道月牙形的弯儿，媚媚地朝穆秋一扬嘴巴，穆秋就呆了，擀面杖不知不觉地就掉在了地上。红狐狸露出黄眼珠，像放电似的盯着穆秋脉脉含情地看了一眼，穆秋像是被吸铁石吸住一样，木木地钉在鸡窝前一动不动。红狐狸拖着两只鸡往外莲花小步一样地飘去……穆秋也像被黑白无常锁住了脖子，随着红狐狸木木地穿过没有打开的院墙门飘去……

“穆秋——穆秋——”梁山杏大声地喊着，朝着院外追去，可不知怎的，两条腿像拴了绊马索，一步也动弹不了……

梁山杏“忽”地坐了起来，忍不住地就是一串咳嗽，搬到这座城市都两年了，她还是不适应这里的空气。沈阳铁西区的天空没有野树沟清亮，重工业城市的天空包容了太多的烟囱喷云喷雾喷灰尘，不下雨的时候，天空也见不着个蓝。

她跳下地，趿拉上拖鞋，到穆秋的房间看了一眼，发现床铺的被子已经叠起，她回想着刚才的梦境，心里竟有些惆怅……虽然是梦，但穆秋被红狐狸带走的这个情节，想起来心里总有些犯堵，像心梗，又闷又痛，上下不通畅。穆秋昨晚上对她说了，堂哥穆春介绍果树园艺系一个叫枣珠儿的女学生到野树沟实习，穆秋要开车把她送到野树沟，顺便料理一下公司的事，与清芬化妆品公司签订的出售山杏仁的合同已经到期，还要续签或者改签。

山杏怀了孕，怀的是穆秋的孩子，那一夜，她用自己被雨水浇过的冰凉冰凉像蛇一样冷的身子给穆秋退了烧，便和穆秋合二为一了。那是一夜的干柴烈火，几次燃烧，都没被窗外的雨水浇灭。你想啊，一个是梦寐以求的投怀送抱，一个是酒醉后的纵情发泄；一个是妾意款款，一个是郎心毒毒……倾盆大雨的狂暴正好做了伴奏，节奏的激烈恰如其分地做了他们天地交合的刹板。

几番云雨，几度合一，二人便把一粒生命的种子，埋进了厚土。

一夜情，有了结果，大雨留痕。

怀了孕的梁山杏脾气变了，她有了资本，款款之意便悄悄退位，梁嘎达官本位的基因遗传，让她总能端起胜利者的架子，加上妊娠反应的不适与心烦意乱，她对穆秋便没有了温柔。她可不像裘三妹一样，不要婚姻，也不要孩子，简直没了母性。梁山杏要孩子，这个孩子是城里人的种，他一生下来，就是半个城里人。梁山杏也要婚姻，成为城里人的媳妇是她做梦都会笑醒的成就，试看野树沟上上下下五十多户人家，哪家的闺女能嫁给城里人，而且是穆秋这样出类拔萃、有文化又多才多艺的知青。

一听说山杏怀孕了，穆秋吓坏了，他怎么能够和一个村姑结婚呢？他是准备去搞艺术的，他的梦想是做一名器乐演奏家和作曲家。就是因为裘三妹和穆春都回城了，剩下了孤独的他，他才懊悔伤心地喝醉了酒，失去了理智，要不，他怎么能和一个村姑做苟合之事呢？那太降低自己的水准了，他不想娶村姑，也不想扎根农村呀。他没有那样的打算，也没有那样的觉悟——扎根农村六十年，那是知青榜样们喊出的口号，他不想做啊！那不是他的理想——一失足成千古恨，这下子的懊悔与伤心，不只是送穆春那天的几次打自己嘴巴的惩罚就能够化解得了的，他甚至跪下来——他长这么大，也没给什么人跪过，求山杏打掉肚子里的孩子，表示她只要打掉肚子里的孩子，一切经济负担都由自己负担，他还信誓旦旦地说梁山杏嫁人，他负责嫁妆，只要不和他结婚，新郎是谁都成。

梁山杏的杏核眼一瞪，柳叶眉一竖，樱桃小口一噘，“没门，你想也甭想，你占了大姑娘的便宜，睡了大姑娘，美了，乐了，醉了，就这样算啦？你叫我怎么做人？怎么嫁人？怎么活？你若不娶我，我就跳大沟，临死前，上公社告你强奸妇女，上告信八分钱一张邮票，凡是管着知青的地方，都给你寄个遍！这还不说，我还要上沈阳找你的爹和妈，问问他们是怎么教育你的。男子汉敢做不敢当，敢睡不敢娶。你还是个爷们儿不？”

梁山杏厉害，她的老爹梁嘎达更厉害，论心机，他们父女可是一脉相承。自己的闺女能嫁个知青，这是对仇人林树德最好的报复，最沉重的打击，最快意的嘲笑。如果让林树德娶了山杏，那梁家的有把烧饼就永远地攥在了林姓人的手中，要怎么吃就怎么吃，想怎么捏就怎么捏，自家闺女躺在林家人的被窝里，给林家生儿育女，传宗接代……太窝囊了，太背气了，太咽不下这口气了！梁嘎达知道穆秋不会情愿，不会老老实实地被戴上这个拴住脑袋的“马嚼子”。他决定给闺女以援手，他让老伴做了两凉两热四个菜，包了酸菜猪肉馅饺子，拄了根枣木棍子，拖着被黄鼠狼迷惑过的身子和一条瘸腿来找穆秋。

“小秋呀，小秋，你大娘做了两凉两热四个菜，包了两盖帘白面皮饺子，‘四个碟吃饺子’是咱山沟人待女婿的高礼，你得给我一个老面子，走，家去，咱爷俩喝两盅小烧，算是给你和山杏换盅……”

“换盅”一说，在当地就是订婚的意思，由男女双方的家长在酒桌上互换酒杯，之后一饮而尽杯中酒，礼成。

“不，不，不，梁大爷，我父亲正在找人帮我办回城呢，我不能和山杏结婚，一结婚，就不能回城了……”穆秋的性子本来就软，这回吓得也像被狐狸拖走了魂儿。

“穆秋！你小子还是个人吗？你还有种吗？敢做不敢当，牵着不走，打着倒退？你吃了我家多少好吃食，你当我不知道？山杏用小手绢给你一趟一趟地包，都喂狗肚子去啦？喂狗肚子，狗还冲着你摇摇尾巴，龇龇牙呢，你吃了，睡了，不想结婚？你这不是明直眼露地欺负贫下中农吗？我问你，你是找打，还是等着我去报官？你别忘了，知识青年下乡，是来接受贫下中农再教育的……”

穆秋一句话也说不出来，他的口才在于教孩子们学语文、学算术、学音乐，不在跟人吵架上，更不敢用在跟贫下中农吵架上，特别是梁嘎达这样的当过生产队长的贫下中农。

“看这样，我不揍你，你就放不出个屁来……”梁嘎达说着，抡起枣木棍子就朝穆秋的腿上打去……

“爹——你就下得去手？他可是你的女婿啊！是你外孙子的爹呀！”梁山杏随后进屋，一手揉着还没凸起的肚子，一手擎住了梁嘎达手中的枣木棍。“哎哟——”枣木棍子上的刺儿扎了梁山杏的手。

“外孙子的爹？你看他个熊玩意，他认吗？”

“认。哪有见饺子不吃，见酒不喝的？走吧，学生都让我放了，学校里没别人，除了我，谁家给你做饭吃？林树恩那个狼崽子，自个那个没妈的铁球都整不过来，哪还有闲心思给你做饭？”

穆秋知道自己身单力薄，就像个战场上的俘虏一样，被梁嘎达和梁山杏押解着，迈进了梁家的门槛。

喝得醉醺醺的穆秋，没有听从准老丈人梁嘎达的劝说，在山杏的闺房就寝，也没有让陪酒的，实际是见证人的乌力吉扶着，独自顶着一头的星星踉踉跄跄地回到了知青点。

人虽被灌得醉醺醺的，但脑子还算清楚，仰头望着没有顶棚的房芭，他知道自己进了梁山杏一厢情愿的爱情圈套，梁山杏肚子里的孩子就是这个圈套的死结。要想解开这个死结，就得把孩子打掉……咝——一想到这儿，穆秋倒抽了一口凉气，浑身打了一个寒战，那是一个孩子呀！一个生命！可如果不折了这个生命，自己二十一岁的生命就要永远地被囚禁在这座大山里，像走不出去的监狱一样，离乡镇有三十里，离县城有一百里，离省城有一千多里的大山里，与村姑为伴，与懵懂的山里的孩子为伴，与山杏树、酸枣树、荒山野岭为伴，终老此生……想到这儿，他又倒抽了一口凉气，浑身打了一个寒战。

第二天一早儿，野树沟生产队队长、野树沟小学校长林树德吃了饭，折了一根笤帚篾儿剔着猪毛菜饼子塞了的牙缝，走到了院子的大门口，伸手扯了门闩，准备到学校找穆秋准备几个节目，过元旦的时候，好给社员们演一场，热闹热闹……一推开门，一个折叠成燕子型的纸条从门缝中跌落到地上，他拾起来展开一看：

尊敬的林校长：

早晨好！

接到沈阳的电报，我的母亲得了急病，要我速回，急迫之下，以此条请假探母，望准假。回来谢你。

此致

敬礼！

穆秋顿首

“先斩后奏。”林树德用鼻子哼了一声，就急急地去找梁山杏，现在还没到寒假，学生的课得找人上啊！

梁山杏一听就急了，这不是跑了吗？丢下了她，丢下了她肚子里的孩子跑了！这算什么嘛，但她也不敢当着林树德的面发火，她怀孕的事不能告诉林树德，她怕林树德跟她动狠招，动损招，伤她，也伤穆秋，在没有拿到与穆秋的结婚证之前，她必须和林树德保持着暧昧关系，让他对自己不死心，也就舍不得打击她、制裁她。眼前的难事是还有一个月才放寒假，她必须把这一个月撑下来，才能腾出身子去找穆秋。

“五十多个学生呢，我一个人可忙不过来，你得给我整个老师来，要不就得停课。”穆秋跑了，梁山杏也没心思上课了。

“选谁呢？”皮球踢给林树德，他也犯了难。野树沟就穆秋、梁山杏两个有文化的人，再就是自己了，可挺大个生产队，交公粮、分口粮、兑现工分、到公社开会、大队办夜校，家里还有个没妈的小侄子林铁球哭哭闹闹、调皮捣蛋……内政外交整得人连个囫囵觉都捞不着，哪还有精力当老师？

“选谁我不管，反正这两个年级的学生不是一个人能教得了的，你是校长，你拿主意，要不，我就给学生们放假。”

“不中，不中，野树沟小学是个正规小学，咱不整邪的。”林树德挠着头皮想办法，一抬头，看见机电井前铁命正在合闸给菜畦子浇冻水，“得了，就是他吧，再给他一份补助，让他教教学生们电工课、体育课、音乐课，语文、算数就都是你吧！”

见梁山杏露出了笑容，一双杏核眼溢出了秋波，林树德看着心痒，扳着梁山杏的肩膀进了办公室，关上门，一把抱住就亲起嘴来……梁山杏没有拒绝，权当是和穆秋亲热，直到林树德把一只手伸进她的棉袄前襟下，揉搓得两个丰满坚挺的乳房发热发胀，眼见着不能自持了，梁山杏才一把推开林树德，“让学生们看见啦——”

林树德一回头，窗外果然有着一张瞪着大眼睛的小脸往窗内贴近，“嗞——”是野树沟小学一年级的学生托娅。

2

在沈阳北站下车，穆秋没有直接回家，像一只被猎人瞄准的兔子一样，仓皇地窜上公共汽车，直奔东阳农学院，他的堂兄穆春在果树园艺系读大一。

除了上课，穆春的主要精力都放在龙晓的父亲龙啸身上。穆春和龙晓在各自的学校报了到，就在穆樵夫的带领下，到了沈阳医科大学附属医院给龙啸检查病情，很快就确了诊——胃癌。见瞒不住龙啸本人，穆樵夫在农业厅找了一辆小车，把龙啸送到了沈阳肿瘤医院，有穆樵夫的面子，龙啸住进了高干病房。一个乡镇的书记在乡镇是土皇上，到了省城，就连个小秘书都不如。在林亚男的力主下，龙啸做了切除手术，胃被切除了三分之二。龙家对穆家感激不尽，穆春也会在课余时间去肿瘤医院陪陪床。一来二去，爱情的种子埋在了龙晓的心里，这个二十岁的姑娘已在心中认定穆春就是她的未婚夫。

穆春知道一味地埋怨堂弟的荒唐放纵已然于事无补，堂弟若娶了山杏，就得“扎根农村六十年”，一辈子与他喜爱的器乐演奏保持在野树沟生产队的水平上，在大山的皱褶里终老此生。山杏肚子里的小侄子或小侄女，二十年后，就是一个林树德或者一个梁山杏，成了野树沟下一代村民。若是不娶梁山杏，这始乱终弃的失德就如同《雷雨》里的周萍之于繁漪，灵魂上背负着道德上的罪孽，人生也不一定能有个好的落幕。何况，山杏不是林树恩，她刁蛮泼辣，工于心计，打掉肚子里的孩子或甩掉她，都不是轻而易举能办到的……对于一个大一的学生，穆春还没有能力解开这样一道生活的方程式。

穆春皱着眉头想出了一个不算办法的办法——“孩子哭抱给大人”，“穆秋，我太辜负你的信任了，哥……哥实在想不出一个两全其美的办法来，你还是回家吧，向叔叔、婶子坦白，听听他们的意见……”

一见儿子回家，穆乐夫一愣，“儿子，咱父子心有灵犀一点通吧，郊区评剧团乐队的大弦板胡抽烟抽的得了肺气肿，住院了，我想，你有拉二胡的底子，改板胡不太费劲，趁着这空儿，我教你练练，咱去考考，要是考上了，咱不就能回城了吗。我和你妈就你一个儿子，总在乡下，我们不放心呐！”

这个消息对穆秋来说，就是一堆后悔药埋到了脖梗，他“扑通”一声，给爹妈跪了下来。

穆秋的妈妈叫黄月琴，是沈阳歌舞团的一名演员，主攻弹拨乐，琵琶，三弦，大、小、中阮，最拿手的是月琴。她的嗓子也不错，不能独唱，小合唱、表演唱、小歌剧、小戏剧中，唱个女三号、女四号，都没啥问题。黄月琴跟丈夫穆乐夫修长的身材不同，她胖，白，属于珠圆玉润的那种。胖人让人看着喜兴，但也有缺点，一到四五十岁，就容易患“三高”——高血压、高血脂、高血糖。儿子下乡不久，就当上了野树沟小学的代课老师，还被任命为教导主任和副校长，她很是为儿子自豪了一阵子，在歌舞团里，也没少跟同事们炫耀，“校长啊——但……是个副的，也行吧，副的，就是管教学的。”

同事们都知道她的儿子是副校长，都不知道那个学校一共才有四个班，五十多个学生，相当于城里一个教学班的班额。

等穆春一考上大学回城读书，她的自豪感一扫而光，人家的孩子回城了，她家的孩子还在山沟里窝着，这让她太没面子啦！她长得白白胖胖，俊眉靓眼，最是要面子了。所以，她逼着丈夫穆乐夫快想办法，早日把孩子弄回城，好一家团圆。还没等好事办成，儿子竟在大山沟里一个农村姑娘的腹中留下了种……一着急，就犯了高血压，她迷迷糊糊地倒在了儿子跪着的地上，被穆乐夫和儿子当即送到了医院。在她的潜意识中，那个农村姑娘和她肚子里的孩子，就像一条绳索，会把她的儿子牢牢地拴死在山沟里，在那个山沟里，不但会埋没儿子的艺术青春，甚至会埋葬儿子的一生。

住在医院里，黄月琴细细地分析着“案情”，她觉得此时唯一的曙光就是花钱免灾。她决定在她出院之前，让丈夫手把手地教会儿子拉板胡，到郊区评剧团参加考试。然后动用她在郊区评剧团打扬琴的师妹的关系，给评剧团团长送去两瓶茅台酒、一条中华烟、四罐麦乳精做大礼，把穆秋从野树沟抽调回来。在她出院后，亲自去野树沟一趟，到公社告梁山杏腐蚀知识青年，造成的恶果让她自作自受，打掉肚子里的孩子，当然，手术费她可以付，大不了给点营养补助，多一些也行，豁出她两个月的工资……

黄月琴还没出院，梁山杏就来看她了。

穆秋一走就是半个月，哪怕是只言片语的一封信也没来，梁山杏开始坐卧不安了，她一是想穆秋，她爱穆秋胜过爱自己；二是她的聪明劲儿告诉她，爱情得靠自己争取，婚姻也不能坐等老天恩赐，虽然肚子里有了穆秋的骨血，她攥住了带把的烧饼，但离孩子长到能叫上穆秋一声“爹”，还有一段距离，还差一张贴着两个人照片的证书……她迅速地行动起来，用了三天的时间，结束了三四年级这学期全部的语文课、算术课，自己出了卷子，考过了试。又选出了两名她最得意的四年级的学生，一个人给了两元钱，分别代着一二年级的课，她留下用钢板刻的考试卷，让两个学生，互相到对方的年级考试。之后，她连林树德也没打招呼，就给三四年级的学生放了寒假，徒步走到了双井镇，上了班车到了双林县城，买了火车票，一夜没合眼，就到了沈阳歌舞团，找到了穆乐夫和黄月琴的地址。

“穆叔、穆婶，你们好。”山杏还没有学会城里人的称呼，叫“伯父”“阿姨”，叔叔、婶子，在野树沟可是本家亲切的称呼。

“你是谁呀？”黄月琴打量着眼前这个姑娘，脸盘、身条、眉眼都还中看，就是皮肤粗糙了些，脸蛋上蒙着一层土锈，还浮出隐隐约约的“高原红”和蝴蝶斑。姑娘的脚上是一双黑灯芯绒的棉鞋，一条草绿色的单裤罩着一条棉裤，秀出了两条腿的笔直，上身是一件蓝人字尼的小棉大衣，倒也是合体。

“我是你们的儿媳妇梁山杏。”

梁山杏大大方方的，用一双杏核眼来回在黄月琴的脸上巡视着。儿媳妇主动上门，在乡下会让公公、婆婆的脸乐成了花。梁山杏不知道，乡下的美人只有在青山绿水间才好看，到了城里，不经过三年五年的去土除锈，怎么看也不像个城里人。

“姑娘，你找错人啦，我的儿子才二十一，年龄太小，没娶媳妇呢！”城里人黄月琴没觉得这个自称是儿媳妇的人来到医院看她是什么好事，更没有花朵儿似的笑容在脸上开放。

“我没找错人，是你故意不认我这个儿媳妇吧？不要紧，我也走累了，就在这儿歇着啦，你的儿子穆秋不要媳妇，不要儿子，还能连妈都不要了……”梁山杏扑落扑落一把光板椅子，一屁股坐下就不动了。

如此执拗，如此执着，任是神仙皇帝也没辙。

黄月琴出院前、出院后的所有设计都落了空。第二天，梁山杏去了肿瘤医院，把陪床的林亚男找来了。

林亚男的意见就是公社书记龙啸的意见。

其一，梁山杏是双井公社的人，“当官不给民做主，不如回家卖红薯”，林亚男要给山杏做主。其二，林亚男在公社负责知青工作，她当然不希望知青们出事。其三，农村也确实需要知青，倘若穆秋拍拍屁股回城了，那野树沟小学立马就得停办，本村没人，外村的谁也不愿意去那穷山沟。其四，穆秋和山杏结婚，双井公社就出了一个“扎根农村六十年”的知青典型，回去找县广播站的记者好好写一篇文章，广播广播，说不定就能在省里树起一个知识青年的好榜样。

林亚男把这“其四”装在心里，买了礼物来到穆秋的家。

穆秋的家就在市歌舞团大院一栋旧砖楼的筒子间里。幽暗的走廊里摆满了各家的煤球炉子、切菜板子、杂物箱子，玻璃窗台上摆满了油盐酱醋的瓶子和罐子，还有米袋子和菜篮子。

林亚男心里说，就这么脏了吧唧埋里埋汰的地方有啥可留恋的？梁山杏值当的吗？哭着叫着要嫁给这样的城里人，不怕憋屈死？

黄月琴办了出院，尽管高血压还没有稳定在合适的刻度上，但她得回家了，乡下的准儿媳妇来了，她不能把医院当接待站。

黄月琴家的筒子屋窄窄巴巴的，但她家的茶好。在歌舞团里，管跳舞的叫“饭桶”，体力消耗大，能吃；管器乐演奏的叫“烟筒”，他们没事的时候，好聚在一起鼓捣烟；管唱歌的叫“茶缸子”，能喝水，润嗓子，玻璃瓶子里不是高级茶就是中药胖大海。穆乐夫是纯粹的乐队演奏员，嗜烟是第一特征。黄月琴是演奏员兼声乐，她就爱捧大茶缸子。

黄月琴用大茶缸子泡了明前的西湖龙井，斟到玻璃杯里，嫩绿的茶芽游荡着，上下沉浮，很是悦目，也很是有雅兴。

“林主任，喝茶。”

捧在手里的玻璃杯里氤氲着茶香，充盈在肺腑里便留下一缕清芬，心里立刻娴雅平静起来，这让鄙夷城里人居住条件的林亚男，多少明白些城里人与乡下人生活内涵的不同了。

“穆老师，黄老妹儿，你们就让我做这个红媒吧。山杏呢，是我们双井公社最漂亮的姑娘，人都说深山出俊鸟，她就是个俊鸟哩，在公社文艺队，和穆秋一起唱过二人转《女队长》，十里八村的受欢迎，多少小青年追着看呐。她现在肚子里怀了你的小孙子，是她和小秋两好加一好，你连彩礼钱都省下了。虽说，野树沟是山沟，可山杏和小秋都是老师，不是撸锄杆儿淌臭汗的苦大力，受不了‘足蒸暑土气，背灼炎天光’的苦，你就放心吧。我先不跟你许愿，以后有了教师转正的指标，我会想着他们，在哪儿都能吃粮本……我看你们沈阳倒是个大城市，可走在街上烟气咕咚的憋得让人喘不过气来，不如我们那儿空气新鲜，喘气通顺。穆老师，黄老妹儿，要是穆秋不愿意和山杏结婚，一个人跑回来，可那户口在我们公社落着呢，我不开介绍信，你能迁回来吗？我这是劝了山杏，不让她闹事，要是依着梁山杏的性子，找到省知青办告上一状，领导们都是同情弱者的，同情乡下人，有了这个怜悯心，要是给小秋一个处分，全省的知青就都知道了！背上作风不好的污点，也太臭人了，让人骂是陈世美，那就一辈子别想回城了，名声上也一辈子翻不过身了。人过留名，雁过留声，人活在世上，要是名声臭了，背上了这个包袱，窝在心里……人，也就一辈子蔫吧了……这还是好的，若是山杏恼了，把穆秋告成了强奸，嗞——牢狱之灾，谁不怕啊！”

黄月琴也是个口才好的，遇上有丰富农村工作经验的林亚男，她自知，自己不是林亚男的对手。

老实巴交的穆乐夫和儿子一样，话都留给了手中的乐器，乐器才是知己，对别人说话，只有听的份，很少能搭上言。更主要的是，他和黄月琴的本性都是善良的，明理的，倘若遇上黑心歹毒的一家混混茬子，泼皮老赖，耍起蛮横来，任是林亚男的口才，梁山杏的心机，都会被打成一地鸡毛。

无奈的黄月琴，堵着心给梁山杏做了一件红线绨的棉袄，一条绿线绨的棉裤，买了一件上海式的大花罩衣和一条深灰色涤卡长裤，外加一件湖蓝色短呢子大衣，亲自陪着梁山杏和穆秋回到野树沟，领了结婚证。

几个月的功夫，梁山杏就生下了穆秋的儿子，这在野树沟，叫“五月鲜儿”，是说结婚五个月就生下的孩子。当然，穆家不是乡下人，知青的后代，是城里人的根。按照“子”字的本分排序，取名穆子帅。穆子帅很帅，长得像他的妈妈梁山杏，杏核眼，柳叶眉，樱桃小口，只有修长的体型和冷漠的气质，随了他的爸爸穆秋。

穆子帅过第一个生日的时候，梁嘎达和乌力吉率领着几个年轻人在知青点搭了席棚，闺女结婚的时候没有热闹，小外孙过一岁的生日了，该庆祝庆祝。这孩子身上，也有着梁家的骨血，明眼人一看孩子的长相，就没有一个会怀疑的。该露面子的时候就得露，有多大的影响力，就有多大的权势和财富，梁嘎达当过干部，他自然悟透了这些江湖上的人情世故。

全营子人都来喝喜酒，热热闹闹的就缺一出大戏了，但是——“遍插茱萸少一人”，他，就是野树沟生产队的队长林树德。

山杏和穆秋结婚的那天，他把自己喝得酩酊大醉。心爱的姑娘成了别人的新娘，肚子里装上了别人的崽儿，这是他人生最大的失败，最大的懊丧，是最没面子的事。他对野树沟也就没什么留恋的了。本来，他人生的脚步已经走出了大山，走到了双井镇，是老爹林志勇的临终遗愿把他拽回了野树沟，如今，老爹的三个遗愿已经完成，野树沟大大小小五十多户人家，随着一千亩旱涝保收的大寨田的建成，都有了足够的口粮。有山杏核、野酸枣的全部集体化和镐头地、养殖业的兴起，社员们的手里多多少少都攥着几个现钱。野树沟小学开学已经两年多了，算上几个跳班的优等生，初级小学毕业的眼瞅着就快有六七个人了。

父亲的遗愿完成了，他在野树沟的使命也就该结束了，没有什么可留恋的了，该冲到外面的世界去闯一闯了。这年的十二月份，赶上沈阳军区野战部队在青林县招兵，听到消息，他立马骑着白头芯儿到了公社武装部。

接兵的首长一看他虎头虎脑的模样和一身腱子肉的身板，再一听说他是初中毕业生，当着生产队长，还是个共产党员，立即就表态：只要体检合格，部队就欢迎这样的优秀青年。体检没有悬念，一排红笔的对号，戴上大红花，林树德光荣参军，靠着他的勇敢和机灵劲，新兵营训练结束，成了一名侦察兵，他好打架的毛病成了性格优势，投弹射击、擒拿格斗、爬冰卧雪……门门拿第一。

林树德走后，林树恩自然而然地就上位接替了他的空缺，当了野树沟的生产队长。他没有林树德那样风风火火干大事的欲望，守家在地，稳稳当当地过日子才是他的本真。裘三妹丢下铁球走了，他就没再续弦，不是不想续，是没弦可续。以前他跟林树德就说过，野树沟不傻不残不老的姑娘都嫁到大川去了，虽然野树沟有了一千亩水浇地，但十年九旱的墒情还是让姑娘们和姑娘们的爹妈们不看好这块地方，她们宁可不要彩礼，也不要一辈子埋在山沟子里见不着个城市里的天，嫁个大川上的男人，坐着班车就能进青林县城给自己买块时髦的花布，做件时髦的衣服，有哪个女人不爱好看衣服的？孔雀有了斑斓的羽毛才美丽，观众一圈一圈地围观鼓掌，你一个光腚子家雀，哪个人瞎了眼，让你在他面前开屏？

营子里也有个梁姓的姑娘还没出嫁，包括梁山杏的老妈、乌力吉老伴在内的介绍人也没少上门，可林树恩宁可孤独着，也不同意。那梁姑娘的个儿矮不说，一口的四环素牙，比不上金牙亮，但绝对比金牙黄。智商也很难晋品级，扯掉袜子脱了鞋，掰着脚趾头也数不出十个数来，一着急，就犯摇头风，口吐白沫，眼睛也斜到天灵盖上去了……想当年，裘三妹就是胖点儿，那个青春活力，那个性格敞亮，那个拈重就轻，抄起鸡蛋滚子砸夯、唱起歌来震耳朵的豪迈劲……曾经沧海难为水，林树恩就想拉巴着小铁球，像小松树一样快快长大。

知青点成了穆秋和山杏的家。席棚下又铺了一领炕席，一头摆了书本、算盘、小提琴、墨斗和一把小耘锄。这是让穆子帅“抓周”的物件，就看他的心劲与手气，当然，最根本的是老天爷的暗示，“天人合一”理念的普及，就这样潜入农家人的血脉里。

山杏抱来小穆子帅放在一头，护拥着，让他往前快爬。

来喝喜酒的乡里乡亲自动围成了一个圈，都想看看这孩子长大了，能在哪方面有出息。

梁嘎达是孩子的姥爷，是这场戏的策划、导演与舞台监督。他蹲在炕席的一头，把书本和算盘往前面推推，在他的意识中，文化人才是出息人，抓书本成个有学问的人，或者抓算盘成个会算账的人，都是人上人，最不济，也要去抓那个木匠不离身的墨斗，一艺在身就缺不了吃喝穿，“家有万贯，不如一技在手”，老辈子人留下的理儿没错啊，经过多少代人实践过才总结出来的啊！手艺人在乡村是飘在庄稼人上头的一路人，给哪家干活，还不得给吃香喝辣？

穆秋盼着儿子去抓那把小提琴，自己没有实现的当个演奏家的梦想就寄托在儿子身上。林亚男没有食言，县教育局就给了双井公社一个民办教师转公办教师的指标，她就给了穆秋。

穆秋的妈妈黄月琴听到这个喜讯，特地在沈阳比着自己的身材给买了件羊毛衫寄来，以示答谢。林亚男对着镜子照照，还别说，镜子里穿了羊毛衫的林亚男，真有了城里人的派头。人饰衣裳马饰鞍嘛。

山杏没得到转正指标，但她也有了盼头，穆秋现在吃上粮食本了，他可是孩子的爹，有爹吃的，就有儿子吃的，更何况是一个被窝睡着的娘了。

小穆子帅爬到了炕席的这一头，就不爬了，一屁股坐在一堆物件前，瞪着圆溜溜的杏核眼看着周围的一群人，他不明白，为什么这么多的人围着他，像看猫啊狗啊打架一样地嘻嘻哈哈，指指点点。他的小鼻子很尖，已经闻到了炖肉的香味，他最爱吃的就是肉，他不明白他的妈妈梁山杏为什么不给他盛碗肉，一块一块地喂给他吃，而是把他搁在这领炕席上让他爬。炕席是新的，没让人们的屁股磨滑溜，小毛刺扎得他的小腿很不舒服，他不喜欢妈妈了。还有那个用胡子没少扎自己的姥爷，每次见到自己，不是给煮个鸡蛋，就是给嗑把杏仁，香香的，吃的小肚子饱饱的，今天这是咋的啦？不但不给好东西吃，还把一摞纸和黑木框子往自己面前推，变态！恨死人了！除了书本和算盘，那个墨盒子也不好玩，黑黑的，还拉出一根绳子，上次，就是一根绳子绊住了他的腿，让他摔了个前趴子。那个小提琴也不好玩，那么大的一个玩意儿，自己的小手怎么能耍得动？还是那个小耘锄好，有把儿，好拿，也耍得动。小穆子帅不再犹豫了，他一手抄起小耘锄，就朝着姥爷那张长着花白胡子的脸上砸去，他要告诉姥爷，不给他鸡蛋吃，不给他杏仁吃，不给他肉吃，就得挨打！

梁嘎达正瞪着眼睛眼巴巴地盯着小外孙，盼望着他去抓书本、抓算盘，顶不济，也得去抓当木匠的墨斗子，当然，他不希望小外孙去抓什么小提琴，那玩意儿，在乡下没几个人会使……冷不防，一把耘锄朝着面门砸来，他连躲闪都来不及，一下子闹了个满脸窜花，鼻子、眼睛和脸都流了出血，他一急，身子往后一仰，口吐白沫，浑身抽搐不已……

他的癫痫病又犯了。

第三章

1

一晃几十年的工夫就过去了。

野树沟的人有死去的，也有出生的。

梁嘎达在外孙“抓生”的那一天，遭到了小穆子帅一耘锄，巨大的失落和突如其来的惊骇，立马就犯了癫痫病。他是做梦也没想到一个一周岁的“顶在头上怕吓着，含在嘴里怕化了”千宝贝、万宝贝的小外孙，会迎面给他一耘锄，他满怀希冀地盼来的，就是一耘锄砍破了他的眉眼和老脸，一口气缓不过来，就不知眼前的事了……营子里的人掐人中、扎血管，蘸着盐水打肋巴……都没有耽误他闭着眼睛抽搐……而且这抽搐断断续续、黏黏歪歪不死不活的就有了一个多月。有时候一连三四天也不吃饭，等突然喊饿了，能吃一两盆荞面拉拉汤，还接着喊饿。

穆秋要拉着他去青林县医院看病，等车来了，他就连声地叫着：“不去——不去——我怕，我怕……”撅着屁股蒙住被子缩到炕旮旯一个劲地磕头，那叫声就像黄鼠狼。

营子里的人都说他中邪了，让黄鼠狼附了体，黄鼠狼就是黄仙儿，最诡秘、最灵透的畜生。一旦附了人的体，他的一切言行就都是黄鼠狼在用意念控制。

营子里就有老人出来说：“找个‘仙儿’来看看吧，比黄鼠狼道行大的‘仙儿’，就能赶走了附体的黄鼠狼，赶走了黄鼠狼，梁嘎达还有救。”

但接着问题就来了，此时，哪个大队都有县里派来的“农业学大寨”工作队，除了生产上修梯田学大寨，思想上还得学“小靳庄”，用念诗、唱歌、说快板等文艺的形式反对封、资、修，在农民的脑海里进行一次无产阶级的意识形态，与封、资、修的意识形态进行一场革命！这么严重的政治局势，当地的“仙儿”们，哪个还敢出山？哪个还敢灵魂出窍装神弄鬼？高压之下，还有什么“道行”和黄鼠狼比高低，这不是等着挨批挨斗挨绳子捆吗？

梁嘎达的病越来越重，抽搐的间隔也越来越短，黄鼠狼似的叫声也越来越瘆人，瘦的眼眶子里出了一个坑，浑浊的眼珠就像臭鸡蛋的黄。这时候的梁嘎达，谁见了，都会唏嘘落泪，可怜得很呀。

梁山杏的妈，是个老实人，她可不敢像梁嘎达一样，在女婿面前随意耍横，就戚戚惶惶地对穆秋说：“小秋，你不是认识工作队的吗？那小春的爹不是县里工作队的队长吗？让他们来看看你爹的病该咋办，让工作队给拿个主意。你爹过去是在组织的人，咱们听组织的，就拿他们当观音菩萨求了，还不行吗？”

最后，是铁命领着工作队的队长韩品忠来的。

韩品忠听说了这件怪事，也想来看个究竟，不光他自己来，他还带来了个手下，是文化馆的一个老馆员，对民俗很有研究的老海。他们一起来到梁嘎达的炕前，一股臭味熏得二位直捂鼻子，一个多月了，梁嘎达就在炕上窝吃窝拉，哪有那么多的纸擦手巾揩啊，就是用黄土一垫，用个小笤帚一扫，打扫到簸箕里往猪圈一倒，完事。日子久了，炕上能没味吗？屋子里能没味吗？

他们眼前的梁嘎达就是一架骷髅，脸色青黄，眼珠已经凹进眼眶里，浑浊着，没有一点儿光亮。浑身就包着一层皮，别说肌肉，就是垫着皮的喧肉也不到半指。两只手就如两只鸡的爪子，青筋暴露着，粗的细的，有几根，都能数得过来。

韩品忠说了声：“梁大爷，我们来看你。”

梁嘎达的喉结“咕噜”一动，发出一串谁也听不懂的声音，像猫叫，也像没有长翎的小公鸡打鸣。

韩品忠又说：“你是老生产队长了，有病，咱们得看，去青林街里住院吧。”

在炕上趴着的梁嘎达突然就浑身抖了起来，像筛糠那么均匀地抖，抖着抖着还来了一个侧滚翻，蜷在炕梢的旮旯里“吱——吱——”叫了起来，就如一头垂死的小兽。

韩品忠又问了山杏妈一些情况，知道梁嘎达已经无药可救，就对站在一旁的梁山杏和穆秋说：“也就这样了，你们想咋着就咋着吧。”作为工作队队长，他看见了他的文化水平和理论水平都解释不了的怪事，他要批判这种封建迷信活动吧？批谁呢？梁山杏？穆秋？山杏妈？他摇摇头，除了梁嘎达，这里没人搞迷信。这是不是迷信，他也说不准，眼前的梁嘎达妖一气、鬼一气的，也是个实情。人类认识世界的探索与追寻是没有尽头的，要不屈原就说“吾将上下而求索”呢！他把老海留下，自己回大队部了，十一个生产队呢，革命、生产、学大寨、学小靳庄……要干的事儿多着呢，他不能陷进一个理不清又处理不了的怪事当中，及时抽身，是避灾避祸，同时，也是一种处理事务的方法——有所为有所不为。

老海见多识广，又是研究民俗的出身，他给出了一个主意：本地人不知外地的“仙儿”，远来的和尚会念经，找一个外地道行深一些的，管他是和尚还是老道，给看看就行。

说完，老海也走了。他没在场，也没看见，就不用负什么责任，真要追查起来，“难得糊涂”就行了。

乌力吉瘸着一条伤腿，骑着马到了北部的坝上草原，找了一个信奉天人合一的萨满教的巫神来。巫神很壮实，虎背熊腰的，草原汉子的饮食短不了牛羊肉和奶茶，都是高蛋白，最能抵御风寒，强筋健骨。

那虎背熊腰的萨满巫神一进院子，还没等见着梁嘎达，就像接收到了一束无线电电波，梁嘎达突然就发出了一串人声，很苍老，很无奈，“我，该走了，该走了，该走了——”“咕噜”一声，一口气咽下，肢体慢慢变僵硬，像一具木乃伊。

处理完了梁嘎达的丧事，老海说：“每个生物，不论大小，都有能量，都能发出电波，有长有短，有强有弱，对上了频率，找准了波段，就能接收，如同无线电台的广播节目。每个生物都是一台发射机，同时，也是一台接收机，如果能量弱了，就会被别的生物控制，接收别的生物的信号；如果能量强了，就会发射出去信号，被弱能量的生物接收，这是一种物理反应。也是病人、身体精神都不好的或者心怀鬼胎的人容易中邪的理由。”

在场的别人都听不懂老海的话，只有穆秋好像明白点这番道理，他是知青，高中毕业，学过物理懂得光电，懂得能量。

2

梁嘎达烧了三周年祭日，穆子帅的妹妹穆子萍出世了，这个女娃长得不像妈妈，全随了爸爸穆秋，抓周那天，她一伸手，就拉断了小提琴的弦。弦拉断了，却让穆秋看到了希望，儿子没出息，经常抽风，但女儿有出息，随他，有艺术感觉。有艺术感觉，就得有艺术造诣，等女儿一到了上小学的年龄，他就把她送到沈阳父母的身边，野树沟培养不出艺术人才，青林县也培养不出艺术人才，沈阳是省会城市，穆子萍的人生起点，应该在沈阳。

奶奶黄月琴是一百个欢喜，有个爱音乐的小孙女在身边，她的生活充满阳光。她本来也想把孙子穆子帅接到身旁，但儿媳妇山杏不放心，那年穆子帅犯了抽风病，穆秋和山杏抱着孩子来到沈阳，找了熟人到省医院就诊。

医生给的诊断是遗传性癫痫。

儿子和媳妇都没有这个病根，医生说，这是隔代遗传，要查祖辈的基因，她和穆乐夫都没有病史，只有媳妇山杏低下了头……查到家族病史上，在已故的姥爷梁嘎达身上查到了病根——家族性心肌病。这是基因病，要想根治，就得换基因，除非你没出生在这个家族，没跟这个家族联姻。没继承父系的音乐天赋，却继承了母系的癫痫病根，小小的穆子帅头上，随时悬挂着一柄夺命的剑。

梁山杏痛苦欲绝地问医生："我爹的病为什么不传给我，而传给外孙？"

医生说："这很诡谲，解释不清，有的传男不传女，有的传女不传男，有的辈辈传，有的隔辈传……只能用生命蛋白营养，但不能根治。"

就是从那天开始，穆秋和山杏分了床，他怕给穆氏家族再造出一个家族心肌病的孩子。

野树沟的小学校已经撤销，是他这个校长不能再干孩子王的活了，除了他和梁山杏，野树沟再也找不到师资，他教出的学生一旦离开了野树沟，就没有一个肯回来的。剩下不足二十个学生，他用每月的教师工资雇了林树恩家的马车，一个星期一趟地送到双井镇中心小学，成了住校生。

改革开放不足三年，野树沟的土地全都包产到了户，他不能就种梁山杏母子的那二十几亩地，那是一家一户的小生产，传统农民的经营方式，他是个知识青年，有着高中文化，他要干大的，就包了野树沟三梁三沟长满山杏树与酸枣树的荒山，快四十的人啦，一不小心，就当上了"大地主"。他成立了野树沟林木公司，把铁命聘为副总经理，专门负责山里的事，他则在穆春的帮助下，在青林县城建了果品加工厂，将酸枣做成酸枣糕、酸枣粉、枣仁丸。山杏仁加盐做成罐头，磨细，成了杏仁粉。

最受欢迎的是杏仁粉，很多化妆品公司都愿意买，它制成的化妆品——膏、水、霜、液、油，清毒又润肤，还自带一股微苦的杏仁香。酸枣和山杏还有一个大用处，就是做药材。酸枣仁，是安神的首选药；杏仁，止咳平喘，对气管炎、肺感染，都有很强的疗效。沈阳市的中药厂敞开了大门，有多少要多少。

有了钱，穆秋在沈阳买了个三室一厅的房子，让山杏带着儿子回城里住，为的是儿子也能和女儿一样，从小受到好的教育。

穆春大学毕业，又读了硕士研究生，毕业后留校当了东阳农大果树园艺系的教师，一边当着教师，一边又在职读了博士研究生，而且晋职称为副教授。

龙晓做了他的夫人，在《辽宁日报》当副刊编辑，整天编着诗歌、散文和小小说。她自己也近水楼台先得月，笔耕不辍。她最擅长的就是写散文，在双井镇中学当代课老师的那段经历，一段一段地都成了她笔下流淌着情感与思想的文字。她给自己定了个创作计划，一个月写两篇，用三年的时间，集结成集，出一本自己的书——《双井夜思》。

她的父亲龙啸终究熬不过胃癌的折磨，英年早逝。在去世前，他恳求来看望他的青林县委书记，把林亚男调回青林县，当了县妇联副主任，算是对相濡以沫的妻子有了个妥当的安排。

3

穆秋领着枣珠儿沿着三道沟和三面坡，一座山、一面坡地转，就见到了当年的野树沟生产队队长林树德，正在组织民工打杏核。

林树德从部队转业，到了青林县林科所当了保卫股的股长，说是股长，其实就是一看大门的，林科所没人偷，没人抢，他就无事可干。他是个闲不住的人，在回野树沟看鳏哥哥林树恩和小侄子林铁球的时候，才知道哥哥现在不是鳏身子了。

裘三妹在省体工队拿了省冠军和全国第四名以后，就再也不出成绩了。她文化低当不了教练，也没口才当个体育老师什么的，就被分配到体工队门卫干了收发。收发用不了多少文化，活也不累，但工资少，不够她吃肉和买零食的。为了多挣钱，她兼职了澡堂子的搓澡员，每搓一位三块钱，要是推盐、推奶就是十元。年轻的少妇们都喜欢推奶，图的是皮肤白嫩；年龄大的中年妇女，都喜欢推盐，消毒又解痒。搓一个星期的澡，顶的上她一个月干收发的钱。

胖，推铅球是个优势，搓澡也是个优势，根基稳，手劲大，有力气，但谈恋爱、找老公，就是劣势了。二百多斤的体重，不但行政、事业单位的白领不敢接招，就是建筑工人和摔跤队的壮男也不屑于通电，说她怎么端详，都看不出点女人的柔美……三十多岁了，她还寡着，夜里翻来覆去地睡不着，就念起当年给她吃，给她喝，给她解瘾的林树恩的好了。除了林树恩，还有一个林铁球连着她的心呢。年轻，有铅球事业充实着生活，她不太把孩子当回事，这个年龄啦，看着人家一家三口上街，都是一对男女中间夹着一个楔儿——一个五六岁的孩子……裘三妹忍不住思念林树恩和林铁球的煎熬以及独守空房的孤独，就脸上蒙着一块纱巾，回了一趟野树沟。

林树恩大度，一句闲言碎语和敲鼓角、打锣边的话也没说，笑眯眯地把铁球拉到裘三妹的眼前，督促着他叫了一声“妈——”，就乐颠颠地忙着去加工大黄米面，准备撒切糕、烙年糕饼子给裘三妹解馋。

用撒切糕、炖麻籽小豆腐、腊肉炖豆角的火，烧热了林家的大炕，第二天天一亮，大公鸡抻长脖子高亢地打了一通啼鸣，林树恩、裘三妹、林铁球一家三口从热炕上一觉醒来，裘三妹的肚子里就怀上了个女儿林银环。

裘三妹有的是力气，脑子也不笨，就考了个驾驶本子，在穆秋的林木公司当上了开大货车的女司机。她是个见着活就爱干的人，用她做货车司机，连装卸工都省了，一条装满杏核的麻袋，有一百多斤，她一手抓麻袋的一角，一拎，一抡，就上了肩，扛着麻袋跑上几十趟，连个大气都不用喘，小步跑起来就如扭秧歌。除了司机的工资，穆秋给她加了份装卸工的工资。两份工资比在体工大队当收发多，也比搓澡体面，她索性给体工大队写了份申请，停薪留职，不要工资了，但留下了一个事业编制，算是给自己留了一条后路。她扛着行李回到野树沟，和林树恩破镜重圆，一个锅里煮饭，一个炕上睡觉，有滋有味地过起一工一农的日子来。

有裘三妹做榜样，林树德紧随其后，如法炮制，炒了林研所“保卫股长”的鱿鱼，被穆秋聘为管理生产的副总经理。除了销售，基本上还是“生产队长”，不过不是挣工分，而是挣工资，是保卫股长的工资的两倍。

他能二次回到家乡来，是有着他的盘算与情结。

他的心里一直恋着野树沟那满山满岭的山杏花。四月天，往杏花林里一蹲，那个沁人肺腑的苦泠泠的香味，那叫一个醉人，那叫一个迷人。

再者，山上还有他亲自领着百十口社员们亲手开出的千亩大寨田，还打了机井，是“引水上高山”的水浇地。有位女作家说过：“你把青春丢在哪儿了，你就把心丢在哪儿了，把记忆丢在哪儿了。”林树德的青春丢在野树沟，他的辉煌丢在野树沟，他的心也丢在野树沟。

其三，就是“杏核眼、柳叶眉和樱桃小口”的梁山杏的影子，老在他的脑海里晃，他当然知道梁山杏已为人妻，为人母，但感觉总是不受理性控制，一个人闲来遐想时，梁山杏的影子就在他脑子里飘来飘去，像聊斋里的狐女伸出一只小手在他的心尖尖儿挠痒痒……他在县城找了个对象，是个小五金厂的工人，黑不说，还瘦，尖尖腚，嶙嶙肩，嘴大眼睛小，模样没看头，身条也没看头，她只有一条优越的条件，就是娘家是青林县城的坐地户，在头道街有一处三间房子的小院。林树德刚转业，单位还没有家属房可以分被给他。女方有房，他可以轻松地做上门女婿。他在老丈人家的大门口处，盖了三间倒座子砖瓦房，算是在青林县城里安了一个家。

结婚一个整年头，林树德的媳妇给他生了个儿子，还好，这孩子长得大部分随他，不难看，挺壮实，取名林钢桥，现在念了学前班。但他对媳妇总看着不顺眼，正应了那句话：“孩子是自家的好，媳妇是人家的好。”

他一眼看见穆秋和一位秀气的姑娘边走边指指画画，就开口打招呼道：“穆总，这就是你说的女大学生？”

“叫枣珠儿。”穆秋笑着把身边的女大学生介绍给他。

“好听，有文化，我怎么听着和‘山杏’一样，都是咱们野树沟的人呢？”倒是当过生产队长，林树德有着野树沟的本土意识。他的话还可以有另一个注释：他想梁山杏了。梁山杏在沈阳陪着一儿一女读书，不能常住野树沟。

枣珠儿敏捷又灵秀，立刻伸出一只白皙的小手，对林树德说：“林总好！”

穆秋领着枣珠儿转到当年的知青点的时候，天边就起了火烧云，火烧云烧天不烧地，天边灿烂，地上却是翠绿着凉爽。原来的七间房子变成了十七间，东厢房五间，西厢房五间，门口的牌子也换上了仿宋体的“野树沟林木有限公司”。一路上默默不语光会抿嘴笑的枣珠儿突然像是发现了新大陆一样，惊叫起来：“这是大扁杏，还有红枣树”

正是杏黄时节，一个个成熟的大扁杏黄里透红，圆润饱满，活脱脱一个个山村姑娘的笑脸。铁命正带着农工摘杏，一筐筐又大又黄的大扁杏装上裘三妹的大卡车，明早儿一露晨曦，到了青林县城的蔬菜水果批发市场就成了抢手货。

“穆总，我有课题啦！”

看见枣珠儿这样高兴，穆秋也跟着高兴起来，“什么课题？”

“嫁接。”

“嫁接？”

“把三个沟坡上的山杏都嫁接上大扁杏，还有，把三个沟坡下的酸枣树都嫁接上大红枣，产量翻三倍，价格也能翻五倍。”

“树还能嫁接？”铁命首先发出了疑问。

“能。你没学过米丘林？在梨树上嫁接苹果，就是梨苹果。在苹果树上嫁接梨，就是苹果梨。”

铁命从小放马，念过两年马背小学。马背小学的课本主要针对蒙古族牧民的孩子，有英雄史诗，有牧业常识，有算术识字，就是没有米丘林。

“生物的基因不但能够复制，还可以改变，这就是嫁接。非致病突变给自然选择带来了原始材料，使生物可以在自然选择中被选择出最适合自然的个体。”枣珠儿振振有词。

“穆秋，你从哪儿领回来的老师，我怎么听着像喇嘛念经。”铁命完全被枣珠儿的学问弄懵了。

不但铁命懵，穆秋也懵，但有一条，他相信当了果树园艺教授的穆春给他介绍来的大四实习生是可以给他的公司做技术员的，就说：“枣珠儿，你想怎么弄就怎么弄。这三面坡、三道沟都可以给你做实验田。”

“那要把酸枣树接上苹果、接上橘子，不是更来钱吗？”铁命的知识不多，但脑子好使，聪明。

“一、影响嫁接成活的主要因素是接穗和砧木的亲和力，就是接穗和砧木在内部组织结构上、生理和遗传上，彼此相同或相近，从而能互相结合在一起的能力。亲和力高，嫁接成活率高。反之，则成活率低。一般来说，植物亲缘关系越近，亲和力越强。例如苹果接于沙果；梨接于杜梨、楸子梨；柿子接于黑枣；核桃接于核桃楸等亲和力都很好。二、咱们野树沟没有苹果苗，我只在这个院子里见到了大扁杏和大红枣，大扁杏可以做山杏的接穗，大红枣可以做酸枣的接穗。”

穆秋开始对纤弱秀气的枣珠儿刮目相看了。

刚见面时，他见枣珠儿单细的身材，稚气的眼睛，轻声细语的讲话，觉得她就是温室里的一茎柔弱的花朵，绝对不适合在荒山野岭的山沟里作为，心里隐隐的觉得堂兄穆春是在应付自己的请求，这位城市小姐也就是来山沟里换换新鲜空气，游览游览山景罢了。

枣珠儿是东阳农学院果树园艺系大四的学生，正在考穆春的研究生，专业是生物的基因，英文是DNA。穆春介绍她到穆秋的野树沟林木公司去实习，让她结合生产实践选一个课题，从书本到实践，从实践到成果，这才是一个学者的有为之路、成功之路。

枣珠儿出生在一个知识分子家庭，满族，父亲关本修曾是本校的教授，母亲柳若因是省歌舞团的声乐演员，生下她不到两年，就去了美国进修美声唱法，学业成功，在举办音乐会时，被美裔的乐队指挥奉为华盛顿的“夜莺”，之后，与美裔指挥另筑“鸟巢”，除了寄回一些美元，“夜莺”就再也没有返乡。父亲没有续弦，教书与育儿成了他生活的全部，就在她考上大学那年，去了大兴安岭帮助朝鲜族人培植人参，倒是寻到了知音。聪慧、带有文艺范儿的枣珠儿得到了系副主任穆春的格外赏识，让她到野树沟实习，自有一番造就人才的寓意。

“大学生就是大学生。”铁命伸出了大拇指。

枣珠儿看似柔弱，却也是个说干就干的主，七月杏黄，八月枣红。打完了山杏核，枣珠儿就把穆秋手下的农工都集中起来办了学习班，手把手地教授山杏嫁接大扁杏的技术。

把一个刮脸刀片从中间掰开，在大扁杏树上切割下一段三五片芽叶的枝条，锯断山杏的树干，插入树干里，用塑料薄膜包裹紧，使两个创面靠近并扎紧在一起，因细胞增生，彼此愈合成为管维组织，这棵嫁接的树就活了。

到了八月，又开始在刚打完酸枣的树上用同样的技术嫁接大红枣。两个月下来，用上了野树沟所有没外出打工的劳动力，只完成了不到一条沟和一面坡的嫁接。

这期间，梁山杏来了几趟。她有理由来，两个孩子都放假了，三年级的穆子萍考试还得了个“双百”——算术一百分，语文也是一百分。另外，还有个英语一百分，算是“2+1”。在奶奶黄月琴的督促和陪伴下，穆子萍拉小提琴已经晋了三级。就是六年级的穆子帅不行，他一用功就犯抽风病，所以，他的期末考试没能晋级初中，别说重点中学了，就是最次的中学，她拿着红包给校长送礼，校长说：“大姐，这钱我不敢要，这儿有督学，考试成绩都上了网，让他们查出来，我这个校长也就别当了。”

山杏怨恨穆秋不管儿子，也怨恨爷爷穆乐夫和奶奶黄月琴偏心，重女轻男，不给穆子帅使劲，上不了中学的孩子，在沈阳这座大城市将来怎么就业，怎么生活？

到了这时，黄月琴就想起当年山杏奉子逼婚的情景，她会拉下脸，不咸不淡地说："男婚女嫁，自古就讲个门当户对。我爷爷当年就说，搞对象，要查他家三代，三代为官，那他将来的孩子就是个做官的料；三代读书，那他将来的孩子就是个握笔杆的；三代经商，那他将来的孩子一定会打算盘；三代种地，那他的孩子就是一个攥锄把的；要是做贼要饭的……咂——哈哈，什么种就出什么苗……"

山杏不服："难道穆子帅不是穆秋的种？"

黄月琴继续不咸不淡，"种是好种，地不是好地，糟蹋了种。他摊上了一个有抽邪风病的姥爷……"

有短在案，山杏只能愤愤地跺着脚出闷气，再想狡辩，也找不到当年的强势了。

还是爷爷穆乐夫被纠缠不过，怎么说穆子帅也是老穆家的孩子，当爷爷的总不能看着孙子刚念到小学就辍学，乡下孩子辍学可以下庄稼地干活，城里孩子，还是童工呢，哪个地方能要呢？思来想去，他决定豁上老面子，找了小学的校长，答应做课外兴趣小组的义务辅导员，无偿地教学生们课余的二胡、板胡、葫芦丝，才让穆子帅能在小学六年级复读一年，明年再考一次初中。

有了这个结果垫底，梁山杏就带着穆子帅到了野树沟过暑假。本来，她想两个孩子一起带，可奶奶不让，说暑假正是穆子萍专心练习小提琴的时间，穆子帅、穆子萍两个孩子不能一个也不成才。到了六年级，穆子萍不去考普通中学，也不能去考重点中学，她要考沈阳音乐学院附中。

4

娘俩到达野树沟的时间是晚上七点多钟，让她气恼的是穆秋不在。

凭着心机和肚子里的孩子，山杏把穆秋变成了枕边人，但穆秋那个不情愿，那个推三阻四，那个不拿梁山杏当棵葱的傲慢，是可着野树沟的人都知道的。除了回家吃饭和晚上睡觉，穆秋对山杏几乎是不理不睬，上课、辅导学生、举办学校的演唱会……那叫个尽心尽责，爱心毕献，但一进家门，就是个甩手掌柜，抱起一本书就看，或者摊开学生们的作业本批改作业，头不抬，眼不睁的，就像周围没有一个人，全是空气。

山杏月份大了，梁嘎达的老伴看不过眼儿，就来女儿家帮忙做饭，还负责给小外孙预备小被褥、小衣裤和褯子。看见穆秋头不抬眼不睁不理不睬的样子，就来了火，“小秋，小秋——穆秋！我闺女在野树沟也是个一顶一的，要模样有模样，要能耐有能耐，嫁给了你，什么彩礼都没给不说，她现在怀了你的孩子，你这待答不理的算哪嘎达事呀？”

“哪嘎达事？山杏自己明白，要不让这孩子，我凭什么待在这个死山沟子？我是搞艺术的，你懂不懂？你懂不懂！你不懂，愿意干就干，不愿意干，你就领回去。”

山杏的妈还真来了气，“领回去就领回去，她挺着个大肚子，你一点活儿不干，不管不问，她……她遭罪哩！”山杏妈没有文化，她当然不会说出“冷暴力”这个词，但她就觉得女儿难受，女儿不值。

山杏却说什么也不回娘家，一回娘家，她就是乡下人了，住在知青点，她就是个城里人，穆秋有了教师的编制，就有了城镇户口，她现在是城里人的媳妇，她不要倒退回农民身份，虽然不到一里路，但她觉得那是没有出路的路，她才不走呢！凭着才能，穆秋早晚会被调到城里去，哪怕是青林县城也好，有这根线牵着，她才能一路往上走。

“妈，我不回去，咱家再好，也是乡下，这里是知青点，是知识青年住的地方，我就在这儿住，没人能赶走我。”

山杏临产了，阵痛疼得她一声接一声地号叫，这回穆秋沉不住气了，山杏的号叫全是不谐和音，那尖锐的号叫，全是一把把利剑，刺得他心脏“蹦蹦”乱跳，脑仁也疼得像别了一根枣刺。穆秋不喜欢梁山杏，但他也是个读书人，懂得道理：女人生孩子是这样的痛苦，像被宰杀着一样。他得救救她，她是一条生命啊！她肚子里还有一条生命呢！他慌三火四地跑去找林树恩，让他套上白头芯儿去双井镇医院。

林树恩觉得没那么严重，裘三妹生孩子时，一声也没叫，就是皱了一阵眉头，老娘婆叫她使劲，裘三妹一运气，就听见了铁球的“哇哇”叫了。

穆秋说：“山杏和三妹不一样，她没有三妹的体质好，她娇弱。”

林树恩说：“城里人都不娇弱，乡下人娇什么弱？”

穆秋说：“林队长，求你啦，我听不了山杏的号叫，把我的心都割破啦，你看，我的腿在抖，在打哆嗦……”

林树恩看见穆秋的腿果然在打哆嗦，是六神无主了，就去套了车，等赶到知青点，却听见了“哇哇”的婴儿啼哭。

就是这件事，让山杏看到了希望，穆秋是心疼她的。

果然，穆秋对月子里的山杏不再不答不理，虽然，他搬去教室里打地铺，但每天吃完晚饭，他都要接过山杏襁褓里的婴儿，仔细地看了一遍又一遍，看看眉眼脸盘哪点像自己，哪点随山杏。看着，看着，他就看出了不到一岁的穆子帅，除了皮肤白一项外，眉眼脸盘全随了山杏，这让他不爽，很不爽，特别是听营子里的人都说："穆秋是倒插门，孩子也随了梁家的根。"紧熬慢熬，等到穆子帅"抓生"抓了一把小耘锄，不是接他的班，做个音乐人，而是接了梁嘎达的班，将来是个庄稼人，这也让他大失所望，渐渐的，他对山杏母子又开始冷淡下来。

穆秋不在，梁山杏掏出钥匙打开了门，屋里空荡荡的，没有一点人气。房子全靠人住，人不住，就没人味。母子俩饥肠辘辘地坐了一天的车，在双井镇的小饭馆里一人吃了一碗打卤面，早被这三十里的山路颠没了。她是给穆秋打了电话的，穆秋不去接她们娘俩，连个晚饭也不给准备，真是不把他们娘俩放在心上。她叹了一口气，放下行李，推开门，在院子里喊了起来："妞子——妞子——"

妞子叫托娅，是放马摔断了腿的老牧民乌力吉和营子里的寡妇的女儿。乌力吉快六十了，有了这个女儿，被营子里的人叫作"秋扭子"，"秋扭子"是秋天的瓜果结的最后一茬，因为植物的母体、父体面临"夏虫言冰"的生命力窘境，结出来的果实先天不足，往往又瘦又小。托雅一出生，还不到四斤，是名副其实的"秋扭子"，这样一来二去，乡邻们就忘了她"托娅"（蒙语：光）的名字，直接叫她"妞子"。妞子在野树沟小学念完了初小，没能去双井镇读高小，她爹乌力吉得了脑中风，躺在炕上起不来了，她辍了学，在家帮助妈妈照顾爹。野树沟林木公司成立，她求了她的老师穆秋，来公司做饭、搞卫生，还管点零星的小现金，做现金会计。钱挣得不多，但带出一口人吃饭，还能有现金收入，人小力薄的她，强似下了庄稼地。

托娅跑来了，她已经是个十七岁的少女了，蒙汉相交的血统，让她的脸上有着两块高颧骨，但鼻子很直，杏花的肤色白里透红，加上不高不矮的个头，穿着一件碎花的连衣裙，仔细一打量，也是个野树沟的小美人。她从小就以山杏为偶像，长得要像山杏一样好看，嫁个男人也要像穆秋一样有文化、有才能。她一见山杏就喊了起来："山杏姐，我知道你今天回营子，是姐夫告诉我的，我粉了黄米面发上了，你和帅帅等着，我去给你们烙年糕饼子去。我知道你最爱吃这口了，城里没有。"

听了妞子的话，山杏的心里这才有了点暖意，她嗔着脸问："你姐夫呢？都大半夜了，不回来睡觉，死哪儿去了？"

"在学校那院上课呢。"

"上什么课？学校不是停了吗？"

"嫁接课。"

"嫁接课？"

"就是把大扁杏的条子剪下来，接到山杏的树干上，有嵌芽接、劈接和切接。"

“接大扁杏干啥呀？”

“山杏姐，你老土啦，那山杏接上大扁杏，产量就会翻上三到五倍，大扁杏仁不苦，香、脆、营养丰富，枣珠儿说啦，一棵树到了盛果期，能产五十到八十斤杏仁，咱那老山杏子，一棵树最多打下二十来斤杏核，算冒了祖啦，去了皮，撑死了也就八九斤！”

“真有那么大的收成？”

“听枣珠儿姐姐讲课说的。”

“枣珠儿？”

“哎呀，我的山杏姐姐，枣珠儿，就是姐夫请回来的女大学生啊。”托娅为自己知道得多，有了优越感而有点乐不可支。

吃完了黄米面年糕饼子和高粱米水饭，穆子帅就张罗着睡觉了，连旁边伺候着的托娅也张开嘴打起了哈欠。山杏让托娅给烧点洗脚水，洗脚水热了才解乏。洗完脚，穆子帅往炕上一栽，就“呼呼”地响起了鼾声。托娅端着洗脚水倒掉，也回到自己的小屋睡觉去了。

浓黑的云彩散开了，一轮圆月白白亮亮地走到了中天，洒下一地碎银，滢滢的，幽静而多情。

梁山杏睡不着了，她的身边没有穆秋，心里就空落落的，正是中年夫妻，如狼似虎的年纪，她一路颠簸过来，就是盼着能跟男人干上一宿那件事，大汗淋漓之后，才是解馋之后的痛快。穆秋不在，她不但空虚，而且难耐，身上就像有一团火，烧不起来，憋得她坐立不安。索性，她披上衣服走出房门。她要去找穆秋，看看啥样的课上到半夜还不下课，分别了半个多月的媳妇猴急猴急地等着他，他竟像没事人似的不着边、不见面。

和知青点隔着一堵墙的小门开了，月光下走来一对男女，男的是穆秋，她一眼就盯住了，扒了皮也认得骨头。那个女的就是枣珠儿吧？瘦瘦高高的，一条马尾巴辫子束在脑后，青春、秀美，就是看不清脸庞。他们俩靠得很近，一边走一边说话，那个亲热劲儿，从来就没有发生在山杏与穆秋的身上过。山杏没有上前打招呼，她知道被打扰的穆秋一定不高兴，一转身，悄悄回到了炕边，一片腿上了炕，闭着眼睛装睡。

还好，穆秋也随后进了屋子，没开灯，也上了炕，山杏一把搂住了穆秋，把个光身子贴了上去——她就不信，久别胜新婚，穆秋的魂会不回来。穆秋翻了一下身，躲开了山杏，嘴里念叨着：“挺累的，挺累的，快睡觉吧，明早还得早起嫁接呢，太阳一出来就晒得人冒油，接穗还不好活……”

山杏恼了，“什么嫁接，什么接穗，都与老娘无关！”她嘟囔着，一个翻身就骑在了穆秋的身上。

“多少天没来了，装什么蒜，你就不想？你还是男人不？”

穆秋睁开眼，瞅着山杏黑漆漆的杏核眼里射出来的凶光，说：“再造出一个像穆子帅一样的儿子怎么办？再说，计划生育就俩指标，够数了！”

山杏说：“说啥呢？穆子帅怎么啦？再造出一个穆子帅，我还养，我养得起！计划生育能管住几家？有《超生游击队》比着，吐鲁番、少林寺、海南岛……咱还差着呢。”

山杏三下两下就扒了穆秋的裤衩，趴在他身上一动不动了。

穆秋被压得喘不上气来，只得搂住山杏来了一个翻滚……身边的穆子帅喊了一声：“不写作业，不写作业，不写作业……”夫妻俩这才停止了动作，静了声。等确认穆子帅不是被吵醒，而是说梦话时，才小心翼翼地开始了他们之间的运动，渐渐地，穆秋用上了劲，他听人家说，夫妻之间做爱，谁用的劲儿大，孩子的基因就大半随谁。

穆秋闭着眼睛想着孩子的基因，脑子里却出现了另一个人的面容：鹅蛋似的脸庞，尖下颏，白白的，一双灵动的大眼睛含着笑意望着自己，马尾辫拢到胸前，痒痒的，扎着自己的前胸……

5

枣珠儿高兴极了，面对三道梁三条沟的野树沟的景色和空气，她陶醉了……在沈阳读书，没有这么碧蓝碧蓝飘荡着朵朵白云的天，没有这满眼闪着翠色光辉的碧绿碧绿的树。

特别是枣树的叶子都有涂了一层蜡似的亮光，她的手腕上戴着一条珠串，那是爸爸用酸枣核一颗一颗打磨出光亮，又用琴弦加了银纽扣穿起来的。这是爸爸送给妈妈的定情物，后来，妈妈去美国时，褪下来，戴在枣珠儿手腕上了。据说，她的名字“枣珠儿”就是妈妈根据这条手钏起的，它见证着爸爸对妈妈的爱，见证着妈妈对她的爱。

她的心情这样好，跟一个人有关，这就是穆秋。她从来没遇到过对自己如此言听计从的男人，她说把野山杏与大扁杏嫁接就嫁接大扁杏，她说下一步再把野酸枣嫁接上大红枣就嫁接大红枣，她说白天打山杏人手不够，就得晚上办训练班，他就晚上办训练班。他不光给她和所有的学员发补助，还亲自学，不但亲自学，还学得最快，因为他是当年的知识青年，有知识，有文化，他还把过去的知青点的牌子挂在教室门口，说他与穆春、裘三妹是二十世纪七十年代到野树沟插队的知识青年，而枣珠儿是二十世纪九十年代到野树沟插队的知识青年。他们是高中生，枣珠儿是大学生，时代进步了，文化素质也提高了……这些都让枣珠儿高兴，更高兴的是穆秋还当众给枣珠儿发了野树沟林木有限公司技术员的聘书，月工资三百元。这太让枣珠儿有成就感了，是普通员工工资的两倍不说，还标志着枣珠儿可以自食其力，再也不用爸爸出钱养活自己了。她决心对得起这三百元，对得起穆秋对自己的言听计从，凭着自己的知识和才能给穆秋创造十倍、一百倍于此的经济效益。

枣珠儿挨着棵地检查嫁接的山杏树。山杏树锯断树干后叫砧木或台木，把新剪下来的大扁杏枝条，选出二到四个芽的苗，称为接穗，把接穗嫁接在山杏树干的上部或顶部，用树皮或马莲紧紧裹住，使接穗与砧木的形成层紧密结合，以确保接穗成活。砧木嫁接后成为植物体的根系部分，提供来自土壤的水分与营养，而嫁接成活的接穗抒枝散叶，开花结果，新的果实，就兼有砧木与接穗的基因了。

因为嫁接刚刚开始，所有的人员都非常仔细，或者说是小心翼翼。林树德和铁命有力气，负责锯断树干，穆秋则带着妇女们做接穗的工作。山杏回来了，小托娅把做饭的活儿交给了她，就跟着枣珠儿上了山，年轻人特别愿意学习新的东西，她宁可在山上挨着大太阳晒，也要和大伙在一起，年轻人都爱扎堆，找人多热闹的地方，何况，还有新手艺可学。

山杏早就脱离了体力劳动，搬到城里就开始养尊处优，当然不愿意做风吹日晒的嫁接工作，她也不愿意给干活的人做饭。但是不行，穆秋不让，说："三春不如一秋忙，大家都忙着嫁接，这里不能有闲人，不做饭，就带着孩子回沈阳，省的别人还得伺候你。"

山杏不能回沈阳，她得守住穆秋，她还记得那天的那个梦，穆秋被狐狸一媚，就像丢了魂儿一样，被黑白无常用追魂索套住脖子，牵着走……每想一回这个梦境，山杏就惊出一身冷汗，她相信鬼魂，也相信神明，她的父亲梁嘎达就是前车之鉴。

所有的嫁接都令枣珠儿满意，但她也看出了问题——速度太慢了，可着一条翠绿的大山岭，就十几个人干活，就如一捏儿芝麻粒撒进一锅玉米面粥里一般，不用个显微镜，难以分辨出来。照着这个速度，别说连绵起伏的三道大岭，就是一道岭，这一个夏秋季也是完不成的。枣珠儿戴上大草帽，拨开树丛，跑到穆秋跟前，"穆总，这村里就这么十几个人吗？"

"不是，有五十多户人家，二百多口人呢。枣珠儿，你问这话什么意思？"

"我是说，这人太少了，能不能再雇些人来，人多，速度快些，到明年，收益可是几何体。"

穆秋皱起了眉头，"这大山里的壮劳力都出去打工了，剩下的老弱病残除了上学的孩子，还得收拾自己的承包地……我算了一下，还真是雇不来……"穆秋难为情地看着枣珠儿，这是他第一次对她的要求不能言听计从。

枣珠儿眼珠一转，突然有了主意，"穆总，现在我们系的同学都在放假，如果可以，我回一趟沈阳，去把他们请过来，帮助嫁接，他们都是成手，我们在教育基地都实习过。你这管吃管住，把伙食搞得好一点，就当让他们来山区旅游……”

穆秋的眼睛里露出了十分的欣喜，他太欣赏这个苗条灵气的姑娘了，她的小脑袋里，咋装着那么多的智慧？他一个三十八岁的大男人不能解决的问题，她一拍脑袋就想出了办法。

“枣珠儿，你太有办法了，这样吧，我开车送你去沈阳，顺便把他们接过来。”

本来是一次愉快的旅行，现在却变得这样别扭。

早晨起来，穆秋把在山上干活的人打发走，又叮嘱林树德和铁命管好自己的一摊事，回到住处，告诉山杏他要拉着枣珠儿回沈阳，找她的同学们解人力不足的燃眉之急，不料，山杏立马变了脸，“你个臭不要脸的，拉着个大姑娘想上哪儿就上哪儿，满世界地逛？留下一山上的人呢，干活没人管，让我做饭，烟熏火燎的，你讨心静。穆秋，别看我爹死了，娘没了，娘家就没人了，老梁家没绝户，你不能这么欺负人……”

梁山杏这么撒泼是有原因的。昨天晚上，吃过饭，干活的人继续到学校教室里听枣珠儿讲果树栽培，林树德得知山杏带着穆子帅回来了，就跟铁命告了一个假，在哥哥林树恩家洗洗脸，刮刮胡子，擦了擦脸油，照了镜子看看自己晒得黑黝黝的脸上有了点湿润的亮光，就装了一小塑料袋哥哥捡的毛榛来看山杏。

他的心里一直有山杏，山杏是知道的，当初没嫁给他，一是嫌他没有穆秋有文化，还是个乡下人，二是梁、林两姓在营子里一直是对头，到了林树德当生产队长的时候，虽然有了彻底的转变，但老爹梁嘎达埋在心底的逆反和颠覆之恨是不能忘怀的。常言说：“见面不打笑脸人。”这就如同两国外交上“不斩来使”是一个道理。所以，梁山杏看见林树德拎着一塑料袋她最爱嗑的毛榛，就拿起小笤帚扫了扫炕檐帮，示意他坐下。

“穆子帅呢？”林树德把毛榛往炕上一撂，问山杏。

“跟他爸去听嫁接课去了。”

“小子和他爹一样，都爱大学生。”

山杏听出了不对味，就说：“你跟我玩不了拐弯抹角，有话直说。”

“扑哧——”林树德笑了，“大学生是宝，谁不爱呢？我要是念书多，我也找个大学生。”

“呸——就你那个土豆烧的脸，能说上媳妇就烧了高香了，还找大学生？坟地里冒蓝烟了吗？你媳妇长得啥样？咋不领着来野树沟，让营子里的人看看，你也玩‘金屋藏娇’？”

“有你晃着当头牌，我那位还真拿不出手。”

“拿不出手？你就把人家扔在家里守空房，不怕有人补你的空儿。”

“我巴不得有人补空替我受累，我攒下力气好补别的空儿。”

“美得你！”山杏娇嗔地瞟了林树德一眼。林树德一喜，听听门外没动静，上前抱住了山杏，捉住那樱桃小口就亲起来。他从刚当队长那一年，就想亲山杏，就是林树恩对裘三妹的“吃”，等了这些年，他终于“吃”到了，一时半会儿不肯撒嘴。

说句实在话，山杏从来没有得到过这么热烈的亲吻，穆秋也亲过她，那是在酒后，结婚以后就再没主动亲过。一时间，山杏有些迷醉，晕晕乎乎地任林树德尽兴，可当林树德把手伸进她的裤腰，她还是坚决地拒绝了，她爱的是穆秋，虽然得不到相应的回报，但她也不敢就隔着学校一道墙，与林树德突破禁区。

林树德有些不高兴，就说：“你给穆秋守着，可人家不稀罕，人家身边有大学生，那个亲热劲……”

人性中有个非常不好的东西，自己做着行，别人做，就是大逆不道，就得被唾弃诋毁，说咸道淡。

看见林树德不高兴，山杏也拉下脸，“不管这么说，穆秋是我男人，他用着大学生，是发展林木公司，给我挣钱呢。”

“还给你挣钱？我看将来都得给那个枣珠儿花喽，现在就一个月三百，弄不好，再给她买处房子，就没你的了。”

“胡说，我当着会计呢，账在我手，钱在银行，她拿不走！”

“那你可就得长点心眼儿了。”

当着枣珠儿的面，穆秋的脸羞臊得通红，他真想一巴掌扇过去，遇到这么个尖酸泼辣的女人，把自己本该搞艺术的人生弄得乱七八糟，本来应该成为管弦乐队里小提琴手的他，却成了个承包荒山的“地主”，这不是他所愿。她当年怀着穆子帅，把个不可能的婚姻弄成了即成，接着又有了穆子萍……他本想看在两个孩子的份上，就这么过下去了。堂哥穆春派了得意门生枣珠儿来当技术员，他看见了自己事业的转折点，或者说是再上一层楼的新起点，他把枣珠儿当成上苍来帮助他的仙女，人家是那么真诚地把自己的学问、才能全部拿出来帮助自己，不嫌山沟里条件艰苦，吃不好、睡不好，白天大太阳晒、晚上蚊虫叮咬……

“人家是在帮咱们啊，山上的活儿，有林树德和铁命领着人干呢。你梁山杏怎么一点不懂道理啊！”

“我怎么不懂道理了？她要回沈阳，让她坐裘三妹的货车楼子里，到了青林县城，买张火车票，不就行了吗？你放着省事的不做，脱裤子放屁，非要亲自开车去送，看人家大姑娘美啦？浪啦！”

“头疼，头疼，不可理喻，不可理喻。没有文化真可怕！”穆秋看着在一旁窘困得不知所措的枣珠儿，一下子拉开了车门，“枣珠儿，上车——”

还没等枣珠儿走到车前，梁山杏一把拉住车门的把手，大喊着:“穆秋——你敢走，我们娘俩刚来你就走，安的什么心？老婆孩子都不要啦？你看上谁啦？”

梁山杏撒泼，更让穆秋失了面子，反正是失了，穆秋索性来了性子，他一用力，一把把山杏拖倒在地上，上车关了车门，就要打火起步。就在这时，突然听到一声号叫：“穆子帅——”

穆秋扭头一看，原来是一直站在门边不声不语的儿子穆子帅犯了抽风病，倒在地上，口吐白沫，脸色铁青。

穆秋慌忙下车，跑到屋里，从药箱里取出一包针灸针。穆子帅长犯病，家里都有准备，沈阳的家和榆树沟的家都有药箱。

梁山杏抱着穆子帅，穆秋用酒精棉擦了穆子帅的手脚指头，一个一个地放出了些紫黑的血，又喂了几粒日本产的“心丹”，穆子帅这才停止了抽搐。

一个突发事件让一辆回沈阳的小汽车由坐两个人，变成了坐四个人。

穆子帅安静了下来，穆秋激愤的心情也平静了下来。

他清醒地意识到，不能把山杏留在野树沟，照此下去，她还不知道会给他的嫁接工程制造多少麻烦。他看见枣珠儿已经是在努力地克制自己了，如果她一生气撒手不管了，那接下去的嫁接就嫁接不下去，没了技术指导，还嫁接个屁呀！三道沟的酸枣，三道梁的山杏要有个几何体的经济效益，那可就成了天方夜谭。

“再也不能这样活，
再也不能这样过，
生活就得前思后想，
想好了你再做……”

穆秋有个习惯，这可能是他身子当着“地主”，脑子里还想着音乐的缘故，每每想事的时候，脑子里不是响着一段旋律，就是响着一段歌词，很自然的一种转换。这段歌词响过以后，穆秋做出了决定，带着儿子穆子帅和老婆山杏一块儿回沈阳，然后，把她们娘俩放到沈阳治病、上学，自己再拉着枣珠儿和她的同学继续做嫁接。

“生活就像爬大山，
生活就像趟大河，
一步一个深深的脚印，

一个脚窝一支歌……”

脑子里响着这段歌词，穆秋跑步到了山上，把小托娅叫回来，看门、做饭，接电话，然后催促着山杏收拾东西一起回沈阳。到此，山杏也明白这种结果，也不是她想要的。她要的是留在野树沟和穆秋过夫妻生活，连带看守自个儿的男人别被女大学生勾了魂儿。但闹到了这个份上，也是咎由自取，穆子帅犯了病，就得回沈阳治，那里有双井镇、青林县没有的大医院，小医院治不了儿子的病。没办法，她也就领着穆子帅悻悻地坐在了后排座。

穆秋开着车经过了三十里的颠簸的山道，到了双井镇，拐上省道，就是通往青林县城的路了，可是车上燕雀无声，没有一个人开口说话，这种寂寞对于犯困的人是常态,可对于一个个目视前方紧盯着路况的人是很难熬的。

枣珠儿不说话，不是她无话可说，受了这么大的委屈，她能无话可说吗？可她能说什么呢？她能对穆秋说，我是你请来的，一盆火似的热情帮你，咋落个被你的老婆羞辱？她能对山杏说，我和你丈夫谈的都是嫁接的事，你吃的哪门子醋？我才二十二岁，能看上一个三十八岁的有妻有子的林木地主吗？你太小瞧人啦！也怪了，有着一双儿女在身边，还整天防着男人，还有点女人的自尊和自信吗？但她不想说，她不想打破车里的僵局，她觉得这种僵局对她有好处，她可以无限地释放自己对穆秋的不满，释放对梁山杏为人处世不贤不淑的压力。

穆秋不说话，是他不好说话，他能批评梁山杏的胡搅蛮缠？这是她的一以贯之，他已经疲惫，就如一篇小说的名字《懒得离婚》。他懒得与她对话，懒得跟她解释自己的行为，一个“懒得”，道尽了他对她的失望，终结了他对她的耐心。若不是当初她怀了穆子帅，他不会跟她结婚；若不是她生了穆子萍，也许他在承包了荒山之后，就会和她离婚。朋友之间、夫妻之间贵在志同道合。“道不同不相为谋”，是说朋友间志不同道不合，可以分道扬镳，与老婆能咋样？只能用“懒得”二字。他想向枣珠儿解释山杏的不懂事、没文化……但当着山杏那可能吗？她还不得顶破车棚,弄得穆子帅再次犯病？穆秋心里堵着，手脚却不能闲着，开好车，把山杏和穆子帅送回沈阳，他才能做回自己。

到底是山杏耐不住寂寞了。这寂寞压得她喘不过气来，甚至淹没了她的存在。她看了看坐在副驾驶位置上的枣珠儿，讪讪地问：“那个……那个嫁接是咋回事？”

枣珠儿不语，她没有义务和心情向她解释。

山杏又讪讪道：“枣珠儿，那个嫁接是咋回事？”

“哦……是问我呢？”山杏一而再地发问，让枣珠儿不得不理，她有文化，她懂礼貌，但她的头也没回，冷冷地说了一句：“我在学校的培训班里都讲过了。”

“我听说，要是嫁接了，酸枣和山杏能变成大枣和大扁杏？产量和效益能提高好几倍？”山杏往前探了探身子，似在求教。

枣珠儿仍是未回头，“我在策划书里，都跟穆总说过了。”说罢，掏出手机似在给什么人发短信。

梁山杏遭遇了大窝脖儿，朝着枣珠儿的后脑勺射出了一瞥蛇毒似的目光，心里恨恨的，嘴里就说出了“不就是个大学生嘛”的话。

枣珠儿突然回过头，盯着山杏黑漆漆的杏核眼，不错眼珠地对视着，“请问，你是哪个大学毕业的？”

梁山杏耷拉下双眼皮，把脸扭向一边。她不敢应战。片刻，便冲着穆秋的后脊梁说：

“到了沈阳，我就把穆子帅交给他爷爷、奶奶，我还回来给你们做饭——”她拉了长声，把“还看着你们”裹在长声里。

穆秋上来了脾气，“爷爷、奶奶管着穆子萍呢，够累的啦，你当妈的还想不管孩子？”

“你当爸的也想不管孩子？”山杏嘴快，还捎带出一声“哼——”

“我要杀了你们——”一直没说话的穆子帅突然大吼一声。

6

枣珠儿没有坐穆秋的车回沈阳。

她忍着头疼坐到了青林县城就下车了。她跟穆秋说，她要坐火车回沈阳，同班同学谭尔木的家就在青林，她要动员谭尔木去野树沟嫁接大扁杏。她不想继续用沉默来压抑梁山杏的任性和胡言乱语，也不想用沉默给自己制造坏性情，所谓“不能用别人的错误惩罚自己”就是这个道理。

尽管她的理由非常充分，但还是被梁山杏批评了一句：“那不是多出一张火车票钱吗？车里也不是坐不开，还让你坐在前头呢。穆秋的钱也不是大风刮来的。”

穆秋却觉得这是一种解脱，忙从提包里数出四张五十元一张的钞票，又觉得不够，转身对梁山杏说：“再给我五百。”

山杏眼睛一翻，“走得匆忙，我没带现金。”

枣珠儿没有去看梁山杏的嘴脸，低着头接过穆秋给的二百元，“你开给我的工资我还没用呢，需要费用，我先垫着。”

穆秋很感激地看了她一眼，说：“在沈阳穆春哥那儿等你啦。”

枣珠儿没有撒谎，谭尔木的家是住在青林县城。

她和谭尔木都是系里的学生干部，谭尔木能说会写，是系学生会的宣传委员，枣珠儿长得秀气苗条，加上她继承了母亲的声乐基因，歌唱得好，就当了学生会的文艺委员。宣传委员和文艺委员经常在一起搞活动，这样，枣珠儿和谭尔木之间的关系比起同班同学就又进了一步。有了这种关系，枣珠儿能够确定，她去找谭尔木帮助在野树沟嫁接大扁杏，一定行。她心里还装着一件秘密，临毕业的时候，谭尔木给她写了一首朦胧诗，诗文朦胧，可诗意却不朦胧，枣珠儿懂得……

谭尔木的家在县城南边一处快要拆除的工人家属院。

谭尔木的父亲和母亲都是水泵厂的工人，父亲是承装车间的钳工，母亲是干杂活的“五七”工。“五七”工是根据毛主席在“文革”中期，当年五月七日向干部们发出的“要学工、学农、学军，走与工农相结合的道路”的指示演化而来。当年一批没有被结合到“三结合”（干部、军代表、造反派首领）革命委员会（党政领导班子）的干部，纷纷被派到基层工作，叫作“走五七道路”。“五七”工不是干部，没有行政、事业、企业的编制，多数是来自农村的工人家属们，被以照顾的名义，在丈夫所在的工厂里就业，挣点钱帮助丈夫养家糊口。历史进入二十世纪八十年代后期的隧道，不管是正式的钳工，还是打杂的“五七”工，一律下岗。谭尔木的父亲谭林用买断工龄的一万多块钱，借上妹妹买断工龄的九千多块钱，买了一辆夏利，当了出租车司机。母亲樊秀华没有工龄可买断，就用家里的缝纫机扎鞋垫、口罩和裤衩卖。谭尔木还有一个妹妹读高中，要上大学，也得用钱。

按照笔记本上记载的地址，枣珠儿上前敲门，里面很快就有了应声，“踢踢踏踏”的一阵脚步声，谭尔木开了院门。

谭尔木的长相有点像当年初进野树沟的知青穆秋，林树德第一眼见到穆秋，就在心里给他起了个绰号“豆芽菜”，枣珠儿眼前的谭尔木就是一棵“豆芽菜”，单薄的身材，消瘦的脸庞，细长的眼睛，就是比穆秋多了一副近视眼镜。

谭尔木的家很简单，是一厨一卧的两间平房。房子对面搭起了一间临建房，里面可以住人，也可以装杂物。谭尔木就住在这间临建房里。因为是突然造访，主人没有准备，屋子里显得很凌乱，一铺小炕上铺着一套行李，一床牡丹花的棉被没有叠，靠着报纸糊的墙壁散堆着。地上靠窗处有一张油漆斑驳的小木桌，上面放着一沓稿纸和一支钢笔，谭尔木正在写文章。

谭尔木告诉枣珠儿，省农业水利厅办的一个杂志《新农业》，缺编辑也缺记者，社长杨琦相中了他的文笔，想让他去杂志社工作，叮嘱他在暑假期间写几篇稿子，在报刊上发一发，届时，他好拿着这些发表的稿件到农业水利厅和人事厅要人要编制。

“太好了！”枣珠儿真为谭尔木高兴，虽然她们这届毕业生国家包分配，但估计都会分回家乡的农科所、种子公司、园林处或乡镇的农业技术推广站。能留在省城的不是爹妈有门路，就是自己出类拔萃。“事业与爱好结合在一起，就是人生奔上高峰的坦途。”枣珠儿端过谭尔木递过来的白开水，又兴奋地补了一句。

“可我总觉得你能继续读研究生更好，读书，是进步的阶梯。可惜……”谭尔木摊开双手，在小屋子里转了一圈，枣珠儿便明白了他的意思：家里生活窘迫，他不能靠开出租车的父亲和卖鞋垫、口罩、裤衩的母亲挣钱供他读研究生。

枣珠儿说明来意，谭尔木马上响应，“太好了，我正好寻些素材，给《新农业》杂志写稿子，题目就叫《嫁接》，对在山区推广这项新技术太有影响力啦。”

“还没干呢，就吆喝上了，凭你的敏感，我断定，你一定是个好记者、好编辑。”

谭尔木还有一个用意，就是他能和枣珠儿在一起了。他递出了那首朦胧诗，既没有得到回音，又没有机会递出第二首，他正心中忐忑与纠结着呢。这真是上苍有眼，想要晒太阳，阳光一下子就照到了头上。

另一个原因，就是他不愿意在家里待。住房局促不说，还不方便，他住的这个临建房，原来是自己的，自己上了大学，就成了妹妹的，不但房子成了妹妹的，他的这个油漆斑驳的小木桌也成了妹妹的。不很聪明但很努力的妹妹今年上高二，正是复习功课考大学的紧要关头，没有了独立的房间，没有了独有的课桌，妹妹的复习就没了独立的空间。放假了，妹妹白天泡图书馆，到了晚上就得找亲戚家借宿，哪有复习的地方？她不聪明，要考上大学，就得靠勤来补拙，她可不愿意像母亲那样扎鞋垫、做口罩、缝裤衩，也不想像父亲那样白天黑夜不休息地开出租车。上大学，是她唯一改变命运的通道，所以，妹妹对学习是下了苦功夫、笨力气的。他回家来，占据了妹妹课余学习的地儿，妹妹为此整天拉着脸不跟他说话。他还得一日三餐为父亲、母亲和妹妹做饭，家里就他一个大闲人啊！真真难坏了吃了四年大学食堂的未来记者。他跟着枣珠儿一起去野树沟，等于把他从窘境中解脱出来，有活干，有稿子可写，有现成的饭可吃，更主要的是能跟心爱的人一起面对朝阳、清风与明月，那样的人生，该有多少诗意啊！

两个人正谈得热烈，母亲樊秀华和妹妹谭尔丽回来了。

见他还没做饭，樊秀华倒没说什么，把自行车上装鞋垫、口罩、裤衩的大纸箱子放在小木桌旁边的地下，冲着枣珠儿笑了笑，点了一下头，就进了厨房。

妹妹谭尔丽不高兴了，冲着脸上、身上挂着阳光锈、风雨锈、沙尘锈的枣珠儿怨怒地瞟了一眼，又把目光移到枣珠儿左手腕子上的酸枣核磨成的手钏，看清那不是一条金手链时，就转身出了屋子，站在狭窄的院子里尖声地喊了一声："饿死了，吃了饭，还要去补英语呢——"

枣珠儿忙对谭尔木说："我该走了，你快做饭吧！"

谭尔木很窘，就说："你在我家吃吧，好不容易来一趟，怎么能让你走呢？我去买点熟食——"

枣珠儿赶忙拦住他，"不麻烦了，我要去找旅馆，晚了，怕没床位。"

谭尔木思索了一下，说："我带你去找。"

坐在火车站前一家小饭馆的车厢座里，谭尔木仿佛忘记了妹妹制造的不快，也许是习惯了的缘故吧，别人不能习惯的，他习惯了，也就为常了。他一遍又一遍地问枣珠儿野树沟嫁接的事情，问着穆秋的知青经历，问着穆秋承包荒山的初衷……

枣珠儿点了两个菜，一个是锅包肉，另一个是尖椒炒豆片，还有两瓶啤酒。这锅包肉是青林县城独有的席面硬菜，用牛肉切成大片，裹了水淀粉，用油炸熟，再把蒜片加盐糖、红椒煸炒，淋上酱油醋，成汁，倒入炸好的肉胚，旺火煸炒，出锅即食，外焦里嫩，香浓留齿。

枣珠儿夹了一块锅包肉在谭尔木面前的小瓷盘里，看他"豆芽菜"的身材就知道他是埋头写作而营养不良，想让他补一补。看着他吃得兴高采烈的样子和一坐下来就不停嘴地问，枣珠儿知道他已经进入了采访状态。她就喜欢他这一点，对想要做的事情就积极去干，永远保持一个积极进取的状态。

枣珠儿自己则一箸一箸地吃着尖椒炒豆片，她喜欢吃辣的，更想让谭尔木多吃点肉，在这么个陌生的地方，有一个同学陪着，顿时就不再孤独，母亲去了美国，从此就"黄鹤一去不复返"，父亲在自己考上大学后也离家去了吉林帮助人家种人参，按照父亲今年暑假不回家陪她的计划，她可以断定：父亲的身边一定有了一位阿姨牵住了他的脚。虽然枣珠儿自己常说"我在享受孤独"，但有一个人陪伴还是觉得挺温馨的。想到这儿，她问谭尔木："你能陪我回沈阳吗？和我一起找咱们班的同学，两个人分两路找，就会快点儿。"

"太可以了，"谭尔木喝了半瓶啤酒脸就红了，"我正想把几篇文学稿子寄给省出版社，这回我亲自送去，见见编辑们，也好尽快发出来。"

枣珠儿借口上厕所，在前台把账结了。她亲眼看见了谭尔木的家庭情况，估计他口袋里不会有多少钱。

7

枣珠儿的家就在东阳农学院的大院里，父亲曾是农学院的教授，快退休的时候，分到了三室一厅八十四平方米的房子。父亲去了吉林，给参农做指导，留下枣珠儿自己住这么大的房子，让同学们看着个个羡慕嫉妒得眼红。

谭尔木和她一起回到了沈阳，但没地方住宿，或者说没钱住宿。枣珠儿思来想去，怕同学们知道了产生误会，也怕谭尔木产生误会，她接下了他的朦胧诗，也亲自登门去青林县看了他的家，但这一切都不能证明她接受了他的爱，愿意和他相伴一生。在很大的程度上，她只是要帮穆秋尽快地用新农业科技获得丰硕的成果，完成穆春交给她的任务，把自己的知识和才能与实践相结合。

谭尔木也看出了枣珠儿的犹豫，就说："我今晚去住车站候车室，明天办完事，去《新农业》杂志社办公室住一宿。"

下了火车，谭尔木替枣珠儿背着行李，倒了三次公共汽车，才到的家，连饭都没吃，就让他再倒三次公共汽车去火车站睡硬邦邦的木头椅子？这显然不是待客之道，他毕竟是自己请来帮忙的。

"守着三室楼房，怎能让你住火车站？去吧，住我父亲的房间，不过……你睡觉的时候，一定要锁上门，防止画皮里的小唯从门缝里钻进屋子去，吸干你的血……"

谭尔木当然知道枣珠儿的意思，就朝她挤挤眼，"我倒真希望有个女鬼来吸我的血，不管她是不是小唯。"

"你真能做到舍血救鬼，以身饲虎？"枣珠儿不信。小王子摩柯萨青以身饲虎的故事，她小时候就读过，随口被她用来与谭尔木开玩笑。

"我能舍血救鬼，就是不能以身饲虎，血没了，还可以再生，身子没了，怎的再让小唯吸血？"谭尔木不是佛教徒，他当然不需要具备这种没有多大价值面积的自我牺牲精神。

"滑头。"玩笑归玩笑，话说透了，枣珠儿就去厨房煮了挂面，还在一个大碗里卧了两个荷包蛋，并撒上了香葱末胡椒粉提味。

找齐了五名同学，枣珠儿和谭尔木一起去穆春教授家找穆秋。

穆春的家住在东陵。父亲穆樵夫是省农业水利厅的离休老干部，房子在一楼，四室一厅，一百二十平方米，还在楼前围了一个小菜园，茄子、辣椒、西红柿、小葱、蒜薹、豆角，家里吃的菜，基本上自给自足。一辈子搞农业，就有着爱好种植的余热。靠窗前还有一架紫葡萄，葡萄还没紫，一串串饱满的颗粒，宛若一颗颗翡翠的珠子。穆樵夫爱喝酒，这架葡萄，是他自己用来酿葡萄酒的。

葡萄架下放着一张枣木小方桌，平日里，穆樵夫会邀上一二离退休的好友，沏上一壶上好的龙井，摆上车马炮，对坐楚河汉界，来上一盘智力博弈，便是有滋有味的文化消遣。

今天葡萄架下坐着可不是穆樵夫和他的老友们，他自己也退出了主持人的位子，让位于他的独子穆春了。一排小板凳上坐的都是穆春的学生，还有他的堂弟穆秋。

十几年的讲台站下来，穆春的眼神中流淌着睿智与潇洒，从容与淡定，更有着学者的深邃与专注。他从小木凳上站起来讲话：

“同学们，今天是1990年7月28号，我在郑重地向你们宣布：你们的路子走对了，学园林的，刚毕业就去嫁接果树，就去理论与实践结合，我无法预知你们的前途，但我确信，你们的前途一定光明、灿烂。嫁接，是转变基因的最快方式，不论是生物学，还是社会学，嫁接，第一可以提高质量，第二可以提高产量，第三可以提高速度，在科学家看来，质和量决定着社会的性质与进程，谁把能这两个字做足做透，他离‘成功’‘伟大’就不远了……”

“穆教授，你慢一点说——”谭尔木掏出笔记本在记录。穆春的激情上来了，语速比较快。

穆春现在的职称是副教授，但这称呼不像部队那样的等级严格，刘峰是副团长，绝对不准叫“刘团长”，而必须叫全称呼“刘副团长”。穆秋不用解释，也不用自谦，他含笑点了一下头，“我不是耸人听闻，你们是我的学生，我希望你们能记住我的话，再去悟。我欢送你们去野树沟，那是我当知青插队的地方，不要小看一次嫁接大扁杏和小酸枣，千里之行始于足下。说到这儿，我还要给你们泼一瓢冷水醒醒脑子，咱们的基因学，在搞嫁接，而美国的基因学，已经开始了转基因！”穆春很激动，他接着说：

“我给大家讲个故事：在我读中学的时候，有一个教化学的老师，他有着一头漂亮的自来卷头发，因为课讲得好，同学们都很喜欢他，也很尊敬他。但‘文革’一开始，他就被打成了‘现行反革命’，原因是，他在大学里读的是生物，有一次，他的老师讲，中国的生物学已经很远地落后于西方，他很难过，就信手在笔记本上写下了‘中国在绝望中’。他母校的红卫兵把这本笔记送到了我们的中学……”

谭尔木不喊不叫，快速地在笔记本上记录着，生怕漏掉一个字，他的报道需要生动的细节和鲜为人知的事实。

“中国的生物学和基因学能给中国带来哪些变化，靠我们这一代，也靠你们这一代！努力吧，同学们，还是刚才的那句话，千里之行，始于足下……”穆春讲完话，把一瞥深情的目光投向了枣珠儿，因为在这批同学中，唯有枣珠儿报考了他的研究生。

枣珠儿一笑，露出两个浅浅的酒窝，她带头给穆春鼓掌，此时的这位年轻学子的心里，好像又有了一个新的目标。

掌声还没落，穆春的夫人龙晓抱着一摞书走出屋来。她优雅耐看，留着一头披肩发，白底蓝花的连衣裙穿在身上，显得苗条而朴素。她的气质很好，有着“腹有诗书气自华”的外在，就是脸色不太好看，白皙的面容里泛出些微黄。她落落大方地把怀里抱着的一摞书放在小木桌上，“同学们，这是我新近出版的一本散文集《双井夜思》。双井镇，是你们此次要去的野树沟村乡政府所在地，也是我的出生地，我生活了十九年的故乡。散文，是作者心路的文学记录与艺术铺展，本来要请你们参加我这本书的首发式，但适合嫁接的时令就那么几天，所以，我就不耽误你们的行程了，带上几本书，路上解闷，还可以通过读我的书，了解我的故乡，了解我故乡的前生今世……”

七个同学一人抄起一本，挤着嚷着要龙晓签名，真迹最有收藏价值，还是与人炫耀的证据。

穆秋拿起一本《双井夜思》，看了看定价：十三点三元，他掏出皮夹抽出三张五十元大票，递给龙晓，“嫂子，这书，我替学生们买。”

龙晓红着脸拒绝，“穆秋，你干什么？这是我送给同学们的礼物，不要钱的。”

穆秋说：“我听哥说了，你为出这本书省吃俭用，衣服和化妆品都舍不得买，自费买书号、付印刷费，花钱找人写序，还是哥哥给你做的校对，太不容易了……”

穆春含笑对龙晓说：“收着吧，不在钱多少，这是弟弟对作家劳动价值的理解与尊重。”

龙晓也就不再推辞，颔首对着穆秋点了一下头，收下了书钱。

穆秋本来可以拿出一千多元钱，买下龙晓一百本《双井夜思》发给他公司里的员工和双井镇中学的老师们，以回报哥哥穆春一家对他事业的支持，但,他的妻子是梁山杏,梁山杏是野树沟林木公司的会计,掌握着公司的钱柜。

早起，穆秋让山杏去银行支出三万元钱，这次请大学生去野树沟山杏嫁接大扁杏、酸枣嫁接大红枣，食宿和路费以及材料费，就得两万多元。

枣珠儿还对他说过，现在市场上出售的肉鸡四十五天出栏，这种速成的鸡肉吃着不安全，据说一家养鸡场看大门的老头，每天吃那些残损的鸡肉，不到三个月就瘫痪了，鸡肉里不含钙！所以，城里的有钱人都不吃肉鸡，就连饭馆用鸡肉做的锅包肉与鸡肉馅水饺都没人吃……如果把野树沟的几条沟用尼龙网罩住，散养几千只笨鸡，到了春节的时候，是六个月的生长期，那时出栏几千只散养的笨鸡，放到超市卖高价，一定能盈利。

不怨穆秋对枣珠儿言听计从，这个主意就是好！到了冬季野树沟就没活干了，公司里的人都闲下来，正好养鸡，野树沟的玉米正愁“卖粮难”，收购它一万斤，破碎了，每天让人用大板锹往沟里撒上几十斤玉米碎，半自由的鸡们连吃草籽，带吃草叶，加上蚂蚱和小虫，渴了，再喝点山泉水……与关在笼子里的鸡相比，是一生滋润的好生活。这个项目投资少见效快！一路上，他都想好了，把这个项目包给裘三妹，出栏一只鸡，让她挣五毛，她会乐得给他打上一套“相扑拳”……

他想得好，可山杏眼睛一斜，说：“账上没有那么多钱。”

穆秋惊诧了，“有六万多呢！钱哪去了！”

梁山杏拿出账本，果然，账上就剩下一万多元。

穆秋摔了账本，咆哮起来，“说，钱都到哪里去了？”

梁山杏说：“都花了呗，穆子帅看病，穆子萍学舞蹈、学小提琴交学费了……”

“胡说！穆子萍的学习费都是爷爷、奶奶交……”

梁山杏死猪不怕开水烫，“就是没钱了，你怎么着吧？钱不是你一个人的，也有我的，也有孩子的，我有权花。”

穆秋又问：“你到底把五万块钱弄哪儿去了？那不是个小数目！”

“买股票赔了。”山杏把脖子一梗梗。

穆秋一惊，路过青林县城时，他看到了一张电影海报，那题目就是《股疯》，难道梁山杏真的成了电影里潘虹演的那个被发财梦蒙住心窍的败家娘们？他急着去穆春的家，对不可理喻之人，他没有时间再理会，“把公章和我的私章都给我！”

梁山杏死也不给，她知道，她交出公章和穆秋的私章，就等于把公司都交给了穆秋，而她被罢免，公司里就没有了她的份。

“啪！啪！”

穆秋有生以来第一次打老婆，这是他以前从来没有过的暴行，他都不清楚自己的胸膛里何时埋下了凶狠与果决。

梁山杏愣了，蒙了，一向文质彬彬的穆秋，竟敢动手打老婆？打老婆！他不是乡下人，乡下人打老婆是家常便饭，穆秋不是，他是知青，是知识青年，有文化，他从不动手打老婆，是山杏在野树沟独一无二的自豪与蔑视营子里媳妇们的资本，咋啦——长出公鸡翎、野猪毛啦！不行——绝对不行！梁山杏张牙舞爪地扑向了穆秋，去薅他的头发，去抓他的脸，把他的脸用尖尖的指甲，挠出“萝卜丝”……

对于一个激愤至极的男人，她的力气显然不够用了，手软、腿哆嗦，双脚站立不住，胸腹内，一点底气都没有……这是一般的雌性与雄性的特性对比，除了发威和护犊子时，雌性的力量都不如雄性。

穆秋捉住她的双手，推搡着，一个踉头倒地，梁山杏就被穆秋反锁进了卫生间。待他从卧室的抽屉里找出公章、私章等一应财会单据，装到手提包里，才对着卫生间吼道：“梁山杏，我告诉你，若不把那五万块钱给我找回来，我就和你离婚！离婚！！离婚……”

8

穆秋把七位大学生安排给铁命带着嫁接大扁杏后，就立即把林树德叫到办公室，让他把今年收获的山杏核马上出手变现。他不能拖延买鸡雏的时间，早一天在山沟里放养鸡雏，就等于早一天生利。做生意，利润是成败的证明。他现在更加理解了深圳人“时间就是金钱”的说法。现在出售山杏核，一是不能通过自己的加工厂增加附加值，二是可能会因为没干透而遭到压价，但他顾不得这许多，进入腊月出手小笨鸡，就会成倍地获得利润，他相信枣珠儿的“种植＋养殖”立体发展的计划，一定是会让他的公司迈上一个新台阶。

没到一个星期，林树德就在青林县打来电话，说外贸公司要收购野树沟的山杏核，就是给压到了三等，比往年的价格要损失一万多元。

穆秋电话里说：“损失就损失，只要是尽快把十万多斤山杏核出手，你就是大功一件。”

穆秋让裘三妹连夜装车，一天两趟地往青林县城运。

十万斤杏核终于运完了，傍晚时分，裘三妹的大货车开回了野树沟。

跟着裘三妹一起跳下驾驶室的还有林树德。林树德很疲惫，也很兴奋，他抓住穆秋伸过来的手使劲地抖动了几下，连声报功，“我请外贸公司的会计喝了一顿酒，又塞了他一个五百元的红包，他就没给咱们打白条，三万七千八百块钱，全是现金。”

穆秋也很兴奋，拍拍林树德的肩膀，“你办事我放心，晚上把树恩大哥也叫来，咱们喝两壶。”

“一个星期没喝了，馋虫都爬到嗓子眼儿了。”林树德酒瘾大，这谁都知道。

“拿来——”穆秋向林树德伸出了右手，手心朝上。

“什么？”林树德摊开双手，一副不解的样子。

“钱，三万七千三百块钱，去掉给外贸公司会计的那五百块钱。”穆秋用细长的眼睛盯住了林树德豹子似的圆眼睛。

“我都给山杏了，她不是会计吗？”

“山杏在沈阳。”

“她在青林呢。”

穆秋知道了，是山杏给林树德打了电话，或林树德给山杏打了电话，这笔钱才落到了山杏的手里。

一向文质彬彬的穆秋突然放了粗，“操你妈的林树德，你还喝什么酒啊，你连夜去找梁山杏，把钱给我要回来！要不回来，你就别再我这儿干啦，滚犊子吧！”

“你和山杏是两口子，你们两口子的事，怎么能怨我？操——你们被窝里解决去，爷不伺候。”林树德不是省油的灯，他当过野树沟生产队的队长，穆春、穆秋和裘三妹都是他接回来的知识青年，他是领导过穆秋的。

林树德翻了脸，穆秋真的没了办法，咬了咬牙，压下一口气，“树德，我问你，梁山杏还在青林县吗？”

“你们两口子的事问我，我问谁去？”林树德脖子一梗，瞪着两只豹子眼挑战着穆秋。

双方对视了有十分钟，还是愣在一旁的裘三妹看不过眼，对着面色铁青的穆秋说：“山杏今晚的火车，回沈阳了。”

穆秋不再理会林树德，他回屋里拿了车钥匙，打着火，轰隆着，就听到铁命朝着喊：“林树德要走啦！穆总——林树德走了——”铁命和林树德一直好着，是铁哥们，关心则乱。

穆秋正气得肝疼，冲着车窗外喊了一句：“随他去……铁命，你照顾着……”说完，一踩油门，和西坠的半个太阳一起，冲下了野树沟的山坡。

自从听了林树德的劝告，梁山杏就攒了心眼儿控制着钱。

她先把五万块借给了林树德，让林树德在青林县城城北的河套边买了一处三间正房、两间厢房的小院落。

林树德看出了房产制度要改革，一些单位开始把分给干部的福利房以市场价的三分之一的价格卖给个人，原来的无产阶级变成了有产阶级，国家还收了钱，宪法也修改了，开始保护私有财产。他看出了门道，这房地产要涨价，他买下了自己的三间倒座子，还想买点房子升值，但他没有多余的钱。当他看到梁山杏开始吃枣珠儿的醋，与穆秋之间有了间隙的时候，他找到了机会，说服了梁山杏转移林木公司的钱，给自己留后手，防止男人有钱就变坏。穆秋没钱了，搞不成嫁接，枣珠儿自然就会离他而去。林树德还给梁山杏吃了一个蜜做的定心丸，他借她的钱不白借，五万元钱月息一分，银行的利息才二点一厘，差不多就是五倍。

林树德在青林县外贸卖山杏核，她是知道的。自从把五万块钱借给林树德，也就把个女人的心思借到了林树德身上，她一天和林树德通一次电话，以此做眼线，知晓穆秋和枣珠儿的行踪。当她知道，穆秋急着出手这一季的山杏核是听了枣珠儿的主意，要在山沟里养笨鸡，立即在嘴里蹦出一句咒语：狐狸精就是会吃鸡！她不能让狐狸精有鸡吃，于是，她把穆子帅送到奶奶家，立刻买了一张火车票，一夜没睡，就到了青林。她以老板娘和会计的身份，参与了整个销售过程。一结完账，她立马拿着钱回到沈阳。

她还没来得及把钱存入银行，穆秋已经用钥匙打开了家门。

“卖杏核的款呢？”开了一夜加半天的车，穆秋布满了血丝的眼睛冒着火。

“给穆子帅看病呢，大夫说了，他的病得趁着年龄小赶紧治，晚了，就治不好了，还得吃进口蛋白粉，贵着呢，那玩意能营养神经，合成人体蛋白……”她嘴上说着理由，心里还是有些发颤，穆秋上次扇她的两个嘴巴，一想起来就疼。

这能是理由吗？给穆子帅治病，有个千八百块钱就够了，基因上的毛病，任是神仙也无法根治，但面对又蠢又刁蛮的乡下婆娘，还有理可讲吗？

“那上次的五万块钱呢，你找回来了吗？这次的三万多……梁山杏，我上次说了，不找回来那五万块钱，我就和你离婚！这回，我不跟你离婚了，我上法院起诉你侵占公款，连林树德也一起捎上，你们是串通一气，贪污公款。这钱不是你的，也不是我的，是公司的，一切账目都在我这儿，外贸公司有出账，林树德你们俩没给我拿回钱入账，你们是挪用，是贪污，到了三万块，都够判刑两至三年有期徒刑的了！”

听他这么一说，梁山杏害怕了！她怕自己被关进监狱，也怕把林树德关进监狱，更担心自己关进了监狱，那就自动和穆秋离婚了……那她可怎么活下去？她急速地转动脑子，那五万块钱是拿不回来了，这三万多块钱还在橱柜里的皮包里，是拿给他还是不拿给他……

“那……那……五万我借出去了，那……那……三万，我……我存银行了，死期的，支不出来了……”撒惯了谎，不撒，就是变了个人。

“你今天早晨下车的吧？你的被窝还没叠……”穆秋不再和梁山杏嚼舌，他一把揪住梁山杏的头发，拖拉着往卫生间里走，他要故伎重演，把她锁进去，自己翻。

“呀——啊——”梁山杏哭叫了两声，见穆秋毫无松手的意思，赶紧求饶：“你撒手——你撒手——我给你找，给你找还不行吗？”

穆秋拿着钱就往外走，这个家，他一会儿也不愿意待了。

第四章

1

枣珠儿凭借一篇《嫁接与转基因》的论文，考上了穆春的研究生。除了自然辩证法、科学社会主义、英语等公共课，还有高级生物化学、高级植物生理、现代农业仪器、果树专题等专业课，枣珠儿不偏科，学什么都是一点就通。

谭尔木也凭着在《新农业》杂志和省报发表的长篇通讯《野树沟的嫁接》，成了《新农业》杂志社的记者兼专栏编辑。

《新农业》杂志社就在东阳农学院的东门外，是一座四层的小楼。放了寒假的枣珠儿，拿着写好的一叠稿子给谭木尔送去。

谭尔木在《新农业》上专门开了一个叫《嫁接》的栏目，邀请穆春做专栏作家，《新农业》杂志是月刊，一个月一期，在全省的发行量很大。穆春关于嫁接的文章连续发表后，收到几百封读者的来信，都说对指导山区的果木改良太有实用价值了！主办单位省农业厅的领导也很满意，一本杂志在手，就能推动全省山区的酸枣、山杏、沙果、李子、葡萄、苹果等旧品种的更新换代，对全省的果树经济该是多么大的一个贡献啊！这一切，都归功于谭尔木开了一个专栏，归功于穆春副教授的系列文章《嫁接》。但近期穆春的夫人龙晓因为胃病住了院，他要上课，要陪床，还有研究课题、带研究生，原来写好的稿子都叫他的学生枣珠儿用工工整整的小楷钢笔字抄好，给杂志社送去，后来忙得实在分身乏术，就让枣珠儿代写。他相信枣珠儿的学术水品与写作能力。

枣珠儿写作是个快手，加上她带着六位同学在野树沟帮助穆秋用一个假期嫁接了一条沟、一道梁的山杏与酸枣的实践，有理论，有经验，还有对树木嫁接的拟人化描写，女性的写作，有股清新与灵动的风格在文章里，读起来形象生动，比穆春的文章更能被读者，特别是农村的青年们接受和喜爱，有的读者还来信说，读这类科普文章，有种读散文的享受与美感。

事先，枣珠儿打了电话，谭尔木正在编辑部翘首以待。

参加工作半年多，谭尔木变化很大，比原来整整胖了三公斤，有工资挣，有稿费发，他就可以在食堂里每天为自己打上一份有肉有蛋的菜，迅速给豆芽菜的身条增肥，身上有了肉，脸上的菜色消弭了，白皙中有了点光亮。脸上有光，眼睛里就有了灵动与神采。

谭尔木一把拉过枣珠儿的手，感觉很凉，就连忙说："手咋这么凉啊？穿得太少了吧？女同学都是这样，就图苗条，不图暖和，个个都要做'美丽冻人'。"

枣珠儿抽出了被谭尔木搓着的手，从挎包里拿出专栏稿子递给他，"写完了，够用两期的吧？"

"一万字？够用，够用。"谭尔木一目十行地迅速翻阅着稿件，口里不住地说"漂亮，漂亮……知识与文采结合得这样完美的稿件，会让我们总编直喊好。枣珠儿，你知道吗？就是因为我开了《嫁接》这个专栏，又约到穆春教授和你这样的高质量的稿件，我们《新农业》杂志的订户翻了一倍，已经达到了二十万五千册。新年联欢会上，社长请全社编辑记者和广告发行部的人喝酒，专门和我碰了一大杯！"

"好啊！"一个人找对了岗位，是人生最大的幸运。作为同学，枣珠儿从心里为谭尔木高兴。

谭尔木从抽屉里拿出两个信封，一个上面写着"穆春"，一个上面写着"枣珠儿"。两个人的名字下面都写着"186 元"。谭尔木把两个信封都交到了枣珠儿的手里，"出版社给的稿费。"

枣珠儿不解地问："怎么还有我的？稿子上的名字都是穆春教授啊！"

"是我把真实情况告诉了主编，他就把稿费提高了百分之五十，一半给穆春教授，一半给你。"

"这不好吧？我是作为学生，在完成老师留给我的作业。"

"穆春教授没有吃亏，主编提高了百分之五十呢！"

"那我也不能要。"

"枣珠儿，你怎么不领我的情呢？"

"我领你的情，但这稿费我不能要！"

看着枣珠儿很坚决，谭尔木只得悻悻地说了声"傻子"。

枣珠儿让谭尔木重新找出一个《新农业》的信封，写上"穆春"。

但谭尔木迟迟不在信封上写上"372 元"，他手握着钢笔，抬起头凝视着枣珠儿，"我就这么失败？你真的不要我这份情？而且这是你应该得的。"

看着谭尔木被刺伤的痛苦无奈的表情，枣珠儿的心连颤了几下，她也感到了疼痛，片刻，她吸了一口气说："那就把那百分之五十给我。"

谭尔木高兴了，连忙又拿出一个信封，写上"枣珠儿，93 元"。

出了杂志社的四层小楼，往东走了不到一里地，有一家朝鲜烤肉馆，谭尔木领着枣珠儿进了一个小套间，他把菜单递给枣珠儿，让她随意点。

"枣珠儿，记得去年在青林车站的小饭店吃饭吗？是你借着上洗手间的空儿，把账结了吧？”一杯白酒下肚，谭尔木的脸红了，脖子也红了，见枣珠儿对他莞尔一笑，不声不语地把一块烤熟的牛肉蘸了辣酱放在她面前的碟子里，一捂鼻子抽搐了一声，“当时，枣珠儿，你知道吗，我羞愧极了，简直无地自容，但……也感激极了，因为当时我的口袋很干瘪。”

枣珠儿还是一声不语，眯着一双疑问的亮眸深情地望着谭尔木。

“我羞愧极了，是因为一个男人和一个女人吃饭，却让女人花钱，而且，这个男人是主人，这个女人是客人……此等羞愧，是没了一个男人的尊严，一个主人的尊严。”

枣珠儿把一张餐巾纸递给谭尔木，让他擦掉就要流出的鼻涕和眼泪，“你想多了，都是同学，谁花钱不一样？”

“我早就知道你是个善解人意的好姑娘，这就是我感激你的地方，你知道吗？当时，我的口袋里只有买菜的不到五块钱，我真害怕，我去结账时，老板说是五块一、六块一，或是更可怕的七块一……我不但一个男人的面子尽失，还得求老板让我打欠条……”

枣珠儿静静一笑，“我焉能看不出你囊中羞涩……”

不知是哪位作家说过：“感激也会产生爱！”

谭尔木从内衣口袋里掏出一个精巧的盒子，递给枣珠儿，“枣珠儿，换掉你手腕子上的枣核手钏。”

枣珠儿打开盒子，里面是一块亮晶晶的手表，表盘上刻的不是中国字，也不是英文。

“是法文，野马。”

“这么贵重的东西，我不能要。我的手钏是爸爸送给妈妈的，妈妈留给我的。”

“那就摘下来收藏。国产表要票，上海的、天津的、辽宁的，都要票，这块野马表不要票，虽然贵，但唯有贵，才能体现我的心。法国，是艺术之都，也是浪漫之都，枣珠儿，戴上吧。”说着，谭尔木竟单腿跪地，做出了洋人求婚的动作。

枣珠儿虽然读懂了谭尔木的朦胧诗，但……这才不到一年的时间，太快了吧？

“枣珠儿，这是我半年来的全部稿费和一颗浪漫的心。”

2

枣珠儿回到家里，刚脱掉棉猴，连鞋也没换呢，就听到有人敲门。

进来的是穆秋，他是来给枣珠儿送工资的。一个月三百元，他都会亲自给她送来，顺便讨教些问题。

他这次不讨教问题，他要求放了寒假的枣珠儿和他一起回野树沟，对公司的经营管理做一个全方位的策划。一个暑假，嫁接的大扁杏和大红枣仅是一条沟一道梁，虽说接穗都活了，但下一步该怎么管理，他想要枣珠儿去实地指导。

枣珠儿太聪明了。

假期里，她带着一班人嫁接杏树和枣树，铁命带着十几个本地的农民管锯断木本，她和几名大学生管接穗。几天的工夫，她看见山地上丢的七零八落的杏树枝干，不但有碍观瞻，还绊脚、刮衣服、影响施肥与浇灌。

她立刻给穆秋出了一个主意：把这些山杏的枝干都运回公司大院，成立一个加工车间，买来电锯和旋床。粗壮的枝干，都做成长短不一的擀面条、擀饺子皮的擀面杖，还有刀、铲、笊篱和斧子、镰刀的木柄，出售给土产公司。细碎的枝条，都锯成小段，打成小包装，卖给烤鸡烤鸭、熏鸡熏鸭的熟食店。杏木和枣木都是硬杂木，结实又经用。除了结实，它还有香味——杏的香味，枣的香味，熏烤出来的熟食，自然比电烤出来的香味多了自然之味。

就是这一个建议，野树沟林木公司又多了一个就地取材废物利用的项目，一个季节，就盈利七八万块钱。

裘三妹从中看到了商机，她的脑子也比一般野树沟的村民好使，她鼓动当着野树沟村民组长的林树恩，别顾着那十几亩承包田，也别光顾着给林铁球和林银环做好吃的，走出野树沟，到青林县城里学了一门手艺——烤鸡、烤鸭、烤兔，在双井镇的大街上开了一家三妹熟食店，用的都是野树沟的杏木、枣木。店一开张，就火了。

裘三妹还利用往青林县和沈阳送货的机会，发展了客户，三妹熟食店的产品打出了双井镇，打出了青林县，打到了沈阳。

枣珠儿的点子，太值她一个月三百块钱的工资了。

为了野树沟的果木嫁接，梁山杏藏匿转移了五万块钱，差点让嫁接进行不下去。暑假结束，枣珠儿和她的同学各自有了岗位。穆秋把公司的事交给铁命，就回到了沈阳，他要和梁山杏算账，找不回五万块钱，就与她离婚。

婚姻走到这一步，他对梁山杏是彻底失望了，这个刁蛮又心机深重的乡下女人，怎么就成了他穆秋的妻子？怎么就把他一个满身艺术细胞的文艺青年变成了一个在大山沟里栽树的庄主，还生了一个遗传了梁嘎达抽风病的残疾儿子？这不是一个终身的累赘吗？他拼死拼活地承包了荒山，想从死山沟里走出一条富裕的路，活出点人样来，可自私到算计自己丈夫的梁山杏又弄了这么一出——把钱私藏起来。她不但和自己想不到一块去，尿不到一壶，在他事业发展的关键时刻，瓶颈之处，竟然还处处掣肘，嫉妒人家枣珠儿，埋汰人家枣珠儿。人家是大学生啊，人家有文化呀，人家动一动脑子，就能带给你十几、几十倍的利润啊！

“这个臭娘们，她作到头了！”穆秋恨恨地想着、骂着，就把车开到了沈阳的家里。

等待他的，并不是梁山杏拿不回来五万块钱就乖乖地跟他去离婚。

“我怀孕了。”梁山杏洋洋得意。妇女怀孕期间，不准离婚，这是她当妇女队长时就知道的。

“你快去做流产，你的户口还在农村，咱们就两个孩子的计划生育指标，超计划生育，谁交得起罚款？交不起罚款，就不给入户，他就是个黑户！没有土地，也没有供应粮。”

“我不管，交不交罚款，给不给入户，吃上吃不上城里的供应粮，那是你当爹的事。依你们的说法，你在我身上下了种，咱俩就嫁接了。我怀孕了，法院就不会判离婚，你想招个狐狸精占老娘的窝，没门？我就不信你个穆秋，能扎什么刺儿，你有文化，你脑子好使，这回，我动了动脑子，我治死你！”

“不在一个屋睡了，你怎么怀上的？”穆秋有了怀疑，他不想再造一个病孩子，也与山杏有了嫌隙，自打在沈阳买了三室的楼房，他就一直不和她住一个房间。

“有种栽树，无种吃果。你是不跟我一个屋睡，可在野树沟，你跟那狐狸精上完了课，钻的是我的被窝！”

这么一提醒，穆秋想起了那个夜晚，他的脑子里想着枣珠儿，身下的女人却是梁山杏。

到底是梁山杏赢了这一局，五万块钱给林树德当了房地产的启动资金，她还是穆秋的媳妇，手里掐着一张协议书，那是穆秋的允诺——不离婚。

梁山杏做了B超，是个男胎。

这个孩子必须做流产了。

穆秋把父亲穆乐夫和母亲黄月琴都叫到一起，用家庭会议的形式和梁山杏摊牌，如果是女孩儿，像穆子萍一样不遗传梁嘎达的基因，这个孩子或许还能留着，以现在林木公司的发展前景，再养一个有着音乐天赋的女孩儿，是养得起的。但这个父亲不情愿要的胎儿是个男孩儿，隔辈遗传了病变的基因，就造就了一个残疾，造就了一个废物——穆家的又一个灾难。

梁山杏撒泼地大哭，“那基因咋就那么准，生个男孩儿就遗传？你蒙人吧？穆子帅是胎里带来的病，下一个男孩儿也一定胎里带病？谁给的你判断？儿子是母亲的资本，没有个好儿子，我老了靠谁呀……”

山杏哭得涕泪横流，让公公穆乐夫动了恻隐之心。他扯了一下老伴黄月琴的胳膊，“要不……要不……这个孩子是冲着咱家来了，就……就让她落草吧？”

黄月琴恼了，“你老糊涂啦？这个孩子生下来，你去交罚款？你去抱着看病？治不好，你能伺候他一辈子？你个痴人说梦，你个没长脑子，你个油瓶倒了都不扶，还想乱掺和事的，脑子让猪给啃了？”

被老伴一顿痛骂，穆乐夫再不敢言语。

所有的道理都讲过了，梁山杏死活不去做流产，她本来就不是一个讲道理的人，或者说，与穆秋不是一个频率、讲一个道理的人。她在用腹中的胎儿打一场婚姻保卫战，她可不愿意再回野树沟当农民。

最后，穆秋写了“如果梁山杏流产，就不与离婚，如果不做流产，就去双井镇计划生育办投诉，强行流产”的协议交给了梁山杏。

梁山杏这才在黄月琴的陪伴下，去医院做了引产。四个多月大的男胎，堕到了床下的垃圾桶，胯下有着一粒杏核大的小钮……因为一个不好的基因，一条无辜的生命夭折。不但梁山杏悲悲切切地哭了，就是黄月琴也背过身去擦眼泪……她不敢看了，那个躺在垃圾桶里的刚成型的胎儿，是她的亲孙子啊！

枣珠儿丰润白皙的手腕上多了一块手表，让满心来向枣珠儿诉苦的穆秋，眼睛里满是疑惑，“枣珠儿，你的枣珠手钏呢？”

“哦，有了手表，手钏就收起来了。”枣珠儿没有告诉他手表是谭尔木买的。

“那手钏很有艺术感。”

“是的，母亲是搞艺术的，手钏是父亲送给她的，应该有艺术品质，‘宝剑赠烈士，红粉送佳人’嘛。”

“我应该送你一件礼物的，可……”穆秋想说，让梁山杏气的没顾得上，但，他说不出口，那不是理由，更是丢人现眼的理由。

“你给我开工资，让我能交学费，还有充足的生活费，自食其力，安心读书，这已经是目前你给我的最好的礼物了。”

有文化的人说话就是好听，像这样的对话，他和梁山杏何时有过？

屋子里很干净，枣珠儿是满族，姥姥曾是一家富贵人家的大小姐。满族后裔虽早已退出皇族的历史舞台，但满族人家都隐隐地藏着一份讲究，桌椅、书画、摆设、挂件……溢出一股子浓浓的贵族文化味。墙上挂着几幅名人字画，特别是正面墙壁上的一幅牡丹图，五六枝牡丹有花有蕾，有粉有黄，一白一黑两只鸽子在花下呢喃窃语，一样的红嘴，一样的红眼，一样的红足，画面搭配得甚是和谐吉祥。留白处题着一首诗：

“春园灿如锦，

牡丹第一花。

最有仙灵气，

不躬天上霞。”

这首五言诗明快上口，一下子就把牡丹的仙灵高贵捧上了天，云霞何其贵？恕不为之折腰，够牛的了。

屋子里有一股淡淡的脂粉香，卧室的梳妆台上摆着几个精雕细刻的木质化妆盒，油、水、膏、粉组成了一缕闺房的香氛。卫生间的窗台上竖着几瓶洗涤液，发乳、护肤、去屑的一应俱全……

“多想有这样一个家呀！这才是城里人过日子的家呀！”穆秋感叹着，但他清楚，他现在没有资格拥有这样一个家。

他在沈阳买了一处房子，一点不比这里的面积小，但三室一厅的屋子里，既没有文化味，也没有脂粉香，因为它没有枣珠儿这样一位有文化、有灵性的女主人。

梁山杏过惯了乡下人的日子，她不会收拾屋子，也不会布置屋子，床上、沙发上、地板上到处乱扔着衣物，墙壁上除了擦不干净的镜子，就空无一物了。屋子里，除了剩饭味、汗脚味、地沟的返味和卫生间的尿骚味，就再也无一味入鼻子了……房子是男人置办的，家里的味道却是女人营造的。

“何时才有资格拥有这样一个家呀？”穆秋的眼眶里有些湿润，他从小就梦想着有这么一个家，但那时他们家住的是京剧团的筒子楼，就一间房子，走廊里当公共厨房，一间房子里挂个帘子，靠墙的一个铺是他的空间。长大了，他常常在梦里憧憬着自己的家，每回做梦，都会住在一个宽敞的，有文化味的屋子里，可惜……梦醒来就知道，那是梦……

他接过枣珠儿递过来的茶杯，啜了一口龙井茶，收回了自己的心猿意马与百般感慨，“枣珠儿，放假了，我来接你回野树沟，看看嫁接的树木怎么管理，还有哪些项目可以开发，还有，一沟的笨鸡都长大了，该出栏了，你回去搞个出栏仪式吧，也请请关系单位和镇里、村里的头头，拉拉关系。”

“鸡出栏还搞仪式？小题大做了吧？”

“找个由头高兴高兴，一年忙到头了，搞个大聚会，放大咱们的格局！”

“格局？”枣珠儿吃惊了，穆秋懂得格局？这对于一个企业家来说，可是个大进步。

“格局。有你这个研究生指导，思路开了，格局就大了，不对吗？”

“太对了！”对于穆秋的进步，枣珠儿格外开心。

出门时，穆秋想拥抱枣珠儿一下，她是有着文化味，有着芬芳的女人，是他心仪的女人，拥她入怀，就是拥有文化味和香氛，但他不敢。在他的意识里，枣珠儿就是那幅画中的牡丹花，对云霞尚不屑折腰，怎么会对他一个娶了像梁山杏那样刁蛮村姑的狗尾巴草上眼呢？但他也不甘心，想了想，突然说道：“枣珠儿，把你的枣珠手钏借给我用一用，我也想仿照着做一副，行吗？”

“有什么不行的。”心无城府的枣珠儿不假思索地跑回卧室，从雕花的檀香木首饰盒里找出刚摘下不久的枣核手钏，用一块手绢包了，递给穆秋。

3

野树沟下了一场雪，有三寸厚，薄薄地给沟沟岭岭盖上了一床白色的棉被，入冬，落去叶子的杏树、枣树的每条枝干上，都有一层紫红色的糖韵糖色包裹着，远远望去，便有了一种红装素裹的情韵。

这么厚的雪正好，不挡车轮也不陷脚。

车子开到梁上，枣珠儿跳下车去看嫁接的山杏和酸枣，她解开一根马莲绳捆，看见接口都已愈合好了，接穗最长的有八十厘米，还分了三四个杈，等到开春蓓蕾绽放，就等着收大扁杏了。她又下到沟里检查酸枣树，抽查了几株接口，也都满意，就是感觉接穗的枝条有的比较单细，不由自主地蹙了一下眉头。

前面就是尼龙网圈起来的养鸡场了。

依山傍势的沟帮子上修筑了许多的窑洞，窑洞里面架着一层木杆，就是鸡窝了。有三寸厚的白雪映衬，养鸡场可谓生机勃勃，大花公鸡追逐芦花母鸡一圈一圈地奔跑，惹得红冠子的白公鸡让过芦花鸡母鸡，一个跳高，截住大花公鸡就互相斗起来，啄掉的鸡毛飞舞起来，飘到雪地上就如春花怒放。

裘三妹正挥着大铁锨，往外铲鸡粪，她还是很胖，圆鼓鼓的身材很是健壮。她一眼看见穆秋和枣珠儿朝着鸡圈走来，就亮开了大嗓门，“穆总，技术员，看看我养的鸡胖不胖？”

枣珠儿笑道：“一只比一只胖。”

穆秋也玩笑着，“不看养鸡的人是谁！”

裘三妹一扬铁锨，拿出了一贯的豪迈劲儿，“那是。”

枣珠儿突然说道：“我有办法啦！”

穆秋有些摸不着头脑，“什么办法？”

“让接穗变粗的办法。明年开春，用鸡粪给嫁接的果木施一层肥，再浇一遍水，保证是个丰收年。”

裘三妹问：“用我的鸡粪上肥，给钱吗？”

穆秋说：“给钱。之前说好的一只鸡出栏给你提五毛钱，现在再给你加二分，五毛二，可以吗？”

裘三妹说：“跟着穆总干，就是来劲。”

山下传来吆喝声：“裘姐——吃饭喽，裘姐——吃饭喽。”

裘三妹说：“是妞子。她知道你们今天回野树沟来，在我这儿抓了一只大公鸡杀了，说是给你们吃小鸡炖蘑菇，外加麻籽小豆腐。”

枣珠儿一拍脑门，“有了——”

穆秋和裘三妹都被枣珠儿的一惊一乍弄得莫名其妙，一起瞪着眼睛瞅着枣珠儿的嘴。

“种蘑菇。把杏树、枣树的锯末子收集起来，铺成菌床，里面埋下菌种，就能长蘑菇了。”

裘三妹说：“这大冷的天，都下雪了，还能长蘑菇？沟里人捡蘑菇都是下过雨的七八月份。”

“盖大棚，在村里盖塑料大棚，收集阳光，大棚里的温度最高能达到30多度。”

“是吗？那赶上夏天了。”裘三妹惊呼。

“枣珠儿哟，不知你的小脑袋里还有多少点子。我服了你啦！”一个点子就增加了一个项目，穆秋的情绪高涨起来。

“裘姐，穆总和技术员在你那儿吗？我看见车啦——”声音越来越近，越来越响亮，听得出，妞子是边喊边跑上山来了。

“妞子，你可别跑，看摔了身子……”裘三妹放下铁锨，锁了鸡场的门，就和枣珠儿与穆秋一起下山了。

妞子怀孕了。

林树德离开野树沟，铁命便做起了野树沟林木公司的副总经理，成为公司的二把手，一人之下，百人之上。

他是蒙古族汉子，一根直肠子。公社化时期，他兼职当着大队的民兵营长，被林树德招到野树沟生产队当了有技术的电工。大队变成了村，民兵组织名存实亡，他这个民兵营长就留在了野树沟生产队给林树恩当副手。等到穆秋承包了荒山，成立了林木公司，就把他招聘为管生产的副总。林树德转业到了青林县，停薪留职回野树沟，当了管销售的副总，名次排在了他的前面。等林树德走了，他的责任心更加强了起来。穆秋在公司的时候，他都是回家吃住，穆秋外出或者回沈阳，他就住在公司里，值班兼值宿。

妞子是公司的现金会计兼炊事员。现金的活儿不多，她的任务主要是给公司的人做饭、守电话。

枣珠儿领着同学们在沟里搞嫁接的七八月份，是她最忙的时候，每天二十多个人吃饭，真够她忙乎一阵子的。等枣珠儿一走，穆秋回沈阳去讨伐梁山杏，食堂没多少人吃饭了，她就闲了下来。没事的时候，就爱翻看公司订的刊物《新农业》，常常看到穆春的名字，她就很兴奋，穆春在的时候，她还很小，但她记得这个名字，记得他在野树沟的身影。由穆春而穆秋，这是个她从小就崇拜的人，他拉小提琴左右摇摆身子的优美与潇洒，他上课时在黑板上用粉笔写字的背影，都化作影像刻在了她幼小的记忆中。

哪个少女不怀春？她被穆秋招收到公司工作，能天天见到穆秋，她心中总是一波一波地发起涟漪，总是觉得将来能嫁给穆秋这样的人，该是多么美好。她也知道，这是不可能的，穆秋已经娶了山杏姐，生了两个孩子，特别是枣珠儿来到公司当技术员，穆秋的眼里就再没有了别的女人。

这让她的心里很煎熬，特别是到了晚上，她一个人睡在一间屋子里，感觉特别的空荡，空荡得让她害怕。人越害怕，窗外就越有动静，虫叫蛙鸣，狗吠驴嘶，还有辨别不清的山狸夜猫的叫声，都叫她蜷缩在被窝里不敢出声。

有一天夜里，她又睡不着了，窗外的一声门响，吓得她一哆嗦，等到听到"哗啦啦——"的一阵撒尿声，才知道是住在隔壁的铁命在解手。这时，她反倒不害怕了，那是人声，她熟悉的，她会闭上眼睛，在回味铁命"哗啦啦——"撒尿的声中睡熟了。

这以后，她会在晚饭后，给铁命的屋里送去一壶泡着金莲花的水，金莲花是山里的特产，一到五月间，沟沟坎坎到处开着黄色的五个瓣的小花，金灿灿的，太阳的颜色，这就是金莲花。一朵一朵地采下来，晾干，用它泡水喝，最是清毒利尿。妞子给铁命每晚泡金莲花水，图的就是夜里能听见几次撒尿声。谁也不会想到，男人夜里"哗哗"的撒尿声，竟能安慰一个少女的心。遇到一个下着瓢泼大雨的夜晚，妞子等到半夜也听不到铁命的撒尿声，估计铁命的撒尿声是被瓢泼大雨的声音吞没了。听不见撒尿声，她睡不着了，也更加害怕，身子还不断地发抖，许是太孤独、太冷寂的缘故，她无声地哭了，哭着哭着，她不哭了，起身扯过一件衣裳顶在头上，踢啦着鞋，就冲进了铁命的屋里……

铁命的妻子是外乡人，很瘦弱，两条腿有点内八字，结婚三年也没能生下一儿半女。上县城找医生检查，说是输卵管狭窄，不适合生育，还检查出一样病——心脏二尖瓣狭窄，是风湿性心脏病所致。这样的妻子什么累活也不能干，在家里养猪、喂鸡、做饭，已经是气喘吁吁了。平时，还得药顶着，一旦有点着急、生气、受累，就喘不过去来。家里常年有个病老婆，哪个男人都很无奈，常言说久病床前无孝子，何况是没有血缘关系的夫妻呢？这也是铁命愿意长期在公司值班值宿的原因，眼不见，心静。

半年多不见，妞子的肚子已经微微隆起，俏生生的脸上也起了雀斑。但她脸上一点没有羞愧的表情，反而是笑模笑样地把一大盆小鸡炖山蘑和麻籽小豆腐端上桌，转身又把一屉玉米面发糕端了上来，"穆总，技术员，吃吃我做得的饭菜，看可口不。"

枣珠儿上下打量着妞子的身材，不知道说什么好，就掰了一块发糕，夹了一块鸡肉闷头吃起来。

穆秋有些烦躁起来，刚在沈阳逼着山杏做了引产，不到十八岁的妞子又未婚先孕，这……这……这不烦死人吗？她那快八十岁的老爹找来怎么办？妞子是公司的人，他……他得负责任呢！

“托雅，你这么小就怀孕，肚子里的孩子是谁的？”

妞子没回答，用眼睛撩了一下铁命。

铁命倒也敢作敢当，“是……是我的。”

穆秋说：“铁命，你有老婆呀！”

“可我没孩子。”铁命回答得很干脆。

“那你们打算怎么办？”

还没等回答穆秋的问话，门外就响起了一声接一声的哭叫，“我没法活了，没法活了，没法活了……”乡下老婆们遇见这样的事，第一个啼哭的就是这句。

铁命的老婆一进屋就跪在了地上，鼻涕一把、泪一把地喊叫着：“穆总啊，你得评评理呀，这个社会还能养小老婆吗？都是你那个嫁接闹得，让他们天天在一起睡、一起吃，把个家都不要了……挨千刀的呀，小妞子，多大个年纪啊，你就嫁不出去啦？钻人家男人的被窝……”

枣珠儿不乐意了，“跟谁睡觉跟嫁接有什么关系？你有事说事，别挂罪于嫁接！”

妞子也是嘴快，“我爱铁命，我们两个是真爱情，就是得念嫁接的好，我们两个嫁接能生孩子，你能吗？”

这句话把铁命的老婆噎得够呛，人有短处，就把软肋递给了枪手。她一口气憋着，就犯了心脏病，削瘦的脸颊乌青，嘴唇黑紫。铁命忙把她抱起来，放到炕上，穆秋找出药箱，给喂了几粒速效救心丸。看看病情有了缓解，穆秋连忙开着车，和铁命把她送到了双井镇医院。

看着铁命的媳妇有了好转，穆秋把他拽出病房，开口骂道：“铁命，你个王八蛋，把这件事处理好，你就是个有种的男人，处理不好，你也别在我这儿干啦，我另请他人，我不能让你们野树沟的人栓我一辈子。”

铁命还真是条汉子，以“不孝有三，无后为大”派了媳妇一身罪恶，又哄着她到双井镇办了离婚，条件是离婚不离家，三间房一个院儿都给了她，铁命孤身而出，一年给她一千块钱生活费，还管看病。

一个无依无靠的病女人，还能怎么样呢？娘家也没个能顶门立户的兄弟替她出头，她只有认命。

好在铁命还良心未泯，给她房屋院落，还给生活费，管着看病就医。

拿到了离婚证的铁命，拉着穆秋到双井镇买了一箱“套马杆”白酒，一起去见老乌力吉，一进屋，跪在地上磕了头，“阿爸、阿妈。”

都是蒙古族，老乌力吉见到了小妞子的大肚子，自己已经年迈，没有力气再折腾事了，长叹了一声，也就顺势搀扶起了铁命，认了这个女婿。

这段时间，枣珠儿给穆秋做出了《野树沟果木公司发展规划》：

一、到了暑期，继续嫁接剩余两条沟坡的枣树和杏树。

二、除了养鸡，还要养牛。沈阳缺牛肉，牛肉价贵。在荒山上种植优质牧草紫花苜蓿，与玉米秸干、谷草、豆粕和玉米馇，制成精饲料实行圈养育肥，牛圈所产粪肥给果树地里增加有机肥，改善土壤，为果树的发展增加后劲。

三、建立蔬菜塑料大棚，培植食用菌，就地消化嫁接剩下的果树枝干碎屑。还可以栽培枣珠儿根据《植物生理学》研究出来的果木新品种——油桃。油桃只有西红柿秧那么高，却能结出十几斤油桃，口味酸甜、品相比毛桃好上几倍，冬天栽培在大棚里，到了初夏，一上市的价格就高于普通桃子的两三倍。

四、再打一眼机电井。地下水位开始下降，塑料大棚区必须有一眼机电井保障用水。

野树沟的农民一到冬天，就蹲在墙旮旯晒太阳或猫在炕头上玩小牌，输的多的，一年的工钱都没了，闹得媳妇喝农药、上吊、寻死觅活的年都过不好。养鸡、养牛、养羊，建大棚，能让这些闲散劳动力有活干，有钱挣，家家的日子就会好过起来。

穆秋对枣珠儿是一贯的言听计从，何况对野树沟的发展和父老乡亲的富裕能起着巨大的作用，他要把事业做大做强的理想得以实现。可这么多的项目一做起来，资金就不凑手了。

枣珠儿告诉他，打机电井和建大棚，可以得到上级资金政策性的支持，可以立项，申请资金补助和贷款。

穆秋却一下子又想起了梁山杏弄丢了的那五万块钱，育肥基础牛八百元一头，五万元就能买六七十头。挨着大棚盖起牛圈，很快就能回本盈利。

电话里听说穆秋要钱，梁山杏火了，她手拿一张火车票，就来到了野树沟。

野树沟从此没人“猫冬”。

由图纸变成的塑料大棚一溜就起来了四个，枣珠儿正带着营子里的民工在大棚里铺设菌床，她建议穆秋在营子里选劳动力强的村民承包，两家包一个，四个大棚，就安置了八户的劳动力。卖了蘑菇，三七分成，穆秋占七，提供场地、材料和技术指导；承包的村民占三，出劳力、出管理。

一名农林专业的研究生肯煞下身子，把学术与生产结合，穆秋的技术员是聘着了。

穆秋刚送走买土鸡的商家，正指挥着公司的员工搭牛圈。养鸡场出栏，鸡的钱与裘三妹分成后，都用在建牛圈上，结果钱还不够。青林县林木加工厂一年的盈利，留下给职工开工资的钱，与申请来的补贴正好够建四个大棚，此事，他就交给了枣珠儿全权替他管理。他准备开车去青林和沈阳筹措买仔牛和打机电井的款。他承包的是村里的荒山，要打井便与林树恩携手，由村民组出申请，逐级上报到青林县农林局，申请补贴和贷款，顺便订下饲料粉碎机、搅拌机和机电井的配套设施。心里有目标，他干得热火朝天，每根神经都处在兴奋点上，吃完妞子做的晚饭，他会擦掉小提琴盒子上的尘土，拉上一曲《梁祝》《打虎上山》或者《莫斯科郊外的晚上》。

梁山杏到达野树沟的时候，穆秋正在拉《打虎上山》，餐桌旁就三个人，枣珠儿、铁命和已经显怀的妞子。穆秋沉醉，三名听众们也沉醉，这是娱乐，也是休息。

“到这儿躲心静来了，好生活呀，鸡肉炖豆角丝，酸菜炒肉丝，黄花菜炒鸡蛋，鸡渣咸菜，还拉着小提琴……把个病孩子扔给我，一拖二六五，你还是个爹吗？”

像鸡窝里窜进了一只狐狸。突然的一嗓子不谐和音炸了窝，惊醒了四个沉浸在音乐中的人。

穆秋放下脖子上的小提琴，横了梁山杏一眼，问了一句：“把钱拿来了？”

“拿什么拿？丢了就是丢了，拿来让你们糟害，让你踢蹬光喽，我们娘仨还活不活了？”山杏的嗓音还是又尖又高。

“没拿钱来滚回去，别在这儿捣乱！”穆秋对梁山杏已经厌恶到了极点，见到她就像见到了卸了画皮的鬼。他有些后悔了，后悔招惹这个母夜叉，给她打电话要钱，搅了野树沟的安宁与太平。

“让我滚回去？给谁腾地方？甩开我，过上炕一个枕头，下炕两双鞋的日子，没门，我还没死呢！”

枣珠儿头疼，她不知道穆秋为什么娶了这么一个胡搅蛮缠的女人做老婆，她是受聘于野树沟果木公司的技术员，感恩的是老师穆春的推荐，她是在工作，怎么就让梁山杏吃了醋？和她吵吧，失了身份，不跟她吵吧，干受这个窝囊气，堵心得匪夷所思……

“吁——”她长吐了一口气，对穆秋说：“明天，大棚的活儿还要不要干？若是不干，我就回沈阳了，正事多着呢，哪有时间护理病人。”

穆秋还能听不出枣珠儿对梁山杏的鄙视与厌恶，他最怕枣珠儿在这么个关键时刻撂挑子，就赶紧说：“咱必须干，投进去两万多了，你千万不能走，你走了，所有的项目都得趴窝……”

“还干？”在得到穆秋目光里的肯定以后，枣珠儿正视着穆秋的眼睛，目不斜视地说：“那就好，我不吃饭了，今晚的饭味不正，吃了堵心又恶心，走啦，回去睡觉。”说完，枣珠儿伸展腰肢，打了一个长长的哈欠，一转身，就出了食堂的门。

穆秋也要去睡觉，但他不是去自己的屋，他恶心再与山杏行房事，那是埋汰自己。他躺在铁命和妞子的婚床上，让妞子去和梁山杏睡。

梁山杏哪容得了妞子，一个乡下丫头，浑身土锈味。她现在是居住在沈阳大城市里的总经理夫人，岂能与一个怀了孕的柴火妞睡一铺炕？

妞子没办法，不敢忤逆穆秋，更不能得罪梁山杏，就去了枣珠儿的房间。枣珠儿让出炕头，让她去抱一床铺盖，让怀孕的妞子睡得舒服些。

心里堵着气又装着事，穆秋一宿没睡好。他索性搬个凳子坐在窗户前，拉开窗帘望着满天的星斗呆呆地出神，他想找到牛郎织女星，看看现在他们是个什么状态，也想找到北斗星，看看它是不是七颗星……等到野树沟的大公鸡扬起脖子，打出了第一声雄壮的啼鸣时，穆秋好像有了点思路：把梁山杏像臭狗屎一样晾在这儿，量她浑身扎刺也没个目标。他把她当成臭狗屎，别人不说，也就跟着把她当成臭狗屎了。他要开车回沈阳，去找大伯穆樵夫。穆樵夫当过青林县“农业学大寨”工作队队长，现在农林局的局长、副局长都是他提拔过的干部。

思路明确，方向准确，穆秋的事办得很顺利。

侄子要办事业，改造山区的落后面貌，让农民富裕起来，这正是当初省农业厅“五七战士”下放基层的初衷，穆樵夫当初就应儿子穆春的请求，免费给野树沟打了两眼机电井，让林树德带着社员们修了一千亩旱涝保收的大寨田，那是他当年上过报纸、上过广播的政绩。现在，穆秋要继承发扬这一精神，有什么不好吗？不就是给野树沟的老百姓谋福利吗？又不是给自己捞好处，有什么难的，不就是一个电话，卖卖老面子，看看自己的老面子还好不好使。

穆樵夫翻开电话本，找到通讯号码，一个电话打到青林县城农林局，是局长接的，一听是穆樵夫，声音立刻变得热情谦恭起来，“老队长啊，您老啥事？请指示。”

好使。一听说带头搞设施农业，还有研究生进行科技扶持，二话没说，立马答应，无偿给打一眼机电井，再贴息贷款十万。贴息，就是政府给付利息，贷款人自己逐年还本金即可。

穆秋立刻开车回青林县城，等待他的却是野树沟出的一件让他匪夷所思又哭笑不得的大事！

穆秋一走，枣珠儿就不和梁山杏一个桌吃饭了，她不能和“臭狗屎”一桌吃饭，她嫌脏，也嫌臭。让她瞅着一张横眉立目的脸，听着似小刀片儿一样锋利割肉的话，别说一个研究生，就是一个普通的农家姑娘，人家也不受这窝囊气啊，犯不上吃你的下眼子食。

枣珠儿让妞子把饭送到自己住的屋里或者送到干活的大棚里。大棚里暖和，中午的时候，连毛衣都穿不住。妞子也愿意这样做，省的自己夹在针尖与麦芒中间，两头挨扎。

彼此相安无事地过了三天。

到了第四天的晚上，妞子送到枣珠儿房间的饭食是豇豆小米粥和三张白面烙饼，一碗酸菜炖猪肉粉条。枣珠儿吃完饭，写下了一天的工作日记，用开水烫烫脚，看看谭尔木送给她的野马表，快晚间十点了，就脱了衣服钻了被窝睡下。不到半个小时，她的肚子就拧肠刮肚地疼起来，接着就是呕吐，吐得黄绿色的胆汁都出来了。除了吐，还泄，来不及上厕所，拉的一炕一地，一个姑娘家，到了这个份上，要多狼狈有多狼狈，要多尴尬有多尴尬。

妞子去问梁山杏这怎么办，梁山杏带搭不理，说吃五谷杂粮还有不生病的，给点止疼、止泻药吃了就好了。

止痛药、止泻药吃下去，并不见丝毫的好转。枣珠儿原来白嫩细腻的脸都成了死灰色，眼睛也失去了往日的神采，连说话的力气也没有了。

妞子急了。不顾自己的笨身子，让铁命起来去找来裘三妹，开着大卡车，连夜把枣珠儿送到了县医院。

县医院急症室诊断：食物中毒。马上洗胃灌肠。天亮时，枣珠儿才清醒过来。

穆秋赶到医院的时候，已经是第三天的上午，谭尔木在陪床。他以枣珠儿亲属的身份要求穆秋给个答案和解决的办法。

穆秋询问妞子给了枣珠儿吃了什么不干净的东西。

妞子指着肚子里的孩子赌咒发誓，说："若是我坏了心眼子，给枣珠儿姐姐下毒，让我的孩子生不下来，生下来也没屁股眼儿……"

除了妞子，还有铁命，还有梁山杏……

穆秋留下给枣珠儿治病的钱，顾不上去农林局，开着车就奔了野树沟，一进门，揪住了梁山杏的波浪发，"啪啪——"就是两耳光。

梁山杏披头散发地撞向穆秋，"你凭什么打我？你凭什么打我？"

"你给枣珠儿下毒。"

"你拿出证据来，拿出证据来！"梁山杏把剩下的巴豆粉都扔进了大坑里，枣珠儿用过的碗筷，她全部用湿土擦过了，又用开水烫过了，清理得很是彻底。

穆秋拿不出证据来。他拖着梁山杏上了车，拉到了县医院。

枣珠儿脸上有了点红晕，算是死里逃生。

"这不好好的嘛，净出幺蛾子，整邪事，惹人发疯。"梁山杏上翻着眼皮，一副事不关己的模样。她是煮熟的鸭子，肉烂嘴不烂。

枣珠儿对梁山杏寒冷如冰，连眼角也没有瞥一下，直接对着穆秋说：“等大棚里的蘑菇收获了第一茬，证明了大棚种植成功，我就和谭尔木结婚。穆总，你准备一份大一点的贺礼吧！”

第五章

1

枣珠儿和谭尔木的婚姻仅仅维持了三年，就维持不下去了。

当年，枣珠儿那么快就与谭尔木结婚，是因为在她的呕吐物里检测出了巴豆，这是一种能引起胃肠加速吐泻的毒物，抢救不及时，也会丧命。枣珠儿知道，在她的粥碗里下巴豆粉的非梁山杏莫属，妞子不会下，铁命也不会下，除此，还会是其他的人吗？但梁山杏死不承认，上哪儿去找证据？

她本想向穆秋辞了技术员一职，可不管是养牛，还是种大棚，都是刚开了头，万事开头难。穆秋把钱投进去了，接下来的就是技术支持，她辞了技术员，躲了梁山杏，自身安全了，但穆秋的事业就会半途而废，辜负了恩师穆春的殷切期待，也对自己的科研成果不利……谭尔木一听她得病住院，跑到火站，却没有了开往青林的火车票，情急之下，截了一辆夜间行走的拉货的大卡车，车楼子里有副驾驶，他就穿了件棉猴，迎着风寒，扶着车厢板一路站了七八个小时，来到自己身边，端屎端尿地照顾自己，这让枣珠儿非常感动。

当她再次看到刁蛮歹毒的梁山杏，又在自己和穆秋面前撒泼耍横时，就果断地说出和谭尔木结婚的决定。让梁山杏立马泄了气，成了一个被所有人唾弃的蠢人、贱人、歹毒之人。

她和谭尔木结婚，婚房就是父亲留给她的房子。谭尔木捡了个大便宜，都在沈阳工作、上学，能在沈阳有处那么大的房子，不知会叫多少对新婚夫妇眼红。彼时，除了农村，哪个城市不缺房？谭尔木一对下岗工人的父母是没有钱给他们买房的，不但在沈阳买不起，就是在青林县城也不敢想。人穷，但规矩大，谭尔木的母亲樊秀华却提出：婚，必须结在谭家，否则，儿子就是倒插门，名誉上不好听，让家属院的人笑话。他们两口子苦巴巴地供出一个大学生，却是入赘，让谭家的人脸上无光。

光是谭尔木的父母这样认为还不算，在青林县城的谭氏一门也这样认为。谭尔木的二大娘甚至说，把婚房定在娘家，会让枣珠儿压着谭尔木一辈子，就等着让谭尔木一辈子受媳妇的气吧。

枣珠儿苦笑一声，反正谭尔木一上班，就得回沈阳，也就同意把婚房放在青林县城的谭家了。

夹在中间的谭尔木解脱了身上的夹板，可妹妹谭尔丽却不高兴了。

谭林和樊秀华商量，把新房放在一厨一卧两间房对面的小厦子里，也就是谭尔丽的“闺房”里，让谭尔丽和父母暂住一铺炕上。

谭尔丽一听就炸啦，“你们光要儿子不要闺女啦，哪有十八九的大姑娘和父母一屋住的？何况，我再有半年就考大学啦，耽误了我的学习，你们谁负责？”

“就是十天半个月的事，拆了小炕，换个双人床，糊糊墙，贴个喜字，他们走了，你就接着住，还比原来的环境更好了不是？”谭林和女儿商量。

“你们的脑子想啥呢？换了双人床，这屋就是我哥哥我嫂子的啦，人家的新被子新褥子让我睡？我一个大姑娘铺盖人家结婚的被褥，住人家的新房，还不得让家属院住的人笑掉大牙！我谭尔丽还不知道得被同学们满口的毒牙咋糟践呢！”谭尔丽梗着脖子讥笑着父母的没文化。

“再者，”谭尔丽继续分析事物的发展与后果，“我哥嫂结了婚，一把锁锁了，回沈阳去了，这屋子就成他们的了，到时候，我是砸门还是撬锁？”

老两口是软的欺负硬的怕，女儿一打拨浪鼓，就没辙了。最后商量的结果是，婚房设在他们老两口的卧室，他们在外租了一间房子住。所谓“死要面子活受罪”“老观念害死人”，谭林和樊秀华老两口做的事可见一斑。

电话里听到枣珠儿结婚，远在吉林的父亲本想领着继夫人来青林参加女儿的婚礼。听了情况介绍后，老人痛苦神伤，说：“女儿，你嫁低了，这都怨我不在你的身边，没能及时指导你，遇事给你拿主意。与这样狭隘观念、没有文化的亲家，我不可能有共同语言，我也就不去青林县了，去上三五天，吃饭、住宿都是给人家添麻烦。你既然做了决定，要嫁给谭尔木，就好自为之吧，但愿他能对你好。爸爸和你阿姨不去青林，直接回沈阳，给你布置出一间新房，就算给女儿的嫁妆吧……”

新婚之夜，等逗喜闹洞房的人都走了之后，听着谭尔丽闩了南侧小厦子的房门，拉灭了灯，枣珠儿才拿起暖壶，往脸盆里兑了水，准备洗脸洗脚就寝。

谭尔木也忙着在厨房里往土暖气的炉子里加上大块煤，腊月天，这地方滴水成冰，单层窗玻璃刚刚擦过，玻璃缝儿没来得及密封，就有夜风钻进来。他烧热了土暖气，拉好了窗帘，不能给枣珠儿一个漂亮的新房，谭尔木心里愧疚着，也无奈着，但作为男人，他深爱着他的新娘，他不能冻着他的新娘。

一切收拾妥当，枣珠儿关了灯。她是带着委屈结这个婚的，第一个委屈当然是梁山杏，第二个委屈就是她的公公、婆婆。把本该在沈阳风风光光举办的婚礼，硬生生放在青林这个小县城，还是在就要拆除了的工人家属院，参加婚礼的宾客也由父亲的亲友和自己的同学，变成了家属院的邻居和公公、婆婆的亲友。一位大学教授的亲友与一位普通工人的亲友，从文化和社会的角度来比，都有着巨大的反差。她心里委屈着，忍让着，终于和谭尔木在一铺炕上共枕，她渴望把这种委屈在已成了丈夫的谭尔木的怀里发泄出来。

枣珠儿掀开绿色尼龙缎面的被子，钻进了丈夫的被窝。婆婆给做了一红一绿两床新棉被，嘱咐她盖红的，让谭尔木盖绿的。绿色的印着龙，红色的印着凤，取“龙凤呈祥”之意。

被子里的谭尔木浑身颤抖，像是冷得不行。枣珠儿抱住了丈夫的身体，试图用体温来焐热这具不断颤抖的胴体，她的身体太热了，需要散热……终于，枣珠儿等来了谭尔木翻身盖住了自己的身体，她松开了紧抱住丈夫的双臂，就像一段砧木，等待着接穗的插入，而完成她人生的第一次嫁接……谭尔木慌乱起来，他气喘吁吁，大汗淋漓，就是不能把“接穗”插入砧木……他的“接穗”就如没有木质的嫩条，没有硬度，也没有力度。

一个钟头过去了，枣珠儿鼓胀的身体渐渐冷却。她推下了身上的丈夫，说道：“去给土暖气加点煤吧，我有点冷。”

这样的情形延续了一周，枣珠儿就提出回沈阳过春节，换个环境，或许会改变这种蜜月里的窘态。

婆婆樊秀华却坚决不允许，“哪有新媳妇不在婆家过年的？不行，我儿子刚结婚，得在一起过团圆年。”

枣珠儿自己买了火车票，留下谭尔木和父母过年，她对丈夫说：“我也得回家和我的父亲过年啊。”

她没再与公公、婆婆打招呼，独自带着她那条印着凤的红色尼龙缎面的被子回到了沈阳。她有洁癖，自己用过的东西，不能给别人用。

2

枣珠儿硕士研究生毕业，留校当了园艺系的老师。

与她婚姻中的窘态不同，她在野树沟果木公司的工作成果大显。她没有孩子，轻手利脚，除了读书、做实验，剩下的时间和精力，就全投到了野树沟林木公司。

蔬菜大棚领了当地设施农业之先，不但收获了经济效益，还收获了不少奖励，青林县在野树沟开了现场会，穆秋也成了县里的人大代表。最看重事实的农民迅速跟进，特别是双井镇附近，到了冬天，登高一看，白亮亮的塑料大棚远看就像一片波光凌凌的湖水。

盈利最大的是育肥牛的养殖，已经由一百头，发展到了一千多头，公司繁殖了自己的基础母牛，加上科学配种，省了许多买小牛的钱，还保证了肉牛的优秀品质。第一年，穆秋还上了十万元贷款，第二年经济效益翻倍地增长，第三年，他的步子就更大了，单独成立了野树沟肉牛养殖有限公司，自己任总经理，铁命任副总经理。自己管销售，铁命管养牛。野树沟的牛肉不用去推销，就有大超市上门签订单，当了《新农业》杂志编辑部副主任的谭尔木，一支生花妙笔写的报告文学《野树沟没有疯牛病》，批判的苗头直指美国的疯牛病，还拐弯儿捎带了韩国总统李明博因要进口美国牛肉，遭到首尔十万民众静坐反抗的政治风波。

优秀的报道，其宣传的效果，胜过广告数倍。

承包养鸡的裘三妹用分成的钱，在沈阳买了一处两室一厅的二手房，她要铁蛋和铁环回沈阳读小学。她还租了一个门店，把用枣木、杏木熏的野树沟熏鸡打入了沈阳。

林树恩还当着野树沟的村民组长，又要照顾铁蛋、铁环一双儿女，就把这熏鸡的手艺交给了一个本家侄子，盈利五五分成，不用出力，干拿钱，这是商标的价值。有人讲，挣钱分四个境界：第一个层次，自己给自己挣钱；第二个境界，当老板，员工给自己挣钱；第三个境界，用商标开连锁店，系统给自己挣钱；第四个境界，进股市，钱为自己挣钱。

裘三妹和林树恩两口子现在凭着野树沟熏鸡的牌子，轻轻松松地进入了第三个境界。侄子、侄媳妇也进了大城市，他们两口子感恩戴德。小区附近的居民们吃惯了这口，唠嗑说比沟帮子烧鸡对味。有了这个口碑，脑子灵又肯下力气的裘三妹，就在工商局注册了野树沟熏鸡的商标，她要借着穆秋的产业把自己的事业干大，在沈阳开连锁店。

发展最快的是杏花红美容护肤系列。

在野树沟嫁接到第三道沟梁的时候，枣珠儿突然提出不再嫁接了。这让全公司上下一片哗然，嫁接带来的好处人人可见，就连一贯反对的梁山杏也不得不承认，嫁接，让野树沟的人和事都不一样了，品质发生了变化。树，嫁接了，树变样，结出了新品种；人嫁接了，人变样，释放了两个人的优点，日子富裕起来。

枣珠儿发现山杏嫁接大扁杏，杏仁产量提高，口感超好，但它不能做药材了，因为个大，它的结构比山杏仁松散，基因也变了，山杏仁能止咳平喘，还能消毒清火，大扁杏就没有这种功能。大枣仁也不能做药材，这是因为基因变了。从某种意义上讲，不是所有的嫁接都是有益的。她也不主张，原来没搞嫁接的一梁一沟维持原样一成不变，浇水，施肥，剪枝，建鸟巢，为放蜂人提供生活方便……实行生物防治病虫害，基因不变，可品质提高了，产量也提高了。

枣珠儿提议：整改位于青林县城的加工厂，生产酸枣糕、酸枣粉和枣仁丸的车间，合并成一条生产有药用作用且口感好、针对中老年人和有心血管病患者食用的枣仁糕，在大超市设专柜。

她让穆秋聘请几位学化学的大学生做技术员，把原来加工成粉，再卖给化妆品公司的山杏仁全部自用，试制成功了膏、霜、水、粉、油、乳等美容护肤系列用品，还注册了杏花红的商标。其中，杏花红牌梳头油、杏花红胭脂、杏花红牌香粉，刚一打广告，就被香港和台湾的经销商包销。他们喜欢这个牌子，说有着中国古典戏剧里花旦的味道，比起用外文牌子的化妆品，更有一种寻根的情结在其中。而且产品的价格很适中，他们有很大的利润扩展空间。

打广告时，本想请一位年轻的女演员，但摄影师一眼相中了枣珠儿，说她的丹凤眼、月牙眉和光洁细腻的鹅蛋脸型最上镜。得！这下可给穆秋省钱啦！化妆师一化妆，摄影棚里的灯光一打，根据导演的提示，聪颖灵动的枣珠儿做出各种表情……竟全部是天然的美。

梁山杏不服，说杏花红的广告应该她来拍，她叫梁山杏，她有杏核眼，柳叶眉，和红杏一样的脸型，更主要的，她是老板娘。

枣珠儿嗤之以鼻。

她看见了摄影师和导演都对梁山杏苦笑着摇头。相由心生，不经意间，岁月已经为梁山杏的眼神添上了无知与猥琐，为梁山杏青黄的脸颊画上了蛮横。

留着大胡子的导演对梁山杏说："嫂子，广告也是一门艺术……"他的言外之意，除了梁山杏，所有的人都能听明白。

摄影师也说："嫂子，咱是拍广告，不是生活照，演员可以本色出演！"

穆秋的脸涨得通红，他扯了一下梁山杏的胳膊，厉声喝道："你一个乡下老娘们家家往这里掺和什么？去，干你能干的事，找家好酒店，安排晚饭。"

枣珠儿也不想惯着这位老板娘，人若不会尊重人，自然也不会得到别人的尊重。趁着梁山杏磨磨蹭蹭不愿意走，枣珠儿对穆秋说："穆总，请演员做广告，最少要十万，我不是演员，自然不要那么多，但我的肖像权，不能白白地奉献给你和老板娘的公司，五万元总值吧？"

"五万？！"梁山杏把眼睛瞪了起来，一张相片就值五万，两年前她挪给了林树德五万，穆秋差点跟她离婚，虽然第二年林树德就连本带利地还给了她，她当时又生出一个心眼儿，她留下了五万元钱的二分利，又把本钱存在了林树德的房地产开发公司。穆秋的钱已经不济她花了，她给自己留了个小金库，人无远虑，必有近忧。但一想起穆秋因这五万元，要和她离婚，心里还是兔子似的怦怦紧跳——她心有余悸。

"就五万！我先打欠条，明年准给你。"穆秋掏出了钢笔，在众目睽睽之下，为枣珠儿打下了欠条。

枣珠儿也不推辞，当着梁山杏的面，大大方方地收下了穆春五万元的欠条，但她还是在穆秋与她的目光对视时，调皮地眨了一下眼睛，枣珠儿知道穆秋准能会意，她不会拿着这张纸条，像黄世仁那样去逼穆仁智的债。

收好欠条，枣珠儿随即拔出挎包里的钢笔，稍微一思索，写下了一句广告词：

“青林有了杏花红，想要不美都不行！”

“大众！上口！好记忆！易传播！”大胡子导演用了四个感叹号当即击节拍板。

只用了两年的时间，穆秋摘掉了野树沟林木加工厂的木牌子，换上了杏花红化妆品有限责任公司的鎏金匾额。

青林县城有了三家卖杏花红的连锁店，这之后，杏花红又“红”进了沈阳的多家化妆品超市，专设柜台就有四十八个。

3

被婚姻折磨得一直痛苦不堪的是谭尔木。

从青林县杂乱拥挤的工人家属院，搬进了枣珠儿父亲关本修为他们准备的新房，环境变了，档次高了，心情好了，一个个温馨的夜晚接踵而来，却没能让他把枣珠儿变成他的新娘。他们放浪澴激情的音乐，他们说想念的放肆情话，他们拉开窗帘面对皎洁的月光，他们赤身裸体地拥抱在一起，用彼此的皮肤摩擦欲的火花……枣珠儿已经忘情得欲火自焚，可他……他……性无能。

他不好意思去就医，就偷偷买来一些有关房事的书看，但这些书籍指导不了他，也解决不了他的问题。无奈，他只好戴上墨镜和大口罩去看个体男科。医生告诉他，性无能有先天和后天之分，先天的无法医治，就如谷子地里的莠子，稻田里的稗子，天生无繁殖能力，是基因出了问题。后天的，有身体的原因和精神的原因，身体的原因可以用药医治，而精神的原因就得靠精神治疗，对症下药，方能奏效。

医生开了一大堆药，他一包一包地吃下去，有了一些起色，耳热心跳的时候，也能有微微地勃起，可当他一翻身，一跨上那具光洁明亮散发着青春气焰的胴体，那东西自卑地就像泄了气的皮球，软塌塌地无颜面世，也无力作为……他开始惧怕一个个夜晚的到来，一个个夜晚的到来，就像一个巨大的黑幕展开鹰隼一样的翅膀从头上兜下来，成了他作为一个男人尊严尽失的临界。他不敢对视枣珠儿怨怒和绝望的眼神，也不敢抚摸枣珠儿光洁白皙的皮肤，他对不起她，不是他的内心，而是他的无能。他满足不了一个女人最本能的需要，他尽不了一个丈夫对妻子的责任与义务，他不能与其嫁接，尽管那时一段无与伦比的砧木……他开始主动要求出去采访，去的地方越远越好，去的时间越久越好，拿起采访本，他会摆脱一切尴尬，一切被动的不适，他是一名优秀的记者，一个合格的编辑。

他收拾好了行囊，正要出门，去采写一位用沙果嫁接成功耐寒苹果的支边园艺家，突然的，门口传来了一声震动耳膜的吆喝："哥哥——"

南面厦子成了谭尔丽的闺房。

大一的学生谭尔木放假回来，推开院门就往屋里走，他住惯了那间有着一铺小炕和一处煤仓子的小屋。他一脚门里，一脚门外……突然，就屏住了呼吸——

一位妙龄少女，蓓蕾初绽似的花朵一样的少女——谭尔丽的同学肖玲玉，正在窗子前面洗头。水盆放在桌子上，齐腰的长发遮住了面颊，却把一个少女的前胸裸露在夕阳斜照的窗前：两个桃子似的小乳房白皙坚挺，挺出一对红樱桃，垂涎欲滴地诱人，不盈一握的细腰粉白光嫩，像一轮白玉磨制的吸铁石……

肖玲玉与谭尔丽是闺蜜，经常在一起打腻，疯起来不分你我，也自然不分你家我家。肖玲玉洗头时就脱了花衬衣，摘了白乳罩，只穿了条长及膝盖的碎花短裙，她要洗个痛快。

谭尔木看到的是侧影，如水似的线条是少女白皙柔韧的身体，那坚挺白皙的乳房，还有那段如玉的腰肢，就如藏了巨大的磁石，吸引着谭尔木的眼光，聚焦而贪婪，他想吃……他想摸……他想捉住它……他浑身战栗，像掀开了电门，通上了电流……

奇怪地的是，那肖玲玉听见粗重的喘息声，一扭头看见了谭尔木，她不但不惊慌失措，反而冲着他媚媚地莞尔一笑，像怕人偷走一样，用双手捂住了胸前两个坚挺的"桃子"。这一笑，比狐狸的迷眼还媚，如同一股强大的引力，拉着谭尔木朝那如水的身条冲了过去，他抱起了她，放在小炕上，一手捉住了一只"桃子"贪婪地吸吮着，一手摸索着如玉的腰肢下滑……他撩起了她的碎花短裙……

"哥哥——"一声喊叫，惊诧了翻云覆雨的一对男女，他们正在偷吃禁果，原来禁果是这样的好吃，这样的甜蜜，比酒沉醉，比蜜黏稠，比吸毒上瘾，比瘙痒更舒服……任何的语言都无从道明。

谭尔木不愿意从这种沉醉、黏稠和舒服的境界里清醒，也不愿意撤离这还没到尽头的冲锋。肖玲玉也不肯睁开紧闭着的双眼，不愿意松开紧紧搂住谭尔木脊背的双手……她的理由也无言道明。

可是……可是……不行了，谭尔木胯下一软，整个人，连同迷醉的灵魂，从那个幽深的无底的深潭里滑了下来……

就是这一声“哥哥——”彻底喊醒了谭尔木。

谭尔丽是来找哥哥、嫂子走后门来的。

又经过了一年的复读，谭尔丽的高考成绩终于接近了她理想的大学——哥哥、嫂子读过的大学。省农业大学是一本院校，而学费则是一本大学中最低的，这符合她父亲开出租，母亲做家政的家庭经济状况，供她上学，父母不会太吃力。而且，她中意的园林专业，随着城市的发展与绿化，是最容易分配工作的岗位。这个女孩儿，想得很远，也很务实，她的智商不是很高，但她的心思够用。遗憾的是她的考试成绩没有给她足够的力，离农大的录取分数线，还差七分。七分不是很大的差距，但足以拦下上千名考生。所以，她来省城求助哥哥、嫂子，再具体一点，就是嫂子枣珠儿，因为枣珠儿父亲关本修的学生、侄子关子生，是学校招生办的主任。

枣珠儿没理由喜欢这个任性又自私的小姑子。她一口回绝，说父亲一生清高，留下的家风就是自尊、自爱，不做分外的事。差七分，可以再复读一年，她和谭尔木可以负责补习费。

谭尔木却出乎意料地强硬起来。因为有缺陷，他觉得对不起枣珠儿，就事事处处矮她一头，甚至唯唯诺诺。可这次，他听到枣珠儿的拒绝之后，竟无厘头地变得严肃和强硬起来。

“枣珠儿，小妹就这一件事求咱们，你作为谭家的媳妇，为这个家庭失去点清高，失去点矜持，又不是抛头颅洒热血，你的损失不会太大。就是卖个面子的事，我爹、妈、我以及小妹都会感激你一辈子的。”

“那你去，何必求我？”

“关子生不是我的堂兄，我谭家是草根一族，普通百姓，祖坟里没有长出一根大青蒿，家族里也没有当权的亲戚，所以，我的这张脸不如你的值钱！”

“我的脸值钱不值钱，毋庸讨论，但……我也有一个原则，我……不是卖脸的，我是教师，是为人师表的教师。”

“皇上的马桶里，也装的是屎！是屎！”

“你……你……”

“我说的没有道理吗？”

吵到了这个份上，倒让枣珠儿无话可说了。

她心里装着气，到杏花红公司的办事处，给堂嫂提上一大盒全套精装杏花红化妆品，又到裘三妹的熟食店里买了一箱真空包装的野树沟熏鸡，衣服也没换，就硬着头皮带着谭尔丽在晚上去了堂哥的家。一路上，她不停地在心里祷告着："关子生啊关子生，你一定要坚持原则，千万别给我开后门，让我瞧不起你，让我把你的形象从讲台上拉到清扫队的簸箕里……不！直接丢到垃圾桶里。"

堂哥家的客厅里人很多，喝茶的、抽烟的，闲聊的……不到二十平方米的客厅，弄得和自由市场差不多。但不管是男的还是女的，不管嘴里怎么说，所有人的眼睛，都一致地轮换地盯着堂哥的书房，那里的人，才是每个来客要见的。

见枣珠儿领着谭尔丽进门，堂嫂忙把她们领进了卧室，又把关子生从书房里喊出来，枣珠儿是大学里的老师，又是一直提拔他们的伯父的掌上明珠，自然要高看一眼。

听了枣珠儿的诉求，又把谭尔丽的姓名、地址、考号等相关材料留下，戴着金边眼镜的堂哥略一思索就开口道："就别让你们的嫂子给你们沏茶了，她这几天也怪累的，人来了一拨又一拨，不分白天和黑夜，一人沏一杯茶，就是几十杯，烧水、沏茶、刷杯子，还得笑脸相迎……这都是我的工作给她带来的负担，你们走吧，我就不送了，谭尔丽上学和读园林系的事，包在我身上——"说着，透过近视眼镜片，正视了一眼谭尔丽，"你就等着开学时来报到吧！"

事情如此顺利，让枣珠儿惊诧却情非所愿，竟都有点不知所措了，"子生哥……这……这……"

"这……这……这什么呀？还不快说谢谢。"堂哥故意耸耸肩、摊开手，嗔怪道。

"谢谢！谢谢……"虽非所愿，但堂哥如此给面子，还是让枣珠儿感动。她当然不知道，学校每年都给本校的老教授们的子弟留几个名额，照顾一下子承父业的生物基因特性，顺便照顾一下"近水楼台先得月"的社会属性，这也是为本校教职员工搞点小福利，原则是考试成绩不得低于20分，与文体特长生一个待遇。

表哥把账记在了叔叔关本修的名下，一点儿不违规。

就在谭尔丽正式成为农业大学的在校生的时候，谭尔木做出了一个令枣珠儿做噩梦都梦不到的决定：停薪留职，到广东"下海"。

临行前，他把一份签了字的离婚协议书交给了枣珠儿，"我们都解放了！"

"为什么？"枣珠儿惊诧地把嘴和眼睛都弄成了"O"形。

"缘尽如此。"

这是男女之间分手最堂皇又最莫测的理由。

谭尔木到广东下海，是因为他从妹妹的口中得知，当年她的闺蜜肖玲玉与谭尔木出了事以后，就没有心思再读高中，再参加高考，正好，青林县城的青年们中间，涌动了“南下潮”，肖玲玉告别父母，裹在“南下潮”里，到深圳打工去了，听说是在一家服装厂当服装设计员兼模特。

谭尔丽有她的通讯地址。

枣珠儿百思不得其解，在她看来，要提出离婚的应该是她！在她和谭尔木的婚姻状态中，是她在受委屈，是她在结婚三年之后，还是一副处女之身，她还没有经历过呕吐的翻肠倒胃的害口，大腹便便的腹部隆起，脸上起妊娠的蝴蝶斑，痛彻骨髓的阵痛，甜蜜痒痒的哺乳……这些女人一生中应该经历的程序，还没有一个喊她“妈妈”的孩子。她曾想在研究生毕业之后，去孤儿院领养一个孩子，夫妻间见面一直幽怨着的默默无语，需要一个鲜活的小生命来打破窘态，来创造和谐。但……还没等她去实施，还没等她迈出这构建家庭新生活的艰难的第一步，一向对她唯唯诺诺、呵护有加的谭尔木就一反常态地“炒”了她的鱿鱼，炒了她的鱿鱼？！这太不可思议了！简直是匪夷所思，荒唐至极！她，没丈夫了！枣珠儿没丈夫了！环顾着空荡荡的没有一息男人味的房间，她悲从心底来，苦从寂寞来，她一下子扑到床上，如咆哮的洪水决堤，如热能聚集的裂变，不可遏制地号啕大哭起来……

“你为什么？为什么？为什么？……”她问不存在的谭尔木。

“我做错了什么？做错了什么？做错了什么？”她问想不明白的自己。

门铃骤然响起。

枣珠儿抹掉眼泪，到卫生间用毛巾擦了，往脸上扑了点粉底，好掩盖一下狂泄的泪痕，而后，揉了揉僵滞的脸颊，向上抬了抬嘴角，裂出几分笑模样，缓步走去开门。

她知道，这是穆秋来了。

每月月初准时给枣珠儿送工资，成了穆秋的习惯。他非常珍惜这个能见到枣珠儿面的机会，看见她，向她讨教，与她一起策划事业的发展，享受她身上散发出的知识女性特有的书香味道，他觉得这就是他生命中的幸福时光。

枣珠儿红肿的眼睛让穆秋的心疼得如刀锯割裂，粉底未能掩盖住红肿，面前装出来的笑意，也难藏悲戚过的哀容，他盯住那双再熟悉不过的丹凤眼，用眼睛说话：“咋地啦？”

女人在受了委屈的时候，最怕人同情，特别是能够懂得又能依赖的父兄情怀的男人，这是精神的靠山，这是感情的港湾。枣珠儿再也忍不住了，她早已无力阻挡自己的巨大悲痛，一下子扑到穆秋的怀里，再一次放声大哭……

对枣珠儿婚后三年不育，穆秋一直以为是她以学业为重，以事业为重，但他怎么也没有想到文质彬彬、英俊潇洒的谭尔木，是个性无能的男人。正是如狼似虎的壮年，穆秋太懂得和谐的性生活对已婚男女的重要性了。他抱起来哭得一塌糊涂的枣珠儿，进了她那间自己盼望已久的有着文化味与脂粉味的闺房……

但，他们没有巫山云雨，他们还不能同床共枕。枣珠儿在穆秋的怀里痛哭之后，崩溃的感情堤坝在重压释放之后，得以自行修复，矜持与自尊又重新在她的身体和脑海里复苏——穆秋可以是兄长，可以是朋友，但不能是她的丈夫！他有妻子，还有着一双儿女，已经为人夫、为人父……再痛苦，也要有自己的尊严，再需要温暖的怀抱，也不能丢掉知识分子的矜持。他毕竟不属于自己，他属于梁山杏，属于他的一双儿女穆子帅和穆子萍。而自己，就是他的一个打工者，一个他手下的公司职员，他来是给自己送工资的，那是她的劳动价格。

她为自己的冲动羞涩、尴尬。

枣珠儿推开了穆秋，低着头，腼腆羞涩地说："不好意思，不好意思，我这会儿已经不难受了，哭出来就好了，谢谢你，谢谢你，别笑话我啊！你坐着，我给你泡茶，是新得的碧螺春……"

穆秋当然不满意这种盼望已久的结果落空，但他也是人到中年了，知道自己现在还没有资格在枣珠儿的闺房里孟浪，对这让他一直抬头仰望着的自尊自爱的知识女性，他不能像对待梁山杏一样地放纵与轻薄，对待不同的女性，爱的表达要分出层次。他强忍住自己的失望与失落，把枣珠儿重新揽入怀中，贴在她的耳边说："如果我有了自由与资格，你能做我的妻子吗？"

枣珠儿没回答，也没挣扎，但她轻轻地推开了穆秋。此时，她自己也糊涂着呢，她知道自己对穆秋有经济上的依赖，有兄长般的感情交流，还有着对她赏识的感激，但……这是不是爱呢？是不是一个女人对一个男人的爱呢？她说不清，也理不清，她还缺少时间，来审视检验和认定与穆秋的感情性质。

第六章

1

梁山杏刚放下打给穆春的电话，就听院子外面“轰”的一声巨响，人们的哭闹喊叫嘈杂与尖锐，就如黄鼠狼闯进了鸡窝，惊恐得岔声岔气，如遇毒蛇猛兽。她迅速地抹掉眼泪，匆匆跑出房间，等她疯了似的跑到发出巨响的出事地点，她就不是抹眼泪啦，而是一声如母狼丢失小狼的号叫：“穆子帅——”

见院子里没人，穆子帅跑到了铁命新买的那辆三菱越野车前，打开车门，见钥匙没拔，便欣喜若狂。

他已经上初三了，参加了中考，估计上普通高中他是没戏，就等着爷爷、奶奶给他走走后门，进一所职业高中。他不爱学习，也不爱打游戏，闲着没事，他对老爸穆秋的汽车感上了兴趣，一踩油门，手里转动着方向盘，一溜烟地跑在街路上，楼房、广告牌和两旁的树木花草急速地后退、后退……那感觉就如坐着冲锋艇在大海里乘风破浪，爽极了！酷毙啦！帅呆了！他一心想挣脱父亲和母亲给他制作的禁锢，特别是母亲梁山杏，这也不行！那也不行！还说不出来为什么不行！除了一顿一顿地数落，他在母亲口里找不到一点鼓励、一丝肯定。除了负担、另类，他不知道自己在父母的眼里还有什么用处，还有什么好处。所以，他要做出一些惊天动地的事给他们看，让他们看到自己不是他们所厌恶的废物、负担，他也是个男孩子，不久之后的男子汉，他应该有自己的活法，有自己的作为！但他每次的作为，每次的行动，不是被母亲数落，就是被父亲阻止。

这让他愤懑，也让他郁闷。

他想开车，有自己的作为。但父亲穆秋怕他犯病时不能自控而出事，坚决不同意他摸车，把钥匙攥得紧紧的，让他没有机会上车。

他想自己出行，寻找自己的自由，但母亲梁山杏手拿把掐限制着他，生怕他闯祸，招惹麻烦。

本来梁山杏已经不再堤防已经和谭尔木结婚的枣珠儿了，在沈阳的家里养尊处优做全职太太，做做美容，打打麻将，悠闲自得得很。穆子萍一直是爷爷、奶奶管着，已经是少年宫的头把小提琴了，奶奶黄月琴还给她报了舞蹈班，说不图当舞蹈演员，就图落个好体型、好气质，出门办事不怯场。有爷爷、奶奶供着、管着、接送着，穆子萍对妈妈梁山杏渐渐疏离，如果，梁山杏不接，穆子萍就住在奶奶家不回来，她也落得个省心。

自从得知谭尔木离开了枣珠儿去了广东，她就不省心了。放了暑假，枣珠儿的工作地点就由农大搬到了野树沟，和穆秋打理与提升野树沟林木有限责任公司和杏花红化妆品有限责任公司两个企业，是一个假期的全部任务。像特务跟踪一样，梁山杏带着无所事事的儿子穆子帅坐上火车，换乘班车，也来到了野树沟。有她在，穆秋的房间里，就不会住上别的女主人。

机会来了。

穆子帅开着铁命的三菱越野车出了院子，向山顶上开去。他喜欢在山上俯瞰沟壑的“一览众山小”的感觉。那是一种战士冲锋的感觉，那是一种英雄的感觉。在他十八岁的人生经历中，从来没有体会过做战士、做英雄的感觉，因为先天有病，他一直被呵护、被训斥，被别人用另类的眼光可怜、管制、提防着，没有人对他寄托希望，也没有人给他目标，更没有人想到他一个残疾的男孩子，也想做战士，也想做英雄。他也有血性！今天，他要做一回战士，做一回英雄。他握紧方向盘，重重地踩下油门，一个冲浪就跃上了一个山顶，他高兴了！兴奋了！嘴里喊出了一系列的“OK”和一系列的“YES”，他甚至有了手舞足蹈的放纵，可是，他手里的方向盘开始不听话了，他双手的力气控制不住这个圆轮子上下转动，他想用力掰一下汽车轮子下滑的方向，但是，窜到了沟沿的前轮就是控制不住……这很危险！他意识到了，着急了，使劲地扭动着方向盘，呀！手抽筋了，脚抽筋了，心也开始抽筋，先天性的癫痫控制住了他的全身。汽车轮子沿着沟沿继续下滑，滑，滑……一个翻身……

三菱车在山沟里发出巨响时，轰然起火，浓烟滚滚中，一片杏红成了蓝黑的焦炭，一片枣青沾了浓重凝结的汽油味……

穆乐夫和黄月琴听到消息，花了一千块钱，打了一辆出租车，一口气从沈阳直接开到野树沟。飞机和火车都不能像出租车这么一站不停靠地把他们送到目的地。晴天霹雳啊！白发人送黑发人，是人生的大悲、大痛。他们来给孙子穆子帅送行。下车时，穆乐夫的腿都软了，愣是下不来车，是出租车司机和黄月琴连架带拖，才把他弄到屋里。

穆春随后也赶到野树沟。穆秋的儿子出了事，当事者迷，呆若木鸡的他，已经无能为力把握事态的进程。穆春若不来，一系列发生在野树沟的悲惨剧情，没有他的出场与串联，其结果就会更加悲惨，甚至悲惨得不能收场。

他第一件要做的事，是主持侄儿穆子帅的葬礼。天太热了，停尸在窑洞里的穆子帅，已经被一群苍蝇层层覆盖，再怎么摆凉水桶，也抵不过七月的热浪，尸体腐败的臭味可以阻止住人的脚步，却阻止不了蚊蝇的噬臭嗜血。

梁山杏已经傻了，连哭都不会了，瞪着呆愣愣的杏核眼，被婆婆黄月琴揪住领子来回摇晃着，“你为什么要带我孙子上这个地方来，你不知道他爷爷正求爷爷告奶奶地给他找学校吗？你这个妈是怎么当的？连一个孩子都看不好！是你拖着他来野树沟送死的！是你那个下地狱的爹不肯放过我的孙子啊！你是狼心，还是狗肺……你作孽啊！我的孙子啊——”

黄月琴哭着、喊着，不到一分钟，嗓子就像断了弦，骤然，就全哑了，人也随即摊在了地上……一个十八岁的孩子，突然就没了，他身上流着穆家的血啊！他那憨憨的笑脸，眉眼儿长得多俊啊，嗓子也好，清亮亮的，高，能穿破云，低，磁性低回，要不是得了遗传病，多好的一个评剧小生的料啊！但，这血不流了，凝固了，一条一片的，在孙子的头上、身上，变成了黑紫色。

穆秋更傻了，坐在沟里，谁也拉不起来。虽然孩子有病，但也是他的孩子，一颦一笑，一恼一怒，一喊一叫，都有着他的印记。他会养着儿子的，只要儿子活着，只要儿子叫自己“爸爸”，只要儿子的身上有温度，哪怕是发烧也行啊……他抓着野树沟底的土，恨它们咋就不变成一条飞毯，一条能飞的神毯，托住儿子下坠的身躯，然后，像一条褥子一样，托着儿子，让他的儿子穆子帅，只是熟睡一觉……

枣珠儿不敢靠前，她人生的经历中，还没有遇到过这样惨烈的事情。她既不能去劝穆秋节哀，因为她找不到穆秋节哀的理由。她也不能去抚慰吓傻了的梁山杏，这个一直与自己为敌的女人，也许会因为自己的宽慰，而错以为自己是幸灾乐祸。她更不能去安慰穆乐夫与黄月琴两位老人，她跟他们不熟，他们是自己打工老板的双亲，自己没角度、没身份、没立场去接近他们……当她从山上回来，面对山沟里的那一团久久不散的浓烟，她洒下了热泪。当一个十八岁青年的身躯，被湮灭在一片浓烟中的时候，她差点也像穆秋那样跳下山沟，奔向那堆烟火……

一双手挽住了她，那是妞子的手，或者叫托雅的手，工资表上妞子就叫托雅。

托雅搀着枣珠儿离开了现场，把她送到自己的娘家，和自己的父亲乌力吉、儿子巴图鲁，还有母亲一起，不再出院子的大门……坐在妞子娘家的炕头上，枣珠儿的脑子里，总是第一次和那孩子坐在一辆车上，一声不响地听穆秋和山杏吵架，直到令枣珠儿感到头疼的时候，那孩子突然对争吵中的父母大喊了一声：“我杀死你们！”

这声音像被复制了多少遍的音频一样，在枣珠儿的脑海里一遍一遍地回放，枣珠儿就像遭了魔咒一样，认为是自己变成了那个喊着“我杀死你们”的孩子。

避开了事件的漩涡，枣珠儿却也一夜无眠，就这样思索着，一直到了黎明，她突然像一个精灵似的想通了事情的全部——她不能和穆秋一样沉浸在这无边无际的悲痛之中，野树沟还有三道大梁的杏林，还有三道大沟的枣林，作为技术人员，她应该像疼爱孩子一样疼爱着这片山林，这才是对穆秋最大的帮助，对整个事件最大的帮助。

果然，第二天的下午，太阳还没有落山，副总经理铁命就急急地来报，说连续一个多月的旱情，让杏树林起了黑毛虫，如不赶快消杀，蔓延起来，可就成了大灾。

谁都可以忘情地悲痛，包括穆子帅的爷爷穆乐夫和奶奶黄月琴，他们已经不吃不喝地躺在炕上两天两夜了。就是穆春不能悲痛地忘形，他得挺起腰杆当家主事。穆家遭遇了这么大的祸事，不能让时间停在祸事前，也不能让时间停止在祸事的那一刹那。他得按照时间的流程，让已逝的已逝，活着的继续活。

他找来穆秋的副总铁命，找来野树沟的木匠，连夜打了一口松木棺材，刷了紫红的油漆，把十八岁的穆子帅放了进去，抬到野树沟最西边的山坡上，挖了一个穴，平平展展地放了进去，而后隆起了一个土冢。他的隶书刻在了一块石碑上，“兄穆子帅之墓”。

立碑人用了没到场的妹妹穆子萍的名字。

2

处理完了穆子帅的丧事，穆春没有立即回沈阳，尽管他接到了女儿穆元元的电话，说妻子龙晓又住院了。但作为长兄，作为师长，他不能不帮助穆秋处理一下混乱的家事。他是接到梁山杏的电话来野树沟的，为的是说服自己的学生枣珠儿不要搞第三者插足。天下何处无芳草？就是离了婚，也没有孩子，再找一个素质高一点的丈夫，绝非难事，何必要破坏一个已经有了两个孩子的家庭呢。

他的劝说无效。

枣珠儿不以为她破坏了穆秋的家庭，她说，她只是一个被穆秋聘任的、信任的园艺师。

穆秋也是，说他与枣珠儿没有不清楚的关系，但他早就想终止这段梁山杏强加给他的婚姻。如果穆子帅不死，他还有些忌惮，这样一个残疾的孩子，缺爹少妈的，父母离异，弄不好会扭曲他的人生观，但在经历了失子的剧痛之后，他反倒轻松了，心里再不会有对儿子的歉疚，肩上也没有了要负担残疾儿子一生的责任。

他对穆春说：“我就是要和梁山杏离婚，挣断像噩梦缠绕在身上的婚姻枷锁，结束这段被梁山杏强加的荒谬的婚姻，下半辈子，要像中华人民共和国成立初期宣讲婚姻法一样，自己争取自己的婚姻自由！哥，你知道我是怎样被梁山杏赖上的，一想起来，我还有被一条毒蛇缠身的恐怖和恶心。我心意已决，哥，这个工作就交给你，我不惜任何代价！”

穆秋喊着说出这段话，愤怒地竟有些歇斯底里。

领受了堂弟的任务，穆春犹豫着走进了梁山杏的房间，他知道这个任务的艰巨性。他从来都不认为他与梁山杏的谈话，会像对枣珠儿谈话一样互相理解，真诚理性，就如电台的发射机，彼此不在一个波段频率上，很难接受与共振。

完全出乎他的意料，梁山杏没有悲悲切切，也没有昏昏沉沉，一个刚刚失去孩子的母亲的悲痛欲绝与痛不欲生，在她身上已荡然无存，她洗干净了脸，换了身鲜亮的蚕丝套裙，还抹了杏花红的防晒霜和胭脂。有人管这叫“心大”，有人管这叫“缺心眼儿”，有人管这叫“麻袋厂的女工——不知绸(愁)”，而心理学则认为：这是抗打压的能力强。

穆春刚开口叫了声“山杏”，还没说明来意，梁山杏就一摆手，睁圆了眼睛说：“大哥，你甭开口，我知道你要说什么。穆秋一撅尾巴，我就知道他拉什么屎。你去告诉穆秋，要离婚，没门！我没别的能耐，就是有耐力，能耗，耗他一辈子，耗死他！我也不能随了他的愿，那小妖精想进穆家的门，占我的窝，死了她那份狼子野心。王宝钏打下的江山，能让铁镜公主坐？隔着山，隔着寨呢！”

穆春说：“山杏啊，不是我的学生枣珠儿要占你的窝，是穆秋已经铁了心了。你们之间已经没了爱情，这么耗下去，还有一点幸福吗？还有一点快乐吗？这样对彼此都是折磨，都是损失，更是一种耽误啊。你想想，人的一辈子能有多少时间？就是活到八十岁，也不到三万天，你们这样耗着，一点乐趣也没有，见面就像彼此欠下了上辈子的债，这辈子是来讨要的，横鼻子对竖眼，说话都没有一句和颜悦色的，这有意思吗？我知道，你当初追穆秋，就是为了当城里人，现在，你已经是城里人了，你的目的达到了，你干吗放着自由不自由，放着幸福不幸福？你不是吃亏吃大了吗？山杏呀！你提提条件，除了穆子萍的监护权爷爷、奶奶不放之外，你什么条件都可以提。”

“我才不提呢！不提，都是我的，提了，顶多给我一半。我才不那么傻呢！”

“山杏，不是这么个算账法，现在除了沈阳的房子你住着，别的，你花一分钱，都得朝穆秋要。他若断了你的生活给养，就把你丢在沈阳，你以后靠什么生活呢？没有了经济来源，你怎么耗？你拿什么耗！你再找找娘家人商量商量，我知道，野树沟，梁家，是个大姓哩！”

“都商量过了，就是一个字——耗！不给我钱，我卖家具、卖房子，我上法院告他！一天一个令，折腾死他！”

不是一路人，不应进一家门呢！几次劝说不动，穆春也失去了耐性，何况，龙晓还在医院里住着呢，那是他志同道合的爱妻，相敬如宾的伴侣，举案齐眉的伉俪。

当他收拾行李要离开野树沟的时候，事情突然有了转机——林树德开着一辆越野车来到了野树沟。

林树德用梁山杏借给他的五万块钱，在青林县城的北河套岸边买了一亩半地的一处旧院落，除了三间正房之外，他又盖了三间东厢房、三间西厢房和三间门洞子房，一起出租，赚了第一桶金。

第二年，他就与人合伙扒掉了一亩半地上的所有建筑，平地盖起了一幢七层高的橛子楼，成为青林县第一高的住宅楼。卖掉全部一栋楼，他的第二桶金就大了！三年的时间，他成了青林县最早的房地产开发商之一。

面前的林树德已与被穆秋辞退时判若两人，他穿着一身名牌夹克衫，内衣是七匹狼的，鼻梁上戴了一副水晶石太阳镜，除了皮肤粗糙一些，他已经没了农村干部的踪影。

他把手首先伸给了穆春，“穆教授，还记得我当初去双井镇，接你们这三位知青吗？”

“林队长，我当然记得，好像就在昨天，驾辕的是白头芯儿。”

“记得就好。当初，把你们接来，除了一个皮球，就是两根豆芽菜。现在，你们安了家、成了事，咋地，就不要我们野树沟的姑娘啦？看我们野树沟没人当家主事啦？”

财大气粗。

林树德是以野树沟曾经的当家人的身份，给梁山杏做娘家人的。

林树德帮助梁山杏开出了离婚的条件：

“一、沈阳的三室楼房。

二、野树沟林木有限责任公司。

三、五十万现金。”

给了这三个条件，梁山杏就能在离婚协议书上签字画押。

“哼！”穆秋的鼻子哼了一声，“梁山杏不值这个价！”

“不值这个价，就不离！老娘坐的是正宫，当小三，那是扯闲臊，咋劈腿，也上不了老穆家的家谱。”梁山杏抻着嗓子喊着，用眼睛瞟了一眼林树德，咧了咧涂了口红的嘴唇，就溢出了一撇胜利者的微笑。

“不离，爷也不要你啦！”穆秋来了性子，他一甩袖子，“噔、噔、噔”跑回屋去了，从炕上抱起梁山杏的行李，一扬手，朝着林树德的越野车摔了过去。

这个婚离不起。

沈阳的三室楼房可以给她，但野树沟林木有限责任公司不能给她，十几年的心血汗水都浇在里头，还有枣珠儿嫁接的科技成果，那里的科技含量早已不是他们当知青下乡时的三条沟、三道梁。再说，梁山杏无德、无才、无能经营这三条沟、三道梁，想当谢礼交给林树德？哼！他现在是搞房地产的林经理，不是当年野树沟生产队的林队长！这种不尴不尬的身份，本来就好笑，他要给梁山杏撑腰出头，还能拿一个经营了二十来年的公司鼓励他？想得美！还有五十万现金，穆子帅毁了铁命的一辆三菱越野，就是三十万，怎么赔偿？是给买一辆新的，还是按折旧赔款……这一单还没顾得上谈呢。就是有五十万，也不能全给她！一点儿流动资金都没有了，他拿什么让两个公司正常运转？拿什么支撑不到半个月就到期的大扁杏采摘？何况，他整个系统都调集不出五十万现金，钱，都在货物的流通运转里呢！

枣珠儿避开穆秋与梁山杏家事的漩涡，一头扑在了三道梁的山杏林中。她是局外人，搅进去，除了尴尬，就是羞辱，她的情商和智商可没那么低。嫁接的大扁杏已经有鸡蛋大了，再有半个月，满坡的金黄压低枝头，那就是大筐小篓的收获季节。

进入七月份，天上的大太阳与这塞上高原的土地，如同进入了热恋期，从早晨起，一直到落山前，整个白天，都是那么火辣辣的把一大把一大把的情思，化作丘比特的神箭，一支接一支地射向干渴的大地，这热恋，在天地间升腾起一股股灼人的热浪，化作青烟在草木间流连忘返……这如火如荼的恋情，孕育的不是鲜花与绿草，而是一大片、一大片的黑毛虫。它们像一群群蚂蚁一样爬满了树枝树干，黑色躯体的毛囊紧紧攀住每一片树叶，贪婪地啃噬着，啃噬着，啃噬着……因为那绿色的叶子里还保留着供给它们生命的浆汁，如果不是它们不停地啃噬，它们可能在不到十分钟的时间里，就会枯干成一只只脱净了的标本，可以被夹进任何一张薄薄的纸片或者碎裂成一粒没有分量的沙尘。

不到一天的时间，这些黑毛虫就像洪水一样，从山顶向山坡蔓延下来，一棵树的叶子没了，一排树的叶子没了，一片树的叶子没了……叶子没了，那就要成熟的大扁杏一颗一颗地落到地上，就像树上落下的雹子，眼看就要铺满地了。这是黑毛虫咬的，也是天旱的！

枣珠儿惊呆了！她没有想到这虫灾来得这样快，蔓延得如此迅速，还有旱情……她正在组织十多个员工用喷雾器喷药，但面对如此大面积的灾情，如同堂吉诃德大战风车……

望着天上火辣辣的太阳和脚下冒了烟的土地，枣珠儿的嘴唇上起了一圈水泡，一双丹凤眼布满了血丝：如果不赶快想办法灭黑毛虫，这一季的大扁杏就会全部绝收，那些已经签了合同的订单，如果付不上，不是不挣钱的问题，而是向人家赔偿几倍的违约金……如果不抗旱，盛果期的三道梁上的大扁杏树和三道沟里的大红枣树，就不知道会旱死多少棵……那都是枣珠儿的科学成果，就像她的一个个孩子！

穆秋游走于住回娘家的梁山杏、歇脚在林树恩家的林树德和知青大院之间，如果用谈判来形容穆秋与梁山杏的两个阵营来解决离婚的问题，那，穆春就是穆秋的代表，林树德就是梁山杏的代表。这两个代表一致的目标，就是让他们离婚。穆秋和梁山杏的婚姻已经走到了尽头，这是两个代表形成的共识，需要谈判的就是条件。

目标一致就好办。

林树恩做了一桌子的菜，其中就有野树沟牌熏鸡和熏兔，都是用野树沟的杏木、枣木熏的，野树沟的山味乡情都浸在里头。

小炕桌放在炕上，炕梢儿坐着林树德，炕头儿坐着穆春。背着南窗户，坐着的是裘三妹，这是一家之主的位置。

裘三妹拿起一瓶野树沟小烧，“咕咚咚”给自己先倒满了一茶杯，又“咕咚咚”给穆春倒了一茶杯，最后小半瓶，都倒给了林树德。她端起酒杯，说了声：“先喝为敬！”一扬脖儿，满满的一杯酒见了底儿。

这就是野树沟的喝法。

穆春干了。

林树德也干了。

“吃，吃，吃……”裘三妹拽了一个熏鸡大腿给穆春，掰了一个熏兔大腿给林树德。

三茶杯野树沟小烧下肚，除了在灶台炒菜的林树恩，炕上的三个人的脸都红了。

裘三妹端起了第四杯酒，“德子……不对！应该叫林队长。论官，你当过我们的生产队长，论私，你是我的小叔子。我说林树德，你当初追梁山杏没追上也不能恨穆秋，你应该恨山杏，恨山杏没看上你。山杏死皮赖脸追上穆秋，可他们不合适。咱营子里的人谁都看得出来，那是山杏的一厢情愿，穆秋一百个不愿意。最后是没法子了，他们嫁接在一起，结出了两个果实，一个穆子帅，是个残疾孩子，还有一个穆子萍，还不知道咋着呢！这是老天爷对他们的警示，这就是说他们结婚不合适，都十八年了，孩子也死了，要离就离吧。看在你接我们的份上，求求你，别难为穆秋了，你嫂子我裘三妹，现在是野树沟林木有限责任公司销售部的部长，把林木公司给了梁山杏，就她那点文化水平，就她那点小心眼，就她那点知识面，就她那思想境界与格局……你想想，她能领导了我吗？能领导那些大学生吗？她不把个公司搞黄了，她就不是梁山杏了。你是给她挣口袋，当娘家人，依我看，就要点钱算了，上个养老保险，上个大病医疗保险，后半生就妥妥的啦！林树德，小德子，做人做事别太过分。你不是喜欢她吗？她离了婚，你不就有机会了吗？你把她招到你的公司，做你的管家婆，你的心愿不也就达到了吗？还跟着闹啥呢。”

“林队长……”酒是喝多了，但脑子还算清醒，穆春也端起了酒杯，“看在当初咱们一起建设野树沟的份上……哦，对了！当年，是我找到当‘农业学大寨’工作队队长的老爷子，给咱们野树沟免费打了两眼机电井，是吧？前提是咱们一冬天得建成一千亩旱涝保收的大寨田。那时候，咱们可真能干啊，镐头把都刨断了好几十根，我们几个知青，谁的手没磨破过？谁的肩膀没肿过？你们野树沟老占香盈了！不是我翻小账啊……林队长，你说有没有这回事？都是野树沟的人，你就放穆秋一马。三妹说得对，给点钱，让山杏有了后半生的生活保障，这就是最好的条件啦！有个哲人讲过：无爱的婚姻是一种罪过！罪过！罪过……你知道吗？离了，罪犯，就会各自走出监狱的围墙，不当罪犯啦。”

“咳……什么罪过不罪过？什么围墙不围墙的？我就是看不过去，看不过去你们城里人欺负咱野树沟的人……”林树德喝光了第四杯酒，趴在了炕桌上。

“你现在还是野树沟的人吗？你的户口在青林县！”乘着酒劲，裘三妹非要较个真。

“没人欺负过我呀！穆春、穆秋还有三妹都没欺负过我！德子，咱得说实话啊，咱野树沟的人，实诚，是不？”林树恩熄了灶膛里的火，端上了最后一道菜——拔丝红枣。

乡情牌，打出了结果。

沈阳三室一厅楼房一处，现金五十万到手，梁山杏同意与穆秋协议离婚，穆家没有一个人待见她，再厚着脸皮不离婚，就成了让人耻笑的老赖皮了，好歹她梁山杏也当过老队长梁嘎达的闺女，有麸子有面的野树沟干部家属，还委屈着让全营子人看笑话不成？

梁山杏、林树德，穆秋、穆春和一对老夫妻穆乐夫与黄月琴，还有见证人裘三妹和林树恩，一起围坐在当年的知青点，现在的野树沟林木公司总部开圆桌会议，一手点钱，一手签字，做离婚前的最后“交割”。

枣珠儿匆匆跑来找穆秋，火烧眉毛，她不能避开与梁山杏见面的尴尬，她没有什么对不起梁山杏的，就是不愿意或者说不屑于应对她随时随地的阴阳怪气与夹枪带棒。她是不把梁山杏当成假设敌，但梁山杏却随时随地地把她当假设敌，她很无辜，也很无奈。

“穆总，黑毛虫灾情严重，旱情也严重，一个夏天没下雨，地下水位以每年一米的速度下降。现在这种喷雾式的灭虫方法不行，一共十台喷雾器，根本阻挡不了黑毛虫的蔓延。我想到了一个办法——请直升机撒药灭虫，再马上去青林县请一个施工队，打三眼机电井——”

“飞机？飞机放屁想（响）得高！哼——你做白日大梦吧，这野树沟亘古就没听说过用飞机撒药，你以为神话故事呢——散豆成兵。”不能说梁山杏没文化，她念过四年初小，还代替裘三妹当过野树沟小学的代课老师。她的缺点是不识时务还不爱闭嘴，都要离婚了，还没卸掉老板娘的角色，她冲着枣珠儿斜了一眼，又瞥了一下嘴，是居高临下的鄙视，也是批判枣珠儿的异想天开。

枣珠儿没理她，她没有时间，也没有心情理睬梁山杏的粗俗与傲慢，大学教师的修为让她分得清缓急轻重，此刻她有更急的事情，“我问了，用直升机撒药一天，需要十万元升空费，甲胺磷、敌杀死，这些农药费大体得两万元，打一口机电井得需要九到十万元。打三口井的费用……”

“四十万！”

“四十多万！”

“加上人工费用，小五十万！”

大家异口同声，算出了灭虫抗旱的费用。

“五十万块？那三道坡一年的收成也就是十多万，让虫子吃了就吃了呗，还乱张罗用飞机撒药，那飞机场是你家开的？你想用就用？净出幺蛾子！”

甭问，这是啥事都要插一嘴的梁山杏，看不清火色，找不准位置。

“虫子吃了一季，杏树就绝了一生！”枣珠儿的眼泪都快出来了，她想象着三道梁上她亲手嫁接成大扁杏的山杏林，将要变成一片片干枯的死树林，一片片大扁杏的坟场，一架架的柴火垛……她的心开始发抖了！

“梁山杏，我先给你打借条，借我四十万，你先拿走十万！”五十万的离婚款，是穆秋调集了整个公司所有的现金，还包括父母亲积攒多年的养老费十三万元和裘三妹借给他的十万元。

黄月琴是最支持儿子和梁山杏离婚的。

从梁山杏怀着穆子帅到沈阳逼婚的那一刻起，黄月琴就盼着这一天呢！如果当初不是被逼无奈，娶了梁山杏，儿子穆秋不会至今还留在野树沟，儿子本来就是大城市的人，是“上山下乡运动”给运动到野树沟的，虽然有了林木公司，有了产业，在沈阳也有了房子，但说了一周遭，儿子事业的中心终究还是在乡下。只有跟梁山杏离了婚，儿子才能断了农村这条链，成为地地道道的大城市人。和梁山杏离了婚，穆秋打不了光棍！别看还有一个女儿穆子萍，可那一点都不成问题，有爷爷、奶奶带着呢，一点不影响儿子的轻手利脚。凭儿子的帅气和大公司老总的地位，论年龄还不到四十岁，正是“钻石王老五”的资质。别说是像梁山杏这样的乡下女人，就是城里二十八九的大姑娘，也得挑长得俊的，工作好的找啊。所以，一听说只要凑够五十万，就能和梁山杏离婚，她立马给沈阳的亲戚打电话，让把十三万存款，不管定期、活期的全部取出来，利息也不要了，全给她汇到野树沟，这十三万的汇款单就在她的手心里攥着呢！

“没门！这个钱还有打借条的？不给够五十万，这婚就不离啦！”这是梁山杏的心里话，尽管林树德和穆春把她与穆秋的离婚说成了“自由解放”，说成了“再造人生”，但梁山杏从心底里还是留恋与穆秋在一起的日子，穆秋，是她自己的首选，是她自己的追求，还有一个亲生女儿穆子萍连着她的心呢。

“穆总，你这几天没到山上去，一门心思顾着子帅的丧事，你去看看吧，看看那些黑毛虫怎样在啃噬着咱们的树……那一片片的树，再不抢救，也得给它们办丧事了……”见穆秋还在离婚还是灭虫抗旱中犹豫，心急如焚的枣珠儿就像在哀求他。如果不是梁山杏卡在中间挡横，她知道，穆秋是识大体的，也是一贯地支持她的。

“枣珠儿，你就是个技术员，打工的。别把野树沟林木公司当成你自己的啦！还掉眼泪儿……给谁看呢？好像那些树都是你家的……我们这是老穆家商量事，不用你在这儿哭丧！”

“我是野树沟林木公司的技术员，不是你梁山杏家的打工者，你今天和穆秋离了婚，那我就和你一毛钱的关系都没有了！我没有任何义务接受你的指责！”

“那我就不离婚了！我就要治你这个小黄毛丫头。”

梁山杏太不像话啦！

“穆总，你正好不用打借条了！拿这笔钱……正好救救三道梁三道沟的树——基础设施，必须得搞，早搞早得益，不搞必遭殃。”枣珠儿一仰头，吞下了满眼的泪珠。

“枣珠儿说得对，穆秋，你现在搞的是现代林业，基础设施必须得搞！走——上山，去山上看看再说！”穆春得支持自己的学生。是自己介绍枣珠儿来野树沟帮助堂弟的，用自己的血汗和劳动换来的成果在遭受毁灭性的灾难，枣珠儿能不急吗？再说，她说的全都在理，并且，富有远见。

有穆春打头，穆秋、裘三妹和林树恩一起跟着枣珠儿奔到了山坡上。

山顶上的杏树林已经变成了黑色，绿色的叶子被吃光了，那黑色的虫子正如洪水的波浪一样，向下蔓延……蔓延……

如果你脑子里不想着那黑色是虫子的颜色，你一定会认为那是你看到的奇观——一道黑色慢慢由梁顶向坡下蔓延的奇观。如果你的眼睛看到了那一条条蠕动着贪婪地啃噬着树叶的黑毛虫，你就会知道，那是一道让你恐怖战栗的奇观……

往下看，还有“啪啪啪”把旱得冒烟土地砸出一个个坑的就要成熟的大扁杏……

“穆总，救救杏林吧！救救杏林！其他的都不重要……”

穆秋懂得枣珠儿说的“其他的都不重要”这句话的含意，他看了一眼像心疼孩子一样心疼杏林的枣珠儿，他的眼泪也像枣珠儿一样流淌下来，这是他们共同的科研成果，嫁接的是他们共同的心血，心疼，痛彻骨髓地心疼，他们的心跳在了一起……

但，秋满脑子想得还是和梁山杏离婚。他自己恨梁山杏已经很久，他不能放弃这次儿子用生命换来的机会，他怕他的心一软，他的后半辈子就还得和一个刁蛮、自私，还遗传着梁嘎达的癫痫病的女人，纠缠、折腾一辈子，甚至为了不遗传给下一代癫痫病的机会，如狼似虎年龄的他，需要常年放弃一个男人和一个女人的床笫之欢……况且，他早就喜欢枣珠儿，或者说是爱上了枣珠儿，从开始嫁接第一棵大扁杏的时候，就不可遏制地爱上了她，她的学识，她的干劲，她的美丽，她的气质……但他有婚姻的枷锁套牢着，他无权利，也无自由去爱枣珠儿。枣珠儿为了躲避梁山杏的迫害与嫉恨，匆匆与谭尔木结婚……就如他失去了最珍爱的珠宝！当他得知谭尔木悄悄与枣珠儿离婚了，他就有了“拨开乌云见月明”的豁然开朗，有了失而复得的机会与希望……他曾跟堂哥穆春说过：“能跟梁山杏离婚，他不惜代价……”这代价包括这片山林吗？

见穆秋还在犹豫，枣珠儿的心开始变凉，她能忍受梁山杏的侮辱与嫉恨，却不能容忍对穆秋的失望……她冷不丁地抱起一台喷雾器，朝着山顶上蔓延下来的黑色的啃噬与浸淫冲了过去……

大山做背景，她太渺小了，渺小得，就如一只扑火的飞蛾！

“枣珠儿，你回来！你回来！我先不离婚，用飞机灭虫——打井电井！”

结果，是任何人都没想到的。

当穆春、穆秋、枣珠儿和裘三妹、林树恩一行人回到知青点的时候，一直不想离婚的梁山杏走了，拿着五十万和林树德走了。

除了当事人，最希望穆秋与梁山杏离婚的人竟是林树德。

林树德搞房地产，接了一个大单，但条件是他要前期垫付二百万。因为摊子铺大了，他手头的资金链断了，去银行贷款需要先付上百分之二十的回扣，不先交上这百分之二十的回扣，他就贷不出二百万的前期垫付，贷不出前期垫付，这一个大单也就开不了工。他帮梁山杏就图的是四十万的无息借款，他借梁山杏的，就是要先付给银行代办员的回扣，有了这四十万，他就能贷出二百万，开了工，这钱，到不了年底就赚回来了。话又说回来，如果没有梁山杏这四十万，想赚多少，能赚多少，就都是一场白日大梦。他见梁山杏犹豫，怕梁山杏不离，五十万用在飞机撒药和打三口机电井上，那他的大单就要泡汤了，那损失的可就是三五百万的纯利润……想到这儿，他趁一行人都去看黑毛虫的档口，悄悄把梁山杏拉出房门，站在知青点后坡的悬崖边上说：

“山杏，别傻了，闹到这个份上还不离，就是猪八戒照镜子——里外不是人啦。穆秋不扯扯你，让你干晾着，你娘家又没人啦，营子里的人都会耻笑你没能没智，婆家人不要了，还死皮赖脸地攀附人家……你图啥呢？听我的，咱拿上钱，回青林县，你到我的公司，当会计，当办公室主任，都依着你，不强似你跟着穆秋耗，还盯着枣珠儿堵心？穆秋不要你了，我要你啊，咱俩应该是老相好啦……”说着，林树德抱住梁山杏又动手又动脚地亲吻起来，直弄的梁山杏五脏燥热，浑身无力，情不自禁就喃喃地呻吟着，就如一盆的烈火期待着一阵暴雨来浇。

林树德及时刹住了即将发生的巫山云雨，他要让梁山杏的欲火继续烧着，有这股火烧着，她就能依赖着、期待着自己这一阵一阵的雷鸣暴雨。

他揽着满脸烧得赤红的梁山杏，连揉带抱地又回到了屋子里，对着满目焦虑、愁肠难解的穆乐夫和黄月琴说：

“叔叔、婶子，说好了的事，就办了吧，反正穆秋和山杏是过不到一块儿去了，当断则断，不断则乱，留下后患，一竿子人都得记挂着操不完的心。我给山杏做了工作，她想通了，把你们手里的十三万给山杏，让山杏给签个字，我就带着她回青林县了，省得穆秋他们回来再接着吵吵，大热的天，大家都跟着焦虑。”

黄月琴对飞机撒药和打井抗旱都不感兴趣，她最关心的就是儿子和梁山杏离婚，只要离了婚，就如一句老话：猪八戒割耳朵——心宽眼亮了。眼前不再有梁山杏晃动，就不会一见她就堵心，眼不见为净，彻底了了这层关系，也是老来福。她马上说：

“树德呀，你说话叔叔、婶子都爱听，就按你说的办，梁山杏在离婚书上签字，我和你叔就把这十三万的汇款单交给你们。”

穆乐夫不想儿子、媳妇离婚这么大的事，这么仓促地办了，就说：“等等，等等穆秋、穆春他们回来再说。”

梁山杏就说：“不等了！我天黑前还得赶到县城，既然是离婚，我一天也不愿意在你们穆家待了……”

拿上五十万，梁山杏坐上林树德的“2020”吉普车，一溜烟地离开了野树沟。

人，走了；钱，也全没了……

连日焦急奔波的枣珠儿一声不响地倒在了地上……她宁愿继续承受着梁山杏给她的刁难与屈辱，也不愿意她当成心尖子的那些树一片一片地死掉，那些就要成熟的大扁杏一个一个地烂掉。也许是她太累了，也许是她感到了绝望，十几年的心血毁于一旦，她撑不住了……

裘三妹在野树沟这许多年的历练，不但学会了所有的农活，还学会了扎针、拔罐子这些农村的土医法。她抱起枣珠儿，让黄月琴找出一根针，用白酒消消毒，把枣珠儿的十个手指扎了个遍，使劲地挤出了血，枣珠儿的血已经变成了黑紫色，稠稠地拉着黏丝。

“这都是急的啊！多好的孩子啊！全是替公司着想啊，替穆秋着急，把个孩子累坏了……”黄月琴端了碗白糖水，一勺一勺地给枣珠儿喂下去。她心疼这个孩子，也喜欢这个孩子，她原来的梦想，就是找一个像枣珠儿一样又文静又秀气的儿媳妇。她从小学艺，没读几年书，却喜欢读书有文化的女孩儿。

喝了白糖水，血压开始上升，枣珠儿这才睁开眼看看大家，但话语出口，却是有气无力，“穆总……那些树……那些树，你……你……就任由着黑毛虫啃噬吗？”

“不！绝不！”梁山杏一走，穆秋的心里一下子就豁亮起来，聚在胸口的乌云散了，堵在心里的大石头也落地了，大脑里供氧供血充足，心智蓦然开窍……不就是没钱了吗？好办！“梁山杏拿走了五十万现金，但她没有拿走房产证，押上房产证，总能从银行贷出二十万吧。枣珠儿，别着急，咱们能贷到款，先救活那些杏树。”

“我父亲的房产证在我手里，也能贷出一二十万……”听了穆秋的主意，枣珠儿来了精神，也有了力气。

看到了堂弟穆秋的振奋，穆春一直的担心也就释然了，一个人想干事，别人就能帮，一个人不干事，别人就没法帮。“我有一个进修园艺的学生，在驻地空军后勤部当副主任，我打个电话，看看他能不能帮助咱们飞机先升空救灾，咱贷下款，再付钱。”穆春现任农学院果树园艺系主任，他的学生自然是下自成蹊。

“我去县里找施工队，有个当年一起推铅球的男同学，在县水利局当副局长呢！哥们今天用着他了，他敢不出力！”推铅球的裘三妹，什么困难到了她手里，都是举重若轻。

得道多助，失道寡助。

穆秋去贷款。

打通电话的穆春和枣珠儿一块儿坐着铁命开的车，到青林县城买农药，装飞机。

裘三妹和丈夫林树恩开着大卡车，去县里接打井施工队。

“人心齐，泰山移。”虽然说得有些夸张，但你看：直升机在天上盘旋着“轰隆隆”地撒药，打井队在山坡上竖起井架“轰隆隆”地打井……寂静的野树沟从来没有过地沸腾了！

一辆红旗牌轿车后面紧跟着一辆丰田面包车，从蜿蜒的山路上疾驰而来。

主管农业的副县长殷思春风尘仆仆地从车上下来，他一打开车门，随行的秘书赶紧把一个大口罩递给他，天上有飞机撒药，观看的老百姓都戴上了口罩防毒，副县长亲临视察，也得注意自身的安全，别让毒死黑毛虫的药粉，把个有史以来来野树沟最大的官员给药着了。

紧跟着从丰田面包车上下来的是一位扛着摄像机的男记者和一位手拿着半块砖头大小录音机的女编辑。他们下车就戴上了口罩，除了戴口罩，两位媒体人还一人戴了一副墨镜，防太阳晒，也防药粉伤眼睛。

这次来势凶猛的黑毛虫灾，不只是野树沟，还蔓延到了双井镇和整个青林县山区，做事一向雷厉风行的殷思春，正为灾情一筹莫展呢，就有双井镇的党委书记林亚男打电话来向他汇报野树沟林木公司用飞机撒药灭虫的做法。这就如身陷一盘死棋的棋手，在做困兽之斗时，突然有一世外高人以一子妙棋救活了全盘一样。作为青林的主管领导，殷思春放下电话，立刻吩咐秘书传唤司机，顺便通知县广播电视局，派广播、电视两路记者，随着自己立刻赶赴野树沟飞机撒药现场，他要立即在全县山区推广这一做法，取得抗灾胜利的一大政绩。

也许是命运的安排，枣珠儿并没有见到这位顺势上任的副县长，因为她正在直升机上，指导着工作人员撒药。她的心里最清楚三道大梁和三道大沟黑毛虫的分布情况，何处多撒，何处薄施，她的心里有一幅立体的画，但从天空往地上看，一辆小汽车，就如同一只甲壳虫，一个职位再高的人，也比蚂蚁大不了多少……

3

扑灭了来势凶猛的黑毛虫，保住了三道沟三道梁的杏树、枣树，还以“群雁高飞头雁领”的示范作用，用直升机解决了全县的大灾，并以打了三口电机井的大投入，在山区农业基础建设上拔了头筹，穆秋不但被选为人大代表，还被副县长举荐，当选为人大常委会常委，就连野树沟林木公司的副总铁命，也被推举为县政协委员，到青林县参政议政。

开春，青林县召开“两会”，穆秋和铁命一起去参会，但穆秋只参加了一天的会，就请假回到了沈阳——枣珠儿病了，住进了医院。

与谭尔木离婚的失落与窘迫，梁山杏的猜忌、奚落与仇视，大战黑毛虫的恐慌与着急，把写着父亲名字的房产证押给银行的慷慨与担心，还有学校教师评职称的无厘头打击与遭遇不公平的绝望……对一个不到30岁的女人来讲，都是伤心、伤肝的身体噬损与精神折磨。

特别是学校教师评职称，按照她的研究生学历，毕业两年正好可以晋中级职称，论文发表、英语考试、教学成就……硬杠杠全够，按照通常的说法，叫作“无悬念”，可园艺系上报的十个中级职称，就枣珠儿没批，理由是枣珠儿在校外兼职，挣大钱，这几乎遭到半数以上教师的“羡慕嫉妒恨”。

枣珠儿申诉：“我兼职都是在暑假、寒假，没有耽误一天的教学与授课，兼职的领域，正好是我的研究课题，还是我学生的教学实践基地，而这些，我从来没向系里和学校申请过课题经费和教学基地建设补助……”

申诉无用，人家说：“你既然挣了钱，就不要争职称了，让给弱者吧！鱼和熊掌，你不能兼得。”

枣珠儿申诉：“职称，是对一个知识分子社会价值的衡量与肯定，与扶贫无关。”

人家说：“你没考电子计算机，缺一个证书。”

枣珠儿申诉：“我一直用电脑写作，发邮件，word系统、wps系统我都会，没有人通知我考试呀。”

人家说：“在走廊门口贴过一张打印的通知。”

枣珠儿申诉：“我怎么没看见？”

人家说：“那由你自己负责任。”

枣珠儿申诉：“人事部门是为一线教职人员服务的，应该通知到位。”

人家说：“评职称的时候，所有申报的人，都到有关领导的家里说过，唯有你没去，你的眼里还有没有领导？”

枣珠儿申诉：“我的领导是系主任穆春。在系里讨论的时候，他是赞成的，还写了很好的评语。”

人家说：“系主任是推荐，不是最后审批的领导。穆春还曾是你的导师，他得避嫌，还是他决定，把你的排名放在最后一位的呢。”

枣珠儿申诉：“排名最后，是因为我的年龄最小，不是因为我不合格。”

人家说：“报十个，批九个，不拿掉最后一名，你说拿掉谁？”

难与夏虫言冰。

枣珠儿由失望变成绝望。一口闷气堵在心里，使劲咳嗽，咳出了血也吐不出胸中那堵着的块垒。

枣珠儿病倒了。

她整夜整夜地睡不着觉，身上也乏力，不想吃饭，见着饭就无端地打哆嗦，甚至不愿意开口说话。除了时时冒出想抱着“人家”一起跳楼的想法，对什么都了无兴趣，就连水也不愿意喝，那味道，怎么也不像是水，更不能喝茶，那在口中的滋味，比药汤子还难喝。她靠着教师的责任心，勉强坚持上课，但再无三尺讲台上的风采。一回到家里，全身瘫软，不愿意做饭，也不愿意看电视，一集电视剧都看不完，就没了注意力，脑子里一阵阵地轰鸣，就如面对功率强大的凿岩机。就连最爱读的长篇小说，也是看不到两三页就没了兴趣，随手丢在一边，再无拾起来的欲望。以前，遇到一部好的长篇小说，她可以从晚上一直读到凌晨四五点钟，睡一两个小时就起床上班，到了晚上，再读到凌晨四五点钟，这样循环往复，一直到读完一本书，写出一篇心得，方才作罢。这种状况持续了不到一个月，枣珠儿就瘦得脱了相，二尺的腰围，剩下了一尺七，所有的裙子、裤子，都咣当得不能穿了。她也没有再买衣服的兴致，就重拾已经扔掉多年的腰带，用钉子在更短处砸个孔，勉强束腰。

连续的伤心、伤肝摧毁了身体的免疫力和她的意志，把一个强者变成了茫茫人海的一叶孤舟。

是穆秋来给她送工资时，发现了问题。

银行里押着两个房产证，穆秋把压力变成了动力，工作得特别卖力，他要用一两年的时间还清贷款，取回房产证，交给枣珠儿，还要再买一处楼房，做他和枣珠儿的新房。他是铁了心一定要追到枣珠儿的，“此女必得”成了他的奋斗目标，也是他工作的所有动力。现在公司的状况一派大好，销路顺畅，他预计到年底，就能还清所有的贷款。

枣珠儿是他公司的员工，一个月给她送一次工资，是他的功课，也是他与枣珠儿的相会机会。可他这一回来见枣珠儿，却是大出他的意料。

枣珠儿无力地躺在床上，衣带渐宽，面容憔悴，嘴唇上泛着一层白皮，看起来是那么的虚弱，那么的可怜，那么的无助，这让穆秋的心里有了一种搜肠刮肚地疼痛。这才一个月的时间，那个英姿勃发、冰雪伶俐的枣珠儿哪儿去了？难道，她是被妖魔施了什么法术？不然，这变化咋这么大！

再看屋子里，再不是那间有着脂粉味道的温馨的闺房了，东西东扔一件，西扔一件，凌乱不堪，桌椅上也布上了一层厚厚的灰尘，估计有一两个星期没有打扫了。

“枣珠儿，你怎么啦？怎么成了这个样子？你不该是这个样子！”

女人最当不得同情，突然得到这样的温暖，枣珠儿想哭……但是，她竟然没了眼泪。她哭不出眼泪。她心中的感动，竟然表达不出来！可是她明明是感动了！感到亲切了，感到温暖了，感到有人关心她了……

她是怎么啦？她一点力气也没有，连块手绢也洗不动，就像被什么妖孽抽掉了筋骨和灵魂，变成了一个活死人。

枣珠儿得了抑郁症。

医生说越是知识分子越容易得这种病，演艺圈里的人也是高发人群。面对社会的重重压力，高度绷紧的神经，哪怕是再增加一根鸿毛的重量，也会冲破临界，瞬间崩溃。

医生的处方是七分药物，三分情感。“七分药物”是要患者的情绪镇定下来，由不能睡觉，到能睡上三四个小时，之后再慢慢延长。“三分情感”指的是心理疏导，用情感的阳光，慢慢融化一颗冰冻的心，让患者从绝望的地狱里走出来，感受到人生的可贵、可爱，进而，重新启动欲望的机制，人只要有了欲望，就有了抗拒死亡的能力，也就能逃脱出自杀的图圄。

这些话，是安定医院一位搞心理学的副院长对穆秋说的，枣珠儿是一句也没有听到，她只是冰冷地问了一句：“我这病，多长时间能好？”

这之前，穆秋曾带她到了一所大医院的神经内科。

那位面色黑沉的医生问枣珠儿：“你有什么感觉？”

枣珠儿冷冷地说：“了无生趣。”

黑脸医生竟咧嘴笑了，这是他从医二十多年从没有见过的患者，多数患者都是说“睡不着觉”或“头疼”，还有一些干脆就一个字也不说，瞪着呆滞的眼睛盯着医生的嘴。他一定是被枣珠儿的一句成语逗笑的，都得了精神病了，还是这样“酸”，成语啊成语，精神病人能说成语——没见过。

枣珠儿见他笑了，便感到自己有救了，就问：“医生，我的病，何时能好？”

黑脸医生止住了笑，慢条斯理地说：“四五年，七八年……”

他也许是想让这位会说成语的患者重视自己的病情，有个持久治疗的思想准备；也许是他要以医生对病人的居高临下，打压一下这位得了精神病还不忘了“酸”的患者，让她的高傲情绪受一下挫，明白医生才是她病情的主宰；也许什么都不是，就是他作为精神病医生对患者病期的认知，白话说，他就是这个水平。

虽然得了病，但枣珠儿性格中的倔强还没有尽失，这句“四五年，七八年”的回答，无疑加剧了她的绝望，“不治了，太长了，我还不如去死了舒服。”说着，她起身就走，竟把穆秋甩在了后头。是的，她时时觉得死了好，病情发作起来太难受了，就如全身要爆炸了一样，如果，有了冰窖跳进去，彻底冷却自己，一定就舒服了。

穆秋托了一个同学，找到了这位很有口碑的安定医院的副院长。

副院长主攻心理学，他懂得患者对医生的期待，就说：“药吃下去的第四天，会有特别难受的几个小时，只要你凭着毅力熬过这几个小时或者听听舒缓灵动的音乐，也会减少你的痛苦，一个星期就见效。接下来，你继续服药，加强体育锻炼，多吃饭，保持好的心境……三四个月就能好。”

“三四个月就能好。”枣珠儿记住了这句话，在绝望中看到了希望。

解决了“七分药物”，穆秋开始了“三分情感”。他给远在吉林的枣珠儿的父亲关本修打了电话，婉转地说了枣珠儿的病情。

老人家是何等的睿智啊，他虽然已续弦，但与他相依为命的女儿依旧是他的心头肉。谭尔木与枣珠儿离婚的事，他一点儿也不知道，要强的女儿不愿意把这懊丧的囧事讲给已经退休的老父亲，给刚刚有了幸福生活的老父亲添堵。关本修过年的时候，也没带着续弦回沈阳，他觉得女儿、女婿住着他的房子，一回来，就打破了女儿、女婿的二人世界，不方便不说，还怕女婿谭尔木自卑。他曾在上一个春节的时候，带着续弦回来过，仅仅过了三天，大年初一，女婿就买了张火车票回了青林县，说是要给老爸、老妈拜年去。他明白，女婿是躲他们。当老人的，啥时候都是先为子女打算。

他带着续弦给装的一大信封的人参，就回了沈阳。他心疼啊！

穆秋看到了希望。

就在关本修抱住枣珠儿老泪纵横的时候，他看到了枣珠儿的眼角滚下了一滴晶莹的眼泪……枣珠儿会哭了！冰冻的心，开始融化了。

关本修是教授，又是亲手把女儿拉扯大，他最懂得患了抑郁症的女儿，此时最需要什么。他每天早早起床，领着枣珠儿去离住处最近的清北陵爬山。

北陵，又称清昭陵，是清朝第二代开国君主太宗皇太极以及孝端文皇后博尔济吉特氏的陵墓，是清初“关外三陵”中规模最大、气势最宏伟的一座，是清代皇家陵寝和现代园林合一的游览胜地。园内古松参天，草木葱茏，湖水荡漾，楼殿威严，金瓦夺目，充分显示出皇家陵园的雄伟、壮丽和现代园林的清雅、秀美。“文革”后重修的时候，很多高大的松柏，都是关本修带领着学生在大山里一棵棵地选好，移栽过来的，自然是有着几分感情在里头。

关本修一边爬，一边给女儿讲故事。

父女俩爬的是清昭陵，讲的故事却是孝庄文皇后的。

孝庄文皇后乳名大玉儿，本名布木布泰，是个蒙古族姑娘，年仅十三岁就嫁与后金贝勒皇太极，由普通的王妃成为皇太后、太皇太后。居皇宫六十年，功助三朝，辅佐二帝，彪炳史册。可谓历经皇太极、顺治、康熙三朝处变不惊，辅佐顺治、康熙二帝而不临朝擅权，主后宫而不奢华铺张，顺应时势而不固守旧制，实践满蒙联姻而终生不悔，为大清朝的鼎定和巩固，为满蒙联姻政策的实践与承继，为“康乾盛世”的开基，做出了重大贡献，是清代杰出的蒙古族女政治家，当之无愧的“清代国母”。可以说，没有庄妃，就没有大清王朝的鼎定与稳固，没有孝庄，就没有“康乾盛世”，可是，她死后，却没有葬在清朝最早最大的陵墓——北陵，也没有葬在东陵或西陵，而是孤零零地葬在清东陵总门户（大红门）的风水墙之外，被很多后世人认为是因为孝庄下嫁“不守妇道”之事，不宜与皇太极合葬，故而感到羞愤和难堪的孙儿康熙，将其葬在大红门旁的风水墙之外，让其世代为子孙看守大门，凄风苦雨，受尽孤寂，以示惩罚……

“枣珠儿呀，我们也是满族人啊，我们姓的这个‘关’，就是祖宗当年跟着皇太极打进关内，清太宗赐的姓啊！比起孝庄文皇后为满族人受的委屈，你的那点委屈又算个啥呢？你对学校做的贡献，比起孝庄太后对大清朝的贡献，能有几多？能是几何？不但不是一个重量级的，也不是事件的终了，不是盖棺定论。一个中级职称，你今年得不到，明年还得不到吗？明年得不到，后年总该得到了吧？太阳不会总往一个地方照，乌云也不能遮蔽阳光太久……”

连续几天，都是关本修喋喋不休地讲，枣珠儿跟在后面默不作声地听，这回有了变化，枣珠儿轻声地应了一声：“是啊！与孝庄文皇后比，我又算得了什么？”

女儿说话了！这给关本修带来了惊喜。他看女儿的眼睛，发现枣珠儿的眼神不那么呆滞了，眼珠在转动，些许浮动了一层光泽……他知道，这是女儿的思维开始启动了。他还看见，枣珠儿的额头冒出了津津的汗珠，这是他之前没有见到过的，穆秋告诉他，枣珠儿哭无泪，身无汗，不干活，不会笑，不作声，不去上课的时候，就如一个冰冻人。这会儿，她头上冒了汗，说明运动让她的身体开始解冻。他掏出手绢，给女儿擦擦额头上的汗珠，竟见她脸上露出羞涩的笑容。看来，自己的话，枣珠儿是听进去了……这就好，趁热打铁才能成功!

关本修自己的眼角也溢出了泪水，他用给女儿擦汗的手绢擦掉眼角的泪珠，充满神秘色彩地对女儿说：

“爸爸再告诉你一个秘密。你的妈妈之所以要离开我，就是因为‘文革’中，她被造反派利用，贴了我的大字报，要和我这个‘反动业务权威’彻底决裂……运动后期，学校给我平了反，她无颜再和我生活在一起，才去的美国……我委屈吧？委屈。她委屈吧？委屈。可这一切都过去了！你妈妈在美国当歌唱家，我在吉林种人参……只要坚持下来，一切都会变好啊！给你取名‘枣珠儿’，固然是因为我给你妈妈的定情物，是一串磨成珠子的酸枣核，但那酸枣核不是一般的酸枣核，它是经过残酷磨砺过的，玉不琢不成器，你枣珠儿，不磨砺一下，怎么能成器呢？孟子说过：‘天将降大任于斯人也，必先苦其心志，劳其筋骨，饿其体肤，空乏其身，行拂乱其所为也，所以动心忍性，增益其所不能。’枣珠儿，你要把这一切，都看成是上苍对你的磨砺，你成长的道路上，必定会一劫挨着一劫，除非，你想一辈子平庸……”

为了治女儿的病，关本修查阅了很多的医书，有《千金方》，也有《中医理论》，其中有一条“祝由”，让他心里开窍。“祝由”，说白了，就是心理暗示。精神病，也用精神医，他用“磨砺”的心理暗示来宽解枣珠儿，让她的明白“磨砺”是上苍对她成长的塑造，不但不可怕，还要心存感激。

关本修的“祝由”见效了！

“爸爸，我想吃朝鲜冷面！”

“你说什么？”

“爸爸，我想吃朝鲜冷面，还要一碟酸辣白菜！”枣珠儿大声地喊了出来！

“好！好！好！好！朝鲜冷面，一碟酸辣白菜……”关本修连声说了三个“好！”，拉着女儿就往山下跑，那里有小吃一条街，朝鲜冷面店一拉溜就有五六家。女儿想吃东西了！她饿了！她知道饿了，还想吃冷面！所有的要求，都是欲望的得而复失，会把“绝望”这个恶魔，远远地赶走……恢复了欲望，就恢复了人性。

对了，到了该吃冷面的时候了，现在都过了“六一”了。

4

枣珠儿和父亲下围棋。

茶几上放着棋盘，父亲坐在沙发上，枣珠儿搬个小马扎坐在父亲的对面。

上次父女俩这样坐着下围棋，还是枣珠儿大四要毕业的时候，也就是说枣珠儿还没有被穆春介绍到野树沟去，她正在复习功课，备考穆春的研究生。可是，父亲要走了，他已办理了退休手续，接受了吉林种人参的女老板的聘请，要去长白山的深山老林里开辟人参种植园。这个季节上山最好，再晚了，天就凉了，八月中旬，山里就有大雪覆盖，埋不下种子，就会耽误一年的收获。父女俩都有些恋恋不舍，他们就用围棋打赌，若是父亲赢了，星期一就可以买票北上长白山，若是枣珠儿赢了，就等着她考研的录取通知书下来，再送父亲远行。这盘围棋下得很纠结，父亲能赢，但不忍心赢，他怕自己赢了，在数子的当儿，女儿会放声大哭。枣珠儿想赢，但很难赢，毕竟她的棋艺比之饱经风霜的父亲还差一筹。一盘棋，下到了晚上七点钟，还没决出输赢，看着枣珠儿汗珠滚落，绷着嘴，瞪着眼，不赢不罢休的决绝，关本修心疼了，就故意错下几子，让枣珠儿赢了。

这一阵子枣珠儿的睡眠开始好了起来，由原来每夜只能睡三四个小时，到能睡五六个小时了。白天爬山累，经常是满头大汗，饭量也增加了，再不是一见饭，就条件反射一样，浑身痉挛。到了饭口，两个馒头，一碗稀饭，再加一盘西红柿炒鸡蛋，就如饿了三天三夜一样，顷刻间，风扫残云。到了晚上九点钟，吃上一片富马酸喹硫平，不到半个小时，就能睡着了，这一睡，若无惊动，再睁开眼睛的时候，如果是在农村，就该听到公鸡的啼鸣了。

能睡好觉，枣珠儿的病情好转得很快，思维变得流畅起来，布局摆阵，不再头晕，不再眼花，脑子里，也不再像高原反应那样缺氧，还动不动就告诫父亲一句："举棋不悔，落地生根。玩儿赖，不是好孩子，也不是好父亲。"

关本修若不是拿出浑身解数，还真不好赢她。但这次下棋，跟枣珠儿大四快毕业的时候不一样，他一点也不能故意输给女儿，他要用围棋的输赢来激发枣珠儿好胜的意志力，把女儿的精神和意志力从绝望的冰窖里，拉回到阳光灿烂的温暖世界。

"枣珠儿，你的手钏呢？"见女儿的精神渐渐恢复，关本修才问起自从见到病中的女儿就一直疑惑的问题。

"手钏？"枣珠儿这才想起，是谭尔木用一块法国的野马手表替下了她手上的枣珠手钏，而谭尔木与她离婚时，是突然离开的，她没来得及还给他，就习惯性的一直戴着，直到得了抑郁症，她手无缚鸡之力，就摘下来，放到了抽屉里。她举着空空的手腕儿，望着关切的父亲，突然不好意思起来，父亲说过：'我的体温、我的心血、我的思绪、我的祷告……都浸入储藏在每一个珠粒里……'

"啊，我明白了我为什么得病，为什么失去心智，为什么没有了抗拒打压的意志力，就是……就是因为我没戴爸爸给我的手……钏！"枣珠儿好像找到了得病的理由。

关本修点了点头。他不是认可这种小儿科似的解释，他只是给女儿的痊愈，从心理上找个理由。

果然，枣珠儿像突然大彻大悟一样，跑去翻柜子的底层，去找那个梨花木做的盒子。手钏拿出来了，只是搁置了几年，那原来几经盘磨的光亮暗淡了。

关本修拿在手里，仔细地盘磨着，直至那手钏上的枣珠儿渐渐放出光亮，才神情专注地给女儿戴在手腕上，这一刻，他看见女儿的脸上出现了久违的笑容，是从心底发出的，纯纯的，甜甜的。

门铃声响起。

进来的是穆秋，他来给枣珠儿送工资。

医生说过：抑郁症的治疗，七分靠药物，三分靠感情。关本修从吉林回来，陪着枣珠儿治疗，他就一头扎在野树沟，开始抓钱，从各个环节的经营管理上要效益。他知道，枣珠儿把写着父亲名字的房产证交给他贷款，至今房产证还押在银行里，这应该是枣珠儿的一个心结。虽然父亲把属于自己的房子留给了女儿，但那毕竟是父亲的财产，枣珠儿在没经过父亲的同意下，一时着急，拿出来为自己救急，这焉能不是她心中郁结的一个块垒，要想让这个块垒散开，就是尽快还上贷款，把房产证还给枣珠儿。

人要奋斗，天都相助，有了机电井浇水，这一季大扁杏的收获与往年相比，增加了七成。“青林有了杏花红，要想不美都不行！”的广告词，也给杏花红系列化妆品的销售，带来了很好的业绩，光一个青林县，就新增了五个加盟店，沈阳也有三个大商场开了专柜。贷款还清了，他不但取回了枣珠儿的房产证，连梁山杏的房产证也一块取回。

穆秋来送枣珠儿的工资，也送房产证。

关本修是个大度的父亲，既然把房产证交给了女儿，女儿要怎么做，自有她的道理，埋怨女儿事先不跟自己打招呼吗？事情已经过去，结果出来了，房产证不是拿回来了嘛，再多说，于事无补，还会伤害父女之间的感情。何况，枣珠儿还在病中，对于抑郁症的患者，医生说过，要多与她谈好事、喜事，这才是她的精神向好的光明。关本修通过穆秋对枣珠儿的关心和悉心的照顾，看出了他对女儿的求婚之意，也知道了他已经和前妻离婚。作为一个不能长期在女儿身边照料的父亲，他可以放心地把女儿托付给眼前的这个男人——这个男人形象不错，事业有成，有一个女儿被爷爷、奶奶视为掌上明珠，岁月已经在他的眼神里泄露出了成熟、沉稳和担当……

“穆秋啊，你陪着枣珠儿说话，我去包三鲜馅饺子，再炒四个菜，咱们爷俩好好喝两盅……”

“四个碟，吃饺子”，是东北人招待上门女婿的礼仪。

入夜，窗外下起雨来，“滴答——滴答——”雨点打在窗檐的铁皮上，就如一声声清脆的滴漏，报道着时光的流序。

枣珠儿被这雨滴声从梦中唤醒，那一刻，她的头脑清灵，周身清澈，就如有一股清流从头顶顺着脊背冲洗下来，把全身心洗了一遍，舒服极了。她脑子里空空的，什么也没有；心里空空的，什么也没有。

啊！灵魂归位。

一行清泪顺着枣珠儿消瘦的面颊流了下来……

“我好了！”

·下 部·

第一章

1

省心的日子就过得飞快。一晃，九年的时间，就如白驹过隙，转眼间，就成了过去时。

沈阳郊外的一幢别墅里，冬季的太阳起得晚，天还黑着，一阵急促的电话铃声惊醒了枣珠儿，她一看枕边的劳力士精品小坤表，才凌晨四点多钟。枣珠儿的抑郁症好了以后，她竟对自己的病因——没有晋中级职称，得不到公平待遇羞愧起来，多大个事呀！自己真是个还没有长的大孩子！这么小的一点打击，就让自己的灵魂对外面的世界绝望？

世上哪有什么公平？公平，只是人们对理想社会的一种愿望而已，一种追求而已。一片天空，一块有云彩，一块有阳光，有云彩的地方，浓重厚薄也不会是一个尺度。南极有雪，北极有冰，遇到气候变暖，也都会化成水。老天能对万物都公平吗？一个生物系，就那么几个职称指标，与“那些人”关系好的，就给呗！关系不好或者一般的，就不给呗，分身乏术，你让他怎么对所有的人公平？原则，条例，早已悲惨成了一团掌权者手中任意揉搓的废纸，你枣珠儿有什么不能接受的？你有没有能力把那张被揉搓成废纸的原则和条例舒展平？就像一个好人，你不能让所有的人都说你好一样，“横看成岭侧成峰”，一个人能同时对两个人说“爱你没商量”吗？要知道“两只脚不能同时踏进一条河流”， 你气不过，只能伤害你自己，你奈何不了别人，你就是一颗太阳，夜里，也会被黑暗吞没……除非你自己强大到让“那些人”无计可施的时候。

枣珠儿呀枣珠儿，你还用得着因为计较“不公平”而得了抑郁症？如果没有穆秋的照顾，没有父亲寸步不离的关爱，说不定，你那时按捺不住那万虫啃噬的折磨，一推窗子，就一头栽下去一了百了了。这个世界上就再无枣珠儿这个人了！这个还不到三十岁的一条生命就终结了，多么的不值！多么的可怕！

经历了一场生死的磨砺，成长起来的枣珠儿明白了这个道理：让自己变强大。

枣珠儿在送父亲去火车站的路上，对关本修说：“爸爸，我要报考博士生，不在农学院报考，我去医学院报考，在农学院的生物系，我弄懂了植物的DNA，我要继续深造，到医学院弄懂动物的DNA，包括我——枣珠儿，人的DNA。”

老教授激动了，“女儿，你超过了你的爸爸！”

“我们结婚，不应该再用父亲的房产证，它已经证明了我的一段婚姻——和谭尔木的婚姻，你还要再用它证明我与穆秋的婚姻吗？我已经把它还给了父亲，它应该是父亲和他的妻子在沈阳的家。”

当穆秋去了珠宝店，精心挑选出一款由金丝的和田玉，打磨出二十八颗玉珠，以应枣珠儿年龄的数字，做成晶莹剔透的一副手钏向枣珠儿求婚时，已经成为医科大学博士生的枣珠儿，笑容满面又略带俏皮地说出了这番话。他们已经谈婚论嫁了，无须客气。“居有所，出有车，吾辈不是蓬蒿人。”她自己买了辆小车，她要嫁的新郎，要有属于自己的房产证，而不是已经换上了梁山杏名字的那个紫红色的本子。

曾经的苦难，让枣珠儿的性格有了逆转，从温婉谦卑的谦谦秀女，到大方通透的职场精英。

让她没想到的是，穆秋不但带来了一副金丝玉的手钏，还带来一个紫红色的本子。

“三百四十平方米？”枣珠儿有些不敢相信自己的眼睛，但不复杂的三位数还是让人一目了然。

“是一幢别墅，三层。”

“别墅？”

“还没装修。在你这儿通不过的设计，我不敢让他们动工。”迎娶枣珠儿，是穆秋梦里都会笑醒的美事。一个土里刨食儿的知青，在不惑之年还能娶上一位女神似的博士生！她是他事业的助手，也是事业的导师，这是他哪辈子积的福？自枣珠儿到野树沟实习之日起，把知识，把科技，把先进的经营管理带进了大山里，让他的山杏核、酸枣仁变成了药材、化妆品、美食，还有野树沟牌熏鸡等衍生品，靠天吃饭的荒山也成了通水通电的设施农业、林业基地。这功劳……他把这两年的利润积攒在一起，就换来了这个印着“房产证”三个金色大字的紫红色的本子，这是他的聘礼。

枣珠儿的闺房里就他们两个人，这就成了他们温馨浪漫的空间。穆秋的骨子里有着文艺的基因，也埋藏着绅士的潜质。如今，他的事业成功了，这个被贫穷埋没了许久的潜质，悠然变成了素质。他单膝跪地，抬起头，面向有些羞涩的爱人，把晶莹剔透的手钏戴在枣珠儿白皙粉嫩的手腕上，然后用双手托着房产证，如秋水般澄明双眸光波闪烁，溢出了激动，也溢出了真诚，“枣珠儿，嫁给我吧！”

让自己变强大。

三年的生物学博士戴上了博士帽，为她“拨穗”的是枣珠儿的父亲关本修，还有农学院生物系主任穆春。

穆春告诉她：“你的副教授职称，已经报上去了。”

登上高峰，又是另一处风景。

待枣珠儿生下了儿子穆子宇，她又有了另一个职务：野树沟林木有限责任公司总经理。

枣珠儿光着脚，跳到地上，赶紧抓起了话筒，“喂，您是哪位？”

电话是穆元元从医院里打来的，“老婶儿，老婶儿，你跟我叔叔快来吧，我妈……我……妈，不好了……”元元已经泣不成声，“快来……吧，我妈……不行了。”

穆元元是穆春与龙晓的女儿，正在读初一。

从“我……妈，不好了……”到“我妈……不行了”情势迅疾恶化。放下电话，枣珠儿赶紧穿上衣服，趿拉着拖鞋，穿过客厅，站在客房门口，使劲敲门，“穆秋——穆秋——开门！有急事——有急事——”

没人理会。枣珠儿一使劲，推开了房门，一看，室内空荡荡的，床上的被子叠得整整齐齐，不像是有人睡过——穆秋没在。

2

枣珠儿生下了一个健康的儿子，又担任了公司的总经理，到此时，穆秋突然就想松一口气，就想按照自己读高中时的人生设计让自己好好活一回。疲劳至极的穆秋突然意识到，人生苦短，他该实现自己的愿望了。他曾是知青，但他不是农民，他从来没有想过要一辈子扎根农村，与土地打一辈子交道。他从小就喜欢文艺，幻想着长大后当演员，从事文艺工作。“知识青年上山下乡”运动让他的文艺梦彻底破灭，梁山杏强行进入他的人生，才有了恢复高考时，穆春、龙晓考上大学，离开了农村，裘三妹凭借特长被招工进省体工大队，连本土青年林树德都参了军，逃离了野树沟，只留下他一个人死守在荒凉的大山里，这都拜梁山杏所赐！虽然梁山杏给他生了两个孩子，但那是他的无奈，他骨子里恨透了刁蛮的梁山杏。命运终于有了转折，他娶了博士生枣珠儿，给他生了再不用提心吊胆预防癫痫发作的儿子，他终于可以从农村拔出脚来，过上城市人的生活。他让枣珠儿做总经理，就是卸掉肩上挑着的三面坡、三道沟。这一年，他已经五十岁了，半百了！眼看夕阳将至，难道他就不该按照自己的人生设计，好好地活一回吗？夕阳无限好，只是近黄昏。

隔着穆秋家院子不足五百米的一座别墅里，住着一位种子公司的老板，他太太和他一样爱打麻将，三缺一的时候，一个电话就把穆秋拽过去了。娶了枣珠儿，生下了儿子穆子宇，又买了东陵区的一座别墅，还有铁命忠实地为他打点在青林县和野树沟的产业，穆秋开始贪玩了。不但好打麻将，还重新操起小提琴，加入了群众艺术馆组织的民间艺术团。他有钱，能赞助艺术团买服装、做道具、请舞美，老受欢迎了。不论是打麻将还是练节目，回来晚了，他怕惊醒了睡梦中的枣珠儿，就常常睡在客房里。

枣珠儿太忙了，她当上了果树园艺系的副主任，给穆春当助手，除了教学，还管科研，作为总经理，公司的事她也得电话遥控，或者亲自开车跑到野树沟去。忙起来，几乎没有节假日。多亏了公公、婆婆，小穆子宇才带得那样好。他中和了父母的优点，清秀、俊朗，粉团似的小脸儿干净得像剥光了皮的熟鸡蛋。到了四岁的时候，小身条就伸开了，倒像跳舞的，嗓子也好，坐在车里，会跟着录音机唱许多的流行歌曲。枣珠儿说，这点随姥姥柳若因。

奶奶黄月琴不高兴了，说："怎么就随姥姥呢，他分明是随了我嘛！"当年的黄月琴，不但会弹月琴，还会唱花旦，一专多能，到了四十多岁，才放弃演花旦，专工弹拨乐的。对这个长得好又健康的男孩子穆子宇，爷爷、奶奶当了宝，是心尖子、活金子。穆子宇一周岁多一点，奶奶黄月琴就让断了母乳，新买了一个结结实实的婴儿床，包包裹裹地接到爷爷、奶奶家住去了。

虽然奶奶争功劳，说穆子宇随她，有个好嗓子，有个好身材，但最重要的一点，他还是随了妈妈，每到周末，他被爷爷、奶奶送回别墅，第一件事，就是脱掉外衣，跑到果园和菜园里，不是拿起小板锄除草，就是拿把剪刀给果树剪枝，蔬菜开花的时候，他认得雄花、雌花，雄蕊、雌蕊，摘了朵雄花往雌花上盖，还说是授粉，谁也不知道，他是在什么时候、什么场合学的这些嫁接的知识。

遗传基因，就是这么任性。

今天不是星期六，也不是星期天，小穆子宇没有回家。

客房里没有穆秋，枣珠儿赶紧给他打手机，铃声响了有一分钟，手机里传出了没带任何感情色彩的声音："您所拨打的电话没有应答或者不在服务区……"

电话没人接，又不知道他是在邻居家打麻将，还是在艺术团排练晚了，住在了外面。没办法，枣珠儿独自出门，在路上拦截出租车。可黎明前的大街上静悄悄的，稀稀拉拉的几辆车快速行驶过去，就是没有一辆是出租车。出租车司机不想这么辛苦。左盼右盼，好不容易盼来了一辆祥子车，枣珠儿连忙招手……

在附属医院的肿瘤科病房里，龙晓已经陷入了弥留之际……

她回到了双井镇，坐上胶皮轱辘的大车，去了野树沟。

对母亲林亚男说是去参加大队组织的知青政治学习，但她心里最迫切见到的人是穆春。穆春是野树沟生产队的政治队长，她是野树沟的知识青年，虽然她没在野树沟干过一天农活，可她的户口落在了野树沟，她的档案在野树沟，她上野树沟有一百个理由，一千个理由，但唯有一个理由是她真正的理由，那就是她爱上了这个来自大城市沈阳的青年。她是爱读书的，从小就梦想着当个作家，写出像《青春之歌》《林海雪原》《安娜•卡列尼娜》《复活》那样引人夜读不寐的小说。她想像高尔基《我的大学》里描绘的那样，在社会这所大学里，当个作家。因为她的好读书，所以，因了父亲龙啸和母亲林亚男掌控双井镇的关系，她当了双井中学的代课老师。但是，穆春比她更爱读书，他懂得那么多的知识，懂得那么多的道理，他讲起课来，旁征博引，把个枯燥的政治课讲得如同说评书，所有的历史背景都成了他口里的历史故事。望着他神采飞扬的面容和的眼神，龙晓的心里融化了一汪蜜，甜透了。少女初恋的感觉，就是这个滋味。

她和他坐在一列火车上，到了沈阳，他们一起去大学报到。他去沈阳农业大学果树园艺系；她去辽宁大学中文系，两个人会心一笑，之后，就进入了彼此的心里。眼睛是心灵的窗户，心灵打开，灵犀相通。

她和他一起守在父亲龙啸的病床前，父亲把他们的手放在一起，说："执子之手，与子偕老。"

她们结婚了，最美满和谐的婚姻，举案齐眉，相濡以沫。但，老天嫉妒人间的完美，离间人间的和谐。它的职责，就是给美满制造缺陷，给和谐制造灾难。

"龙晓——龙晓——"是他的声音，不是他的声音。二十多年的相依相伴，她听惯了他的声音，由洪亮变得沙哑，由年轻变得苍老。是……是……是谁呢？弥留之际的声音总感觉是那么遥远，又那么模糊。

"龙晓……嫂子！嫂子……龙晓……龙晓……"哦，是枣珠儿的声音，她们是妯娌，也是朋友。

她吃力地睁开了眼睛，她的手被枣珠儿握着，有了点暖意，不那么冰冷了，让从头顶顺着脊骨遏制不住下沉的温度停顿一下，这给了她说话的力气。

"枣……珠儿，我的好妹妹、好朋友，我就要……就要……走了，放心不下的就是……元元……元元，我写了一本《病中日记》……留给……你……你……了……"一串眼泪顺着青黄消瘦的脸颊流了下来，晶莹剔透，而后，龙晓握着枣珠儿的手变得冰凉刺骨……她最后盯住枣珠儿的眼神，竟……永远地固定在那一瞬间……

3

电话打通了，枣珠儿问：“你在哪儿？”

穆秋说：“我在朋友家打麻将。”

穆秋说的不是实话。

群众艺术馆办的这个民间艺术团，很有实力，声乐、舞蹈、器乐、说唱、表演的人才都有，一百多号人，论才艺每个人都有两把刷子，论长相，够不上百里挑一，男的貌似潘安，女的美若貂蝉，但也都五官端正，是当演员的最低标准。

金见仙曾是一个县评剧团的演员，嫁给了一名“五七干部”的儿子，“五七干部”撤回沈阳，他的儿子也调回沈阳铁路局当了一名环节干部。金见仙只好放弃在县评剧团评剧演员的职业，含悲饮恨被“五七干部”安排在城市信用社当了现金出纳。从上台演出，到坐在办公桌前数钱，金见仙非常不习惯；从舞台上光鲜靓丽被无数眼球追逐，到被办公室椅子拴牢禁锢，这之间落差太大了；从到处跑到无处跑，把她憋得如同坐牢。无奈何，夫家社会地位高、有权势，她一个县剧团的小演员造次不得，除了常常的叹息，她别无选择。她的夫君有老爹的权势罩着，很快就发达起来，回沈阳不久，就被派到国外主持修建铁路去了。金见仙夜夜守空房，实在是难挨，多亏群众艺术馆贴出了招聘民间艺术团演员的告示，她喜出望外，梳洗打扮到群众艺术馆报名应考。

穆秋是民间艺术团的副团长，因为他是主要投资人，也是这次招聘演员的评委。他把一个大号保温杯放在条案上，一跷二郎腿，用手理理微卷的长头发，坐在了五位评委的中间。

三十岁刚刚冒头的金见仙，长相很像梁山杏，也是柳叶眉、杏核眼，樱桃小口一点点。个头是矮了点，但皮肤白，腰细、胸挺、脖子直。

五位评委一致点头，面试一眼过关。

接着就是才艺表演。

金见仙放上了伴奏带，是新凤霞的代表作《花为媒》中张五可《报花名》中的一段：

“花开四季皆应景

俱是天生地造成……”

刚刚两句脆生婉转的道白，底下的观众就是一片热烈的掌声。这可是给演唱者上劲的。

“春季里风吹万物生，

花红柳绿草青青，

桃花艳、李花浓、杏花茂盛，

扑面的杨花飞满城……”

这是一个中东韵的唱腔，最后一个字都收到鼻腔里放出来，比蜜蜂采蜜的叫声好听多了，那叫一个有味道。

穆秋的母亲黄月琴会唱评戏，平日在家里出来进去的，就会哼两句，耳濡目染，穆秋也能听出些门道来。听完了金见仙这四句韵味十足的唱腔，穆秋在心里已经投了赞成票，隐隐约约的，他还好像到了野树沟。野树沟的春天，就是“桃花艳、李花浓，杏花茂盛”，不过，这两年，他很少在春季里回去，野树沟林木公司的管理，他都放手交给了他的助手铁命。

“夏季端阳五月天，

火红的石榴白玉簪，

爱它一阵黄昏雨，

出水的荷花——

亭亭玉立在晚风前……”

还没等听完秋季、冬季的报花名，群众艺术馆的副馆长老丁，也就是艺术团的团长，一把手，就在穆秋之前拍了板，“金见仙，行了，你，我们要了。但丑话说在前面，咱们这个民间艺术团是不发工资的，演出时，给点夜餐费、补助费。说白了，这就是个业余的，周六、周日，咱们聚在一起，练功、排练，年啦、节啦、纪念日啦，咱们就演出演出，能卖票就卖票，不能卖票咱就义演，图的就是个爱好、快乐。”

金见仙一进民间艺术团，拿手的节目就这折《报花名》，乐队伴奏一点问题没有，文武场的家伙什都齐全，就是缺一个搭档，演阮妈的“赵丽蓉”，艺术团里没有一个能演丑旦的角，女演员当中找不出一个“赵丽蓉”。好花也得绿叶扶，没有阮妈，这一折戏，金见仙唱得再好、演得再好，也是没戏。无奈何，还得老丁亲自出马，反串“阮妈”一角。老丁也是从专业团队下来的，虽然老点，但“阮妈”也不年轻，合在一起，排练了一段时间，就能正式演出了。

穆秋是拉小提琴的，可也会拉板胡。评剧的大弦就是板胡。这以后的日子里，每当演出，必有《报花名》，必有穆秋的板胡伴奏，必有金见仙和老丁的表演，这成了民间艺术团每场必演的拿手节目和保留节目。

都是一个民间艺术团的，都有着共同的爱好和情趣，大家的关系必然如兄弟姐妹般地相处。这金见仙做的一手好菜饭，煎炒烹炸样样拿手，常常在排练演出之后，把几个志同道合的人请到家里，露一露手艺：拔丝苹果、辣子鸡丁、锅包肉、红烧鲤鱼、溜肥肠、炸虾仁、软烧茄子、干煸豆角……往往是一圈麻将还没打完，她就把一桌子菜做出来了。她不但菜做得好，做饭更是手脚麻利，各种皮薄馅大的饺子包得有形有味，还学得天津的熬鱼贴饼子。一铁锅沾了面粉小杂鱼过了油，加上甜面酱、酱豆腐和葱姜蒜、酱油醋、花椒八角等调料一烹，熬的是有滋有味，有色有状，还在上面贴了一圈小巧玲珑的豆面玉米饼子。一桌食客没一个不叫绝的。她还有拿手好饭，把大芸豆煮烂、捣碎，加上白糖做成馅，然后江米面包成鸡蛋大的小豆包，上笼屉一蒸，入口甜热软糯，又劲道，又不粘牙，吸一口气，紧咬两口下肚，那叫一个“美”。

被金见仙邀请到家里打牌吃饭的人中，每次都会有穆秋。

一进民间艺术团，金见仙的一双杏核眼就瞄上了穆秋。

人到中年，又是成功的企业家，西服革履一穿戴，穆秋精神抖擞、风度翩翩。他有钱，一是资助民间艺术团，二是大方，每每排练完了，他会主动掏腰包，请大家吃夜宵。就这两点，在身边很快就形成了一个“粉丝”排。金见仙就是那个首席粉丝。她看穆秋时，眼睛里一捆一捆地送着秋天的菠菜，心里也一坨一坨地包着槐花蜜。

常言说，要想留取男人的心，就得先留住男人的胃。

一来二去，穆秋的胃，就留在了金见仙的家里。

枣珠儿不太会做饭，或者说，心思不往做饭上用，她切的土豆丝，根根都有筷子粗，她包的水饺，个个都有蒸饺子大，煤气罐上炖了一锅菜，直到焦煳味弥漫了整个屋子，她才想起关火。她的心思在读书上，在科研上，在讲课上。她从小上学，习惯了吃食堂，和谭尔木结婚以后，谭尔木不坐班，就在家里做饭，枣珠儿回家就吃现成饭，好坏她都不挑。正如她不把心思放在做饭上一样，她也不放在吃饭上。与穆秋搬进别墅里，枣珠儿在做饭上依然故我。穆秋和谭尔木不一样，他也不怎么会做饭，除了焖米饭，西红柿炒鸡蛋，再就是土豆、白菜、猪肉、粉条的大烩菜了。还是枣珠儿提议，请了位五十多岁的保姆李姨，做饭，收拾屋子，侍弄别墅院内的花草。

李姨是青林县人，丈夫得肝癌死了，儿子在沈阳读大学，她做保姆正好供儿子读大学。节假日，儿子可以到别墅里来看望母亲，还能顺便吃一顿炖排骨、红烧肉和炸带鱼，解解馋。李姨出生在工人家庭，做饭、做菜都是大路货，不是熬就是炖，再就是多放油——炸，炸花生米、炸带鱼、炸丸子、炸蘑菇……做不出多少花样来，虽然穆秋和枣珠儿能吃饱，但不会吃好。枣珠儿一向不在乎，只是年近半百的穆秋感觉肚子有点亏。

综述以上原因，穆秋的胃，留在金见仙的家里，是早晚的事。

晚上十一点了，一桌酒菜吃得杯盘狼藉，以团长老丁为首的几个人尽兴而散。

最后出门的穆秋却被金见仙一把拉住，“穆团儿，你等会儿走，我把豆包给你带上。”

连吃代拿，这是穆秋常有的事，大家都习惯了。穆秋就停了脚步，等着金见仙给他装黏豆包。

穆秋没等到黏豆包，却有两条玉臂黏黏地抱住了他。

穆秋顿时紧张地出了汗，他一边掰着金见仙的手，一边结结巴巴地说：

“别……别……别这样，我家枣珠儿……儿……好、好着呢……”

金见仙不松手，“我知道，我知道，枣珠儿是个好女人，长得又好，又有学问，大学老师嘛！我又不要你离婚，不要你娶我，我就是心里起了火，这下身痒得我熬不住了……我……我是个女人啊，才刚迈过了四十岁的坎儿，我烧得慌啊……烧得慌……你……你就行行好，救救我，救救我，给我灭灭火……灭灭火……”

金见仙喘气越来越粗，身体越来越热，一口口热气呼到穆秋的脖子上，热热的，痒痒的，让人浑身瘫软……渐渐地，穆秋放弃了挣扎。

金见仙从身后解开了穆秋的腰带扣，褪下了穆秋的裤子。她一个转身，绕到了穆秋的面前，一扑，就把穆秋推到地毯上，撩开裙子，趴了上去……

在对待房事上，枣珠儿有些冷淡，特别是生下了穆子宇之后，她怕再怀孕，影响她的课题研究，就更加不情愿，每每穆秋要做，她都让他戴上避孕套，这大大影响了穆秋的快感。与穆秋做爱，枣珠儿经常心不在焉，往那儿一躺，闭上眼，想着她的课题，脑子归自己，身子任由穆秋作为。

穆秋的快感在金见仙的身体内得到了欢快长久地释放。金见仙主动、激情，她吻住穆秋的脖子就不松口，那是穆秋的痒处，她吻得越深，他就越发地忘情，越发地激动。

如此的巫山云雨，如此的颠鸾倒凤，每个月至少一次，金见仙戏称“月月舒”。这天夜里，他们一共做了三次，清晨起来，穆秋满身疲惫，懒在床上不肯起来，直到金见仙煮了牛奶，煎了鸡蛋，拌了黄瓜、花生米、胡萝卜的小菜，端到了餐桌上，他才坐起来，打开了关了一夜的手机，一看，未接电话有十三个，都是枣珠儿打给他的。他知道有了急事，否则，枣珠儿不会轻易地打电话，平时，都是他打给枣珠儿，他们夫妻之间，枣珠儿就是个被动接电话的角色。

穆秋的心慌了，手也有些发抖，他哆嗦了几下，才意识到，最快的联系方法，就是按“回拨”。

“你快上医院来，嫂子……嫂子，龙晓……龙晓不行了！”

枣珠儿的电话，让穆秋一个寒战，他彻底地甩掉了疲惫，他知道，嫂子龙晓，对哥哥穆春和侄女元元的意义。

“我这就来……”

4

穆秋到达医院的时候，龙晓的身上已经蒙上了白被单。

元元拼命拉着带轮子的尸床，不让护士们把她的妈妈推进那间冰冷的太平间，那是通往另一个世界的起点，那个世界里没有元元，也没有爸爸，更没有相亲相爱的一家人，那里冰冷冰冷的，没有一点活力，也没有一丝呼吸，更没有一丝生机，妈妈会害怕的。

“妈妈……你不能走，你不能丢下元元，不能丢下元元——元元……”十五岁的少女，刚上初一，她离不开妈妈的教导，离不开妈妈的呵护，“有妈的孩子像个宝，没妈的孩子像根草……”她要做宝，不要做草。“妈妈——妈妈——”

穆秋去掰元元的手，他不能放任侄女的号啕大哭与歇斯底里，他知道，人死不能复生，接下来，就要替哥哥穆春安排好嫂子的后事，就像哥哥当初帮助他处理儿子穆子帅的后事一样。他们都是穆氏家族的子孙，应该有这个担当。

有叔叔穆秋拉扯着，元元哭得更加悲痛，“妈妈——妈妈——妈……我要妈妈——”

突然间，元元松开拉着尸床的手，挂着泪珠的脸上，布满了冰冷的汗珠，她跪在地上，捂住了胸口……

穆春拨开众人，抱起了女儿，呼叫着：“医生——医生——我女儿的胃病犯了，快救救她——救救她——”

龙晓的葬礼三天后在殡仪馆举行。

她在报社的领导和同事们来了，龙晓是报社的首席编辑，文笔好，人缘也好，四十出头，英年早逝，一起工作多年的同事们，没有不送她最后一程的道理。

满头白发的妈妈林亚男带着青林县的亲友们来了，白发人送黑发人，她老泪纵横，痛不欲生，被女婿穆春扶着，站在睡在冰棺里的女儿身边，一把鼻涕一把泪。

裘三妹也带着她的儿子铁球、女儿铁环一起来给龙晓阿姨送行，两个孩子都在沈阳读小学，还是龙晓出面给找的重点学校。

最让人没想到的是梁山杏也来了。她衣着艳俗，还涂了口红，一头卷发蓬乱，像好久没有打理过。她往黑白服饰的来参加追悼会的多数人中间一站，是那么的抢眼与不合时宜。她不是一个人来的，她去了奶奶家，大张旗鼓地接来了女儿穆子萍一起参加“她大娘”的葬礼。

离开穆秋之后，她到了林树德的公司。

林树德给了她一个会计的工作，可她干不了，会计要核算成本，几百种原材料加减乘除一一算出来；要做预算，多大的工程，多少种材料，甲方乙方预付多少，赊欠多少，分几步交易；还要做决算，投入多少，产出多少，利润多少、平方、立方、等边三角形、菱形、多边形……林树德太高看他心中的美人了，她那个野树沟的初小，双井镇的高小，真没有学到这么高深的数学。她一拿起账本头就大了，会计算账都用计算器了，还要往电脑里录入……她只在会计的岗位上坐了一天的椅子，一笔账没记，一分钱没花，就主动“让贤”了。

看她干不了会计，林树德就给他安排了个办公室副主任的岗位，讲清楚了，就是搞搞办公室的卫生，安排客人到饭馆吃饭两项任务。这对她来说就轻松了。擦擦桌子扫扫地，有客人来，就去饭馆订餐，有钱的，官大的，就定在大饭店；来办事的，小门小户的散客，就在附近找个砂锅店、火锅店，点点儿经济实惠的饭菜，也算尽了地主之谊。

林树德的建筑公司在青林县城的东北侧，在离公司往东不到两站地的地方，买了一处两室的楼房，简单装修了一下。这就是他的“外室”，女主人就是梁山杏。昼思夜想地惦念了二十多年了，就如鱼儿得了水，鸟儿入了巢，一堆干柴里丢下了一根擦着了的火柴，一连半个月，林树德夜夜做新郎。到手的女人才是自己的女人，压在身子底下，才叫占有。

梁山杏也属于心大那伙的。儿子刚死，尸骨未寒，自己可着心意弄到手的丈夫，挥挥手，就把自己甩了……这些要是摊在别的女人身上，那就得伤心、痛苦、纠结、郁闷的两三年走不出阴影。可梁山杏是谁？她是梁嘎达的女儿，身上遗传着梁嘎达的基因，心里装着梁嘎达的心机、执拗与疯狂。她没吃亏，她现在是城市户口，当地管户籍的公安局有政策——知青的配偶可以把户口落在居住地的夫家。她还是沾了“知青”的光。在大城市沈阳有房子，生了两个孩子死了一个，还剩一个呢，五十万到手，野树沟的姐妹们，掰着脚丫子数数，终其一生，也赚不到五十万呐！

离婚算啥？咱当农民时就睡了知青，与咱离婚的是大老板，咱当过他的媳妇。当初咱看不上的林树德也成了城里人，老板做的不如穆秋大，但也有钱。现在就跟咱夜夜一个被窝，那床上的功夫可比前夫强多了。咱这女人没白当，啥滋味都尝过了。唯一使她不满意的，就是林树德老逼着她去上环，说戴着避孕套干事不够爽，摘了避孕套又怕她怀孕，生下个像穆子帅一样患有癫痫病的孩子……她实在拗不过林树德，就去妇产医院上了避孕环，一个星期不能行房事，把个林树德急得像尾巴被人点着了鞭炮的猴。

她要求林树德离婚，娶了她，了了他当年的初衷。

林树德却说虽然他老婆丑点儿、愚点儿，也轴点儿，但是没犯过大错，还给他生了一个儿子，一个人费劲巴力地拉巴着，已经上了初中。他找不出理由和她离婚。再者，她的娘家人也硬实，老地户，人脉广，关系多，小舅子还痞子霍霍的，会点武术，胳膊头硬，打起架来不见血不罢休……感情联络好了，是帮手，感情联络不好，就是老婆的打手，他可轻易不敢惹，人活在世上，命，是最要紧的。

他心里还有一段藏在心里的话不能跟梁山杏说。

“拿出一处房子，五十万，撇了老婆孩子，他林树德可不是穆秋那样的傻蛋。他林树德要占着锅里的，吃着碗里的，外头彩旗飘飘，家里红旗不倒，任是两头得好，不吃亏，有赚头，才是他林树德的本事与信条。”

梁山杏和自己名下的两室楼房，就是他林树德的外室，区别于包“小三”。一是梁山杏不小，四十出头了；二是梁山杏手里有钱，生活费她全包了。

在整个事件中，林树德是最大的赢家。

梁山杏迷上了打麻将。

林树德的事业横向拓展，在邻县清河又包了一处翻建戒毒所的工程。工作重心转移，他这个经理就跟着转移到了清河县郊区。

林树德不在，梁山杏再上班就没意思了。没有客人可以安排，桌子椅子也不需要她擦了，职员们都会自己亲力亲为。有林树德在，公司里的人对她“梁姨”“山杏姐”叫得亲热，没有林树德在，人们再叫“梁姨”“山杏姐”时，眼睛里流泻的都是邪与淫的表情，而声音里也有着调笑与鄙视。她与林树德的关系不但在公司里不是秘密，在青林县也不是秘密。此时，有钱的老板“包小三”也渐渐成了社会常态，人们早就见怪不怪了。虽然不怪，但当个茶余饭后的谈资，还是津津乐道。尽管自己也时常地做过灵魂与身体出轨的事，但笑话起别人来，还觉得自己很清白，也很清高，更何况梁山杏是个倒贴的“老三”呢？就更能带来“屌丝”般的鄙视与轻贱，可引起议论的话题就更能拓展得见仁见智，品位得七荤八素。这一轮峰会论坛下来，就不能不叫人斜着眼睛看她，藏着坏笑叫她。

自讨了许多的无趣之后，梁山杏就不去公司上班了，反正林树德也没给她开过工资。整天在“外室”里看电视也不是个好差事，闲得无聊，梁山杏就在小区里溜达。就看见一家棋友麻将馆在一间车库的门口挂牌，一圈麻将抽头二十元，也不贵。自己手里还有四十多万攥着呐，这点小钱儿算个啥呢？梁山杏一只硕鼠钻进了堆满谷子的粮囤里，打着扑棱地吃喝玩乐，只要不是林树德回来与她过夫妻生活，她就叫着外卖，一直打到车库降下卷帘门，才打个“哈欠”，揉着发胛的粗腿回家。

几个月下来，虽然是越来越熟练，越来越上瘾，但她还是输得多，赢得少。她不甘心，心里说，就凭我梁山杏的心劲儿，凭我是梁嘎达最疼的闺女，怎么能老输呢？不应该啊！她也怀疑麻将桌上有人做鬼儿，“耍手艺”。但换了几次牌友吊过多次风，也不见起色，她有些郁闷，就请教牌友老魏，做什么事最赢钱。

老魏是个挺精明的老头，两只老鼠眼一眯就有一个点子，整个麻将馆就数他赢钱多。

老魏端起保温杯咂了一口茶，眯着眼睛说：“点子是有，但不能义务贡献呢，这么着吧，今天晚饭，你请咱们牌友下小馆儿，喝顿小酒，我就给你指点点儿。”

“这还不容易嘛——醉八仙，梁山杏我请客。”有钱就仗义，何况有求于人。

四个菜、四个人、一壶酒，醉八仙的小套间里，梁山杏将每个人都打了“通锅”。之后，她用小学生请教老师的姿态，又给老魏的酒盅里斟满了西凤酒，“魏大哥，我再跟你碰一个，你该出点子了吧？”

老魏一仰脖，喝了与梁山杏的碰酒，细眯的小眼睛亮了，“山杏，你问的是做什么最能赢钱——”

梁山杏伸长了脖子，“啊——对呀。”

“咂明火呀！就是劫道，绑票——”

梁山杏不高兴了，“老不正经，砸明火，犯法。就我这小身挺儿，还敢劫道？还敢砸明火？不让人绑了去，就得在观世音菩萨面前烧炷高香了。”

见梁山杏恼了，老魏“嘿嘿”一笑，说：“跟你逗着玩儿呢，瞧你这个不识逗，老娘们见识短。老哥喝了你的酒，哪能白喝呢？实话对你说，要想赢钱，就得玩股票——不求人，不上供，一台电脑就够用。”

梁山杏玩起了股票，家里买了一台电脑，她交了三百块钱，参加了一期计算机培训班，学会了用拼音打字。她还去听过有关股票的讲座，知道了“不能把所有的鸡蛋都放在一个篮子里”的炒股方略。于是，她拿出十万元买了五只股票，还甭说，竟有两只股一路飙升，两万变成了二万六，她紧急投入十万，不到一个月，就又赚了二万多块钱。那三只股是走走停停，像只蜗牛，慢吞吞的一两个月也爬不到三寸高，她索性三只一起抛了，转手投进了其中的一股，一个月后，这股不窜了，稳稳坐住，上下浮动，不超过两块钱，另一只股却跌了，投进去的是二万元，现在不到三千了，那她也不急，还有股大的呢，稳稳当当就赚了七八万。

她索性就停在那儿了，又回到牌友麻将馆“搓麻”去了。有七八万的赚头，几个“麻友”吃顿饭又算什么，小菜一碟嘛——四个小菜，加一壶老酒，就能把老魏头的老鼠眼乐成“席篾拉眼儿”。这种乐不思蜀的日子一过就是大半年，直到有一天林树德要朝她借二十万给新项目进材料时，她才打开电脑，查看她的那两只股票。一看，一股冷汗就把她的全身洗透了，顿时，她的两手发麻，握着鼠标的手伸进了冰窟窿，两条腿打了哆嗦，她扳都扳不住——那只二十多万的大股像一条抽了筋的长蛇一样，没精打采地盘踞着，此时抛出，连两万也不值了。那个不到三千块钱的小股倒没再继续下跌，充其量，也就值个万八千。

林树德急等着要钱，甚至急得要对梁山杏动手，看着梁山杏的杏核眼流出的泪水把个浓妆弄花了，才收了拳头放了粗口，“你这个败家娘们，就你那脑袋瓜子里装的那几瓶钢笔水，你还敢玩股票？你也不搬块豆饼照照，你哪块地方有光、有亮？不怪人家穆春不要你，看你这张脸，一点没有旺夫相，你看那个枣珠儿，不用化妆也好看，有福相，那就是旺夫相，你还不去洗洗你那张脏脸……”

梁山杏害怕林树德不要她了，洗完了脸，就把存款折上剩余的十万元，支出八万交给他，留下两万，给自己当生活费。

骂也骂了，钱也拿了，抱怨了她一阵子，林树德气急败坏地回青河县给工程收尾去了。他顾不了她了，女人与事业相比，男人们多数会要事业，事业发达了，还愁投怀送抱的女人会少吗？

梁山杏郁闷死了，甜言蜜语把自己当个宝似的林树德，这才不到两年的时间，就把自己当成破抹布一样，丢弃在“外室”里不管了，不但不管，要是不给他钱，说不定还要动手打她！这人呐，上哪儿看去……常言道：喜酒腌臜烟，人高兴了，就举杯相庆，遇到窝囊事了，就会抽闷烟。梁山杏抽起了烟卷，大前门、云烟、软中华、红双喜、牡丹……罂粟、大麻、海洛因……

股票都抛出去买烟抽了，麻将馆也不去了，她的胳膊上扎满了吗啡和大烟针，一个黑点一个黑点的，偶然一撸袖子，让麻友们看见了会捂着鼻子一惊一乍，说是妊娠斑不长在脸上，长在了胳膊上。这以后，不管多热的天，就算身上捂出痱子，梁山杏也不敢穿短袖衫了。

林树德的流动资金还是不够用，在正式的银行，他这种小门户贷不出款来，也给不起主管的回扣。民间高利贷利息又高，所以，他就想到了卖房，卖梁山杏住的“外室”。

梁山杏在青林县被扫地出门了，林树德说在被窝里看着她皮肤上一个个的黑针眼儿恶心、心悸，睡不好觉，想吐还吐不出来，不吐还堵心。就在他说这话不到一个星期的早晨，新房主就拿着房产证清理门户了。

她凄凄惨惨戚戚地回到了沈阳，打开了空空荡荡的三室一厅，家具都在，就是落满了灰尘，还有一股子潮湿发霉的味，几只老鼠从箱柜底下钻出来，支起后腿扭着小脑袋打量着这位陌生的主人。

梁山杏蹲在地上放声痛哭，引得楼道里传来了一阵惊喜的议论声，“这家主人可回来了，收物业费的，可找着正头香主了。”

梁山杏这才知道，她屋里的电停了，水也给停了，连有线电视都停了。哭够了，悲够了，她的烟瘾上来了，鼻涕眼泪一把流，她翻出了药盒，自己给自己打了一针，算是安定了下来。

日子还得过，但已经没了经济来源，仅有的几万块钱，不到一年就花光了。她去找林树德要账，从小的乡亲，林树德到没有灭了良心黑她，还劝她戒了毒瘾，那八万块钱是一万一万地还给她的，就怕一起给她，她玩股票或搓麻将，一夜都输光了。

她没有彻底戒了毒瘾，也没彻底戒了麻将，没这两样，她不知道自己为啥活，怎么活？

等八万块钱都花光的时候，她就等来了龙晓的葬礼，她来参加龙晓的葬礼，倒不是来朝穆秋要钱的，她没脸再要钱，她毕竟是梁嘎达的女儿，梁嘎达当过生产队长，人前是要面子的，他的基因遗传在她的血液里呢。她是来要房产证的，她要卖房子。与穆秋离婚时特别仓促，五十万是给的现钱，房子就有一纸协议，穆秋并没有把房产证给她。她怕穆秋和枣珠儿不给她，就在校门口劫了女儿穆子萍，一起形成母女联盟，这样，力量强些。

离婚才七八年，梁山杏就成了这副德行，这让枣珠儿又鄙视、又叹息、又可怜。当初，她那么强势，那么招摇，那么时时处处盛气凌人，此时竟狼狈到如此地步，看她面色青灰，涂了口红的嘴唇成了黑紫色，一句话没说完，就哈欠连天，一块手绢在两只手上紧忙活，也擦不净眼泪鼻涕。枣珠儿沏了一杯菊花茶，加了块冰糖递给她，“山杏姐，喝杯茶吧。”

山杏抹了一把鼻涕眼泪，“我不喝茶，我要房……产……证。”

穆秋问：“卖了房子，你住哪儿？”

梁山杏手绢一攥，头一扬，“上哪儿住？你甭管。天当房，地当床，我想睡哪儿就睡哪儿！”

穆秋说：“不能给你，卖了房子，你都吸毒了，最后还不得暴尸街头！”

梁山杏说：“你心疼了？你心疼了？你心疼，当初就别和我离婚啊！”

“谁心疼你啦？你别自作多情，我是怕……”穆秋看了一眼一言不发的女儿穆子萍。

“扑通——”梁山杏给穆秋跪下了，“你给我吧，我求你啦，那、那、那是我的呀。穆子萍——你、你也跪下，求你爸，求你姨，要不，我是没法活的呀！我拿根绳子，找棵歪脖子树上吊得啦。再不，再不，再不就跳了野树沟，让狼掏了……”这都多少年过去了，梁山杏还保留着乡下女人们那一套“一哭、二闹、三上吊”的伎俩。

穆子萍不跪，她已是音乐学院附属学校的高才生，小提琴夹在天鹅似的长脖子上，弓弦和指尖流淌出泉水叮咚的天籁之音，穿着白色连衣裙和白色皮鞋的身子，随着音乐的旋律有节奏地摇动着，多么美丽，多么高贵……她又是爷爷、奶奶惯出来的心尖子，衣来伸手饭来张口，优渥的生活条件，高雅艺术的熏陶，她的世界里都是阳光、鲜花、小鸟、泉水、巧克力……她哪里见过这样没尊严、没等级的事。妈妈给爸爸下跪？还要自己陪着她干这种没有尊严的低级的事，她一甩胳膊，挣脱了妈妈的手，哭着就要往外跑。

枣珠儿拉住了穆子萍，她不能让一个女孩随便在街上乱跑，那不安全。

安顿了穆子萍，她赶紧又拉起了跪在地上的梁山杏，投了热毛巾给她擦掉脸上的鼻涕、眼泪和弄花的妆。

等四口人都在沙发坐好，她才开了口，“山杏姐，我不同意你卖房子，那不是长远之计，你目前的当务之急就是戒毒，我们出钱送你去戒毒所，戒了毒，你就恢复了健康，我会找裘三妹，给你在她的野树沟熏鸡连锁店找个活，卖熟食也行，制作熟食也行，相信你都能干得了，做个自食其力的人。或者给你租个厅，你加入杏花红系列化妆品连锁店，卖化妆品？”

“我去卖化妆品，我嫌卖熏鸡弄一身油烟子味。”梁山杏首先做了选择“再说……再说我叫山杏，跟‘杏花红’一连上，心里头感觉就近便。”

“你还挑肥拣瘦，就你那黑黢黢的一脸大烟鬼气。”穆秋心里说：“这个人咋这么自恋，都啥德行了，还……还……”他也不知道该说她啥了。

枣珠儿瞪了一眼穆秋，嫌他不顾及在场的穆子萍的感受，女孩子大了，都好面子，就说：“戒了毒，调养调养，山杏姐还是咱野树沟出来的美人，才是半百年龄，风韵犹存着呢，谁也不会小看你。等子萍长大了，上了大学，节假日，就让她回家陪你，你是她的亲妈，穆秋是她的亲爸，有DNA作证，神仙都改不了的。山杏姐，子萍，你们看这样安排可好？”

梁山杏涕泪交加地站起来，一撤后腿，就跪在了枣珠儿的面前。

“小老妹儿啊，我算明白了，你真是个菩萨心肠。我做人做事都不抵你呀，你这是救我啊，为我好，我得感恩……我给你磕头，给你磕头……”

“通噗——”，不是梁山杏磕头的声太响，而是一身裙装的穆子萍摔倒在地上。她的小脸儿铁青，一双眼睛紧闭，手脚上抓下挠胡乱地抽搐起来。一定是她受不了亲生母亲在后妈面前的下贱，骄傲高贵的文艺少女，受不了这精神上强烈的刺激，恼羞之际，气火攻心，咽不下这口气，犯了与她死去的哥哥穆子帅一样的病。

别墅里立刻忙乱起来。梁山杏掐着女儿的人中，大声喊着“穆子萍——穆子萍——”

枣珠儿叫穆秋赶紧发动车子去医院，她和保姆李嫂抬着穆子萍下了楼。

穆子萍的病情稳定后，梁山杏被穆秋和枣珠儿送到了沈阳郊区的戒毒所，一起送她的，还有前公公穆乐夫和前婆婆黄月琴，念在她曾经是穆子帅、穆子萍亲妈的份上，念在她曾管他们叫过“爸”“妈”的份上。

人老了，心变得宽容与善良起来。

第二章

1

龙晓的葬礼结束了，又在戒毒所安顿好了戒毒期三个月的梁山杏，把穆子萍交给了爷爷、奶奶，枣珠儿才有时间打开龙晓留给她的《病中日记》。

1978年 9月2日 雨

又是个雨天，用上了当年秋瑾女士的绝命诗：秋风秋雨愁煞人。

记不得这是我第几次住这家医院了，可我清楚地记得，在十五年前，就是这天，我考上了辽宁大学中文系，这是我从小的心愿，我想当个作家，做个像曹雪芹、施耐庵、罗贯中、蒲松龄、高尔基、肖洛霍夫、托尔斯泰那样的作家。但这天，我没有拿着录取通知书到辽大报到，而是和妈妈一起，搀扶着爸爸走进了这家医院。一项一项的检查报告单汇聚到了主治医生的面前，竟是一个如晴天霹雳一样的结果——胃癌晚期。

是穆春搀扶起了天旋地转的我，从此，每晚放学之后，他就坐着公交车跑过来，和我轮流为陪护爸爸值夜班，好让劳累了一天的妈妈睡个囫囵觉……

我们恋爱了，就在这间陪护爸爸的病房里。

1979年 2月28日 雪

雪花，冬天的精灵，飘飘洒洒地漫天飞舞，轻盈、纯洁、浪漫、干干净净的，落在树枝上，如梨花在春天里绽放；落在屋顶上，若埋下了一个童话；落在原野上，似给就要返青的麦苗盖上了一层梦的棉被……她落在我左臂的黑纱上，缀上了一朵朵小白花，她在爸爸的墓前一层层地飘落，那是上苍为爸爸洒落的纸钱。

爸爸走了，他才五十多岁，正值人生的壮年，却被癌症这个恶魔，无情地夺去了青松一样的生命。妈妈的生命中断了一根顶梁柱，我的世界里没了一棵绿荫浓稠的大树。妈妈没了依靠，我也没了庇护……我哭断肝肠，也听不见一声应答，我捧来雪花，也得不到一瞥会心的微笑。爸爸，你还没有看见心爱的女儿穿上新娘的嫁衣，你还没有看到女儿给你生个小外孙，让您享受天伦之乐……

我痛恨癌症，咬牙切齿地恨，撕心裂肺的痛。假如我手里有一把刺刀，我会毫不留情地刺向它；假若我手里有一挺机关枪，我会一梭子打出去，让它变成筛子眼……可我找不到它，它像一个鬼影一样隐藏在一个微观世界里，让人捉不住它的首尾。

1983年 4月28日 雨

下雨了，是杏花雨。

晶莹灵动的小雨点，一滴一滴地洒落在漫山遍野的杏花瓣儿上，把杏花洗得如漫天的红云锦，遍地的香雪海。

我折下最美的一枝抱在怀里，来到了爸爸的墓前。

亲爱的爸爸：

晓儿要做新娘了，新郎就是你最喜欢的小伙子穆春。他大学毕业了，留在了农学院当老师，为人师表，他是合格的。女儿也大学毕业了，分到报社做了副刊的编辑，这是女儿最喜欢的工作呀，女儿喜欢，爸爸一定更喜欢。

献上这如梅花一样美丽，又比梅花繁盛的一束杏花。洒下你的准女婿穆春给你买的五粮液。爸爸，再有三天，也就是五月一号，我们就结婚了！爸爸，祝福我们吧，我一定尽快地给你生一个小外孙，让你早日享受天伦之乐！“人生代代无穷已”，这是张若虚《春江花月夜》里最让人记牢的一句，繁衍、生息、传承。人，活的就是人类历史漫漫长路中的一个环节，承上启下，方不枉为人也。

雨，越下越大了，打得满山的杏花瓣儿纷纷飘落，“化作春泥更护花”是杏花瓣最高贵的归宿，可这杏花雨却把给爸爸报告喜讯的香烛浇灭了，“袅袅香烟幽，娓娓琴韵醇”的意境一点都没了，真让人懊丧！爸爸，我走了，这扫兴的雨水气得我的胃也嘶嘶啦啦地疼起来……

1985年 6月1日 晴

女儿元元今天过满月，六一儿童节，多好的一个日子。粉团似的一个笑脸爱死个人，赤裸裸的一个小身子白得羞煞个人。不论动物、植物，都是小的时候最可爱，您说，对吗？

从心里讲，我希望她是个儿子。参加了一位女作家的中短篇小说集《那白的粉的花》的首发式，那位女作家开口就说：“儿子，是母亲的立身之本，作品，是作家的立身之本，一本作品集问世，就有了儿子落草般的喜悦。”

看来，那位女作家也未能免俗，也会重男轻女啊！

元元好像知道我心中的纠结，每次喂奶，她的圆圆的小眼睛都会与我对视一下，忽闪忽闪长睫毛，咧开小嘴，把乳头含在嘴里，冲我笑，她在表达她的自信：她会做一个比儿子还中用的好女儿，我相信。

好女儿，好儿子，但愿你健康成长，你可是妈妈的全部希望。

1995 年　7 月 25 日　晴

“儿子”出生啦！

一早起来，我就骑上自行车，去报社印刷厂驮回了两包书——散文集《双井夜思》。

还记得那位女作家的话吗？“儿子，是母亲的立身之本，作品，是作家的立身之本。”我有了女儿元元，又有了散文集《双静夜思》，为人母，我立身；为作家，我立身。我是儿女双全的幸福女人啦！省作协已经发给我一张申请加入作家协会的登记表，中短篇小说集《那白的粉的花》的作者，做了我的入会介绍人。她喜欢我的散文，说我的文笔，既有女人的阴柔，又有男人的阳刚，没有“为赋新词强说愁”的小女人气。开完首发式，把申请表交上去，批下来，我就可以称为“作家”了，我的儿时梦，人到中年时，终于实现了，我不枉活。

穆春说，今天，他的一个最用功的毕业班的学生枣珠儿，被他介绍到堂弟穆秋的林木公司做技术员，她们要给山杏树嫁接大扁杏，给酸枣树嫁接大红枣，属于远亲繁殖，接穗出来，就改变了砧木的基因，提高经济效益四五倍，知识、科技是第一生产力。这是个季节活，赶时间，人手不够，枣珠儿回沈阳找同学帮忙，还要来家“聆听”穆春的“教诲”，我这个做师母的，就一个人送上一本书吧，也是对她们的间接支持，《双井夜思》里的场景都在野树沟呢，那是我的故乡，现在成了她们的疆场。

第一眼看见枣珠儿，我就喜欢上了她，秀气、聪慧、执着。眼神中有一种灵气与霸气。这样的女孩儿，如果下决心要成就一番事业，是任何人也阻止不了的。穆春说，枣珠儿已报了他的研究生，如果在帮穆秋的实践中，写出一篇有理有据的高水平论文，录取就毫无悬念。

可惜，她们下午就坐火车去了内蒙古的青林县，要不，我的首发式，一定请她参加。

2000年　5月8日　阴

我的胃病有了一个恐怖的诊断——胃癌中期，离父亲当初的诊断，只差最后一段路程。

我吃了那么多的药，中药、西药、偏方；喝了那么多的养胃的小米粥、红豆粥、绿豆粥、大豆粥、小豆粥，都没能阻止这个魔鬼的到来。当医生又一次问我：有没有家族病史？我闭上了眼睛，也闭上了嘴巴，我……只有点头。二十二年前，父亲也曾这样回答了医生的问询，只是比我更无力，他是晚期，我是中期。

基因，它是这么的顽固不化，它是这样的忠于职守，那些药，那些粥，不能杀死它，也不能融化它，甚至没能阻止它来袭的步伐。医生说：还没扩散，可以手术，可以救，术后，要经过六次化疗。

穆春说："一定要手术，因为它能挽救我的生命，不管手术费、化疗费有多贵，也没有我的生命贵。"他连手表都卖了，一个教授，没有了钟点，怎么按时给学生讲课？他不在乎，他说在野树沟当知青时，学会了看老爷儿（太阳）。除了买粮买菜，给元元交学费、书费，家里不再买一件东西。

化疗，就是以身体为战场，让长枪、短炮和原子弹一起开火，一番狂轰滥炸之后，消灭了癌细胞，也杀死了红细胞和白细胞。一个月战斗一次，一个月打扫一次战场，直到癌细胞全部杀尽，红细胞和白细胞还大量地活着。

我这个羸弱之躯，是块厚重的土地吗？它经得住这六番打打杀杀狂轰滥炸吗？

穆春说："行！"他紧紧拥抱着我，他是我的靠山，是我灵魂的上帝。

但……心情如这天气一样阴郁。快下一场大雨吧，让我做一只暴风雨中的海燕……

2001年　5月1日　晴

今天的天气真好，好久没见过这么风和日丽的一天了。

清晨，枣珠儿开着车来接我出院，还给我买了一顶"五四"时期女学生的发套，化疗化掉了我一头美丽的头发，一段时间，我留长了头发，稍微卷了卷，盘在了头顶上，插了一枚碧玉簪，同事们都说我像个法国女郎，因为我的肤色白，头发黄，还有着金色的光泽。六番化疗下来，我由"法国女郎"变成了"崂山尼姑"……女人嘛——天生爱美，最善解人意者当属枣珠儿，从手术到化疗，快十个月了，她不但拿来两万元钱的医疗费，每到换季，她身上添什么衣服，就给我添什么衣服，包括帽子、丝巾。款式相同，但颜色不同，谁让我们俩的身材、脸型都是一样的呢？妯娌之间处成了姐妹，世间的女人中为数不多，还有比姐妹更同心的思想，这就更稀少了，思想一致，就是同志，我们成了无话不谈的朋友，观念一致的同志，这是我病中的最大收获和幸福。

带上发套真好看，腋下夹上我写的一本《想游到彼岸》的抗癌日记，这一身打扮，真有一番民国女学者的味道。

枣珠儿把我一直拉到一家高档饭店，说是给我接风，也是给元元庆生。哦……女儿已经十六岁了，成了高一的女生。

一桌子都是我爱吃的菜，特别是河蟹与琵琶虾，准是穆春泄的密。他咋这么老了？去年还是一头乌发，不到一年的工夫，就白了一半……连他的笑容都变成与四十岁年龄强烈不符的隐忍与慈祥了。

穆家人全齐了，公公穆樵夫，女儿元元，叔叔穆乐夫，婶婶黄月琴，还有子萍这个小美女、小才女。穆秋做东，他有些发福了，下巴颏都重了，小肚子也鼓了起来。他举起刚满四岁的儿子穆子宇说道：

“今天，是穆家的好日子，三喜临门：

一、嫂子出院，身体康复；

二、元元十六岁生日；

三、穆子宇三岁种的一棵樱桃树，今年结果了。来，这十六颗樱桃，就是子宇今天早晨从树上摘的，是送给元元姐姐的生日礼物……”

穆子宇跳下爸爸的怀抱，用小手捧着十六颗红樱桃递给元元，“元元姐姐，元元姐姐，我都洗过了，是十六颗哦。”奶声奶气的童声让我听得想流泪。

“爸爸偏心——”小美女、小才女子萍不高兴了。

还是奶奶黄月琴最懂孙女的心，“子萍的小提琴考上了十级，算不算一喜啊？”

“算、算，咱们是四喜临门。”枣珠儿会做后娘，不知道她啥时候做的准备，从挎包里掏出一个纸袋，装着一件真丝花裙子送到了子萍的面前。

“我还有一喜——”是乐夫叔叔。“我昨天刚办了退休手续，以后的日子就剩下自由了！”

“五福临门——五福临门——”

蛋糕车推了上来，服务生落下了厚厚的窗帘，十六根蜡烛的火苗摇摇曳曳，元元变成了童话里的公主，她闭上双眼，双手合十，在心里许愿……我的第六感官告诉我，她的第一个愿望，一定是祝我早日恢复健康，母女连心，在精神世界里就是通电，这是物理反应。

“祝你生日快乐，

祝你生日快乐，

……”

大人唱汉语，孩子唱英语，一时间，我的泪花在眼眶里闪烁，死里逃生，又看到了女儿的成长，这眼泪该流……

突然……突然，元元弯下了腰，捂住了腹部，“妈——我肚子疼……”

2003年 9月9日 雨

“秋风秋雨愁煞人”。秋瑾女士大行前的凄风苦雨，在游荡了近一个世纪后，兜头裹挟而来。

癌症复发，五脏六腑摸摸哪块儿，似乎都有一个球体在滑动。小时候，我喜欢球体，因为它是圆的，代表无阻力前进，皮球、糖球、山杏、葡萄……都是圆的，我喜欢它无棱无角，光滑充实的感觉，可现在，它们都变成了张牙舞爪的刺头，在我的身体里肆意妄为，搅得我周身疼痛，它们在我的身体里无阻力地前进，就如一个个跨栏运动员，在朝着终点冲刺，这个终点，就是我生命的结束……对于这个结果，我现在并不害怕。庄子梦蝶的故事说：庄周梦见自己变成一只蝴蝶，飘飘然，十分轻松惬意。这时全然忘记了自己是庄周。一会儿醒来，对自己还是庄周十分惊奇疑惑。认真想一想，不知是庄周做梦变成蝴蝶呢，还是蝴蝶做梦变成庄周。 在一般人看来，一个人在醒时的所见所感是真实的，梦境是幻觉，是不真实的。庄子却以为不然。虽然，醒是一种境界，梦是另一种境界，二者是不相同的；庄周是庄周，蝴蝶是蝴蝶，二者也是不相同的。但庄周看来，他们都只是一种现象，是天地大道运动中的一种形态，一个阶段而已……

读了庄周，我自己就变成了蝴蝶，但是……我可以做庄周，也可以做蝴蝶，但我的女儿元元，不能做庄周，不能做蝴蝶。她才十八岁，正是人生的花季，为了给我陪床，她耽误了学业，今年未能考上大学，穆春把她送到复读班，再复习一年，她会考上大学的。城市里的孩子，不接受高等教育，是人生中的重大缺陷啊。考大学可以复读，但胃病却不能再耽搁了，毋庸置疑，她遗传了我的基因，我遗传了父亲的基因，不从基因下手，过几年，元元焉能不成为我的第二，父亲的第三？如果不从基因上做改变，元元这辈子是不要再做妈妈了，她不要再承担我内心在流血、在挖肉的折磨……

谁能改变人的基因呢？不是通过嫁接，而是走在嫁接的更高一步，从“砧木”的体内就嫁接……这，也许是我的妄想，是我的一厢情愿，但……世界上的每一项发明，不都是从“妄想”开始的吗？从神话传说中的“顺风耳”“千里眼”到现在的电话、望远镜，再延伸为电波、GPS，能不是从“妄想”开始的吗？

我有“妄想”，但我已经失去了实现“妄想”的能力，我就要变成蝴蝶去见庄周了……枣珠儿，我的好妯娌，她……她在搞“嫁接”，枣珠儿，我的妹妹……你……你……能救救我的女儿吗？就当是你的女儿，你的科研“材料”。

浑身的“圆球”还在滚动，不能做手术了，我也不再化疗了，无望的救治，就是无望的浪费，无望的愚蠢，不要再筑债台了，少给穆春增加点负担吧，压驼了身板，他还能直起腰为女儿撑起一片天吗？

医生来了，我不要化疗，给我注射些哌替啶吧，让我疼起来，有点尊严……

……

枣珠儿合上了龙晓的日记本，陆陆续续地看了一周了，她不能再看下去，泪水已经模糊了她的眼睛，她需要静下心来，仔细地想一想龙晓舍命前的嘱托。

2

妞子惊慌失措地来找穆秋和枣珠儿。

在青林县一家高档泡脚房里，铁命和县委副书记殷思春正并排躺在两张席梦思床上，两个姿色不错的洗脚妹正在从脚趾头到头发梢一一为他们两个人按摩。殷思春和铁命都是大块头，体型纤弱的两个洗脚妹用力地揉搓着，都出了汗，暗淡的灯光下，一滴滴的汗水滴滴答答地掉在了两个人的胸腹上。铁命倒不在意，用裹在身下的毛巾被擦擦，闭上眼睛假寐。殷思春不愿意了，对着叫水兰的洗脚妹一瞪眼，“臭汗都滴到爷身上了，没看见咋地？”

水兰说：“我给您擦擦？”

“擦？拿啥擦？你给我一口一口地舔喽！”

水兰只好跪在床上，俯下身，嘟着小嘴一点一点地舔着……

殷思春舒服了，伸手抓住了水兰的一只乳房使劲地捏着，扯着厚嘴唇嬉笑着说：“咱俩互助，我也给你按摩按摩。”

水兰用手挡了一下，说：“你增项就得加钱。”

殷思春对着假寐的铁命说：“铁总，听见了吗？小妹子要加钱呢。”

铁命起身从枕头底下扯出公文包，数出二百元递给水兰。

水兰一把攥住殷思春胯下勃起的雄物，说：“都这样了，还得增项，二百块钱哪够啊，两项加起来一千二，可不能再少了，我不是大学生，可也是高中毕业呢。”

铁命把头扭向殷思春，眯着眼睛征求他的意见。

殷思春瞪了一眼他，极其不满地甩出了一句话："你反应咋这么迟钝呢……交钱，挪地方！"

铁命又从包里数出一千块钱，交给了水兰，拉着给他按摩的洗脚妹水菊就朝着另一间按摩室转移。

水菊一边端着洗脚盆往外走，一边嘟囔着："身上不带钱的都增项了，身上带钱的也得增……"

穆秋把野树沟和青林县的业务都交给了铁命和妞子。

野树沟林木公司和杏花红化妆品公司，在青林县都属于中等偏上的企业，生产、销售都必须和工商、税务、技术监督、城市管理、卫生防疫等部门打交道，一应下来，不找棵大树罩着，根本吃不开。铁命靠着县政协委员的身份，靠上了分管组织工作的县委副书记殷思春。殷思春四十多岁，是从一个旗委的纪委书记的任上，调到青林县当副书记的。他长得人高马大，和蒙古族壮汉铁命是一个型号，也是黑黑的面孔，鼓鼓的肚子，眼睛比铁命小点，但很聚光，盯人一下，就有入木三分的感觉。靠上这棵大树，还真能借力，遇上些迈不过去的坎儿，只要铁命把红包送到，殷思春一个电话，就能搞定。哪个局长、所长不怕管组织的书记，这可是个管官的官，在官场上行走，谁不想往上迈一步。除了遇事送红包，每逢年节，铁命都得给殷思春备上几份土特产，这是用于他在官场走江湖的。

铁命爱喝酒，殷思春也爱喝酒，渐渐的，他们就从上下级变成了酒友，没有官场应酬的时候，殷思春就给铁命打一个电话，他们就会到高级酒店找一个小包间，茅台、酒鬼、五粮液……一个人一次一瓶都不算尽兴，喝完了酒，殷思春有一套程序，先到歌厅去唱卡拉OK。殷思春和铁命一样，都有一副高亢嘹亮的好嗓子，加上肚子大，有底气，腹腔共鸣、胸腔共鸣雄厚，脑腔共鸣也有足够的底气顶上去，什么高音都唱不破音，用歌厅老板奉承他们的话来说："你们俩要是不当歌唱家，这嗓儿都白瞎了。"

殷思春的拿手曲目是《牡丹之歌》：

"啊——牡丹，百花丛中最鲜艳，
啊——牡丹，众香国里最壮观，
……"

铁命爱唱的是《天边》：

"天边有一对双眼，
那是我梦中的眼睛。
山中有一片晨雾，
那是你昨夜的柔情。
我要登上，登上山顶，

去寻觅雾中的声音

……”

殷思春要牡丹，铁命要柔情，他们边唱还边喝着啤酒，这正好给喝了白酒的肠胃解渴。唱累了，喝多了，殷思春就要转移阵地了，到洗脚房去泡脚，又解酒，又解乏……

以前的程序就到此为止，铁命打上一辆车，把殷思春送到家。

在走程序的过程中，当然都是铁命掏钱包。穆秋给他打出了一笔招待费，虽然屡屡地超支，但穆秋念在铁命兢兢业业的份上，也就手腕一软，签字报销了。可从开春以来，殷思春每次和铁命再喝酒，就不满意以往的程序了，他说：

“让洗脚女一揉搓，那玩意就勃起，硬邦邦地涨得难受，非得让它摩擦摩擦变软了不可……”

这就得“增项”。

守在隔壁的铁命，听着殷思春肆意纵欲的号叫，在水兰越来越弱的呻吟中渐渐消落，这才拎着包来到殷思春的包房。水兰提了裤子走了，留下殷思春气喘吁吁又大汗淋漓，铁命招呼水菊端一盆清水给殷思春擦汗。

水菊问：“给不给增项钱？”

铁命恼了，“一盆水还要钱？”

水菊说：“一盆水八十元，是老板定的，我改不了。”

铁命无奈，“八十就八十，你们的钱好挣。”

水菊说：“好挣，就是有你们这些老板呀，要享受，哪有不花钱买的道理？”

水菊给殷思春擦汗。

铁命谦恭地问：“殷书记，可舒服？”

殷思春撅起厚嘴唇，“舒服啥呀？破片汤了，能跑一辆汽车了，下回给我找个紧致点的，别老给我这些便宜货，让我不尽兴……”

青林县城要搞“绿化、美化、亮化”的“三化工程”，其中的“两化”，都是野树沟林木公司的出售项目。

铁命找到殷思春，让他给城建局长和园林处主任打电话，卖出了一万棵五年生樟子松和二万棵国槐的树苗，这对野树沟林木公司是一笔不小的收入。收回樟子松苗木款，铁命装了一个大大的信封，走进了殷思春的办公室。

殷思春正在和一个干部模样的人谈话，见铁命进来，就对那个干部说：“咱们今天就谈到这里，你们局的动向你要把握住。不过，你也不要太紧张，有我今天坐在这把椅子上，穿着副处的裤子，戴着书记的帽子，他还能有啥滋毛的？屎壳郎能拱动牛粪蛋子，还能撼倒大树不成？”

望着殷思春黑虎着的脸，那位干部唯唯诺诺地转身离去。

铁命把大信封递到殷思春的办公桌上。

殷思春用手摸摸信封，大概是满意它的厚度，黑森森的脸上浮出了笑容。他伸手拉开座椅前的抽屉，把大信封捋进抽屉，一拧钥匙，锁上了抽屉，把钥匙装进了上衣口袋里。

“殷书记，晚上咱哥俩喝酒？”铁命仰着脸问。

“喝酒？”

“喝酒。”

“找到紧致的啦？”

“找到了。”

喝完了酒，又唱了卡拉OK，这次没进洗脚房，铁命打了一辆出租车，把殷思春拉到城郊职业高中旁边的一家小旅馆。

旅馆小，但里面的装修很有风情，正面悬挂着一幅欧洲美女的裸体油画，如果观看者定力不足，很容易想入非非。

铁命用钥匙打开一个橡木门，领着殷思春进了房间。沙发上坐着一个梳着马尾辫的少女，她低着头，两只手在胸前反反复复地揉搓着，一言不发。她的皮肤白白的，隐隐的，能看清脸蛋上的胎毛。

“你去里面洗个澡。”铁命对马尾辫少女说。

少女走进了卫生间，把门关了，不一会儿，就传出了花莲蓬头淅淅沥沥的流水声。铁命贴着殷思春的耳朵说：

“处女，一个数，我给她了，这一夜，她就归您了。”

“老弟办事我放心，一个数，一千？”

“一万！洗脚的还一千二呢！”

第二天一早，铁命来开房门，却不见了殷思春。但床上被染成了一片血红，那血都流到了地上，就像洒了一盆杀猪血……铁命吓坏了，他锁上了门，赶紧去找殷思春，还没等坐上驾驶室，手机的铃声响了，他一看，是殷思春，就接了，“你听着，那丫头不禁弄，到后半夜就红了，我把她送到了县医院门口就走了。这件事，不论多大，你都得替我顶着，顶住了，就是进去，我也能把你捞出来，你千万不能说出我来，说出我，没人捞你，你老弟也得考虑考虑后果……”

电话挂断了，铁命的手机里还在“嗡嗡”地响……不！不是手机里响，是铁命的耳朵在响，他现在就盼着那个少女没死，没死，就不是命案，事情就有缓。

那个少女没有死，还躺在急救室里，身边已来了她的哥哥和她的老师。

少女叫林树娥，是野树沟到城里来读职业高中的学生，家里生活特别困难，妈妈常年病病怏怏的，爸爸聋哑还痴呆，就剩一个哥哥在大棚里给种菜的人打工。林树娥能上职业高中的饭店旅游班，还是铁命资助的，本想毕业后在青林县城里找个当饭店服务员或者旅游公司导游员的工作，帮帮哥哥，娶个媳妇成个家。哪想到，妈妈被查出得了乳腺癌，必须做手术，要不就没命了。她找到铁命，要求借一万块钱给妈妈做手术，说她毕业了打工还。

铁命正为“紧致”的事发愁，就在这时候，林树娥找上门来，细一打听，这林树娥还是林树德的叔伯妹子，多年不走动，亲戚关系也就渐行渐远。

铁命把“紧致”的事跟林树娥说了，只说是大老板，没说是县委副书记。想着妈妈正在被癌细胞吞噬，想着父亲的聋哑痴呆，想着哥哥在温室大棚里挥汗如雨也挣不出妈妈的手术钱，作为职业高中的学生，林树娥还突然地就想起一个佛经上的故事——以身饲虎。舍得自身的血肉，救活筋疲力尽的母虎和七只嗷嗷待哺的幼虎……

她把一万元钱交给了哥哥，说是跟铁命借的，就义无反顾地来到小旅馆里“以身饲虎”。

林树娥的老师已经报案了。

铁命刚到医院，派出所的三名民警也来到了医院。

刚刚苏醒过来的林树娥任民警怎么问，就是哭，默默地哭，一个字也不说。

铁命记着殷思春电话里的狠呆呆与阴毒毒，若是说出实情，殷思春还不得找个人把他杀了！是要命，还是要脸，几经琢磨，反复权衡，还是自己应承下来吧，就吭吭唧唧地承认是自己嫖娼。

民警录了口供，看了现场，一副手铐铐了铁命，关进了拘留所。

“怎么办啊？”妞子哭哭啼啼地问穆秋和枣珠儿。妞子知道的是铁命嫖娼，别的情节她说不出来。

“我不管，他干得混蛋的事，他自己兜，我不给他擦屁股。”穆秋正忙着在给民间艺术团重拍河南豫剧《朝阳沟》，金见仙演银环，他拉大弦儿，星期六、星期日全天排练，他们两个人缺一不可。

“他兜不了，那个挨千刀的，让野狼野狗掏了心的，他在看守所让镣子铐着呢，有多大个刀，他都耍不开了，他的屁股上全是屎。住在县医院里的林树娥的哥哥朝我要住院费，我给了一万块钱，人家说差远了，不给个说法，不判个十年八年，不解恨啊！林树娥还起不了床呢，更别说出院了……”妞子是又羞愧、又气恼、又着急。丈夫出了这样的事，哪个妻子不是满面蒙羞，出来进去都没脸见人，当初自己就是个第三者，让当营子人耻笑了好一阵子，不敢抬头走路，何况，现在还有儿子……儿子正在上小学，这事一传开，学校、老师、同学、家长……儿子能抬起头继续念书吗？

“你可以去找那个殷书记，青林的事，不是一直是他在帮忙吗？铁命不是跟他走得很近吗，活动费也没少给了他……”枣珠儿给妞子出主意。

“找了，他说这事太出格，社会舆论不好，他得避嫌，让咱们出钱找林树娥的哥哥私了。”

“私了？怎么个私了？”穆秋瞪起了眼睛。

“我找了林树德当说和人，他跟林树娥家是亲戚，他回话说，要二十万……”

“二十万？”穆秋的眼睛瞪得更大了，都要把眼眶子撑破，“汽车轧死一个人，还是司机的全责，才赔偿四万八千元……一个嫖娼，要赔二十万，也太讹人了！”

“林树德说，林树娥是大出血，就是命保住了，名声可毁了，医生诊断，以后也不能生育了，嫁人也嫁不了，废人一个，二十万，就是买一个林树娥今后的活路。”

“二十万是铁命惹下的祸，公司管不了。”

二十万可不是小数目，这是公司一年的利润，但都混杂在流通中，哪里会有这一笔现金，另则，穆秋这会儿的心里就装着《朝阳沟》与金见仙，他现在乐于消遣快乐，不愿意动脑筋管挠头的事。

“铁命是为公司的事进去了，一定是为公司的事，为了他自己，他……他绝不会，他对公司可是忠心耿耿啊！穆总——你不能不管啊，托雅求求你啦……”妞子“扑通”一声跪下了，她不称“妞子”，而叫自己的本名“托雅”，是加重自己在穆秋和枣珠儿面前说话的分量。

枣珠儿听出了端倪，嫖娼，是嫖客与妓女你情我愿的事，也就是个治安管理的处罚，是判不了刑的，再者，铁命嫖娼，干吗非找学生，宾馆、理发店、美容院、洗脚房……曾经是绣楼闺房里的“小姐”，现在满大街都是，哪儿没有吃这口饭的女子？干吗非找本村的，还是林树德的叔伯妹妹，而且，行起事来，不管女子的死活……这些，似乎都不太合乎逻辑。铁命迈出野树沟，在社会上行走，也已经十多年了，有经验了，不该那么蠢。据她所知，妞子和铁命婚后的感情很好，妞子年轻，又是二房，还给他生了个儿子，对铁命有着很强的辖制力……

“托雅，我同你走一趟。”枣珠儿起身扶起了妞子。

3

林树德的房地产业，遭受了瓶颈，他贷款盖起了两栋豪华的高层住宅，取名“双子座”。但楼盖好了，却是有价无市，怎么发广告，怎么找房托，搞了一个个开盘仪式，礼仪小姐也雇了一帮又一帮，就是卖不动房子。这几年，一胡噜一片的都搞房地产，就连卖大米、做酱油、搞机械加工的，都托人买情，千方百计从银行弄来贷款，挤进房地产业抢分一杯羹，一时间，“大开发”就成了“大盖楼”，万丈高楼平地起，一座挨一座，一片挨一片，安了窗户，锁上门，拆了脚手架，但青林是一座小县城，人口不足三十万，还三分之二在山区。就是每户买上三处房子，还空着三十多栋呢！平常人家谁能买得起三处房子，再是执着地烧香拜佛，也不能把观世音的佛龛供到一处没人住的房子里去吧。这事坑就坑银行，家家有十位数的风险贷款，客户成了杨白劳，银行成了黄世仁。贷出去的钱，就要不回来，客户贷款买房有风险，银行作为投资的贷款收不回来，风险更大。

正被银行当成杨白劳追讨贷款利息六神无主的林树德，突然就接到一位在派出所工作的铁哥们打来的电话，铁哥们说：“你的一个在职业高中上学的叔伯妹妹林树娥，被野树沟林木公司的副总铁命嫖了，出了点状况，女的大出血，在医院里抢救，学校老师来派出所报了案。没等派出所侦查，铁命自己就投案了，现在羁押在拘留所。案件清楚，就差个人在中间说和说和，私了算了，当然，派出所不能出面让当事人私了……树德哥，你干这个差事最合适，维稳嘛——维护稳定，社会就太平了不是？这件事，调和好了，哥你以后再遇到什么事，兄弟给你平。”

林树德本来心里储存着对穆秋的不满，捎带着对铁命追随穆秋也不满，是情绪的株连，也是逆向的“爱屋及乌”，当年若没有铁命接替自己的位置，叫穆秋的野树沟林木公司抓瞎去吧！

林树德问林树娥要多少钱。

林树娥还是一直在哭，自打苏醒后，她的眼泪就没断过，本想着以身饲虎换来给妈妈治病的钱，没想到那个黑胖子那么狠，那么凶，在被刺破的那一刻，她疼得大声喊叫起来，那个黑胖子一把抓起乳罩，就塞到了她的嘴里。她越挣扎，黑胖子就越用劲，大嘴流着哈喇子，就像一头猪。他把她刚刚发育的乳房都咬破了，就连白细如鹅的脖颈，也被他的厚嘴唇嘬出了一道道的血印子……

“要钱？朝谁要钱？”这是她从出事以来，第一次发出细弱的声音。

“当然是朝铁命要，他不是都招认了吗？”林树德感觉到这个叔伯妹妹的脑子出了问题，明摆着的事，还迷惑着呢！

林树娥的脑子里都是那个可怕可憎的黑胖子，他的后脖子根处有一颗黑痦子，肚脐眼儿旁也有一颗黑痦子，还长着几根黑毛，她记得长篇小说《林海雪原》里，有个土匪就叫“一撮毛”，她不知道他们有没有遗传关系。她知道那个黑胖子不是铁命，铁命一直帮助她，资助她上学，给她哥哥找活，要不是自己去找他借钱，也不会出这等事。朝他要钱？那自己不就是卖淫了吗？可不要钱，就不是卖淫了吗？她已经把一万块钱给了哥哥，还给铁命打了收条，那就是嫖资啊！自己怎么走上了卖淫这条无耻之路……想到这里，林树娥放声大哭，为自己的无耻，为自己的无奈，为老天对自己的不公！

“哭，哭，哭……哭有什么用？既有今日何必当初？事……事做下了，身子毁了，名誉也毁了，不要钱，能咋地？你的损失大去了。”林树德凶完了叔伯妹子，又朝着林树娥的哥哥吼道：

“软蛋玩意儿，你说个数吧！我给你出头，别说咱老林家没人！”

“那……那……那就五万吧……”林树娥的哥哥，打工挣的钱从来没超过一千，五万，是他能想象出来的最大数字。

“说你软蛋玩意儿吧，你觉着受了委屈，哼，到底是井底下的蛤蟆——没见过大天。我给你说个数吧——二十万，铁命出得起，要不，告他个强奸致残罪。妹子还是学生呢！少说也得判他个十年八年，哪头大，哪头小，他还能算不过来。”

“能行？”

“能行！”

林树娥住的是单间。老师和派出所民警达成了一致的共识，要保护未成年人，特别是妇女儿童，不能让这个消息传到社会上，也不能传到校园。

哥哥去照顾乳腺癌晚期的妈妈去了。

林树德把“私了”的数字传达给了妞子，也忙着筹措贷款的利息去了，他心里有个小算盘，如果顺利拿到二十万，他先截留十万还贷款的利息，再留两万给派出所的哥们当“明白费”，剩下八万给林树娥。她的哥哥开口要五万，八万减五万，还多出三万呢。

“嗒嗒”两声礼貌的敲门声，不等林树娥应声，枣珠儿和妞子提着一兜蛋糕和罐头，走进门来。这两个人，林树娥都认识，妞子当营子住着，枣珠儿初次进野树沟搞嫁接，林树娥还在读小学。

枣珠儿把手里的包放在林树娥的床头，按住一见林树娥就怒火燃烧的妞子，把蛋糕从纸盒里拿出来，递到林树娥的面前，“快中午了，饿了吧，吃一块，垫垫饥，有人给你送饭吗？没人送，我们去给你买。”

林树娥瞧了一眼咬得牙齿吱吱响的妞子，又看看枣珠儿手中的蛋糕，低下头，摇了几下。

枣珠儿对妞子说：“你出去买饭，买三份，咱们一起吃。”

妞子接受了枣珠儿严厉的目光，转身出去了。

“老师，那钱，那钱不是我要的，真的不是我要的。”林树娥可怜巴巴地盯着枣珠儿的说。

“我知道。那是你哥哥要的。”

“也不全是，是……”

“是林树德。”

林树娥不说话了。

“你能说真话，就是好孩子，告诉我，那个人是铁命吗？”

林树娥没摇头，也没点头。

“你说真话，我才能帮助你、保护你，如果不说真话，我们会找律师，查明真相，你卖淫，他嫖娼，上了法庭，也判不了罪，你的名声坏了，钱也拿不到。你是个聪明老实的孩子，你得想想后果呀！”

林树娥的眼睛里流淌着惊恐，她一把抓住枣珠儿的手，就像抓住了救命的稻草，“我说，我说，不是铁命叔叔，是一个黑胖子，像铁命叔叔一样胖的黑胖子。”

林树娥叫“铁命叔叔”，枣珠儿一下子就明白了，这事不是铁命干的。“知道那个黑胖子叫什么名字吗？”

林树娥又是摇头。

“你能记住他身体上的特征吗？”

“脖子后有一颗黑痞子……哦……哦……肚脐眼儿旁边也有一颗黑痞子，还长着几根黑毛，太恐怖了……”林树娥边说着，边打着哆嗦。

“好了，咱们不说了，不说了。你吃蛋糕吧。”枣珠儿摸摸林树娥的头，像活佛的摸顶一样，让她镇静了下来。

妞子买了三个西红柿炒蛋盖浇饭，提着进病房的时候，枣珠儿正在给林树娥看照片，那上面是城郊职业高中不远处的那家小旅馆。

4

殷思春有个早上班的习惯，别人八点上班，他七点钟就坐在了办公桌前。这倒不是因为他敬业，废寝忘食地工作，而是他感觉到早上班有个好处：来找他办事的人，不会被别人看见，不会被人听见。什么人来，说了什么话，办了什么事……这样就保持住了私密性，除了天知、地知、你知、我知，就再也没人知了。没人知，就能有效地避免舆论的传播与攻击，更有甚者——出庭作证。

这时候，给他擦桌子、拖地的公务员还没来，担任保护他的公安干警也没来，不论是红包、金卡，还是在外国买的玉石珠宝、名表名包……他照单全收，没有风险，也不用惠及知情者，多了一项“封口费”。

公务员给他擦桌子、拖地，这是常态，哪有书记、部长、常委们自己给自己的办公室搞卫生的？但每天有两个公安干警在办公室的套间里执勤就不常规。

这事来源于去年的那批干部的人事安排，本来有七个事业单位，如报社、妇幼保健所、防疫站、蔬菜研究所、广播电视台等的一把手不用“一刀切”（一刀切：科级干部男五十岁，女四十七岁退居二线，不安排工作，让出实职岗位）了，他也分别收了他们大小不一的红包，给这七个单位的一把手吃了定心丸。但不料，在常委会上，任副书记的县长、管宣传和科教文卫的副书记、政法委书记，还有不归他管的宣传部长，一致的意见是切掉这七个一把手，再从副职的岗位上，提起七个正科级干部来。和他意见一致的组织部长一言不发，他打招呼的县委书记左右逢源搞平衡，他一人难敌四张口，在陈述了一遍不搞“一刀切”的意见之后，见没人跟进，也就认了“栽”，明白了青林县的“江湖水深”。

第二天一早儿，县委大院里旮旮旯旯儿贴出了数不清的“椅子售罄”的小字报。“椅子售罄”的小字报，凡是大院里的干部们一看就懂，说的是七个正科级的岗位，都被卖光了。这还得了！慌得纪检委书记赶忙调来驻地的派出所所长，全所出警，清除所有的“椅子售罄”。

到了中午，殷思春趁别人都下班的机会，正在清查抽屉里红包的钱数，思谋着哪些该让媳妇编个名字存银行，哪些应该凑成整数到市里领导家走动走动，青林县江湖太深，这回他栽了，良禽择木而栖，他得尽快挪个地方……

办公室的门悄无声息地开了，一个戴着大口罩的彪形大汉，抡起装满石子的挎包，就朝他的头上狠狠地砸来……他的头破了，血流了出来，刚要喊，那大汉说：

“别喊，留你一条狗命，要喊，我再给你一下，包你闭嘴……”

他抱着脑袋蹲在地上，一声也不敢吭。

那大汉踢了他一脚，把石子倒了一地，抓起一摞红包塞到书包里：“收钱不办事，该有你这一劫。”说罢，扬长而去。

殷思春只说工作得罪了人，一点儿也不敢说红包被抢的事。派出所来查，他提供的情节不足，也就无法破案。

出了这样的事，引起了县委书记的高度警惕，他立刻给公安局局长下令：给副书记殷思春和县长、管科教文卫的副书记、组织部长部长的办公室各派两个便衣，保证被保护人的人身安全。上班时就到位，下班送到家里。除此以外，还在这几个常委的办公室里，安了一部直通“110”的内部电话，一接电话，立刻出警。

明着是这些保卫措施，暗着，还在他们每个人的家门口安了一个摄像头，防止坏人上门伤害他们。

这样的一系列安保措施下来，殷思春的人身是安全了，但财路也就断了，上班有两个公安战士保卫，下班有摄像头护家，谁还能接近他。没了隐私，也就等于没了自由，他苦恼憋闷极了……思来想去，终于让他琢磨出一段自由时光，来维权自己的隐私——早上七点钟上班，距离干部们上班的八点钟，有一个小时的时间，他就可以自由了。知道他有一个小时的自由时光的人不会很多，而且必须是用手机提前约定好的，这一个小时有关干部的提拔、调动、任用的工作量，可比正常时间高效多了……

门一开，进来一个人，一个女人。

殷思春没见过这个女人，也没预约这个女人。

殷思春黑下脸，一点笑模样也没有，完全是一张铁面无私的包公脸，“你是谁？谁让你来的？为什么不预约？来找我干什么？”

女人也是一脸的正气凛然，“我是谁不重要，谁让我来的也不重要，没预约也不重要，重要的是——我要您听两段录音。”

“我不要听！不要听！你给我出去！”

“你说了不算。我为什么要听你的！你有什么资格命令我？”被殷思春的傲慢和嚣张气得脸色发青的枣珠儿，果断地按下播放键。

“老师，那钱，那钱不是我要的，真的不是我要的。”

“我知道。那是你哥哥要的。”

“也不全是，是……”

“是林树德。”

……

“你能说真话，就是好孩子，告诉我，那个人是铁命吗？”

“你说真话，我才能帮助你、保护你，如果不说真话，我们会找律师，查明真相，你卖淫，他嫖娼，上了法庭，也判不了罪，只是交点治安罚款，你一分钱的补偿也拿不着，到时候，你的名声坏了，身体残了，钱又拿不到……你是个高中生，有文化，有知识，是个聪明老实的孩子，你得好好想想后果呀！那是你以后的人生……”

“……老师，老师……我说，我说……不是铁命叔叔，铁命叔叔一直帮助我，我的感激他，是一个黑胖子，像铁命叔叔一样胖的黑胖子。”

“知道那个黑胖子叫什么名字吗？”

“不知道他的名字，但我听铁命叔叔管它叫……书记。”

“你能记住他身体上的特征吗？”

“脖子后有一颗黑痦子……哦……哦……肚脐眼儿旁边也有一颗黑痦子，还长着几根黑毛，像大狗熊……”

录音停了，殷思春的黑脸由红变青。

枣珠儿长舒了一口闷气，又按了一下播放键。

"老板，你们这儿开房间要不要身份证？"

"要。公安局有要求。"

"你给查一查，铁命，一个黑胖子，蒙古族，在你这儿开了几个房间。"

"两个房间，111和112。"

"都入住了吗？"

"入住了……"

"出事的，是这两间吗？"

"是112，公安局已经来调查过了。"

"是两个男人和一个女人吗？"

"是，两个男人都是黑胖子，女人岁数小了点，好像是个学生。"

枣珠儿关掉了录音机，沉寂，沉寂……有三分钟。

"你一个小女子，能把我怎样？"殷思春点上了一支烟，吐了一口烟雾，下意识地摸了一下脖颈后面的黑痣，又往上抻了抻衬衣的领子。

"也许……假如我把这盘录音带交给市纪委或者自治区的媒体，这些你的权利罩不住的地方，最低，你要交出青林县副书记的职务，被送到高两级的党校，去参加一年的学习，然后，被安排在一个不引人注目的、没有多少权利的虚职上终老。若是让你的政敌捉住不放……"

"哼——"殷思春用鼻子很不屑地哼了一声。

枣珠儿转身就走。

"站住，说说你的条件——"

"放了铁命。打到我的卡上十万元，用于对林树娥的补偿。"

"十万？太多了！"

"林树德要二十万！一个女学生的贞洁，一个女学生的情操，值多少钱？十万、二十万、五十万……你已经毁了她的青春，还创伤了她的灵魂，你……甚至改变了她的人生之路，你看过俄罗斯最伟大的作家列夫·托尔斯泰写的《复活》吗？贵族青年聂赫留朵夫引诱了女仆玛丝洛娃，使之怀孕，又抛弃了，让她成了妓女，走上了犯罪的道路……而你，是一个有'书记'头衔的干部，而林树娥不是女仆，还不是成年人，她，还是一个在校的中学生……你的灵魂会安宁吗？我在救赎你，在帮着你做着让一个少女《复活》的行动……"枣珠儿做过调查，知道殷思春是大学毕业，而且还是中文系毕业的，给他讲《复活》，他应该读过。

"你把录音带给我。"

"等你十万元打到我的卡上之后再说。"枣珠儿把写着一串数字的纸条放在殷思春的办公桌上。

"你先给我——"殷思春向枣珠儿伸出了一张看起来软绵绵的手。

“也可以——”枣珠儿把录音带放到纸条上，“但请您记住，我会永远保留反击你打击报复的能力——因为录音带可以反复录制，既然是有备而来，我就不会只有一份……”

门外传来两个警卫“咔咔咔……”穿着皮鞋的脚步声。

殷思春站起来，把纸条和录音带像对待以往的红包一样，迅疾地抹进了抽屉里，然后挥挥手，用低低的声音，咬牙切齿地说了句“你……走吧——”

十万元给了林树娥，她休了学，陪妈妈做手术去了。

是枣珠儿和妞子一起去看守所接回了铁命，胡子拉碴的铁命一个劲地感谢枣珠儿救了他。

枣珠儿摇摇头，“救你的不是我。”

铁命问：“那还会是谁？”

枣珠儿说：“是殷思春脖子上的黑痦子。”见妞子和铁命都是一头的雾水，枣珠儿接着说：“我把录音带放给妞子听，问她认识不认识一个后脖颈上长着一颗黑痦子的人，她连一个磕都没打，就说是殷思春。脖子上长着一颗黑痦子的人不多，老百姓管它叫‘砍头痣’，是个不祥物。哈哈……就是没能见识见识他肚脐眼儿旁的一撮毛……有些遗憾！”

“我看过。”铁命苦笑着咧咧嘴。

托雅郑重其事地对铁命说：“还是枣珠儿有文化，知识分子，脑子好使，处事有办法。像咱俩，遇到这事，除了着急，就是抓瞎，说来说去，是咱肚子里的墨水少啊！”

第三章

1

枣珠儿去幼儿园接儿子穆子宇。

子宇已经六岁了，遗传了爹妈的全部优点，白白净净的，修长的身材，黑珍珠一样的眼睛，还有忽闪忽闪的长睫毛，水灵灵的，透着灵气。在上幼儿园大班，是园长每次活动都钦点的小主持人。幼儿园里有很多孩子在园外学播音主持，枣珠儿不让他去学，就依着他在别墅的园子里随意鼓捣，但他一口标准的童声普通话，和年龄不符的稳健大方的主持风格，使他成为幼儿园每次文艺活动主持人的不二人选。放过暑假，他就该上小学一年级了。

今天，枣珠儿把报考美国生物学博士生的申请邮寄出去，她有个高中同学，就是这所大学的生物化学与细胞学的教授，她成功地发现了一种全新的非编码 RNA•SLERT。在她寄给枣珠儿的一份美国医学专刊上这样写道：

"非编码 RNA•SLERT，通过分辨率达 100 纳米的结构照明显微镜，揭示了其在人类细胞核仁中，促进核糖体 RNA 生成精确调控中发挥着关键作用，而核糖体 RNA，是人体细胞中含量最多的一类 RNA（核糖核酸），其转录的失调，与疾病发生有着密切的关系。越来越多的证据证明，一些重大疾病与非编码RNA(核糖核酸)失调有关，破译这些基因密码，找到致病机理，对于治疗和预防这些重大疾病，意义非同寻常。"

为了龙晓"救救元元"的临终嘱托，枣珠儿要投到她的名下，当学生。

枣珠儿慢慢地开着她的帕萨特，一路思索着复习大纲的要点，她有个习惯，做什么事都要先抓住要点，弄清了一个事物与之相连的关系，才好明确位置，寻找到上下左右的突破点……就要出国深造去了，她想与儿子多亲近，为了龙晓的女儿元元，为了穆秋与山杏的女儿穆子萍，还为了自己——她觉得自己的人生目标还可以再上一个台阶。

"妈妈——"子宇欢跳着跑过来，因为妈妈接他的次数并不多，多数是保姆李姨或者爷爷穆乐夫、奶奶黄月琴。子宇的身后还跟着一个比他稍微小一点得男孩儿。

"妈妈，他是比我小一级的小朋友谭谈——谈谈——多好玩儿，咱们谈谈呗？"子宇一脸的稚气，为自己发现的趣味骄傲着，一脸开心的笑靥。

枣珠儿仔细打量这个细细眼睛、白白皮肤、高高鼻梁、小小嘴巴的小男孩儿，心里不由得浮起了一团疑云，这孩子咋这么面熟？好像在前世见过，不，应该是梦里见过……他像谁呢？谁……谁……谁……

"你叫什么名字？"枣珠儿蹲下身，拉住小男孩儿的手，她感觉有一种莫名的喜爱。

"妈妈——你怎么变得健忘起来，我说过，他叫谭谈——谈谈，多好记呀，我听一遍就记住了。"儿子子宇记忆力超群，他在责怪一向智商很高的妈妈。

小男孩儿有些羞怯，小小嘴巴一张，轻轻地说："我叫谭谈，是爸爸给起的。"

"谭……谭……谭尔木！"枣珠儿混沌的记忆中，突然就冒出了这个名字，她前夫的名字。

"不用猜了，是我的儿子。"

谭尔木转到枣珠儿的面前，拉起了谭谈的小手。

谭尔木是自动放弃和枣珠儿的婚姻的，他们之间没有仇恨，只有理不清的遗憾与不解。

"你……有了儿子？"

"对，我有了儿子！"

没有了性功能的前夫有了儿子，这个孩子遗传了他的基因，凭眼力，枣珠儿就不会怀疑他们的亲子关系。

"那么……"

"他的妈妈叫肖玲玉，谭尔丽的同学。"

"你去广东，是去找她？"

"是的，"谭尔木目光清澈，他觉得枣珠儿是他最好的朋友，可以倾心交谈的朋友，"我和她有过一段被我忘记的孽缘。"

话至此，枣珠儿不再问，谭尔木有了这么好的归宿，这么完美的结果，她内心深处，就有了一种如释重负的感觉。善良，才是枣珠儿的第一大优点。此时，她的心里竟莫名其妙地涌出了一股暖流，温温热热的，带点潮湿，上升到了她眼眶，"谭尔木，能让我做个东吗？请请你们爷俩。"

"能有这个荣幸吗？我求之不得啊。"近视眼镜片的后面，露出了由衷的欣喜。

进了一家肯德基店，枣珠儿给子宇和谭谈一人要了一个汉堡、一只炸鸡腿、一杯热牛奶。两个孩子兴高采烈地端着盘子到高台座椅上去了。枣珠儿要了两杯热咖啡，一碟甜点和一份炸鸡排，与谭尔木对面坐下，慢慢地品着……

谭尔木和妻子肖玲玉回到了沈阳，原因就是他们适应不了南方的酷暑与冬天室内的阴冷。夏天，室外就像一座桑拿房，一出门就是一身汗，身上从来就没有干爽的时候。广东的冬天不取暖，十二月份了，街上的杜鹃开得满树满街，粉莹莹地灿烂，还有那紫气微微的紫荆花摇曳着炫目色彩，像早晨的朝霞一样的摄魂动魄，引人遐思。而室内的温度却冷如冰窖，盖上两床棉被还冻得发抖。没有宽裕的钱买空调，只得每天用个暖水袋放在被窝里取暖，到了后半夜，暖水袋也变得冰冷，用脚踢出被窝，继续缩成一团，当煮熟了的大虾一样的“团长”。

这样的外暖内冷的潮湿居住条件，时间一久，谭尔木感触着“一方水土养一方人”，此处，不是北方人待的地方。他又觉得肖玲玉在外企服装厂打工太辛苦，常常要干够十二个小时或者更长的时间才能下班，而他自己喜欢的农林专业，在这里也难以找到合适的岗位。到什么单位都是做文案，也就是个在电脑上码字、画表、统计的秘书。所以，他在儿子三周岁的时候，全家回到了老根据地沈阳。肖玲玉在一家大商场做导购，她形象好，嘴甜，销售业绩很可观。谭尔木则应聘到了一家种子公司，做销售部的经理，总算和农林专业挂上了钩。

“你那么毅然地离我而去，是一点也不爱我了吗？”枣珠儿用精钢小勺搅动着杯子里的咖啡，试探地问。女人就是爱向男人问这句话，不是女人不自信，是女人都喜欢男人们的骗，来满足自己的虚荣心，已成熟的枣珠儿，也不能免俗。

“哪儿是不爱？我一直是爱着你的，但这爱，是仰慕的爱，卑躬的爱，抬着头爱你，跪在地上爱你，一直战战兢兢，生怕一日你离我而去。我们出生的家世有着太大的悬殊，你出生在知识分子家庭，我出生在普通的工人家庭，父母没文化，经济上更不能与你家比肩，这样的爱情对你不公平，对我也不公平，所以……”谭尔木不再说了，眸子里有了闪闪的泪光。

俄顷，谭尔木问：“你和我结婚，是出于爱吗？”

枣珠儿一愣神，她似乎没有认真审视过她与谭尔木的这段婚姻，当初，谭尔木离她而去，她只觉得委屈，好像应该是她主动离开谭尔木才合乎逻辑，现在看来，谭尔木分析得对，谭尔木对她的爱是仰视的，她对谭尔木的爱是俯视的，但不管是仰视，还是俯视，他们的那一段婚姻是有爱的。“是出于爱，当然，梁山杏对我的羡慕忌妒恨以及对我和穆秋的怀疑，也是促使我们那么快就结婚的一个外部条件。”

时隔十几年，两个人都很坦率。

“你对现在的工作满意吗？”

“说不上满意，一个人立世，先要生存，这就得工作、挣钱，但作为一个知识分子，除了能生存，若能对这个世界多做些事，就可以超脱平庸，提高人生的附加值……”

“人生的附加值？”

“对，除了满足生存需要的物质条件之外的精神追求。”

枣珠儿对谭尔木的回答很满意，他们在大学里所受的教育相同，人生观也容易合拍。

留下了彼此的电话号码，枣珠儿开车把一对父子送到了他们租住的小区。

2

学校放暑假了，枣珠儿全力以赴开始备考，快四十岁的人了，再跟本、硕、博连读的二十多岁的年轻人站在一个起跑线上，她真得好好加加油才行。她的优势在于实践经验足，教学时间长，劣势在于外语水平和翻译能力，不如那些一气呵成的在读博士生。是啊！房子、车子、儿子都有了，还是个副教授……这些，又都是哪个在校生能一个梦里梦见的，或者说，一个四十来岁的女人，有几个可以望其项背的。太阳光的照射，已经在她的头上、身上萦绕了许多的光环。

儿子子宇被奶奶接走了，说是让他学学舞蹈，好增加些气质，面对观众不怯场，将来有社交能力。学习的目的这么明确，倒让枣珠儿不得不感激奶奶育孙的长远打算。舞蹈班尽是些女孩子，男孩子学舞蹈的太少了，在望子成龙的家长们的观念中，舞蹈，是“成凤”的修行，而非“成龙”的必修课。枣珠儿倒不反对子宇去学舞蹈，就当锻炼身体，身体的协调能力好，增加自信，还有利于孩子的智力发展。

穆秋一直在民间艺术团忙着拍练豫剧《朝阳沟》，已经有四五天没回家了。枣珠儿不用惦记他，一个四十大几、快五十岁的男人啦，成功的企业家，痴情的文艺爱好者，还兼着剧团的副团长，按照自己的兴趣爱好去生活，他有着充足的资本。

别墅里很是清净，李姨轻手轻脚地收拾完枣珠儿的书房，就去煮冰糖绿豆汤了，酷暑天气，全家人都喝点，解暑降温。

坐在电脑前的枣珠儿，神情专注，一道一道地做着题解。

人体共有22对常染色体和1对性染色体。男女的性染色体不同，男性由一个X性染色体和一个Y性染色体组成，而女性则由两个X性染色体。第22对染色体是常染色体中最后一对，形体较小，但它与免疫系统、先天性心脏病、精神分裂、智力迟钝和白血病以及多种癌症相关……这道题，是枣珠儿要攻关的高峰，就像当年陈景润演算的“1+1”，看似简单，可要想破解到极处，也许就是她的后半生。

就是后半生又有何妨？枣珠儿有房、有车、有儿子，有老公、有夫妻双方父母健在，虽然自己的亲生母亲柳若因在地球的那一边，但枣珠儿知道她健康并快乐着……这些个“有”足以托举她升上一个常人达不到的高度。所以，她要报考美国医学院生物系的博士。虽然，她在国内已经是博士毕业，但她为了元元的病，为了学习地球那一边的最新科技，她要再考一个美国的博士学位。

“你是干什么的？干什么的？”

枣珠儿听到了是李姨急促惊慌的声音，她按了一下“保存”键，放下了手中的鼠标。

进来的是一位高大魁梧的男人，看身材的笔直程度，很像个训练有素的军人，但他没穿军装，穿的是名牌西装，没系领带，显得疲惫而压抑。

来人做自我介绍，“我叫吴迪，是金见仙的丈夫，在保加利亚修铁路，是项目经理。”

“哦……你是援建出国人员，啊，可敬可敬，但我不认识你啊，你找我有事吗？”枣珠儿看着有些气急败坏而又压抑着怒火的来人，和蔼地问。

“你是枣珠儿，没错吧？”

枣珠儿点了点头，“没错，我是枣珠儿。”

“你认识金见仙吗？”

枣珠儿摇摇头，“没有，我从未听说过这个名字，也从未见到过这个人。”

吴迪从上衣口袋里掏出一个皮夹子，打开，把一张身份证递到枣珠儿的面前，“这不是你丈夫穆秋的身份证吗？”

枣珠儿接过一看，没错，是穆秋的。

三四天没回家的穆秋，没住在群众艺术馆的排练厅里，他住在了金见仙的家里。

《朝阳沟》就要随着“文化三下乡”活动去农村演出了，排练也进入了合成阶段。开始是一场一场地排，现在是一场接一场地合，演员、乐队、舞美、灯光、道具……都需要往一起合。还要出两套方案，一套是有剧场的演出，舞美、道具、灯光都用得上；一套是落地演出，拉上一块幕布，就地当舞台，舞美和灯光就用不上了，道具也得简化。一台戏，诸多的部门合作在一起，是相当得费事，因为他们不是专业演出团体，而是一群只有补助，没有工资的文艺爱好者，或者叫“票友”，每个演员还都得兼着舞美、道具、灯光、布景，弄不好，就乱套。

每每是一场戏合下来，就到了深夜一两点钟。金见仙卸了妆，会回头与穆秋对个知会的眼神，彼此心领神会之后，先随着大多数演员一起往外走，但她都是拒绝别人送，也拒绝和同路人搭伴，一个人绕进胡同里等着，等到穆秋把车开出来，停在路灯的阴影下，她再一个小上步，坐在副驾驶的位置上，直到穆秋的车开进小区，她先下车，回到家中，先打开灯，再关上灯，等再次打开灯的时候，穆秋就知道一切安全，就会像豹子一样，又快又轻地悄声登上楼梯，进门来。

卫生间的花洒喷头已经打开，流泻着一股玫瑰香精醇香迷醉的香氛。他们会互相搂抱着冲个鸳鸯浴，然后，进入卧室，一个“公主抱”上床，来一番卧室里的巫山云雨……“三十如狼，四十似虎”，一个如狼，一个似虎，狼奔虎扑，你啃我咬，扭到一块，就忘了天地人间……

总部调吴迪回国，要交给他一个新项目，已经洽谈成功，就等着他回来签字。

他下了飞机，在总部签了字，并没有立即给金见仙打电话，他要给妻子一个惊喜，久别胜新婚，他甜蜜地憧憬着——妻子见了他会如小鸟般地扑进他的怀抱，娇羞地依偎在他的胸前，然后，像剥葱一样，一一给他解衣宽带，然后，像一条金鲤鱼钻进湖底一样，钻进他的被窝……越走进家门，他的憧憬就越强烈，心里也“咚咚”跳得像打鼓。他放轻了脚步，仿佛怕打扰妻子的梦乡。他爱妻子，妻子长得漂亮，又有一副好嗓子，还做的一手好菜饭，人又勤快，家里让她收拾得窗明几净一尘不染，装饰的书画和挂件，除了温馨，还有一股子让人羡慕的文化味……有妻如金见仙，夫复何求？

门开了，屋子里还点着灯，这么晚了，妻子没睡啊！卫生间里还有“哗哗”的声，哦……她在洗澡——

他们在洗澡，在洗鸳鸯浴，互相嬉闹着，完全不知灾祸降临。

“金见仙——你干什么？”

吴迪的一声断喝，像霹雳一样砸在鸳鸯浴者的头上。

一对野鸳鸯瞬间愣住了，像两个面人塑。

还是金见仙先反应过来，光着身子跳出浴缸，“滋溜”一下钻进了被窝，用被子蒙住头，身子哆嗦得像筛糠。

穆秋不能去钻被窝，有吴迪挡在门口。情急之下，他扯了一条毛巾被裹住身子，“扑通——”一声，跪在吴迪的脚下。

“兄弟，兄弟，要打要骂都由着你，都由着你，都是我的错，我的错……”

吴迪扣下了穆秋的身份证和手机，“滚蛋——快滚蛋，小心我扇你。”

骂完，几下拳脚，就把裹着毛巾被的穆秋踢到了大街上。

3

枣珠儿留下了穆秋的手机，但留不下穆秋的身份证，吴迪要他们全家出面做出保证，才能不继续扩大事态。她吞不下这颗涩涩的苦果，梗骨在喉，憋得喘不过气来，就像高原缺氧，体虚得说不出话来。她不知道自己应该说什么，她快要气疯了。

“怎么会发生这样的事情？这样的事情怎么会发生在我枣珠儿的家里？怎么会发生在我要出国的时候？我哪儿做得不对？我哪儿做得不好？”

她不是痛恨穆秋，她是在检讨自己。

她失神落魄地走进了公公、婆婆的家……

穆秋在这里。

他不敢回别墅里，又不能露宿街头，他……唯有回父母的家。丧家之犬，唯有父母的慈爱，才舍不得让他走投无路。

“他凭什么呀？凭什么呀？凭什么呀……”枣珠儿面对公公、婆婆两位老人和被打得鼻青脸肿的穆秋，像是质问苍天，也像是质问公婆。

凭什么呀！

论年龄，穆秋比枣珠儿大十多岁，差不多是大叔级的了，枣珠儿有绝对的优势；论形象，穆秋虽然长得文质彬彬，一表人才，可枣珠儿也是美女一个；论文凭，穆秋是高中文化的知识青年，枣珠儿大学毕业，又读了硕士、博士，是大学里的副教授；论地位，穆秋是资产千万的成功企业家，但是枣珠儿从嫁接山杏树、酸枣树开始，搞多种经营，全面提升了他承包的山林，还创建了杏花红系列化妆品，穆秋的千万资产里超出一半是枣珠儿的科研成果；论夫妻，枣珠儿给他生了一个健康的儿子穆子宇，使他的家产有了继承人，还收养了他的前妻梁山杏，善待他与前妻的女儿穆子萍……

可他……却与一个民间剧团的艺人金见仙通奸，让人家丈夫抓了个正着，还扣了手机、身份证……荒唐！

“跪下，给枣珠儿跪下！”黄月琴发怒了，从胆瓶里抽出一把鸡毛掸子，那是她出嫁时娘家嫂子给绑的，全是大公鸡的毛，鲜艳而蓬松，弹个犄角旮旯的尘土，可比抹布好使。掸子柄是藤条的，结实而柔韧，有弹性。

“我让你不学好，让你不学好……”“啪——啪——”两下，黄月琴的鸡毛掸子抽在了儿子穆秋的脊背上，顿时，抽出了两条殷红的条痕。她太生气了，这个儿子咋这么不让人省心啊，先是被野树沟的疯丫头梁山杏弄了个“先有后嫁”，让当爹妈的又无奈又没面子，生了个孩子随了娘家姥爷的根儿，一着急就犯癫痫病，苦心拉巴到了上高中，淘气开车摔进了山沟里……还有个姑娘穆子萍，是黄月琴和穆乐夫手拿把掐培养到上了音乐学院附中，算是能成才了，但那隐形的癫痫病的老根儿也在孩子的身体里面潜伏着呢！多好的儿媳妇枣珠儿，劳苦功高啊！帮助儿子建立了两个公司，一大片产业，还生了一个聪明健康的小孙子穆子宇，全家有望啊……

“你咋就不珍惜呀，快五十岁了，还不定性，你还胡闹，好日子过到头啦……”黄月琴边哭边用掸子抽儿子，抽在儿子身上，疼在娘的心上，可不打不行啊！枣珠儿来讨说法，当公公、婆婆的，不能不有个态度，不能不分辨出来个是非，儿子不占理呀！

“你歇歇，我来教育他……”穆乐夫夺过黄月琴手中的鸡毛掸子，把老伴按坐在沙发上，摘了条毛巾给她擦眼泪。老伴有高血压，她又一辈子要强，遇上这样的事，全家人，谁的脸上都蒙了一层羞，作为一家之主，他得化解这场危机，好在枣珠儿只是哭闹，还没有提出离婚……这事就有救！

“穆秋，你也老大不小了，男儿膝下有黄金，你总跪着，也不能解决问题，你自己去接受枣珠儿的审判，认罪服法……”穆乐夫把穆秋推进了书房，回头来请枣珠儿，“你打得、骂得，有气尽管撒，就是别憋在心里，看坐下病。当年，你不是得过抑郁症吗？可别再犯了。爸爸就求一件事，不要离开这个家。咱们这个家，现在你是顶梁柱，也是磁石……”穆乐夫说着，眼泪就落了下来，年过古稀，他自己也知道自己没有了当年的力气和能力。

枣珠儿停止了哭泣，接过黄月琴递过来的毛巾，擦着眼泪和鼻涕，她在思索：她的婚姻为什么老是这样失败？当初，谭尔木不辞而别，她的自尊心就受到了一次伤害。现在……现在穆秋又上了金见仙的床，她若是一个优秀的、有品位的女人，或者说超过自己的女人，枣珠儿也……也心理平衡点儿，可那个女人就是个高中都没毕业的……一个小单位的会计……穆秋，你太让我伤自尊，也太让我看不起你啦……公公、婆婆已经给足了自己面子，枣珠儿不能再哭闹了，继续这样下去，就是自己不给自己面子啦……

枣珠儿刚要起身往书房走，突然，门铃一声声急促地响了起来。

进来的是妞子，比上次铁命被派出所拘留还慌。

“铁命被打折了腿，正在医院接骨……”

事情已经过去了一年，铁命以为事情已经平息了。

防疫站和质监局联合把杏花红系列化妆品制作车间的大门给封了。说美白产品含铅过量，造成消费者部分毁容，伤害了消费者的利益，要他们停产整顿。

铁命就在早晨七点钟去见殷思春。

殷思春坐在办公桌后，黑着脸一动不动，就像个黑煞神那么吓人。

铁命把一个装了一万元的信封递到殷思春的面前。殷思春摸了摸，脸上挤出一丝冷笑，“你这么薄……情，就想开封条，看不起谁呀？”

“殷……殷书记……”铁命有些胆怯了，这才多长时间没喝酒啊，无话不谈的老朋友就生分了。

坊间有一段关于人际关系“四大铁”的民谣：一起扛过枪，一起下过乡，一起同过窗，一起嫖过娼。

铁命没跟殷思春一起当兵、一起下乡插队当知青、一起同年同班当同学，可他们一起嫖过娼，还不止一次，最严重的就是一万元睡了一个学生。他们俩虽没有上过一张床，可那一万元的经费，是铁命给殷思春付的。按说这种关系应该“铁”，但此时的铁命没有看到与殷思春往常关系的“铁”，只看见一张面孔的铁。

“殷书记，”铁命调整了一下自己的情绪，他是蒙古族，向来信奉“心实”，他也希望殷思春对他还存留着点“心实”，就开口说：“殷书记，我们公司最近效益不好，又接连出事，一直没有缓过原来，快到年底了，很多赊出去的账要不回来，银行贷款的利息也要还，现在是罗锅子上山——前进（钱紧），你先让他们把封条撤了，工厂开工，我去要账，少不了你的……”

“啪——”殷思春把面前的信封摔到了地上，“告诉你，不拿十万元，你甭想开封！”

“十万元！就是不交水、暖、电费，不给员工开支，我们也凑不上十万元呐。殷书记，我知道你花了十万元，可……可……可也是我为你顶的缸啊！你不能忘了以前我对你的好……”

“以前的好？”殷思春站了起来，指着铁命的鼻子说：“你以前对我好？怎么让一个娘们弄了录音来诈我？你没带录音机吧！”说着，一把拉住铁命，像坐飞机过安检一样，搜了铁命的全身和提包，发现没有，这才松了一口气，踢了一脚地上的信封，说：“滚——你给我滚……净给你脸了，你可别再踩着鼻子上脸！”

铁命碰了一鼻子灰，回到了化妆品车间，一大帮工人和技术人员围住了他。

“铁总，咱们的配方是有专利的，怎么会多了铅？”

“是啊，咱们拿产品让他们再化验一下不就成了吗？”

“防疫站、技术监督局都不给化验，你找谁去？”铁命没好气地说。

“那就这样封门了？咋这么不讲理呢？”

“下了订单的‘杏花红’，到时候生产不出来，人家是要罚款的……”

是啊，哈尔滨道外有一个商店定了一百件水、膏、粉三件套，月底交不出货，人家是要赔偿的。

铁命犯了难……

有个工人给铁命出了个主意，“咱们白天休息晚上干，不走前门走后门，那些劳什子，还能晚上跑出来查看？”

他打电话给穆秋，穆秋的手机关机。一时想不出办法来，铁命就点了头，他想拿着这装着一万元的信封，去找找管工业的副县长，看能不能通融通融。

副县长倒是给质监局和防疫站打了电话，可两个部门都说杏花红是殷书记让查封的。

副县长在青林县大院里的排名，在殷思春之后，副县长不想“僭越”，也就没了下文。

工人们夜间上班，铁命也不敢在家里睡大觉。吃过晚饭，他穿上羽绒服，戴了个大口罩，就往公司里走，刚拐进一条小巷，两个同样戴着大口罩的大汉，一人抡起一个铁扳手，同时朝着铁命砸来……他们没砸头，砸断了铁命的一条腿。

枣珠儿对穆秋吼道：“你就当甩手掌柜，看看——事来了吧？”

穆秋也慌了神，他光顾着排练《朝阳沟》，整天和金见仙打腻，出了事，手机和身份证都被扣下，连在旅馆住宿都不可以。现在面对三堂会审，他还是个“囚犯”呢！

“咋办呢？我连个身份证都没有，手机……手机也没有。”他问枣珠儿，他现在已经习惯了大事要枣珠儿做主。

枣珠儿这才把穆秋的手机扔给他，好几天没开机了，也不知道有电没电。

“这……这事咋办呢？”穆秋一脸的无奈，一脸的无辜。

“咳……”枣珠儿叹了一口气，对穆乐夫和黄月琴说：“爸、妈，你们帮穆秋要回身份证吧，我跟妞子去青林。”

枣珠儿没有立即跟着妞子去青林，她让妞子先回去，照顾住在医院的铁命。她要先计划好自己的行动，着急和莽撞，都不利于问题的解决。她的对手是县委副书记殷思春，还有他的势力范围张开的一张网，没有战略战术，她打不赢这场战役。穆春是她的系主任，她来向他请假，也是向他讨教，他曾是她的导师，现在也是。

爱妻龙晓的死，女儿元元的病，让风华正茂的穆春满头华发，一脸的皱纹，再能担当的人，也架不住命运中的连天风雪和昼夜磨损。他的眼睛还炯炯有神，但不过多地外泄，深深地沉入了双眸的潭底。

一见面，枣珠儿就哭了，哭得悲悲切切，抽抽搭搭。

穆春没有劝她，任她哭个够，坐在对面的沙发上，抽出一叠一叠的纸巾，递给她擦不断涌流的眼泪。

“唉——”枣珠儿长舒了一口气，算是把心中郁结的腌臜与委屈，吐出去了一半，感觉舒服多了，这才站起来，到卫生间洗了个脸，坐在沙发上，端起穆春给她沏好的一杯铁观音，如牛饮似的喝了个干净，这才一五一十地把这几天的经历全部倾诉给了她现在最信赖的人。

穆春半天没说话，他似乎是在一一消化穆秋出轨与青林县铁命和殷思春之间发生的事，又似老牛反刍般地在回味咀嚼这些枣珠儿喉咙里的鲠骨……他站起来，给枣珠儿的杯子里蓄满水，才慢慢地开了口。

“我赞成你的想法，要居高临下地解决青林县的问题，去求、去行贿那些贪官是没用的。他们人脏了，心也就黑了，除了一条路走到黑——撞了南墙，他们无路可走，就如一头被蒙住了眼的毛驴进了磨道，只有一圈一圈地走，不会自己回头，也不会自己扯掉蒙住眼睛的黑布，停住脚。至于穆秋，他是我的堂弟，更是你的丈夫，还是你儿子穆子宇的爸爸，对他原谅不原谅，都取决于你的内心，我不会干涉，也不会建议。你已经不是当年跟着我读大学、读研的枣珠儿了，你已经成熟了，像只羽毛硬朗了的小鹰，未来的天空广阔着呢……”

听了穆春的一席话，枣珠儿就像获得了一万张赞成票。

“我想请谭尔木夫妇接替铁命和妞子在青林县的工作……”

“这完全可以。作为一个农牧民出身又没有多少文化的企业家，他们能把野树沟林木公司和杏花红化妆品公司干到如今，已经是他们能力的最高峰了，换句话说，对更复杂的社会环境，他们的知识、文化和思想，已经无力应对了，把他们撤回沈阳，给一处住房，再交给他们一个熟食店，自食其力，由着他们发展吧。把孩子带到沈阳读书，也是提升了一个家族，对得起他们的辛苦与忠心……”

枣珠儿边听边频频地点头。

“谭尔木是我教出来的大学生，他又热爱农业这一行，经过了一道道坎儿，他已经成熟，林木公司和化妆品公司这株巨大的‘砧木’，嫁接上他这个‘接穗’，两家公司的基因就会大变。”

枣珠儿没能想得这么深邃，她只想到公司领导层的更新换代，而穆春讲的是由植物学意义上的嫁接到社会学意义上的嫁接，格局更广大，也更高深。

“还有一个情况，不知道你知道不知道。”

枣珠儿睁大了眼睛，她期盼着教授给她更多的启示与帮助。

“谭尔木的妹妹谭尔丽，也是咱们学校的毕业生，现在在青林县林业局园林处工作，还是个副主任呢！”

这一点，枣珠儿没料到，和谭尔木离婚以后，她就再也没有关心过这个刁蛮任性的前小姑子。“这下好了，林业局、园林处，这对林木公司可是个福音，她们可以接受林木公司的产品，是林木市场的终端。”

“一代新人在成长嘛——”每一位教师都不会嫉妒学生的成就，最能告慰自己的，也是学生们的成就。

枣珠儿恋恋不舍地要走了，她扑到了穆春的怀里……

穆春拥抱了她，还在枣珠儿饱满的额头上轻轻地吻了一口。尽管自己已经衰老，但他还是要竭尽全力地给最心爱的学生一点爱，一点力，一点温暖，温度不高的温暖。

4

枣珠儿开始进攻了。

她把林树娥和青林县城郊小旅馆老板的录音加了编者按，用微博的平台发到了互联网上，一夜间，点击率就超过了百万。她又请她心目中的大笔杆子谭尔木化名“手术刀”，以《“破处”=十万元吗？》的触目惊心夺人眼球的标题，写出了一部长篇通讯，投给国内几家高端的商业杂志，这些杂志的阅读量和转载率都超过百万……

铺天盖地的舆论把殷思春一层一层地网住，正所谓“天网恢恢，疏而不漏”。

不是他的权利罩着一群手下的人，而是他的权利被各种新媒体的舆论网络罩住，气焰嚣张的贪官被收敛了，因为他自己从来没有意识到要收敛。收敛，很被动。

首先是他早晨七点钟上班，再没人敢找他办事了，断了财路他不甘心，就自己主动给以前求他办事、他没理睬的人打电话。

对方一听是县委殷书记，都支支吾吾地说：“有空……有空……有空就去找殷书记，这几天烂事缠身了……”

保护他的两个公安便衣特警，没向他打一声招呼，就自动消失得无影无踪了。

随即，请他喝酒的、唱卡拉OK的、洗澡泡脚的、视察工作的、启动仪式剪彩的……一律消失。

没人请吃饭，他按时回家了，可老婆不给他留饭，也不让他上床了，虎着脸，背过身去甩了一句话：“自己找地方睡去，怕被你传染上脏病，儿女还没长大成人，我还得多活几年呢。”

上高中的女儿和上初中的儿子更绝，一起找妈妈要户口本，说要到派出所改姓，不姓爸爸“殷思春”的“殷”，要姓妈妈“杨凤兰”的“杨”，还必须立马转学，因为她们俩，都受不住同学们的“人肉搜索”了。

更要命的是县委的常委会不让他参加了。现行的规则是私下运作，会上通过。他暗自运作的一批干部的任免名单，因为不让他参会，全部作废。

他恐惧极了，觉得自己就像一头失去了自由的困兽，左突右奔，也出不了笼子……

还是有人能救他。

救他脱身的是上级部门的一页通知，让他离任，到党校学习一年。

这样的结果，一年前，在他的办公室里，枣珠儿曾亲口对他说过。他当时不信，现在竟成了谶语。

他应该感谢这条官场上的潜规则。

谭尔木夫妇走马上任了，他把两个公司合并为一个公司，还用最初的名字——野树沟林木有限责任公司，他被聘为总经理，他的妻子肖玲玉被聘为销售部经理。

枣珠儿让铁命和妞子搬进了别墅。三层的别墅，一亩半地大的院子，光住着枣珠儿、穆秋、子宇、李姨四口人，太冷清了，鱼池里的鲫鱼、草鱼、鲤鱼长大了，一家人吃不完；树上结的果子多了，一颗颗掉在地上，是李姨把它们拾起来，切片，晾成了果干送人；还有菜畦子里种的豆角、茄子、辣椒，也多是被李姨晾成了干……大观园里，有贾宝玉、林黛玉、史湘云、薛宝钗、迎春、探春、惜春、妙玉、王熙凤和平儿、袭人、晴雯等一群老爷、夫人、公子、小姐、丫鬟、婆子们，才热热闹闹哄着老祖宗开心，轰轰烈烈地上演着一幕幕的悲剧、喜剧。人没了，人气也就没了，所以，多大的房子，也得有人住，空了房子，就空了人气。聚拢人气，是最有能量的气场。

铁命、托雅两口子，自然是感恩戴德，能躲开是非之地，还能到沈阳这座大城市住别墅，是他们做梦也梦不到的美事。除了经营熟食店，别墅院子里种菜、养鱼、收拾果园的活儿，他们两口子全包了。

通知书来了。枣珠儿考上了美国康涅狄格大学医学院生物系的博士，她的导师，就是她的那位高中同学。

她摘下了腕子上穆秋给她买的玉石手链，换上了那串爸爸送给妈妈的枣核手链。枣仁能安神，带上它，心里平静，就像回到本真。岁月的沉淀与打磨，让这串枣核手链盘出了紫红的润泽，那里浸润着妈妈的气血体温，也浸润过枣珠儿的气血体温，不及玉石晶莹剔透，却也珠含灵气，神韵内敛。

她去美国求学，必然要去见妈妈，那个向往浪漫自由上美国进修声乐的柳如茵……她没想到过去美国找妈妈，是龙晓临终"救救元元"的委托和穆秋对她们爱情的背叛，让她有了这个强烈的冲动……冥冥中，是上苍的安排？还是上帝的安排，她不知道，但她知道自己的内心，那是她强烈的愿望，她最喜欢做的事，就是放下一切杂物，静心学习。

她相信，这都是她枣珠儿的命运。

她要带着元元一起去美国。

她的同学发来邮件，说她可以用她新发现的"非编码 RNA（核糖核酸）"进行基因编辑，来救治元元，并割断遗传的生物链。因为"非编码 RNA（核糖核酸）"治疗癌症正处在临床试验的阶段，它带来的直接好处是可以免掉一大部分医药检测费。要知道，美国的医药检测费高得会让中国人瞠目结舌，别说是一个大学教授的女儿，就是一个中小企业家，也会被掏得破产。

元元腹中的肿瘤已经有核桃大小，已经耽误不得。

来机场送行的人很多，穆春、穆秋、子萍、子宇、铁命、托雅、裘三妹、林树恩、李姨，还有公公穆乐夫和婆婆黄月琴。

裘三妹瘦了些，肚子收敛了许多，穿了一身湖蓝色的西服套裙，显出了腰身。

变化最大的是林树恩，他穿了一套七匹狼的休闲装，戴了一顶棒球帽，还有一幅水晶石的墨镜，配上一双361°的运动鞋，不知情的人已经看不出他二十年前，是个地地道道的农民。

枣珠儿一一和他们握手、拥抱，都是亲人，不管有没有血缘连着，弥久的亲情，都远远牢固于爱情。

子萍牵着子宇的小手，挤到了枣珠儿的面前，把弟弟推给了她最信任和钦佩的继母。

枣珠儿弯腰抱起子宇，小家伙墨黑墨黑的眼珠里满是泪水，小嘴一张，哭出声来，“妈妈，你不要我了，不要我了，姐姐说你生爸爸的气，就不要我们了……”

枣珠儿苦笑地看了一眼子萍，又瞥了一眼人群后面的穆秋，抹了一把儿子眼角的眼泪，“小傻瓜，姐姐是逗你玩儿呢！哪有妈妈不要儿子的？妈妈是带着你的元元姐姐去另一座城市学习、治病。你现在读小学，妈妈是读博士，咱们比一比，看谁学到的新知识多，你敢不敢和妈妈比一比？”她伸出了食指，弯成了钩，要和儿子签约。

“妈妈不要到别的城市上学，就在咱们沈阳多好啊！不去别的城市，我就跟你拉钩，一定要去别的城市，我就不拉钩。”儿子不上钩，小脑袋固执地摇着，嘴巴撅得能挂个油瓶。

见儿子赖在妈妈怀里不下来，穆秋挤上前把儿子从枣珠儿的怀里接过来。他还是一声不吭，只是用歉疚惭愧的眼光呆呆地看了妻子一分钟，而后，低下头，一声不响地抱着儿子退到了人群的后面，失掉了面子，就上不得台面，他还没有堕落到不知羞耻。

枣珠儿没有与他拥抱，也没有再看他一眼，他的身份证还在吴迪的手里押着呢，吴迪要和金见仙离婚，还要起诉穆秋，赔偿婚姻损失费。公司的事，枣珠儿都代他处理了，个人的事，就由他自己去面对，每个人的人生之路，都由每个人自己去走。

倒是穆春上前一步，对着枣珠儿一抱拳，长揖到地，“大恩不言谢……”

第四章

1

一年后。

同样是在机场。

枣珠儿和满面红光的元元走下飞机。

枣珠儿采用了她的同学，也是她的导师发现的非编码RNA（核糖核酸），给元元进行基因重新编辑。这也是一种嫁接，这次嫁接没有“接穗”，只要“砧木”。枣珠儿在元元的血管中抽出了血液，注入了新学科的材料，通过人工的方式，制作和改造元元遗传于妈妈龙晓的DNA中非编码RNA（核糖核酸），新的合成细胞在元元的血液中以几何的方式迅速繁殖，待到形成强大的阵营，再输入元元的体内，新细胞大量吞噬着癌细胞……

元元的头发一片一片地脱落了，那是身体内原来的DNA卸下的旧铠甲。

在新的头发长出来之前，枣珠儿的妈妈柳若因送给她一顶年轻时代在美国演出时戴的头套。元元能入美国境，就是以“探亲治病”的名义，让柳若因担的保。金黄色的卷发浪花似的在头上涌动着，一向端庄瘦弱的元元就有了几分调皮，几分俏丽。

一个月一次，基因重新编辑的输入，让元元胃里的肿瘤一次次萎缩，一次次变小，等到肿瘤蜷缩成山杏核般大小，枣珠儿的同学兼导师建议对元元实施手术，让“肿瘤君”从身体内彻底滚蛋！

手术后的一个月，也到了暑期，枣珠儿决定带着元元回国。休学一年多，她还要接着读书呢！元元的基因中，遗传了妈妈的胃癌，也遗传了妈妈的文学天赋，她在美国治病的一年时间里，一有空，就整理妈妈留下的《病中日记》，她也在写自己的《病中日记》，准备在自己战胜胃癌的时候，出版一本《在生命的尽头——母女病中书》。她自信，有枣珠儿婶婶的新技术、新材料，她会在生命的尽头涅槃，化作火凤凰起死回生，然后，继承妈妈的遗愿，在大学毕业后，当一名记者或者一位编辑，成为一名没有生存负担的业余作家。

她是枣珠儿嫁接技术最好的“砧木”和“接穗”，“砧木”是她的肉体，“接穗”是她的灵魂。

来接机的人中，少了把弟弟穆子宇推给枣珠儿的穆子萍。

枣珠儿出国以后，子萍面临高考，小提琴专业课她考得很好，等考文化课的时候，就出了问题。

女儿要高考，每个父母都会像自己临战一样那么紧张。梁山杏也不例外，她请了一个月的假，跑到黄月琴家，说要给女儿做一个月的饭，说子萍考大学，她这个当妈的，不出一份力，心里过意不去，也怕以后子萍长大了不和她亲近，疏远她这个没亲手拉巴女儿的妈。

前婆婆黄月琴没有理由拒绝，亲妈伺候亲闺女，还能出错？再者，她的年龄越来越大，同行的人到了这个岁数，都是去公园跳舞、打剑，参加老年大学合唱团或模特队了，她一直照顾着孙女，拒绝了所有同行老姐妹们的邀请。上个月，她们过去的业务团长、大武生郭占英，教一群弟子学打长穗剑之《抒怀》，还邀请她一块来学。别的可以不参与，这长穗剑可是她的专爱，京剧《霸王别姬》里，虞姬在项羽面前的那段舞蹈，就是长穗剑，不但是长穗剑，还是双剑，双手长穗剑舞起来缠绵悱恻，哀绝衷肠，美极了！哀绝了！虞姬横剑香颈，气绝身亡，留下了千古绝唱……恋着这一幕图景，黄月琴就坡下驴，高高兴兴地买了一把新剑，拴上红红的长穗，把家里的钥匙交给梁山杏一把，乐颠颠地重回梨园行。

梁山杏做的一手农家饭，子萍照单全收，梁山杏无休无尽的唠叨，子萍不能全收，不但不能全收，还不厌其烦。

端上一盘韭菜鸡蛋馅的饺子，梁山杏就开口了，“还是你亲妈好吧？谁会把饺子包出‘妈’味？就是你的亲妈我梁山杏。小姑奶奶，你可得好好考啊，你妈后半辈子就指望着你啦，你要考不上大学，看我打不断你的腿，撕不了你的皮……”

做了黄米豆面的“驴打滚儿”，梁山杏又开口了，“驴还知道打个滚儿呢。你念了这么多年的书，咋也得打个滚儿，你打了滚儿，你妈我也就打了个滚儿，都翻身了！”

晚间十一点了，梁山杏做了一碗小馄饨端给子萍，“上辈子欠了你个小骚妮子的，三更半夜的还得给你做饭，快吃吧，吃完了，我得睡觉去了，你要是考不上，可对不起你这个半夜三更还给你整饭吃的亲妈……”

无端挨了骂的子萍心里特别烦，她正为一道数学题头疼呢，她对音乐很敏感，不论什么样的调式，什么样的音符，什么样的节奏，她一听，就入了脑子，可一到数理化就懵，总觉得那一串串符号、一列列数字组合起来，就是一座座迷宫，她想进去，但就是不认得路，怎么也找不到门……心里正纠结着呢，让梁山杏这么一干扰，连看也不看地推了一下馄饨碗，“不吃——拿走。”

这一推，就把一碗滚烫的馄饨汤洒了一桌子，洇湿了书本，也烫了梁山杏的手。

梁山杏本来就不是一个善良之辈，对自己的亲闺女当然也会不惯着，别的工具不凑手，一块垫着馄饨碗的旧抹布就在左手攥着呢。她一倒手，旧抹布到了右手，抡起来，照着子萍的头脸就抽了下去，“还反了你了，伺候你吃，伺候你喝，还让你搡兑我？让你爷爷、奶奶惯得没人样了，我管不了别人，我还管不了你！你是我生的，我养的……”

挨了几下抽，子萍一声不响地就栽倒在地上，双眼紧闭，口吐白沫，手脚抽搐得一点儿也伸不开了……这样的症状，和她哥哥穆子帅发病时一模一样。

子萍得了高考恐惧症，一提高考她就犯病，面色发青，浑身抽搐，双眼紧闭，更甭提能坐在书桌前看书学习了。

爷爷、奶奶和穆秋带她去看心理医生，医生说，只有她的心情平静下来，消除恐惧，她才能恢复正常。

无可奈何之际，黄月琴带着孙女去了郊外蛇山上的灵山寺，找到了那里的主持静心法师。

静心法师原是一名下乡插队的女知青，做过赤脚医生、代课老师，也做过公社的女干部。在接待下乡的县革委会副主任视察工作的晚宴后，被这个人面兽心的畜生撬开独身宿舍的窗户强奸了。她不敢声张，怕他阻止她抽调回城，只有忍辱偷生。不久，她发现自己怀孕了，想偷偷打胎，几次都没能成功。她生下了一个女孩儿，未婚生下了私生子，这在公社大院里就是众口声讨。这样的事，人们不去痛恨强奸她的县领导，而是耻笑她的偷人养汉，以色情勾引领导，平时善良的乡亲们都变得愚昧盲从，她以有文化、有能力、有干劲积累起来的好声誉、好口碑，一下子彻底崩溃，成了“不齿于人类的狗屎堆”。

名声坏了，颜面扫地，形象不堪。公社主要领导严厉追问她孩子的父亲是谁，说不出个张三、李四、王五，就按“女流氓”处理她，游街示众，关看守所。无奈之中，她供出了那个人面兽心的家伙。哪知，那个副主任软磨硬靠，死不承认，反而说她诬赖革命领导干部。她被公社机关开除，打回了一个知识青年也没有了的知青点。

门外下着大雪，屋里冷得像冰窖，女儿突然发高烧，她身无分文，就抱着女儿拦车赶到县城，去找那个副主任，央求他给点钱给女儿看病。副主任躲在屋里不出来，副主任的老婆掐着笤帚疙瘩，朝着她和怀中的女儿连吼带骂，劈头盖脸的就是一顿暴打……没有人拉架，邻居们都趴在门缝看热闹，谁会同情一个未婚先孕的女人呢？何况，她惹的是县革委会副主任的女人，在那些趴着门缝看热闹的人的心目中，副主任的女人，是官太太，谁会得罪官太太，而帮助一个素不相识的女人呢？

她抱着孩子仓皇奔跑，等到了医院，孩子早就断气了……

孩子，死了；家，回不去了；人，也被单位开除了……绝望之时，她想起了附近的蛇山上有一个灵山寺……

灵山寺破落不堪，各路神仙的雕像都被造反的人砸得粉碎，东倒西歪地成了一地碎片。院落里，杂草丛生，荆棘覆盖的荒坡下，成了野兔和黄鼠狼的巢穴。坐西朝东的一座大殿和一座坐北朝南的偏殿里，佛龛、供桌、功德箱还有蒲团上，到处盘着一坨坨长长短短大大小小的蛇，有青蛇，也有白蛇，还有色彩斑斓的花斑蛇。有无毒的，也有有毒的，它们是一个蛇的族群，蛇山便是它们的王国。灵山寺，是蛇国的邻居，它们是来灵山寺串门的客人，借宿的行僧。

寺院里，只有一个老尼姑守着，原来的僧侣都被逼着还俗了，老尼姑在俗世里，已经没有一个亲人了，她无处投身，就死活留下来守护。执念如此，也就没有谁能再逼迫得了了。

老尼姑听了她的哭诉，就收留了她，赐她法号静心，说她是知识青年，有文化的人来到灵山寺，是佛祖的上世劝化，也是灵山寺的造化。老尼姑每天教她礼佛、诵经、打坐、参禅……她的悟性极好，十几卷经文滚瓜乱熟地背下来，就出徒了。三年后，老尼姑把主持的位置交给了她。又过了一年多的时间，老尼姑就安详地圆寂了。

静心把穿戴得整整齐齐的师傅，用一口头号大缸埋葬在山坡的一个向阳处，就开始在蛇山上捡石头，一块一块地捡，一块一块地垒，等石堆成塔，她给师傅刻了碑，上了香，许了愿，就开始了灵山寺的重新创业。

她知道以诚相待，最有灵性的蛇会听懂她的话，领会她的意，就恭恭敬敬地对一坨一坨佛龛上、供桌上、功德箱上和蒲团上盘踞的蛇们说：

“灵蛇呀灵蛇，我要创业了，我要把灵山寺建的比原来的大，比原来的好。你们往更高的山峰上去吧，这里要动土，你们不得安全，也不得安生；这里要来善男信女，怕你们咬了他们，也怕他们被你们吓到……这里是佛家的领地，你们的领地在山峰上，我登上过山峰，看过那个地方，树木很茂密，有泉水，也有潭水，还有很多的鸟儿，很多的鼠类，许多的药材，挺幽静的，适合修行……灵蛇们，你们走吧，咱们做个互不侵犯、友好相处的邻居，好吗？”

万物皆有灵。

终年相处，不同的种类，心灵竟能相通。那些蛇们好像都听懂了她的话，一坨坨地舒展开了身条，簌簌地向蛇山峰顶上爬去，有几条大蛇还频频回头，似在回应着她的挥手相送，令她有了一种做善类不再孤独的感觉。

送走了大大小小、长长短短的灵蛇们，静心换上麻鞋，背上一个大药篓和一包师傅留下的银针，开始下山边行医边化缘。彼时的蛇山下缺医少药，但不缺有钱的人，突然的就有人暴富起来，他们的心里也不托底，能结点善缘，积点功德，也是给他们填满钱的心窍开了一道缝儿。加上静心的医道治好了许多人的病，特别是心病，一经开导，心结打开，自然是尊静心为菩萨转世。

……

不到十年，破败的灵山寺就落成了三层大殿和两处偏殿，香火也越来越旺盛起来……竞争之年，有钱的，无钱的，有灾的，无灾的，有求的多，无求的少，大多数人的灵魂和愿望都无处寄放，无人诉说……灵山寺就成了一个寄放灵魂，诉求愿望的灵台……

几十年的修炼，静心法师的座下已经有了十几个徒弟，她也由一位饱经苦难的小女子，成了法相端和的得道之师，白皙圆润的下巴颏上竟长出了几根胡须——“女人男相”也。所谓观音菩萨是“不男不女”之说，在静心法师之相貌显露出了几许端倪。

静心法师听了黄月琴的叙述，仔细端详了子萍的面相，又摸了子萍的骨骼，说这个孩子可以静下心来，条件是要在灵山寺做上一年的义工。

义工，就是初一、十五、三月三、五月十三、七月十五等寺里做法事的时候，晚上一点钟，起床给前来烧香拜佛的僧众们做斋饭，蒸馒头、焖米饭，切咸菜条，炖四样素菜，不管有多少人吃，都得管饱。灵山寺附近没有饭店，来礼佛的施主，不能饿着肚子。

黄月琴说：“这孩子从小就没做过饭。”

静心师傅说：“佛祖渡有缘之人。”

于是，黄月琴就开始了初一、十五、三月三、五月十三、七月十五等日子陪着子萍一次次地在前一夜里来到灵山寺，还不准让穆秋的小车送，坐长途汽车到山下，然后，徒步走上山来……不会做饭的子萍从摘菜、洗菜、挑水、淘米开始，直到会蒸馒头、会焖米饭，还会炖出四样素菜来。说也奇怪，这一通义工做下来，子萍再也没犯过癫痫病，后来也不让奶奶黄月琴再陪着了。

今天，是七月十五。

2

枣珠儿开车，带上元元，一起去接子萍。

子萍去灵山寺做义工，错过了接机。但在第二天，她就欢欢喜喜地去伯伯家看从美国治病回来的堂姐元元。

子萍又恢复了活泼泼辣的性格，见人就笑。她拉着元元手说：

“元元姐，灵山寺的签很灵验，哪天，我也带你去抽个签吧，看你的病经过基因重新编辑的治疗，是不是彻底治好了。”

元元说：“治好治不好，医生一检查就知道了。”

枣珠儿也点头赞同。

看枣珠儿点头，赞成元元的意见，子萍有些失落，但她又不想独吞自己的体会，总想用自己的体会帮助一回堂姐，毕竟，穆家就她们姐妹俩，穆子宇还太小。

子萍相信灵山寺的签，是她在考试前，曾在奶奶黄月琴的陪伴下，去寺里抽过一个签：

“茂林松柏正年轻，
舍却戾气苗得青。
心虚春笋竹节起，
根正树梢探晴空。”

净心大师接过一看，就说：你的大学今年就考上了。

子萍回到家中，静心复习一个月，再进考场的时候，心里很平静，而且不让爷爷穆乐夫和奶奶黄月琴送，也不让爸爸穆秋送，当然，更不许妈妈梁山杏去送了。她只搂着黄月琴的脖子，贴在耳边说：“奶，我中午就吃您亲手做的饭，有炸酱、有黄花鸡蛋卤，还有黄瓜、豆芽、紫菜头、素炒甘蓝做菜码的捞面。”

黄月琴抹抹眼睛里涌出来的泪水，点点头答应了。有什么不答应的呢？一年前，她还是一个心浮气躁，一提考试就吓得打哆嗦犯癫痫病的小丫头呢！

两天半的考试结束了，中午吃完饭，子萍戴上了一个大草帽，跟奶奶要了十块钱的长途汽车费，就上了灵山寺。第二天，是农历五月十三，观音菩萨的生日，进香的善男信女多，她得早做准备，她聪明伶俐又年轻，还有文化，静心就让她当了义工伙房的副厨师长。

子萍认真地提建议，让枣珠儿“扑哧——”一声笑了。她不是讥笑子萍小小的年纪竟迷信抽签。为了治好元元和子萍的遗传病，她甚至翻过中医的“五术”：山、医、命、相、卜。在“山”术中就有“灵治”一术，说的是，通过掌握人的心灵（心理状态），进而治疗人的疾病的一种方术。在“卜”术中还有“占卜”一术，是以《易经》为理论根据，结合天、人、地三界互相制约而推断吉凶的办法。“医易同源”，即中医与五术关系的演变。今古大医，皆通周易，全晓风水，俱会祝由。五术之内容，一通百通也。

子萍的脸“腾”地红了，她不知所措地盯着枣珠儿，“枣珠儿妈妈，你笑什么呢？”

枣珠儿停住笑，拍拍子萍的肩膀说道：“我笑你，当义工才一年多，就成了灵山寺的人啦，给灵山寺拉客户呢。”

“才不是呢，我是为元元姐姐好。”子萍的精神状态很好，白白的肤色有了一种圣洁的干净，两只大眼睛目光内敛而深沉，一点也看不出当下许多女孩子们的轻佻与娇嗔。她已经通过复读，考上了音乐学院管弦乐系，主攻小提琴。但她始终没有放弃在灵山寺做义工，初一、十五，学校不放假，她就在双休日补上，换上尼姑的服装，淘米、洗菜、种树、清理香灰、蒸馒头、挖药材……什么脏活累活都不在她的话下，和以前娇气、刁蛮的穆子萍相比，就像换了一个人。她还在父亲穆秋的赞助下，组织了班里的同学们自己动手录制了九首佛乐，制成光盘，送给那些对灵山寺做过义工和善事的信众。

子萍变得可爱了。

子萍带给元元的礼物，是一个录了佛乐的U盘，还有一个录放机和耳机。果然，九首佛乐在房里间里轻轻播放，便有了静心和抑制浮躁的效果，空灵、淡泊，能驱逐心灵中的杂念，非常利于元元的养病。

心理的治疗，虽不能改变基因，但灵魂的归元，往往能数倍地胜过药物的疗效，对提高人体的免疫力大有裨益，免疫力提高了，许多病就不治而愈。

枣珠儿从子萍的神态中感觉到了，她从美国学来的基因重组，已经没有必要用在子萍身上了。DNA 可以嫁接，精神也可以嫁接。

枣珠儿赞成这样的疗效，她抱住子萍，在她的额头吻了一下，说道：

“既然子萍这样坚持，又这样笃定，那咱们就依子萍，等下次做佛事，咱们一起去灵山寺。”

子萍与元元都说：“太好了！”

3

枣珠儿满身来苏水味儿地回到了别墅里，她回沈阳医学院实习，一上午，就做了三例基因重组的手术，她没有应患者家属的邀请去吃饭。在美国，这样的事，是会遭到医生拒绝的，患者家属也习惯于不请客。这让枣珠儿也顺便习惯了拒绝患者家属的赴宴邀请。

让她没想到的是一个人等了她许久。

是谭尔木。

与以往的谦卑含蓄相比，谭尔木的眉宇间多了些睿智与英气。虽是临危受命，但一年多的总经理干下来，他还是还清了铁命在任时欠下的债务。他从妹妹谭尔丽处得知，在城市化进程中，需要大量的行道树美化城市的街道和社区公园。他又在当地承包了一条沟，用梯田的方式，全部种上了槐树苗，还把自生的山杏苗嫁接成大扁杏，仅一个春天，十万株槐树苗和五万株大扁杏苗，移栽进城市的街路和社区的绿岛公园，彻底还清了贷款。

还有，杏花红系列化妆品中的粉底和胭脂两项，不但巩固了台湾市场，在香港、澳门和东南亚地区还特别受欢迎。

谭尔木不是来向枣珠儿汇报这些成绩的，他报告给枣珠儿的是一个坏消息——殷思春又回到了青林县。他不是继续当三把手的副书记，而是当了二把手——青林县县长。

信息时代变化太快了，一个新闻不到一个星期，就被一个接着一个的新闻覆盖了，人们都忙着挣钱，事不关己的事，没有必要浪费自己的时间和自己的脑细胞。不到两年的工夫，人们就忘记了青林县还曾经发生过“破处”的丑闻，青林县的领导班子也换得太快，原来的书记、县长都找渠道升迁了，还有些副手也到了市里当了某局的局长或书记。

殷思春在自治区党校学习了一年，躲过了风头，还结交了一张高一个层次的关系网。他先在一家实权单位当了一年多没有实权的书记，虽说没有实权，但级别提了半格，算是正处了，当听到自治区组织部传出来的信息，青林县县长的位置将出现空缺，他立马行动起来，以对青林县工作熟悉的优势与感情和钞票两个“跟进”，跑步到位。

已经离开了青林县的铁命接到了殷思春的电话，“铁命吗？两年多了，你小子没个影儿也没个电话。狗眼看人低吧！我又回青林县了，是当县长！你跑到沈阳，但你的户口还在青林，野树沟林木公司还在青林县的地面上……嗨——你怎么不说话，哑巴了？听说你们的老板娘枣珠儿去了美国，那娘们，我恨她，也佩服她，她有道，是个对手，她回来了吗？”

铁命忙回答：“还没回来。”

“她啥时候回来？”

“我哪知道啊！我现在不是副总了，就在沈阳管一个熟食店，跟老总搭不上话了……”

经历了三番五次的折腾，铁命早已在心中怕了殷思春，一个没有多少文化的农民企业家与有权有势有关系网的殷思春抗衡，他知道自己的分量是没分量。他现在就想依靠着穆秋这棵大树，在树荫下与妞子平平安安地过日子。他的有严重心脏病的前妻已经去世了，儿子巴图鲁跟他们一起来到沈阳读初中，妞子又给他生了一个小闺女塔娜，他知足了。他像讨厌苍蝇、蚊子、虱子、臭虫和牛虻一样讨厌殷思春，讨厌他肮脏的嘴巴叮咬人，讨厌他性欲与贪欲的荒淫无度与不知收敛。但他手里没有拍苍蝇、打蚊子、捉虱子、碾臭虫、赶牛虻的拂尘，他只能躲，躲得远远的……但，如魔咒一样的殷思春的声音，依然缠绕着他，不让他躲开。

“别瞎扯，凭你跟穆秋的关系，你会搭不上边？你要是搭不上边，准是你老婆挤兑的你。哈哈哈……妞子——托雅，这名字好听，鲜嫩、有想头，琢磨起来，让人心痒痒……哈哈——”殷思春一声淫笑，让人心里起鸡皮疙瘩。

“殷书记就是好开玩笑，我们家那口子，一个蒙古丫头，两个孩子的娘，人家穆总可不会上眼。”

“不跟你扯淡了，只要枣珠儿那娘们没回来就好，我回青林好几个月了，也不见你们林木公司来一个兔子大的人，不想迈我的门槛了吧？有事不用我了吧？过河拆桥了吧？快端午节了，告诉你们的老板，得来觐见觐见新任县长，人是老人，规矩也是老规矩。”

“一个县处级干部，就这样……就这样给一个……一个……铁命打电话？这么露骨？这么无耻？这么没水平？直接开口要！还这么理直气壮？他还要不要自己的形象，还要不要脸了？”枣珠儿虽然和殷思春打过交道，可她的心目中，身在官位的人是有身份的人，应该有点儿觉悟，办事也要有点儿水平，也得注意政策什么的，还有，经过了“破处”那么大的打击，他怎么就不知道收敛，不知道醒悟呢？

“小儿科了吧！你不要把在官位上的人都想得那么完美，现在是市场经济嘛，形势会变，人也会变的，不以才能选贤良，便以金钱论英雄……”谭尔木推推眼镜框，眼神内敛，倒像是比枣珠儿更懂江湖。

铁命把殷思春的电话内容报告给了穆秋，穆秋就打电话告诉谭尔木，给殷思春送去五万。

谭尔木从铁命那儿知道了殷思春早晨七点钟上班的习惯，就用公文包装了五叠人民币来到殷思春的办公室门前。

他轻轻敲了几下门，屋里有了动静，是开抽屉的动静。过了十几秒钟，一个干部模样的人脸色阴沉、步履僵硬地从屋里走了出来。

又过了十几秒钟，里面才传来一声应答：

“进来吧。”

殷思春没让坐下，谭尔木就站着自我介绍是野树沟林木公司的总经理，而后说：

“殷县长，快过端午节了，穆秋董事长让我来拜见你，今后，野树沟林木公司的事业，还得请您多指导、多帮助。”

“戴眼镜，谭总，知识分子？噢，你们穆董事长还是挺懂人情世故的嘛……”

殷思春的傲慢和装模作样，让谭尔木很反感，他不想在这间办公室里再继续站下去了，就打开公文包，把五叠人民币放在了办公桌上。

“就这几个？我是乞丐，是要饭的吗？”殷思春抬起头直视着谭尔木的眼睛。

谭尔木有些吃惊，五万元的端午节礼还嫌少，这是他一年的工资。“您若嫌少，我就先拿回去，再跟董事长申请一下。”

“拿——回——去？嘿嘿——”殷思春冷笑了两声，一指谭尔木手中的文件包，“把这个也留下。”

谭尔木取出了公文包里的钱包、钥匙和驾驶证，一声不响地出了殷思春的办公室。他的脸色大概和刚才出门的那个干部差不多，紧咬着牙关，脸色铁青铁青的，手脚冰凉冰凉的，如同从冰窖里刚出来。

县地税局进驻野树沟林木公司开始查近两年的税……

“我们的税有问题吗？”枣珠儿问谭尔木。

“他盯上了你，咋会没问题？”谭尔木第一次在枣珠儿面前红了眼圈，“鸡蛋里挑骨头，适应的税率明明是5%，他们偏说是8%，这不就出了问题了吗？林木产品，国家有政策扶植的，他们也会说，这条不适合你，政策是国家制定的，解释权和执行权都在他们手里……”谭尔木摇摇头，耸耸肩，摊开手，一脸的无辜，一脸的无奈。

枣珠儿叫来穆秋一起想办法，穆秋也唉声叹气，除了再继续给殷思春更多的钱，他也想不出什么新招儿来。他早断了与金见仙的来往，但打麻将、玩乐器他一直没断，那是他的爱好，他喜欢，就没法放弃，也不打算放弃，公司有谭尔木嘛——他是枣珠儿信任的人。

枣珠儿走进卧室，翻找了一阵，找出一沓纸样，装在一个大信封里，交给了谭尔木。

4

枣珠儿开着车，拉着元元和子萍上蛇山，答应了子萍的事必须做，“言必信，行必果”，她不能失信，更何况，是医好了子萍高考恐惧症的蛇山灵山寺呢！

元元临上车，带上了相机，这是柳若因给她的礼物。

元元做完肿瘤切除手术，拆了线，枣珠儿就带着她去拜见柳若因。

柳若因早已重建家庭，她的美国丈夫是一位管弦乐队的指挥家，虽然年纪大了，但还是不时地有人请他担任乐队指挥，不久前，美国编剧创作了一部歌剧《江青》，不但请柳若因饰演“老年江青”一角，还请柳若因的美国丈夫指挥全场。搞艺术的人性格都很开朗，为人也热情，她们用美式大餐招待枣珠儿和元元，烤牛排、炸仔鸡、蒸鱼卷，还有一大盘水果沙拉……就在送她们回枣珠儿宿舍的时候，柳若因拿出一个漂亮的纸盒子，递给元元，“元元，小天使，祝贺你凤凰涅槃，这是我们两个老家伙送给你的礼物——一台美国产的柯达照相机，虽然牌子老了些，但很实用。用它把你美丽的、健康的未来一张一张地记录下来吧！记着回报给我们一个大大的相册，还要有你未婚夫的照片……哈哈……人老了，就爱看小孩子，还有年轻人……回国后，可别忘了我们这两个在美国的老家伙哟——”

山下的停车场上停着不多的几辆车，有一辆黑色的沃尔沃越野车引起了枣珠儿的注意，车身上没有牌子，不知是丢了还是驾车人有意藏匿。

蛇山很肃静，不知是什么原因，香客不多，一百〇八级的石阶路上，只有稀稀落落的几个人在拾阶而上。

一个有些熟悉的胖胖的背影在吃力地爬着，他拎了一个黑色的提包，好像很重，不断地掏出手帕擦汗。就在他一回头的当儿，枣珠儿一眼就认出了他——殷思春。没错，是他，这一段时间以来，他都像一团脱落的兽毛，堵在枣珠儿的心里，既恶心又憋闷。

枣珠儿问走在身边的子萍，“子萍，你常到山上来，以前，你见过这个人吗？”她一指殷思春的背影。

“见过。他是一个特殊的香客，重大祭祀的日子，如四月初八、五月十三、七月十五，他都是提前预约要烧第一炷香，而且，从不与其他香客一起拜佛，凌晨，他第一个进大殿，第一个出大殿。他还让净心法师单独给他设了一个佛堂，就他自己专用，挺神秘的。他是个很有钱的人，每次捐的善款都很多。他除了给正殿的佛祖捐款，给灵山寺捐款，还专门出资建了一座专用的佛堂，里面的那尊菩萨还涂了金粉，金碧辉煌的。所以，静心法师会按照他的要求，给他提供方便。”子萍说得很认真，这也是她的疑惑，佛法不是普度众生吗？净心法师为什么会给他特殊待遇？

“看来，佛祖圣地也非净土。”枣珠儿轻声地说了一句，算是给子萍一个简单的回答。

一行人缓缓地往山上走，枣珠儿拉了一下走在身边的元元，把殷思春的背影指给她看，还附在她耳边细细地叮嘱了几句，并指了指她背着的相机。

静心法师的禅房在大殿左侧的山坡下，三间禅房布置得沉稳素雅。

卧室的炕上除了一架老式炕琴，还有一张小方桌，芦席上铺着一领炕毡，还有两个坐垫。地上摆着一张长方形的书案，上面铺着案毡，笔架上挂着十几支毛笔，还有一套青花瓷的笔洗、笔筒。靠墙处立着一个大书橱，里面放着经卷，还有一些医疗和科技的书籍。

静心法师是一个很健谈的人，中等身材，脸色白皙透明，眼神清澈内敛。天热，她没有带僧帽，凸出的额头显示着睿智，鼻梁笔直，嘴唇很薄，依稀可见年轻时的美丽。不知是什么缘故，她的下颚长出了几根稀疏的长胡须，虽然变异，但不难看，平添了几分仙风道骨的气韵。

枣珠儿捐了六千元钱给灵山寺，还把龙晓出的一本书《双井夜思》赠送给静心法师。

静心法师很高兴，说她出家以来，第一次有人赠送她文学类的书，还说她出家前，就非常喜欢文学，《青春之歌》《林海雪原》《母亲》《红楼梦》《水浒传》《西游记》《三国演义》《聊斋志异》《静静的顿河》《复活》《安娜·卡列尼娜》……她都不止一次地读过，若不是皈依佛门，说不定她也会成为一名女作家。

听她这么一讲，枣珠儿就觉得静心法师很亲切，亲切的就如一位同门大师姐。

"六千元善款是感谢佛门让子萍的精神归元，《双井夜思》这部散文的作者龙晓，就是这位姑娘的母亲。"枣珠儿把元元介绍给静心法师，也把元元的病情和治疗说给了静心法师。"法师，我们是向您问道的。"

"师傅，让元元姐姐抽个签吧，咱们的签最灵了。"站在一旁的子萍摇着静心法师的胳膊说。她在这里做义工，也把这里当成了家，把静心法师当成了可以撒娇的长辈。

"咳——佛门就讲个因果，俗世说的'种瓜得瓜，种豆得豆'就是一句真经，心存善念，做善事，佛祖都会看在眼里，自己也就有了善果。"静心法师说完，站起身来，说了句："随我来吧——"

一出净心法师的禅房，枣珠儿一眼就看见殷思春闪过禅房的山墙，往一座孤零零的殿堂走去。

枣珠儿略一沉思，对静心说：

"法师，真不好意思，我怎么感觉像提前来了红，不处理，就丢丑丢到观音菩萨面前了，您的禅房里有卫生间吗？"

"有，"静心法师一指禅房北面的一扇小门，"推开门就是，女人都得受这份罪，只要是女人，不论僧俗，谁也脱不了这麻烦。"

5

殷思春打开了观音菩萨莲花座下石门的锁，把一提包成捆的钱一沓一沓地放进箱子里……

这是他卖地给房地产开发商的回扣。他早就不放心把这些钱放在家里，更不能存银行，那样容易被人查出来，他就想到了灵山寺。他曾是静心当代课教师时的校长。静心的经历他是知道的，他也给过当年的静心以同情，但一个乡村学校的校长，怎么能够得罪的起当时的县革委会副主任？灵山寺的香火在静心的主持下重新旺了起来，到不了名扬遐迩，但也是远近闻名。在青林县由组织部副部长要提拔为正部长时，他听到了一些不利的消息，心里就惴惴不安起来，在等待着市委常委开会定夺的几天几夜睡不着觉的日子里，他突然有了到灵山寺抽签算一卦的冲动，他怕别人知道他烧香拜佛起争议，就悄悄雇了一辆车，几百里地赶到灵山寺，等他看到主持静心，才知道是当年的老相识。

佛门也讲交情。因为是旧相识，又得到过他的同情，静心就留他吃了斋饭，在禅房里安排他休息，等香客门都走了，这才让他净手后一起去观音殿。

静心把签筒摆在观音菩萨前，指导着殷思春拜佛抽签。

“抽签时双手合十，默念三遍‘救苦救难的观音菩萨’。

默念自己的姓名、出生时辰、年龄、地址。

请求菩萨指点婚姻、事业、财运、官运、子嗣等。”

殷思春的心里很慌乱，生怕抽个下下签，他“扑通”一声跪在蒲团上，双手合十，默念三遍“救苦救难的观音菩萨”，按照净心的指点，一一走完了抽签的程序，抱着签筒虔诚地“哗啦——哗啦——”摇着，一根竹签跳出签筒，殷思春赶紧拾起来，

“一锥凿地要求泉，

努力求之得最难，

无意偶然遇知己，

相逢携手上青天。”

不用静心来解签词，殷思春也明白这签是个好签，这说得再明白不过了，他想当正部长，是“一锥凿地要求泉，努力求之得最难”。然而第三句一转，就成了“无意偶然遇知己，相逢携手上青天”。他怎么就这么有缘分？在灵山寺遇到了当年的代课教师，还是女的，“相逢携手上青天”，不就是说他和静心的结果吗？他高兴地拿着竹签跳起来，就要去拥抱静心。静心却后退了三步，双手合十，一脸庄重，念了一句“阿弥陀佛”，然后说：

“施主，你还没交卦金。”

殷思春马上掏出了一千元，投进了功德香。

等到殷思春当上了青林县委副书记时，就向静心提出，要在灵山寺投资单独建立一间佛堂，当时的灵山寺只有一座大殿和一座偏殿，偌大一座山峰，地方有的是，就是缺人文景观。静心要发展建设灵山寺，就同意了他的要求。灵山寺出土地，建筑施工、佛像、佛龛、功德箱、桌椅、床铺等一应俱物，都由殷思春负责，灵山寺代管，每月的初一、十五，香客多的时候对外开放，其余时间一律关闭，钥匙交给殷思春。

近一段时间，殷思春总觉得不对劲。

常委会上，组织部长提出两个局级副职的提拔任用，这两个局都归他管，但这之前，他一点儿消息也不知道，没人给他打招呼，当然，更没有人给他

递红包或银行卡，这是违反常规的。他感觉到了突然和不适，就说：“这两个人表现很一般啊，没有纳入后备干部系列，也没有空出领导指数需要填补啊。”

组织部长就说：“这两个局的工作范围都扩大了，人员少，工作抓不过来，去年年底考核的时候，就发现了这个问题，按照党管干部的原则，就选了这两个候选人，都是抓业务的尖子，应该是没有什么问题。”

殷思春火了，这是向他的权威挑战啊！“是党管干部，难道我不是党员吗？我不是副书记吗？我还是青林县的县长呢！这两个局都是归政府管，党委管的局就是广播电视局、文化局、科委、民委和监察局，广播电视局、文化局也由政府管着一半呢！怎么就不通知我一声？直接拿到常委会上搞突然袭击？”

组织部长没再解释，他抬头望了县委书记一眼，算是“孩子哭，抱给娘”。

县委书记端起茶杯轻轻地啜了一口茶，一个倒吸气，吐出了一口的茉莉花香气，不紧不慢地说：

“纪委老陈接到了好几份陈芝麻烂谷子的申诉材料，还有什么‘破处’的字眼，听着就不舒服。我可不想搞突然袭击，往常委会上端，恶心人，脏！”

那两名副局长照提不误，会议纪要也都到了那两个人的耳朵里，“谁种下仇恨他自己遭殃”。现在的县委常委会，哪里还有什么秘密？早被有心人当人情卖了。

这以后，他就有了危机感，他再说话，下面的干部带听不听的，没了痛快劲儿。到野树沟林木公司查税的人，让谭尔木补交了七万八千元的税款，也就草草收兵了。早晨，他还是天天七点钟上班，不但送红包的人少了，而且来找他说事的人也少了，好像他这个青林县的县官大老爷没有那么重要似的。

再笨的人也知道他得有所动作了，这便是他的对策。他开始分两条战线行动，一是找上司，要求调出青林县，脱离是非之地；二是转移赃款，以防查抄。

他找上司，上司说：“这还不到一年，你就要换位置，那可是一个实权位置，一个县的县长，和一个市里的局长相比，虽然都是正处级，但内涵区别就大了，一个局下属几个科，再就是条条管着的县局，是业务指导，别的管不了，说了也不算。一个县长，下属三十多个部委办局，那是多少把椅子哟，哪个坐上去的屁股不是金锭、银锭？”

殷思春就说：“我老婆的身体不好，陪着儿子去外国读书，顺便治治病，这就分去我一半的心思。这几个月，我的神经有些衰弱，总睡不踏实觉，就想找个轻松一点的岗位，养养精神，安度晚年了。您就操点儿心，帮我挪动挪动？”

殷思春把一个装牛奶的纸箱子拎到上司的面前，“给您买箱奶，补补——”那个纸箱子很重，四箱子牛奶也没那么沉，殷思春拎起来的时候，是运了一口长气，放在桌子上的时候，还有些气喘吁吁。

“那你就回去等着吧，不过——你这可是给我出难题了，这政府部门——说穿了，并不是咱家开的。”

“我明白，我明白……我早就明白。”

做完了这件事，他马上去做另一件事，从储藏室里取出一叠一叠没有开封的纸币，装进了皮箱。他不能一次运太多，毕竟上山要步行一百〇八级石阶，他喝完酒净让人按摩踩踏了，都是被动运动，身上一点也攒不下劲儿，肌肉松松垮垮，不足以支撑他负太大的重。

他打开了独立佛堂的门，连日的阴雨天气，屋里阴暗潮湿，不知何时，还有几只癞蛤蟆钻进了玉米皮编的蒲团底下，一见有人进来，慌忙地蹦跳着四下跑开了。

他放下手中的皮箱，擦擦额头上的汗水，借着射进来的阳光，环顾着这座属于自己的佛堂，感觉像是到了自己的家，便大大地松了一口气。他把皮箱子重新提起来，郑重地放在佛像前的香案上，双手合十地跪拜下去，口中默默地祷告：

“救苦救难的观世音菩萨，救苦救难的观世音菩萨，救苦救难的观世音菩萨。”他默念了三遍：“你保佑我，保佑我，保佑我，我是谁呀？我是县长啊，是有钱有势的官呀，只要你保佑我，别让这些钱没了，别让这些钱跑了，我就给你烧高香，进贡品，塑金身……观世音菩萨，救苦救难的观世音菩萨，也就只能是您保佑我了，保佑我了……”

他一连磕了九个头，他不知道这叫不叫“三拜九叩”，但足以表达他的虔诚。然后，他把皮箱提到了佛像的后面，在水泥筑的莲花座下，有一扇小铁门，门上挂着一把铜锁。他绕道佛前，从观音菩萨的左耳朵里掏出了一把精致的小钥匙，打开了铜锁，里面有一个硕大的黑塑料袋子，袋子里鼓鼓的，但还没装满，他像摸鱼一样，摸了摸里面有些潮湿的钱，就一捆一捆地摸出来，用手绢一捆一捆地擦上面的水珠，他不能把这些钱拿到太阳底下晒，像当年唐僧师徒四人在晒经石上晒被通天河水浸湿的经卷一样。他的这些钱不是如来佛祖赐的经卷，是见不得太阳的。如果在寺院的台阶上晒一捆一捆的钱，那可会让遭受着苦难而无法排解的信众们心里堵了一道发霉的墙，他们会怎样面对信仰中的观音菩萨？怎样看待把钱当成粪土的晒钱人？可不晒太阳，钱就要发霉，他还得在一捆一捆钱的防潮问题上，仔细做做文章。

擦完了钱，他一捆一捆地又装了进去，装完了，又把一叠一叠的钱，绑成一捆一捆的钱，一一装进黑色塑料袋，系上扣，推进了莲花座下。

他直起有些发酸的腰，锁上铜锁，走到佛前，要把钥匙重新放进观音菩萨的耳朵里，他知道，那里是最安全的，谁敢这等造次，捅观音菩萨的耳朵？他舒了一口气，走出佛堂的门，一抬头，看见一个清丽的身影拐过墙角……他一惊，后悔自己刚才没有把佛堂门关上，仔细一想，又觉得没听到什么动静。他锁了门，朝着那个身影追去……

6

静心法师捧出了签筒，郑重地放在了释迦牟尼大佛的座前，让元元在蒲团上跪下，点燃三炷香拜了大佛，然后摇动签筒，俄顷，一枚卦签跳出签筒，落在元元的面前。元元双手捧起，交给净心法师，只见卦签上写道："久阴得见一束光，刺破祸囊机关伤，元神通灵磨瑕疵，源自取经珠娘娘。"

"姑娘，这是一枚上上签，你有珠娘娘相救，她是你生命中的贵人呐，缠在你身上的祸囊让她带来的阳光给刺破了，你一心向善，佛祖保佑你去灾去难，你得救了！"

元元双手合十，眼泪喷涌而出，她冲着静心法师一揖到地。

静心法师说："孩子，你的贵人不是我，是一个名字里带'珠'字的女子。"

元元和子萍一起把目光投向了站在一旁摸不着头绪的枣珠儿。

枣珠儿既惊诧又纳闷：卦签上怎么就会有"珠娘娘"这个词，是巧合，是作弊，还是冥冥中真有一种肉眼看不见的力量？这个力量是来自她研究的生物学吗？

茫茫的宇宙啊！

枣珠儿没有继续深入地思考这个看不见的力量是不是来自有基因遗传的生物，还是另出旁支，此时，她的心里还有一个郁结，那就是她还惦记着那个让她恶心又堵心的殷思春呢。

枣珠儿征求静心法师的意见，能否在一起合个影，元元背着照相机呢！

遇到枣珠儿这样高素质的信众，静心法师也觉得是一个难得的善缘，就欣然同意了。

先是元元给子萍、枣珠儿和静心法师拍照，枣珠儿接过相机，又分别给子萍与静心、元元与静心拍了合影，并告知静心法师，照片洗出来，一定来送给法师。

静心法师双手合十，道"阿弥陀佛"以示感谢。

出了大殿，与静心法师道了别，她赶紧对元元使了个眼色，又努了努嘴……

和婶婶在美国一起生活了一年多的元元马上心领神会，拎着相机，离开了枣珠儿和子萍……

等殷思春追上那个飘忽的清丽的身影时，他完全没了恐惧，更别说提心吊胆。

这是一个身材苗条的小美女，看着还很青涩，完全是一副不食人间烟火的娇女样儿，对自己构不成任何的威胁。她能认识老哥是老几呀？她知道我是手握实权的青林县的县长吗？她知道我和灵山寺，和静心法师是什么关系吗？她知道我把那么多的钱藏到观音菩萨的莲花座下吗？她知道我把那藏钱的钥匙藏到了观音菩萨的耳朵里吗？菩萨也会保佑有钱的人，有钱的人能给她上供啊、修庙啊、塑金身啊！全是有所得。穷人拜菩萨不就是多磕几个头嘛，那能顶屁用，顶吃顶喝还是顶穿啊！菩萨也不能不吃不喝不穿不用吧？

殷思春越想越轻松，越想越得意。

他发现这个青涩的小美女长得太清纯了，清纯得就像从山涧里蹦出的泉水，水灵灵的，如烟如雾……不知怎的，他突然就想到了当年“破处”的事儿，林树娥，他记住了这个名字，那是一个干巴土锈的土妞，一点儿没个仙灵劲，还弄得自己失去十万元，若不是有领导罩着，还真就遭难了。眼前这个清纯的小美女，看神情、看体态……与土妞相比，她是洋气的，一看她肩上挎着的那台照相机——柯达，那是美国产的，他也给自己在美国读书的女儿买过一台。

殷思春很想与这个清纯的小美女同床共枕，那一定与林树娥那个土妞有不同的感觉。“太销魂了！”殷思春一想，身体里面就有了一股“酥酥痒痒”的电流通过，伴随着这种感觉的还有心里的垂涎三尺。他不能放过这个机会，在蛇山，离着青林县好几百里呢，谁会想到他殷思春会有着这样的“善缘”。

“小姑娘，咱们中国人拜佛，就讲究个‘缘’字，我与你有缘在灵山寺相识，能不能请你吃个饭，结个善缘？”

元元眨着一对清澈的大眼睛，完全是一副无辜的神态，“吃饭？叔叔，你干吗要请我吃饭？”

“善缘嘛——我刚才说过的，不是个很充足的理由吗？”

“那你很有钱吗？”元元歪着头问。

“当然有钱，起码比你有钱。再者说，请一个小姑娘吃饭的钱是足够的，你的胃口那么小，能吃下多少钱？”殷思春也学着元元歪了一下头。“现在的小姑娘都认钱，有句流行的话：宁在宝马车里哭，也不在自行车后座上笑。”风气如此，谁又奈何？

“那我可要吃大餐。”元元做出一副不吃白不吃得宠又得意的样子。

鱼儿上钩了……殷思春心花怒放，他也模仿元元的得意与得宠，“吃大餐，吃焦熘肉段、碳烤鲽鱼、炸乳鸽，还有鲍鱼泡饭。”逗逗天真的小美女开心，他感觉很轻松，很愉快，也很有趣，比坐在主席台上开会，听着慷慨激昂的大话、套话、假话还有不厌其烦的请示、报告，无休无止地纠缠于官场的争权夺利动心多了，也惬意多了。“近朱者赤，近墨者黑”，与这清泉般纯净的小美女近距离相对而立，他觉得自己也变成了清流。

“哎呀——这么高档的大餐，在美国都吃不到。”

“你是说美国？”

“是啊，我在美国上学，暑假回国探亲。”

一听元元说是从美国回来的，殷思春就更加卸下了戒备心，一个美国留学回来的小妞，会与青林县的县长扯上牵连，除了上帝，谁会有这么广阔的视野？他的女儿也在美国读书，除了港台语说的与男朋友“拍拖”，也就是吃和玩儿，还会关心别的事？

“叔叔，您这样慷慨，我应该怎么感谢你呢？”

“我有钱，咱们有缘，还要什么感谢？”

“咱们合一个影，好吗？”元元又歪着头，认真地盯着他的脸。

“与花儿一样的美女合影，我愿意做这个绿叶。”

元元招手叫过一位戴眼镜的年轻人，“啊，朋友，帮忙给我和这位……啊！你叫什么名字？”她问殷思春。

殷思春不想留下真名字，就随口说了一个他长打交道的名字“铁命”。

“铁命？”元元是知道这个名字的，在婶婶枣珠儿的别墅里，元元见过铁命，也见过铁命的媳妇托雅（妞子），她吃过的烤羊肉串，就是托雅用铁签子一串串串好，铁命在院子里的碳烤箱里烤的呢！但她绝不会说破，倒是觉得这个名字……

“怎么？你听过这个名字？”殷思春有些不安。

“没有，就是觉得铁——命，一定是很结实的，像个黑铁塔似的棒小伙子，您看起来风度翩翩的，怎么叫这个名字呢？”

“我是蒙古族，爹妈给起的。”

元元的心里动了一下，“铁——命，还真是有缘……”不由自主地就在嘴角上浮出了一丝的微笑。

按照殷思春原来的打算，他是在藏好赃款之后，去找静心法师抽个签，预测一下往市里调动工作是否能成功，他也提前跟静心法师打过了招呼。可一见到清纯的小美女元元，他就把这件事给忘了……

在山下镇子里的一家高档餐馆里，殷思春带着元元要了一个焦熘肉段、一盘碳烤鲽鱼和一支油炸乳鸽，还喝了一瓶干红葡萄酒。吃喝完了，殷思春半真半假地要拉着元元去开房，说要一起休息休息……

元元当然不会如殷思春所愿——同床共枕。枣珠儿婶婶告诉了她殷思春是个什么人，她也见识了殷思春是个什么样的人……这对于婶婶交给她的工作来说，足矣。

走在镇子里的大街上，见醉意朦胧的殷思春上了一家高档酒店的台阶，元元连忙招手打了一辆出租车，然后对殷思春说：

“叔叔，您自己去休息吧，我要赶回沈阳，晚上，约好了几个从美国回来的同学一起聚会。”

殷思春扫兴又失望，“你这个小姑娘，不够意思，说好了一起休息的，我还要送你好多好多东西呢。你……你不能就这样地走，你得给我留下个地址和通讯方式，我要交……交……你这个小朋友。”

“好的！”元元打开相机挎包，从里面找出了笔和纸，背过身去快速地书写起来，待她转过身，把一张纸条和一张十美元的钞票一起递给了殷思春，然后一挥手，“拜拜——”便钻进了出租车里。

有些失落感的殷思春立刻打开了纸条，上面潦草地中文写道：“小女孩儿，10 美元。谢谢你的午餐，在美国，习惯了 AA 制，我看过账单，这是我应付的。”

没有电话号码，没有居住地址，这就是一次邂逅。

殷思春感到十分落寞。

7

还没等枣珠儿把元元拍摄的照片全部寄出去，殷思春就被“双规”了，有人实名举报。

殷思春的作恶与贪腐，伸出黑手的地方和人，不仅是一个青林县野树沟林木公司，也不仅是穆秋、铁命、谭尔木这样的几个公司老总，更不仅仅是林树娥这样一个还未成年的女学生……正应了祖辈们传下来的民谚：种瓜得瓜，种豆得豆；要想人不知，除非己莫为；天网恢恢，疏而不漏……哪个作孽的人，能够逃脱掉天道的惩罚！

最高兴的是铁命和妞子。

在别墅里住着，再好，也是别人的屋檐下，不是自己的家。两口子时时地就生出了给人家“溜房檐儿”的尴尬与不踏实。再说，他们的工作也不好，过去当公司的副总，是指挥着别人干活，现在在裘三妹手下，加盟了一个熏鸡店，说穿了，就是给裘三妹打工。挣的钱倒是够一家人用，但比原来的工资、奖金、福利可就差远了，思来想去，终是不爽。

除此之外，还有个人生地不熟的问题。在野树沟、在双井镇、在青林县，用铁命自己的话，叫“两脚平趟”，人熟为宝，铁命的手里攥着“宝”。

还有，铁命和妞子都是蒙古族，青林县现在隶属内蒙古自治区，那个地方，蒙古族是“主体”，汉族是“大多数”，而沈阳归辽宁省管辖，汉族是“主体”，蒙古族在这儿，那就是“边缘化”，所以，要找到民族的归属感，他们必须回青林县。

现在，时机来了！笼罩在他们头上的、拴着他们手脚的恶魔殷思春终于倒台了——“双规”的下一步，就是“移交司法机关”，坐牢是免不了的啦。这对铁命和妞子来说，叫“拨开云雾见青天”，有了被解放了的感觉，所以，他们来找穆秋和枣珠儿，要求回青林。

穆秋把眼光移给枣珠儿，现在野树沟林木公司的常务副总是枣珠儿推荐的谭尔木，他在经营着公司。

“铁命，你还是当副总，排在谭尔木之后，分管生产林木的生产，其他营销和外交的事，还是由谭尔木管吧。”

铁命和妞子领着儿子欢天喜地地回青林县了，他们在野树沟有房子，在青林县城也有房子。

洗出照片后，枣珠儿与元元一起去了趟灵山寺，她念及静心法师对子萍的功德，想通一下风，也想进一步走进这位得道之人的心灵，同样是治病，她也想在自己的科学知识之上，再嫁接些不同的思想。

枣珠儿不让子萍一起上山。

那天，因为分身乏术，不得已，枣珠儿才让元元帮忙收集殷思春的作恶证据。这也是考虑到元元是学文科的，高尔基说：文学，就是人学。生活是创作之源，不同人物在社会背景下的不同活动，对各色人物性格、命运、前途的描写与塑造，不论肮脏与高贵，都是她文学之路免不掉的课程。子萍则不同，她是学艺术的，年龄尚小，过早地接触社会上这些肮脏的见不得人的东西，不利于子萍的健康。她的病，有遗传基因的嫁接，更多的是精神的刺激与折磨。她已经被疾病折磨得够苦了，好不容易刚刚静下来的心，不能这么快就让她去惹尘埃。对佛门里的腌臜，她还没有能力拎清纲目，让她来承受信仰破灭的打击，那会再次毁了她的心身。

看到殷思春把赃款藏进莲花座，把钥匙藏进观音菩萨耳朵里的照片，净心法师一点都不惊讶，她依然淡定得好像此事没有发生在灵山寺一样，既不惊慌，也不激动，神态自若，体态安详，一切如常。

枣珠儿问：“静心师傅，这些事您知道？”

净心答：“人在做，天在看，我知道不知道都没关系。”

枣珠儿说：“这是赃款，他藏在灵山寺……”

净心答：“他藏在家里，就不是赃款吗？”

枣珠儿说："可……灵山寺是佛门净地。"

净心答："佛门，也是钱盖起来的；净地，也是花钱雇人扫出来的。"

枣珠儿说："殷思春被'双规'了，有关方面会有人来查抄，灵山寺也会有责任的……"

净心答："佛堂是他盖的，钱是他藏的，钥匙就放在观音菩萨的耳朵里，我又没拿一分一毛。天下财富，放到这儿，放到那儿，佛都知道，用对了地方就造福一方，用不对了地方就造孽了自己。"

听了静心法师这样的一番话，枣珠儿替灵山寺悬着的一颗心，瞬间，释然了。

静心法师留枣珠儿和元元吃顿斋饭再下山。

枣珠儿一点也没推辞，倒好像是回到了娘家。

在静心法师的禅房里，有小尼端来了三碗米饭和一钵土豆、茄子炖豆角，还有四碟糖蒜、韭菜花、甘蓝丝、腌黄瓜的小咸菜。三个人吃饭，一句话也不说，古训"食不言，睡不语"是净心法师对僧众与香客们的要求，静，才能让神魂归元。"静心"的法号也源于此。

饭毕，有小尼端来水盆净手。

静心法师对枣珠儿和元元说："我有一个物件让你们看。"

她说着，走到书架前，取出枣珠儿送给她的龙晓的那本《双井夜思》，从中抽出一枚签来，递给枣珠儿。

"这是我替殷思春在菩萨面前求得的一签。那天来，他也是准备抽签的。"

枣珠儿看着竹签上的签辞：

"石藏无价玉和珍，
只管他乡外客寻。
宛如持灯更觅火，
不如收拾枉劳心。"

"可惜……殷思春并没亲自求得此签，就是他求到了，怕也不会迷途知返啊！贪心，人人有。但到了'宛若持灯更觅火'的贪婪时候，怕是一点慧根灵性，都被蒙蔽住了。"

对比静心法师的从容淡定，倒是枣珠儿吃惊了，"灵山寺的卦签竟是这么的准？把别人的珍宝搜刮来，藏于莲花石座，这不就是殷思春的所作所为吗？"

静心幽幽地吐了一口气，"佛有佛道，人有人道，佛道人道，都得服从天道。"

听了静心的一番话，不曾读过佛教书卷的元元，也忽闪忽闪着大眼睛，嘴里默念着："人道、佛道、天道……"陷入了默默的沉思。

“道教里有一句话：‘积善之家必有余庆，积不善之家必有余殃。’这是经典，也是规律。”静心法师又补了一句。

元元不明白了，“静心法师，您不是佛教的法师吗？干吗还用道家的名言？”

“小姑娘，你是中国人，干吗要到美国去治病？还有，美国的青年干吗还要到中国来留学？文化都是融会贯通的嘛，哪个先进，哪个管用，就学哪个。前几天，来了一位南方的画家，他对我说：‘我昨天还在进步，我今天还在学习……’说得多好啊！我说：‘留你在灵山寺吃饭。’他说：‘我要给灵山寺做义工，先学做斋饭，然后，再吃斋饭……’”

元元笑了，静心法师笑了，枣珠儿也笑了……为着这么简单的道理——任何事物通过嫁接，都能在原来基因的基础上，获得新的DNA，植物是，动物是；身体是，灵魂也是……

在下山的石阶上，枣珠儿遇见了两个老熟人，一个是林树德，一个是梁山杏。

林树德更胖了，也更壮了，企业家的派头是足足的。

房地产业遭遇了有价无市，房价一天比一天高，却是很少有人买了。青林县上大学念书的孩子们毕了业，不是去北京，就是去上海、深圳和广州，跑到那就不回来了，要结婚，要买房，都是爹妈付首付，孩子们贷款，本地是小城市，一平方米六千七千的房价，就让本地居民和农村要到城里结婚的打工哥、打工妹们望房兴叹了！在房地产业摸爬滚打也干了十多年的林树德，本来就是个聪明人，明白事理，也善于抓时机，他马上组织手下人转产，把卖不出去的房子改建成了旅馆。这青林县城靠近内蒙古草原，旅游业一火，这里就是中转站。

他选来选去，还是选中了梁山杏当他的大堂经理，还把旅馆取名德山大酒店。两个人的名字各取一个字，可见林树德对梁山杏的一往情深，或者叫作旧情难忘，无论如何，都有一个“情”字在里头，倒也不荒废了那许多过去的年年月月。

梁山杏在枣珠儿和穆秋的帮助下，戒了毒瘾，又在杏花红化妆品专卖店浸润了几年，肤色神色都有了转变，本来长得就不丑，加上野树沟小学代课教师的文化经历，梳洗打扮一番，穿上职业套裙，虽徐娘半老，倒也见六七成“白领”风韵。

他们是来灵山寺求签，要选个黄道吉日开业。这几年，人们老是感觉时代变化的节奏太快，又不知道怎样应对这“太快”，统一思想、统一行动、统一意志的口号，几年就是一个说法，让处在社会底层的老百姓还未记熟一个，就又出现了另一个，不知道哪个才是真理。惶惶不定的心思讨不出来一个思想理论做定心丸，于是乎，大街小巷，桥头楼尾，就出现了一个个的起名馆、问道斋和卦摊儿，还都打着易经的旗号。这是老祖宗留下的文化遗产，懂得的，知道这就是个辩证法，阴阳之变化，与对立统一的运动规律皆为一脉，同出一源。不懂得这些道理的，可就觉得其玄而又玄，神乎其神了……一个易经馆的老板，昨天还给一个老者测生死，今儿个早晨，还没睡醒，全身就僵成了一个“不打弯儿”——脑出血夺了他的“生”，就留下个“死”。有人就不理解了：他整天给别人测生死，怎么就不给自己也测测呢？岂不知，别人求他测生死，是付了钱给他的，他没给自己付钱，怎么能测出自己的生死。

林树德和梁山杏从几百里的青山县，跑到灵山寺求开业的黄道吉日，还是源于灵山寺的名气大。名气大，影响力就大，《成功学》曰：影响力的大小，决定财富的大小，也决定权利的大小。

梁山杏也是一头记吃不记打的猪，林树德用她的钱，占她的身，又不同她结婚，她赌钱、吸毒，走上了邪路，他像用旧了的破抹布一样抛弃了她这个“外室”，对她不管不顾。若不是枣珠儿和穆秋送她去戒毒所，又给她找工作，让她自食其力，这会儿的梁山杏，是死是活都不敢说。但梁山杏心大，折腾来折腾去的，这些恩恩怨怨都忘了，她现在又心甘情愿地回到林树德身边了……格局的不同，决定了认知的不同。在梁山杏的人生格局中，一定是觉得这个世上还能对她好的男人，唯有林树德吧。纵然有错，有瑕疵，但看看身前身后和周围认识的人，终难找出一个十全十美的人，不管是男人，还是女人。

这不也是一世的情缘吗？

也许经过了这许许多多成功与不成功的嫁接，梁山杏终于醒悟到：她与林树德，才是互为最合适的砧木与接穗吧。

枣珠儿这样想。

第五章

1

夜幕降临，深邃的天空中，竟出现了星星，这样的景观，在沈阳这座工业城市里，可不多见。

难得地有了空闲，枣珠儿站在落地窗前，痴情地看了一会儿星星，待找到了牵牛星和织女星，还有那条被王母娘娘用簪子划出来的令牵牛星和织女星分置两岸的银河时，枣珠儿的心里竟莫名其妙地颤了一下，心酸的眼泪随即滂沱而下……就要到“七夕”了，古代女子的乞巧节，也被现代的人们牵强附会地扯为“中国的情人节”。可这跟自己有什么关系吗？枣珠儿仔细想了好大一阵子，也没理出个子丑寅卯。她对着镜子自嘲地笑了一下，虽是凄苦，到也把簌簌不断的泪水止住了。

梳妆台上摆着一副手钏，这是枣珠儿出国前摘下的那串，白色玉石磨成的晶莹剔透的珠粒里，每一颗都有一缕殷红的血色。当年，穆秋就是用这串金丝玉手钏，换下了父亲给的那串酸枣核磨成的手钏……现在，这串被自己换掉的手钏，又摆在了梳妆台面。枣珠儿知道，这是穆秋的心计。

枣珠儿带着元元回国，穆秋去机场接机，面对他因心虚而游弋不定的眼神，枣珠儿收回给每位亲人的笑脸，只是淡淡地说了一句“你好”，就转而把手伸给穆春，“我把元元给你带回来了，可以告慰龙晓嫂子了，我完璧归赵。”

“大恩不言谢！大恩不言谢！大恩不言谢！”已经显出老态的穆春连说了三遍，双手紧紧握住枣珠儿的手，白发颤抖，一任老泪流淌。

回到别墅里，枣珠儿没去主卧，她让妞子把她的拉杆箱拉进了她现在住的这间客房。快一个多月了，晚上，穆秋没敢来敲门，白天，也没敢迈进门口一步。

到是妞子有意无意地和她透露了一些穆秋和金见仙的事。

妞子说：“穆秋的身份证是赎回来了，用了三十万。”开头，子宇的奶奶黄月琴也曾经给穆秋出主意：一张身份证，不给，咱就不要了，在报纸上登个“遗失声明”，到派出所再补办一个，不就成了。没想到，那金见仙的丈夫也挺牛的，他好像早就料到穆秋要不回身份证，会想出“挂失补办”这一招，提前到了派出所，通过铁哥们请了所长、副所长和户籍民警吃了一顿饭，每人送了两条外国烟，这事就妥了。穆秋拿着遗失声明去补办身份证，人家不予立案。

没有身份证，穆秋不能乘飞机，不能坐火车，连酒店都住不进去。作为野树沟林木有限责任公司的董事长，他不能不工作，不能不出门，不能不住旅店……最后还是拿出了三十万，与金见仙的丈夫吴迪私了了。

交付现款时，吴迪的一个小兄弟把穆秋拉到一边，“我哥挺仁慈的，见你文质彬彬的，没让我们打折你的腿，也没让我们用硫酸毁了你的容，你得念我哥的好。这事，你整明白了没？要是整不明白，我哥上非洲去了，小弟我可还瞄着你呢——整明白了没？”

穆秋怎敢说“整不明白”。

与穆秋私了了，吴迪就与金见仙办了离婚手续。因为错在金见仙，除了随身的衣物，金见仙是“净身出户”，本应该得到一半的房产，竟是一分钱也没到手。她也没惨到流落街头，找人租了一处小面积二手房，凄凄惨惨戚戚地勉强栖身。

枣珠儿在台灯下，仔细地看着手中的金丝玉手钏，看着看着就看出了问题，估计是放置在匣中好久没沾人气了吧，有一颗珠子竟浸进了霉气，白白的玉珠竟有半边发乌了，犹如一团黑雾潜进了玉体，要是搁在农村，就像要接穗的黍米得了白发病，在秋收的大田里，它就会被农民当作“乌米”掐去头。“乌米”也能吃，就是形状与口味全变了，成了粮食DNA的变种或者叫“疾病”，基因的第二个特性就是能够“突变”，“突变”绝大多数会导致疾病。

枣珠儿叹了一口气，把金丝玉手钏重新置于梳妆台上，“谁放的，就让谁拿走吧”！

不是李嫂，就是穆秋，同在一个屋檐下住着的。铁命和妞子已经搬回青林县城，剩下儿子穆子宇，他还小，是绝对不会做这样的事的。

……

门开了，走进一个人来，还是个男人，径自走到枣珠儿的床边，站住了。可他不是穆秋，是枣珠儿从没想过要再见一面的人，他是吴迪。

吴迪还是那样怒火中烧，问：“你是枣珠儿吗？”

枣珠儿回答：“是。”

吴迪问：“穆秋是你的丈夫吗？”

枣珠儿回答：“是。”

吴迪问：“这个人，你认识吗？”他把一张身份证递给枣珠儿。

枣珠儿接过一看，这不是穆秋吗？

枣珠儿有些愠怒，“吴迪，你也是个顶天立地的大男人了，这个身份证，你给我看过一次，我听说，穆秋用了三十万人民币赎回来了，你还要咋样，干吗这样一而再……我当然不能说你是敲诈，但，你是否也要考虑考虑你妻子金见仙的责任？难道你也要让我学你的样子，夺了金见仙的身份证，雇了打手，贿赂了派出所，向你讨要出三十万不成？”

吴迪瞪着无辜忧伤愤怒的眼睛说：“枣珠儿，你说什么呢？我一概听不懂。什么一而再？什么三十万？你们有钱人怎么这么霸道，我一个工程技术人员，去一发展中国家搞外援，也是搞一小国外交，花儿似的老婆，就让你男人一而再再而三地睡，都睡成烂菜帮子了，让我堵了被窝，抓了个现行。都说你是个高级知识分子，是最讲道理的，我就是来找你讨个说法……没想到你竟是这么不讲理。法律上有个‘破坏军婚罪’，我不是军人，可我是援外人员，我的婚姻也是受法律保护的，难不成，你让我上法院告穆秋这个王八蛋，让他到铁篱笆里蹲三年？”

全拧。隼对不上卯，卯对不上隼。

枣珠儿说：“吴迪，我确实见过你，也确实见过这张身份证，那是在一年多以前。我出国回来，也听说过穆秋用了三十万，赎回了这张身份证。那么，我就可以这样判断，你这张身份证是假的。作为穆秋的妻子，我可以不管这件事，毕竟当事人不是我，是穆秋。他是我的丈夫，他也可以不是我的丈夫。作为一个知识分子，不知道，我这样答复你，你可满意？”

吴迪说：“你这是什么狗屁答复！既然穆秋是你的丈夫，既然是你的丈夫睡了我的妻子，那么，作为金见仙的丈夫，是不是也可以睡你丈夫的妻子，呵呵……这是不是很合乎逻辑，也很公平。”

“你……你这是什么混蛋逻辑！”枣珠儿气得不知道说什么好了，就像面对一个利令智昏的疯子，你的思维和他的思维无法在一个频率上。

吴迪可不理解枣珠儿的语言难辨，他一纵身就窜上了宽大的双人床，全身的重量都压在了枣珠儿的身上……

枣珠儿与吴迪拼命厮打……

“来人啊——”枣珠儿一声呼叫，终于从梦境中醒来，这才发现，跟她厮打的不是吴迪，而是穆秋。

“你出去——出去！”枣珠儿一声怒吼。

终是忍耐不住压抑了许久的情绪，穆秋也爆发了一句怒吼：“我是你的丈夫！”

枣珠儿响起梦中她回答吴迪的一句话：“你也可以不是我的丈夫！”

穆秋问：“枣珠儿，一年多了，你还不原谅我？！”

枣珠儿答：“原谅不原谅，需要时间来主宰吗？”

“真弄不明白你了，什么都依你，什么都是你说了算。我知道，你带着元元去美国看病的钱，都是你直接从谭尔木那儿拿的，我这个董事长，你是一点也没放在眼里。穆春家根本就没有钱，龙晓从得癌症到死，欠了满世界债，现在给他穆春家花钱，就像花自家的钱一样……我倒要问问你：你跟穆春是啥关系？你对元元为啥那样好？比对子萍还好！再者说了，我也跟金见仙彻底断了……她现在也是天天以泪洗面，受的罪也够多的了。你还这么拿威做派，吃醋拈酸？你——枣珠儿，还想要咋地？”

枣珠儿说：“拿威做派，吃醋拈酸？你把我当成争风吃醋的家庭妇女了？你问我还想咋地？那我告诉你，我要你现在就出去，走出这间屋子！”

穆秋恨恨地瞪了枣珠儿一眼，拂袖而去。

枣珠儿揉着自己的胸口，慢慢地平复着愤怒激动的情绪，一一回忆着梦境，咀嚼着梦中她与吴迪的对话，蓦然……她突然想到了老人们常说的一句话：梦是心中想。是啊……回国后，一直压抑在心头的梦翳，竟是以梦翳的形式出现……

2

假期就要结束了，枣珠儿已经预订了机票，离留美生物学博士毕业，还有一年的时间，她必须登上这个高峰。

她坐在电脑前，在写一份文件，给自己写一份文件。她屏住呼吸，字斟句酌，她必须保证这是一份理性的文件，涉及自己、穆秋和儿子的今生与后世。

那夜梦醒之后，枣珠儿就明白了，在自己的内心深处，对穆秋是厌恶了，卑琐、萎靡、不求进取，沉湎于淫乐，就连一贯的善良谦和也快消磨殆尽……这样的男人，还是枣珠儿所爱吗？他还配得上做枣珠儿的丈夫吗？都说男人有钱就学坏，穆秋就真的逃不出这个窠臼的陷阱吗？枣珠儿的命，咋这么苦？

轻轻的敲门声响起。

枣珠儿换掉电脑上的页面，擦掉面颊上不由自主流淌下来的眼泪，起身去开门。

进来的是裘三妹。

这十几年过来，变化最大的就是裘三妹了。她原来胖得像个球，脸是圆圆的，眼睛是圆圆的，身材更是圆圆的，现在变得脸是圆圆的，眼睛是圆圆的，身材却不圆圆了，虽不苗条，但是匀称了，最明显的，就是肚子不圆了，因而带动着胳膊、腿和臀部也就不那么圆了。一套高档套裙穿在身上，手腕子上一块精致的小坤表，脖子上一条珍珠项链，活脱脱的一个珠圆玉润的女“白领”。

倒有些辜负了她的姓氏——“裘”字。

“想死你啦——”裘三妹一上来，就是一个贴面抱，小巧玲珑的枣珠儿，在她的怀抱里就成了一个大婴儿。“想死你啦，想死你啦，我这阵子净瞎忙，公司、加盟店……还有，今年铁球上高中了……我遍地求人，遍地送野树沟牌熏鸡……咋整呢，就是图的让他上个好高中，考上大学，把我没实现的大学梦，给我补回来……”

“你真幸福！”枣珠儿言语由衷。裘三妹一落一起嫁接给了野树沟只读过两年书的农民林树恩，看似吃亏，但林树恩对裘三妹是一心一意，贴心贴肝，裘三妹怎么说他都听。大多数的家庭都是“男主外、女主内”，但裘三妹和林树恩的位置互换了，是“女主外，男主内”。林树恩管做饭，管拉扯孩子，管拖地、洗衣、收拾屋子；裘三妹管开车、管养鸡、管开店、管当经理……

甭看林树恩只读了两年书，可他看事明白，“人家三妹是高中生，又是城里人，见多识广，我们家，她不掌舵，谁掌舵？她掌舵，我们家往高处走，往城里走；我掌舵，往下走，往山沟里走……那还哪有个奔头？”

“知道我来找你是干啥的不？”裘三妹爽快一笑。

“绝不会是‘想死你啦’！”枣珠儿莞尔一笑。

“赵本山讲话：‘恭喜你答对啦！’枣珠儿——嫂子！”

枣珠儿知道下文就是裘三妹风风火火来找自己的本意。

“与穆秋和好了吧！都老夫老妻的了，男人哪有不做错事的，你就原谅他吧！好嫂子——好妹子——好枣珠儿……”

当初下乡到野树沟插队，就三个人，不！是四个人——穆春、穆秋、裘三妹和龙晓。龙晓是插队没进队，留在镇中学当代课教师，做了穆春的妻子，生下元元，就带着遗传基因的遗恨，去追问自己的父亲龙啸去了。坊间有流言，说人际交往关系有三大铁：“一起扛过枪，一起下过乡，一起嫖过娼。”“一起下过乡”就是指的穆春、穆秋和裘三妹这种关系。

穆秋请裘三妹来当说客，既是意料之外，又是意料之中。

“三妹姐，假如林树恩跟别人睡了觉，他再回来与你同房，你觉得恶心不？”

“这……”裘三妹与林树恩没有过“假如”，她无话可说。

“三妹姐，假如林树恩有了第三者，在遭到了惩罚，忏悔之后，他的心里依然对第三者怜悯、愧疚，甚至对她遭受到的惩罚，以‘她是弱者’的认知，要为其打抱不平的时候，你会不会以‘是非不明’的混蛋为原因而鄙视他？”

“这……”裘三妹与林树恩没有过“假如”，她连想也没想过。

“三妹姐，假如你与林树恩再无思想交流，再无话题可谈的时候，他，还能是你的爱人吗？你还会爱他吗？”

裘三妹不能总被“假如”了，那样太被动，她是被穆秋请来劝说枣珠儿的，总这么被动，那劝说的目的就很难达到了。她必须扭转局面，变被动为主动。

“枣珠儿，你听我说，你就是书念多了，讲死理。一个女人，干啥还要读到博士啊？你们有儿子，有别墅，有车，还有那么大的一片产业，不愁吃，不愁穿，不愁用！你还不满足啊？现在当老板的男人，有几个没有情人的？有一两个外室，都稀松平常了，都是钱多惹的祸！他有那么多钱，假如——”裘三妹也开始用“假如”，“假如正室没生儿子，他可不就得找外室生儿子啊，要不，他那么大的家产交给谁继承啊！总不能交给女婿，改了姓吧？”

“我们有儿子穆子宇，还有他和梁山杏生的女儿穆子萍。”枣珠儿不给裘三妹“假如”的机会。

“是——是，是我不会说，把话说乱套了。人家穆秋说啦，他对金见仙没有爱情，就是个逢场作戏，演着玩儿的。”

“演着玩儿？”该枣珠儿吃惊了，被人家的丈夫抓了个正着，还扣了身份证，勒索了三十万的“婚姻损失费”，这叫演着玩儿？“那就叫他演着玩儿好了！”

“枣珠儿，你想过没有，你的孩子怎么办？你们离婚了，最遭罪的可是孩子。单亲家庭的孩子，最容易性格扭曲……”

这倒是个撒手锏！枣珠儿已经考虑了许久、许久……自己刚刚四十岁，难道就为了孩子不缺爹少妈，而忍受这种无爱的婚姻吗？无爱的婚姻，对孩子的感情也是一种撕裂，就是对穆秋也是不公平的。子宇对穆秋和自己都是宝贝，对爷爷、奶奶更是宝贝，没有人会对他不好。她保留监护权，把子宇留在爷爷、奶奶身边一年，等自己的博士毕业，就接到自己身边，爷爷、奶奶和穆秋什么时候见、怎么见，甚至留下住都可以，枣珠儿有这个胸怀，这不会有问题。

她是学生物的，她知道自己的基因在子宇的身上占了主导地位，小小的子宇，对音乐、舞蹈和艺术门类都不感兴趣，他喜欢摆弄植物，院子里的花草树木，几乎都是他的玩伴。他还喜欢动物，养了一只小小的泰迪狗，还不满足，还要爷爷给他买一只大的金毛狗，取名皮卡。通人性的皮卡，就像他的助手，他说：“皮卡——锄头。”皮卡就颠颠地跑到车库里，给他叼来锄头。他说：“皮卡——水桶。”皮卡就颠颠地取来水桶，还会拧开水龙头，让自来水灌满捅……从儿子的兴趣爱好看基因嫁接的成果，他以后会继承自己的事业，搞生物科学，而不会像父亲那样，搞音乐、搞文艺。都说父母的肩膀是儿女成长的平台，那么自己这副生物学博士的肩膀，怎么也比一个不上进的企业家的肩膀更高端。

她离开后，可以把爷爷穆乐夫和奶奶黄月琴一起接回别墅住。偌大的房子，有人住才有人气，有人气才有灵气。枣珠儿早就说要把爷爷、奶奶接过来一起住，是黄月琴说老街坊、老邻居的住着熟悉了，才一直推脱着。还有穆子萍，大姑娘了，应该有一间“闺房”做独立空间，四百五十平方米的别墅宽敞。

该想的，枣珠儿都想到了。

枣珠儿与穆秋的“嫁接”要裂变了。在这次婚姻的嫁接中，穆秋是“砧木”，枣珠儿是“接穗”。现在，是“接穗”要主动要脱离“砧木”，从“砧木”上自行劈下身躯，结束这不再恰当的嫁接，而把再次嫁接的自由还给“砧木”，也还给“接穗”。

一切都梳理清楚。枣珠儿起身走回电脑前，找回原来的页面，用鼠标一点“打印”，她细心写的那份文件就打印了出来。她又仔细地看了一遍，然后，递给了裘三妹。

离婚协议书

因妻子枣珠儿要出国继续深造，无暇顾及与丈夫穆秋的婚姻生活，经协议，双方同意解除婚姻关系。特对以下有关事项进行分割：

1. 双方生育一子——穆子宇，现年7周岁（读小学一年级），双方共有抚养权、监护权。

2. 双方共有450平方米的房产（别墅）一处，枣珠儿自愿放弃所有权。对房产中的实物，除一台笔记本电脑和自身衣物外，一律放弃所有权。

3. 双方共有野树沟林木有限责任股份公司一家，枣珠儿放弃总经理一职，保留30%的股份。

离婚人：枣珠儿　穆秋

2007年8月28日

枣珠儿不是像金见仙那样“净身出户”，过错不在她，而在穆秋，但她不想把这件丑闻写在离婚协议书上，她要保护穆秋作为父亲的尊严，不给儿子穆子宇留下阴影，但她保留了公司30%的股份。财富在不同人的手中，会发挥不同的作用，创造出不同的结果。

枣珠儿在为穆秋、为儿子穆子宇留后路。

“枣珠儿，你这是干什么？不原谅就不原谅，干啥要离婚？你上学就上你的学呗，穆秋在家照顾穆子宇，等你回来，这就是你的家啊！要不，你学习回来，连个家都没有，你可就惨啦！”裘三妹放开了大嗓门，对着枣珠儿吼道。

“三妹，我想好了。”枣珠儿幽幽地说。虽然一切都想好了，但到了决定的时刻，心，还有些在颤抖。

"不行！不行！不行！枣珠儿，看在我、穆春、穆秋一块儿下乡插队的情分上，还有你，一块儿搞嫁接，把个公司搞得这么大、这么火的份上，你咋也得给我个面子——不能离婚！"

"面子……"枣珠儿知道，裘三妹的认知，让她遇到了与穆秋同样的问题——她们彼此之间的认知，不在一个水平线上，或者说不在一个频道上。这也是让枣珠儿最痛苦的事。认知不在一个水平线上，思想无法交流，意志无法统一，迈不开同步，吹不成一个调，所谓"道不同，不相为谋"是也。她可以说"谁会为了维护一个朋友的面子，而忍受一段无法忍受的婚姻？面子能跟几十年夫妻间没有共同的语言交流的痛苦婚姻相等吗？这个代价也太大了吧！这应该是'风马牛不相及'的事，却让裘三妹拿出来做劝和不离婚的理由"。

这是枣珠儿的心理活动，她不能说给裘三妹听，就"嘿嘿"苦笑了一声，"裘三妹，好姐姐，我知道你的好意，也接受你的好意，我叫你好姐姐，就是说：这些年过来，不管是知青情，还是姐妹情，一切情分都还在，但……不在面子。"

"枣珠儿，你怎么这么死心眼儿啊，我三妹的面子，你都不给，你还想要啥？"

谁也没想到，此时，穆秋破门而进。枣珠儿与裘三妹的对话，他一定是全听到了。他情绪激动，手脚僵硬，眼球全红了，嘴角还溢出了一坨坨白色的泡沫。如白杨般挺拔俊朗风度翩翩的穆秋已荡然无存，他的激动，让他疯狂，他冲到枣珠儿面前，指着枣珠儿的鼻子骂道："枣珠儿，你是个忘恩负义的混蛋，你忘了，你的抑郁症的时候，我是怎么百般地照顾你、呵护你，一次一次地带你去求医，还接回你老爸陪伴你……当初，若是我不管你，也许……也许……你就跳楼了！"

穆秋说的没错，病中的枣珠儿了无生趣，病情发作起来，难耐的折磨，却实让她想立刻投进冰窖里，把自已周身上下彻底冷却，变成一座没有感觉的冰雕，也曾想抱起"那个人"一起从高楼上跳下去，对绝望的世界说"再见"！医生说过，对于已经好了的抑郁症患者，最好不要揭发他的病史，因为每揭发一次，就如在已经被灰尘蒙蔽的玻璃窗上擦拭一次，擦拭得越勤、越亮，患者旧病复发的概率就越大。这擦拭，就是诱因。这项医嘱，穆秋是知道的！

如此狠毒，穆秋已不可救药。

枣珠儿说："穆秋，一样的话，我听你说了好几遍了。我感谢过你，我也嫁给了你！时至今日，你需要我像你一样，摆摆我对你的帮助、对你的贡献、对你的付出吗？那我就成了和你一样的施恩图报的人！我不想那么做，我不能拿我的人格与你画等号……"

枣珠儿从裘三妹手里拿过《离婚协议书》，递给穆秋，“签字吧，让我们的婚姻留给2007年8月28日前的岁月。”

“不！不！不！枣珠儿，我错了，我错了，我不要离婚！不要离婚——”

“扑通”一声，穆秋跪在了枣珠儿的面前，鼻涕一把泪一把地抱住了枣珠儿的腿，继续哭喊着：“枣珠儿，我错了，我错了。我不离婚，我不离婚，不离婚。你原谅我，原谅我——”

枣珠儿一言不发。

俄顷，她扶起了看起来已经有些衰老的穆秋，说道：“你起来，这样的穆秋让我瞧不起。我可以原谅你，但有个条件，那就是——你做我的兄长，我做你的妹妹。”

“兄长？妹妹？”穆秋停止了哭泣，困惑了。“做兄长，会继续关爱妹妹的生活与成长；做妹妹，还有什么理由干涉兄长的隐私与男女之情？那样……我就彻底地原谅了兄长！”

说完，枣珠儿的心胸与面色就如同秋高云淡。

穆秋一把抱住枣珠儿，抱得紧紧的。

枣珠儿也抱住穆秋，抱得紧紧的。

这是枣珠儿与穆秋的最后一次拥抱。

泪水长流……

一稿完成于2016年7月14日

二稿修改完于2016年11月日

三稿修改完于2017年9月1日

后　记

那是2000年前后的9月初，在沈阳农大果树园艺系当主任的表妹和在辽宁《新农业》杂志社当社长的妹夫，一起来到赤峰省亲。到来的第二天的早晨，我便带着他们爬上了位于赤峰城区东北隅的红山。这座红色的山峰，是彪炳千秋的红山文化的发祥地，也是故乡最具文化含量的自然景观，还是“赤峰”一词的来源。

我们在山峰上拍了许多的照片，多年没回家乡的表妹站在红山顶，眺望东方的故土，眼眶里噙满了泪水……下山的时候，看见山崖上有许多的酸枣树，9月初，正是酸枣成熟的季节，圆溜溜、红艳艳的，令人垂涎。我随手摘了几个，递给身边的妹妹、妹夫。

妹夫咬了一口，连叫了几声“好酸，好酸……”说，“在我们家乡辽东那一带，都把酸枣嫁接成了大枣，结出了的枣酸甜可口，比大枣受欢迎，特别是害口的孕妇，多出大枣一倍的价格也抢着买。还有山杏，也都嫁接成了大扁杏，烘烤的大扁杏仁，端得上高档的宴席，产量和价格都是山杏仁的4到6倍。”

在大半生的人世观察中，我越来越认识到基因与嫁接的重要，民谚“三岁看小，七岁看老”，就说的是基因。还有一些世家子弟，不论是政界、商界、演艺界，概莫能外。“官二代”“红二代”是也；百年老店全聚德、同仁堂、麻家烧鸡、张家茶馆、泥人张、面人汤等都是基因在传承；在演艺界更是比比皆是，侯宝林的儿子侯耀文、侯耀华都说相声，陈宝国和赵奎娥的儿子陈月末演戏，李保田的儿子李彧演戏，斯琴高娃的儿子孙铁也演戏，王菲的女儿窦靖童唱歌，李双江的儿子李天一也唱歌……子承父（母）业，最给力的就是基因的遗传。

把基因说成“天赋”也可以。写短篇小说《百合花》的女作家茹志鹃的女儿王安忆，是中国作家协会副主席，她写的《长恨歌》2000年获我国文坛最高荣誉奖——茅盾文学奖。杨沫的长篇小说《青春之歌》影响了一代人，主演电影《青春之歌》的女演员谢芳，也因“林道静”一角儿的成功饰演，在20世纪60年代红极一时。而杨沫的儿子老鬼（马波）也因写出了长篇小说《血色黄昏》而蜚声文坛。尽管他对母亲有着强烈的逆反行为，但作为一位作家，他还应感谢母亲给他的写作基因。这样说来，把“天赋”说成“父母赋”也该是通理，父为天，母为地，父母天赋的嫁接，才生了一个天赋的

“你”。

有人说：一个人的事业成功，需要百分之一的天赋和百分之九十九的勤奋。这句话常常被人们拿来作为励志的训导，但，更重要的是后面的半句话。可是，如果没有这百分之一的天赋，那么，那百分之九十九的勤奋，也是很难成功的。

这是基因的宝贵，也是基因的残酷。

再说嫁接。倘若一个温柔善良的女孩儿嫁了一个不明事理的男孩儿，那今后的日子，无论如何都是一场劫难。同样，一个有上进心、有担当的男儿，若娶了一个败家娘们儿，那今后的日子，无疑也是一场劫难。“门当户对”不能简单地当成封建意识来批判，同样的家世、同样的教养、同样的社会背景、同样的社会关系，就会产生同样的认知、同样的思想、同样的行为方式。身体的嫁接与思想的嫁接同位，才是最好的婚姻。否则，则适得其反。有句话说得非常在理——差距，就是悲剧。最典型的例子，就是《红楼梦》中“贾府的焦大绝不会爱上林妹妹”。

基因有两个特点，一是能忠实地复制自己，以保持生物的基本特征；二是基因能够“突变”，突变绝大多数会导致疾病。

随着生物科学技术的飞速发展，神秘的基因之门已经打开，基因重新编辑，已经让有些癌症不是无药可救，特别是DNA中暗物质的发现，更是生命科学的最新突破……

文学不会领着读者掉书袋，也不能让读者除了文学以外，成为某个学科的专家，文学的功能是通过讲故事塑造人，不知道《嫁接》的女主人公枣珠儿，能不能得到读者们的喜欢，这才是作者最关心的。

作者

2017年9月10日